Aus Freude am Lesen

btb

Buch

Eine Menge Leute hätten Monday Brown gern unter die Erde gebracht. Er war nicht gerade das, was man einen idealen Ehemann nennt, und seine Geschäftspraktiken waren alles andere als astrein. Denn Brown handelte mit indianischen Kunstgegenständen und machte selbst vor Grabplünderungen nicht halt, wenn es darum ging, sein Lager wieder einmal neu aufzustocken und die Profite ein wenig aufzupolieren. Jetzt ist Monday Brown verschwunden, und alle Anzeichen deuten auf einen Mord hin. Ungewöhnlich schnell kann die Polizei auch einen Verdächtigen präsentieren: den hitzköpfigen Indianer Matthew Wolf. Der allerdings beharrt auf seiner Unschuld, und deshalb schaltet seine Familie die Privatdetektivin Phoebe Siegel ein. Doch Siegel ist sich unsicher, irgend etwas läßt sie zögern, den Auftrag anzunehmen. Und als ihr eine Halskette aus Fingerknochen ausgehändigt wird, die man auf Wolfs Autorücksitz gefunden hat, ist sie entschlossen, die Finger von diesem Fall zu lassen. Bis in ihrem Garten die Leiche eines jungen Indianers auftaucht...

Sandra West Prowell ist eine neue faszinierende Stimme in der amerikanischen Kriminalliteratur, und meisterlich verbindet sie schonungslosen Realismus mit außergewöhnlicher psychologischer Dichte.

Autorin

Sandra West Prowell lebt in Billings, Montana, und arbeitet an dem zweiten Band ihrer Serie um die Detektivin Phoebe Siegel.

Sandra West Prowell

Traumjäger

Roman

Deutsch von Bernhard Schmid

btb

Die amerikanische Originalausgabe erschien 1994
unter dem Titel »The Killing of Monday Brown«
bei Walker Publishing, Inc., New York.

Umwelthinweis:
Alle bedruckten Materialien dieses Taschenbuches
sind chlorfrei und umweltschonend.

btb Taschenbücher erscheinen im Goldmann Verlag,
einem Unternehmen der Verlagsgruppe Bertelsmann.

1. Auflage
Deutsche Erstveröffentlichung August 1996

Umschlaggestaltung: Design Team München
Satz: IBV Satz- und Datentechnik GmbH, Berlin
T. T. · Herstellung: Ludwig Weidenbeck
Made in Germany
ISBN 3-442-72030-3

*Dieses Buch widme ich einem Miniconjou-Mädchen,
das Kate Bennett, eine meiner Vorfahren,
am 29. Dezember 1890 nach dem Massaker von
Wounded Knee als Baby auflas, Cleo taufte und wie
ihr eigenes Kind aufzog.
Cleo starb 1904 an Tuberkulose.
Das hier ist für dich, Cleo, in der Hoffnung,
daß du auf Rabenschwingen mit dem Geist deines
Volkes fliegst.*

PROLOG

Der Yellowstone River ist ein mächtiger grauer Fluß, der unweit des Yellowstone Parks, hoch in den Bergen, das Licht der Welt erblickt und Jahr für Jahr vom Schmelzwasser schneebedeckter Gipfel sich nährt. Bei Billings zieht es ihn allmählich nach Nordosten, wo er sich schließlich, gerade noch innerhalb der Grenzen Nord-Dakotas, mit dem großen Missouri vereint. Dieses Gebiet durchzogen einst Grizzlys groß wie Häuser, Mastodone und primitive Völker, wenn sie vom Great North Trail abwichen. Die Büffelherden waren so riesig, daß es, wie manche behaupten, zwei Wochen dauerte, bis die gesamte Herde einen bestimmten Punkt passiert hatte, und so urgewaltig, daß sie bei einer Stampede einen ganzen Zug von den Schienen zu schieben vermochten.

Cowboyland, Großer Himmel, Land der schimmernden Berge – ein Name ist treffender als der andere. Calamity Jane boten Billings und die Ufer des Yellowstone für kurze Zeit ein Zuhause; nur sechzig Meilen östlich von hier vergoß Custer sein Blut und das der Siebten Kavallerie. Wir dürfen uns des Bloody Bozeman Trails rühmen; noch heute sieht man einige Meilen südlich von hier die Furchen der mit Träumen, Siedlern, Not und Mühsal beladenen Wagen. Montana hatte sein Teil an Kupferbaronen, Kurtisanen und Gold, letzteres in solchen Mengen, daß es in Helena noch heute aus dem Mörtel alter Häuser funkelt. Je nach Gusto bekommt man hier selbst noch dieser Tage einen Taco für neunundvierzig Cent, eine Nutte für zwanzig Dollar und eine Chance beim Keno für 50 Cent.

Die Wahrheit freilich ist genauso tief und alt wie der Yellowstone selbst. Montana ist Indianerland. Die Forscher Lewis und Clark wußten das, ebenso der Trapper Jim Bridger und John Colter, der Pelzhändler. Auf eine Wette hin mußte Colter mit einigen Schwarzfüßen bei Three Forks splitterfasernackt über die Prärie laufen – der Einsatz: sein Leben. Aber er gewann.

American Gothic wurde zwar nicht hier gemalt, aber dafür *Montana Gothic.* Man sieht es Tag für Tag auf der Minnesota Avenue. Nur zeigt es kein verkniffenes, bebrilltes Farmerpaar mit Heugabel vor endlosem, fruchtbarem Ackerland und einem stülpverschalten weißen Holzhaus im Hintergrund. Sein Motiv ist ein viel zu junges Indianermädchen, das, gegen ein leerstehendes, halb verfallenes Haus gelehnt, von einem ebenso zahn- wie pferdlosen Cowboy angepöbelt wird. Das hier ist Indianerland. Ihre Namen rollen einem von der Zunge, kitzeln einen im Hals: Oglala, Assiniboine, Arikara, Kootenai, Salish, Blackfeet, Blood, Cheyenne und Crow. Es ist Indianerland, kein Zweifel. Ich habe nur nie danach gesucht. Bis zu dem Tag, an dem es nach mir zu suchen begann.

1

Ich hörte sie, bevor ich sie sah. Dann hielt der Van, ein Dodge, am Ende des Feldwegs zu meinem Haus. Er war eine Schau: sattes Kirschrot, schwarze und silberne Schnörkel, getönte Scheiben rundum. Ein Wahnsinnsschlitten, und ich kannte keinen, der so was fuhr. Noch nicht.

Ich trat an den Hahn auf der Seite meiner Veranda, drehte das Wasser ab, warf den Schlauch beiseite und blinzelte gegen die Sonne, um zu sehen, wer wohl in dem Van saß. Es stieg niemand aus, und das machte mich nervös.

Mein Haus steht ziemlich abgelegen; mein nächster Nachbar wohnt gut eine halbe Meile von mir. Es hatte viele Jahre leer gestanden und hatte den Ruf, ein Treff für Besäufnisse und weiß Gott noch was zu sein. Vor sechs Monaten war ich eingezogen und hatte den ersten Monat jedes Wochenende die Polizei zu Besuch. Einen Ruf hat man eben leichter weg, als man ihn wieder losbekommt – selbst ein hundert Jahre altes dreistöckiges Haus.

Ich wollte mich eben abwenden und ins Haus gehen, als die Seitentür des Vans aufgeschoben wurde und ein Schlag Indianer sich herausdrängten. Zwei kleine Jungs und ein Mädchen stürzten auf mich zu, sausten an mir vorbei und verschwanden rechts vom Haus in den Bäumen. Ein großer Mann, weit über eins achtzig, mit langen traditionellen Zöpfen, einer Schirmkappe mit JOHN DEERE vorn drauf, Tony Lamas, Levis und Westernhemd mit Perlmuttknöpfen trat auf mich zu. Seine Hände steckten in den Taschen seiner Jeans, und sein Gesicht, das die Farbe von Tonerde hatte, zeigte nicht die geringste Regung, als er mit langen Schritten die Distanz zwischen uns zu verkürzen begann.

Ein finsterer junger Mann, achtzehn, zwanzig vielleicht, lehnte sich an den Van und überhörte geflissentlich das Genörgel einer jungen Frau, von dem ich kein Wort verstand. Er griff durch ein offenes Fenster auf den Beifahrersitz, brachte eine Dose zum Vorschein, hob sie an die Lippen und trank. Die junge Frau warf einen raschen Blick auf mich und lief verlegen rot an.

Die beiden Frauen zu beiden Seiten einer alten, einer steinalten Frau, bemerkte ich erst, als sie fast vor mir standen. Keine sagte ein Wort, bis sie die Alte an die Veranda geführt und dort sachte abgesetzt hatten. Der Mann stand einen guten Meter vor mir, spuckte Tabaksaft auf die Erde und sah mir dann direkt in die Augen. Ich hörte die Kinder, die unter Lachen und Kreischen aus dem Wald gerannt kamen und die Stufen zur Veranda hinaufsprangen. Auf der Stelle standen sie auf dem Handlauf des Geländers und benutzten ihn als Drahtseil.

Ich tat einen Schritt Richtung Veranda, bereit, sie aufzufangen oder sie in der Luft zu zerreißen, oder was auch immer angesagt war, einen wie den anderen. »Hey! Könntet ihr euch –«

»Kyle Old Wolf ist mein Cousin. Er hat gesagt, wir sollten uns an Sie wenden.«

»Wer? Was hat er gesagt?« Mein Kopf ging wie bei einem Tennismatch, als ich sowohl die Kinder als auch den Mann im Auge zu behalten versuchte, der mit mir sprach. Dann klingelte im Haus das Telefon.

»Könnten Sie einen Augenblick warten?« Ich erreichte den Apparat beim siebten oder achten Klingeln. Wenn ich mich nicht atemlos oder hysterisch oder beides zugleich anhörte, dann war das ein Wunder an Selbstbeherrschung.

»Phoebe«, sagte die vertraute Stimme schlicht. »Ich dachte, ich ruf' besser mal an.«

»Da bist du etwas spät dran, Kyle. Alle, und wenn ich alle sage, dann meine ich *alle*, sind hier.«

Er lachte. »Ist wohl gleich die ganze Familie angerückt, was?«

»Keine Ahnung. Könnten auch zwei oder drei Familien sein, wenn du meine bescheidene Meinung hören willst. Was ist los?«

»Hast du die Zeitung gelesen?«

»Nur mein Horoskop und die Comics.«

»Hast du die Nachrichten mit der Frau unten an der Ecke Einundzwanzigste und Montana Avenue verfolgt? Ich meine die, die bei der Polizei behauptet hat, ihr wäre an einer Ampel eine Leiche über die Motorhaube gefallen?«

»Wer nicht? Ich dachte, das hätte man zu den Akten gelegt, weil nichts zu belegen war.«

»Haben sie auch. Bis sie ihnen den Typ beschrieben und sich rausgestellt hat, daß er vermißt wird.«

»Und?«

»Monday Brown.«

»Monday? Den habe ich vor 'nem Monat doch noch gesehen.«

»Mag sein. Aber so wie die Dinge stehen...«

»Du meinst, er war's?«

»Weiß ich nicht. Jedenfalls haben sie einen 22jährigen Cousin von mir verhaftet, Matthew Wolf.«

»Cousins hast du ja nicht zu knapp, Kyle«, sagte ich, als ich mich umdrehte und zur Tür hinaussah. Ich hörte die Kinder, konnte sie aber nicht sehen. Die Muskeln in meinem Nacken verkrampften sich zu kleinen Knötchen.

Er lachte wieder. »Paar hundert, wenn's langt.«

»Ich trau' mich kaum zu fragen. Was machen die hier?«

»Ist einer von ihnen ein großer Kerl mit langen Haaren?«

»Allerdings.«

»Das ist Matthews Vater. Ist auch eine alte Frau dabei?«

»Alt, Kyle? Wenn du das alt nennen willst? Ich bin noch nicht mal sicher, ob sie noch lebt.«

»Das ist Matthews Urgroßmutter, Anna. Und dann hast du vermutlich noch seinen Bruder draußen, ein paar Schwestern, Nichten und Neffen.«

»Augenblick mal. Hast du Matthew Wolf gesagt?«

»Hab' ich.«

»Ist das nicht der Junge, den sie im Golfkrieg ausgezeichnet haben? Über den haben sie doch so groß was in der Zeitung gebracht. Der soll doch was mit einer radikalen Indianergruppe aus der Reservation zu tun haben. Toller Artikel. Gescheiter Junge.«

»Genau der.«

Ich spürte jemanden hinter mir und drehte mich um. Meine Augen weiteten sich vor Entsetzen, dann japste ich nach Luft, als ich sah, daß das kleine Mädchen mit dem Rabenhaar Stud im Arm hatte.

»Herrgott! Kyle, Augenblick, ja?« Ich streckte meine Hand samt Telefonkabel in Richtung der Kleinen. »Schatz, die Katze mag Leute nicht. Sie kratzt dir die Augen aus und die Haut von den Backen.«

Selbst auf die Entfernung hin hörte ich Stud schnurren. Das Mädchen sagte nichts, sondern drückte das Gesichtchen in den gelben Pelz, der die zwölf Kilo Kater umgab. Sie kraulte ihm den Rücken, während sich sein nach unten gebogener Schwanz hin- und herbewegte. Ich schüttelte den Kopf, als sie um mich herumging und sich auf einen Stuhl setzte. Ich konnte mich nicht erinnern, Stud je so zufrieden gesehen zu haben.

Ich nahm den Hörer wieder ans Ohr und verrenkte mir beinahe den Hals, um zu sehen, was draußen vor sich ging. »Kyle, vielleicht solltest du hier dabeisein.«

»Geht nicht, Phoebe. Ich wollte dir nur Bescheid sagen.«

»Wie soll Matthew Wolf denn in diese Geschichte hineinpassen?«

»Sie haben ihn vor drei Tagen unten in der Arcade Bar geschnappt.«

»Weswegen?«

»Mordverdacht.«

»Laß mich raten. Monday Brown?«

»Richtig.«

»Wann haben sie denn Mondays Leiche gefunden?«

»Haben sie nicht.«

»Kyle…«

»Das ist nicht so einfach. Ich habe ein blödes Gefühl bei der ganzen Geschichte. Könnte sein, daß ihm da jemand was anhängen will. Morgen vormittag müssen sie ihn zwar laufenlassen, aber das heißt nicht, daß er damit aus dem Schneider ist.«

»Roger dürfte die Namen einiger guter Strafverteidiger haben. Ich werde mich mal mit ihm kurzschließen und –«

»Hör' dir die Leute doch wenigstens an. Hast auch was gut bei mir.«

»Du schuldest mir nichts. Ich habe einfach keine Zeit. Ich bin vollauf beschäftigt, den Kasten hier auf Vordermann zu bringen, einen Rasen anzulegen, lauter so Sachen.«

»Einen Rasen? Du? Wie lange braucht man denn so, um ein bißchen Kunstrasen auszurollen?«

Ich mußte den Hörer vom Ohr nehmen, während er lachte.

»Ganz richtig. Ich. Du hast doch Beziehungen und wahrscheinlich mehr als genug Leute, die dir was schulden.«

»Nicht bei dieser Geschichte. Man hat mich schon wissen lassen, daß ich mich da raushalten soll. Und jetzt muß ich los.«

»Wehe, du –« Schon war die Leitung tot.

Ich starrte den Hörer an, legte dann auf und sah mich nach der Kleinen um. Sie war nirgendwo zu sehen. »Kleine?« Nichts. »Gehen wir wieder nach draußen, okay?« Noch immer nichts.

Stud hat einen üblen Ruf und leidet außerdem unter schlimmen Stimmungsumschwüngen. Er kann einen schon mal wütend anstarren und warnend seine stilettartigen Klauen ausfahren, um sich dann im nächsten Augenblick auf den Rücken zu rollen und einzuschlafen; alle viere von sich gestreckt, die Zunge im Mundwinkel. Oder er greift ohne Vorwarnung an. Stud und ich haben eine Menge gemein. Wir stehen beide auf Rücken und Schenkel; ich bevorzuge die von Brathähnchen, er die von Menschen. Er ist bereits aktenkundig, bei der Stadtpolizei, und hatte in unserer alten Gegend auch schon eine ganze Reihe uringetränkter Pudel zurückgelassen. Eine Katze ganz nach meinem Geschmack. Die Kleine würde sich vorsehen müssen.

Als ich auf die Veranda hinaustrat, befanden sich alle noch genau auf demselben Fleck wie vorhin. Sie starrten zu mir herauf, und ihre Augen waren so schwarz, daß man noch nicht einmal die Pupillen sehen konnte. Neben dem kleinen Mädchen auf der Verandaschaukel lag zusammengerollt, noch immer mit laufendem Motor, mein Stud. Noch immer zufrieden. Die alte Frau saß direkt unter mir auf der mittleren Stufe.

Völlig unerwartet hob sie den linken Arm, die knochigen Finger gestreckt, und griff nach meiner Hand. Instinktiv beugte ich mich vor, legte meine Hand in die ihre und half ihr auf die Beine. Ihr Griff war so kräftig wie nur irgendein Männerhandschlag sein konnte. Ohne mich loszulassen, drehte sie sich um und sah mir ins Gesicht.

Ihre Augen waren klar, es fehlte jede Spur des milchigen Schleiers, der so mit dem Alter einhergeht. Sie strahlten, und ein Glitzern durchtanzte sie. Sie war winzig. Der Druck auf meine Hand wurde noch kräftiger, als sie ihre Rechte hob, um mir damit vor dem Gesicht herumzufahren. Abgehackte Worte fielen ihr aus dem Mund, ein Chaos völlig unverständlicher, schriller Sätze. Ihre andere Hand bewegte sich in raschen, sachten Streichen erst auf die rechte, dann in der Mitte und schließlich auf die linke Seite meines Kopfes. Meine Augen waren gebannt von diesem unglaublichen Gesicht. Die Zeit selbst war darin zu sehen. Eine dunkle alte Maske, in die die Geschichte eines Volkes eingraviert war, von dem ich nichts wußte. Es war voller Geheimnisse und Mysterien, und für den Bruchteil einer Sekunde zogen mich diese Augen in sich hinein. Mir stockte der Atem; ein eisiger Finger fuhr mir das Rückgrat hinab.

Das Ganze war ebenso sang- und klanglos vorbei, wie es begonnen hatte. Kaum hatte sie meine Hand losgelassen, um sich umzudrehen, da standen auch schon die beiden Frauen neben ihr, von denen sie sich zu dem Dodge zurückführen ließ. Ich sah ihr nach. Ihr Kleid war einfach, ein Kittel aus scharlachroter Baumwolle mit langen Ärmeln, in der Taille durch einen beeindruckenden Gürtel aus silbergefaßten Muscheln gerafft. Füße und Beine steckten bis zu den Knien in weichen Ledermokassins. Von den beiden Frauen gestützt, schlurfte sie über das Gras und verschwand wieder im Van.

Ich fühlte mich zunehmend unbehaglicher, brachte jedoch ein verlegenes Lächeln zustande, fuhr mir mit der Hand durchs Haar und wandte mich dem großen Mann zu, der die Augen nicht von mir nahm.

»Was sollte das denn?«

»Sie wollte Sie nur berühren, Sie segnen.«

»Katholikin, was? Ich habe eine Mutter, die ihr dafür ewigen Dank schuldig wäre.«

Er lachte leise, blickte kurz auf seine Füße, dann wieder auf mich. Diese strahlenden, glitzernden Augen mußten wohl in der Familie liegen. Er war belustigt und wußte, ich war es nicht.

»Sie ist eine sehr weise alte Frau. Sie mag Sie. War das Kyle am Telefon?«

»Ja.«

»Werden Sie uns helfen?«

»Hören Sie, Mr....«

»Wolf. John Wolf.«

»Na schön, Mr. Wolf. Kyle hat Ihnen das womöglich nicht gesagt, aber ich nehme dieses Jahr nur eine begrenzte Zahl von Klienten an.« Ich wies mit der Hand über das Haus. »Das hier ist eine ziemliche Aufgabe. Es stammt aus den späten achtziger Jahren des letzten Jahrhunderts, der Putz an den Wänden ist rissig, und sämtliche...«

Ich quasselte vor mich hin. Er ließ mich reden. Ich ließ die Hand sinken und sah ihn an. Er lächelte breit, gab den Blick auf zwei Reihen verblüffend weißer Zähne frei. Er erinnerte mich an Kyle.

»Morsche Installation, was?«

Ich sah ihn neugierig an. »Um ehrlich zu sein, ja. Über den Toiletten hängen noch diese alten Kästen. Wieso?«

»Ich bin vom Bau, ich habe einige Erfahrung mit diesen alten Örtchen und ihren Rohren. Gehen Sie bis auf den Putzträger?«

»Auf den was?«

Er lachte wieder. »Wie wär's, wenn wir uns unterhielten? Vielleicht werden wir uns ja irgendwie einig.« Er sah nach oben; sein Blick strich über das Haus. »Ich habe gute Referenzen, und nicht zu knapp.«

»Wirklich?« Mit Splitthämmern, Schraubenschlüsseln und Sägen ging es mir wie mit Häkel- und Stricknadeln: Für mich waren sie alle gefährlich – Werkzeuge des Verderbens. Die Worte rutschten mir aus dem Mund. »Kommen Sie rein.«

Er folgte mir die Stufen hinauf und blieb lange genug stehen, um an einem der Verandapfeiler zu rütteln. »Ein ordentlicher Wind, und das hier ist futsch«, sagte er. »Die Flecken hier die Hauswand lang bedeuten, daß Sie dran denken sollten, das Verandadach abzudichten. Sie haben da ein paar Löcher drin.«

Ich war beeindruckt. »Ich kann nichts versprechen, Mr. Wolf.«

»Nennen Sie mich John.«

Als er die Tür erreichte, drehte er sich um und gab den anderen am Van Zeichen. Die Kleine blieb mit Stud auf der Hollywoodschaukel, der Rest, einer nach dem anderen, kam an mir vorbei. Der letzte war der ältere der beiden Jungs. Er blieb stehen, sah an mir hoch und grinste. Dann trat er mir mit einem Fuß auf den Spann, und sein Blick verschränkte sich mit dem meinen. In derselben abgehackten Sprache wie seine Großmutter sagte er etwas zu dem anderen kleinen Kerl. Schmerz schoß mir das Bein hoch, als ich nach ihm greifen wollte. Ich bekam ihn jedoch nicht zu fassen, und er lief ins Haus.

Ich schob Kartons beiseite, Papierstapel, Bücher, räumte Kleinkram von den Stühlen im Musikzimmer, das ich mir als Büro vorgemerkt hatte. Die Kinder blieben nicht lange auf ihrem Platz. Schon wenige Minuten später beobachtete ich sie durch das Erkerfenster mit dem Blick auf den Garten. Einer der Jungs schälte eine Pappel, während der andere Junge und das Mädchen ihn anfeuerten. Keiner schien sich dabei etwas zu denken.

Ich wandte mich der Familie zu. »Kyle hat mir erzählt, daß man Ihren Sohn wegen dieser Geschichte mit Monday Brown verhaftet hat.«

John nickte, sagte aber nichts. Ich setzte mich auf dem Sessel hinter dem riesigen Schreibtisch zurecht, nahm einen Bleistift und klopfte damit nervös auf die Platte ein.

»Vielleicht kommen wir mal auf einige grundlegende Fakten. Sie sagen mir, was ich tun soll, und ich sage Ihnen, ob ich kann.«

»Matthew hat Monday nicht umgebracht.« Johns Stimme war völlig emotionslos, er stellte schlicht und ergreifend eine Tatsache fest.

»Die müssen doch irgendeinen Grund gehabt haben, einen Anlaß, sonst wäre er doch nicht in Gewahrsam.«

Der junge Mann, der vorhin am Van gelehnt hatte, funkelte mich an. Ich versuchte seinem Blick zu begegnen; kopfschüttelnd und mit einem angewiderten Achselzucken wandte er sich ab.

»Matthew ist Indianer. Das ist Grund genug«, flötete die junge Frau dazwischen, die den jungen Mann vorhin getadelt hatte. »Einen triftigeren Grund brauchen die nicht.«

Ich öffnete den Mund, um zu antworten, aber es fiel mir nichts ein, und richtete den Blick wieder auf Wolf.

»Wir haben Matthew gefragt, als wir ihn im Gefängnis besucht haben, ob er Monday umgebracht hat oder ob er weiß, wo Monday ist«, sagte John.

»Und Matthew hat verneint.« Dazu brauchte ich nicht unbedingt ein Medium zu sein.

»Was sollte er sonst sagen?« Der finstere junge Mann, der an die Wand gelehnt stand, trat von einem Fuß auf den anderen und starrte mich böse an. Der harte Kerl und der Haß traten ihm aus jeder Pore, und in gewisser Hinsicht machte er mir höllisch angst. Langsam, aber sicher verstand ich, wie sich Custer gefühlt haben mußte.

»Großmutter hat Matthew gefragt. Ich war dabei und mein Sohn Steven hier auch.« John neigte den Kopf in Richtung des jungen Mannes an der Wand. »Wenn Matthews Großmutter gesagt hat, er war es nicht, dann ist er es auch nicht gewesen.«

»Warum hat man ihn dann verhaftet?«

»Matthew war vor kurzem mit einigen anderen im Arcade.

Monday kam rein, besoffen, und stänkerte die Jungs an. Es kam zu einer Keilerei, und er hat sie ziemlich heftig verprügelt.«

»*Er* hat *sie* verprügelt? Alle drei?«

»Die Polizei kam und ging dazwischen, und man schob die Jungs auf die Straße.«

»Die Bullen haben James übel zusammengeschlagen.« Steven stand da und beugte sich zu seinem Vater hinab.

Johns Gesicht wurde hart, als die Worte aus seinem Mund kamen. Der knappe Satz auf Crow genügte, um den jungen Mann eingeschüchtert zum Schweigen zu bringen; er zog sich an die Wand zurück und sah zum Fenster hinaus. Ich sah das Zucken der Muskeln an seinem Kiefer.

»Einer der Jungs, James Eagle, landete auf der Unfallstation und mußte am Kopf genäht werden«, fuhr John fort. »Matthew war ziemlich wütend. James ist sein Bruder.«

»Sein leiblicher Bruder?«

»Nein, so einer.« Steven hob den Arm mit geballter Faust zu einem machohaften Solidaritätsgruß.

John sagte: »Sie kümmern sich umeinander.«

»Aber daß die Polizei Matthew wegen einer Keilerei in der Spielhalle festnimmt, das hat doch weder Hand noch Fuß.«

Die junge Frau meldete sich wieder. »Nach der Rauferei hat Matthew einer Menge Leute gesagt, daß er Monday umbringen würde. Er war betrunken, und er war verflucht wütend. Nicht daß er der einzige gewesen wäre, der Monday Brown das gesagt hat. Nur daß die nicht im Gefängnis gelandet sind.«

Stille legte sich über den Raum. Visionen von Monday und seinem Ruf zogen mir durch den Kopf. Sie hatten recht. Hätten sich Mondays Feinde hinter Matthew aufgestellt, es hätte sich an jedem beliebigen Tag eine Schlange gebildet.

John sagte etwas zu Steven. Ich hörte, wie die Worte, es war wieder Crow, sich bildeten und durch den Raum flogen. Steven antwortete. Es war unschwer zu sehen, daß er nicht einverstanden war mit dem, was John gesagt hatte. Johns Zorn war offensichtlich. Er hielt Steven die offene Hand hin und sagte etwas.

Steven griff unter sein Hemd und holte ein flaches braunes Bündel heraus. John nahm es, stand auf und legte es vor mir auf den Tisch.

»Was ist das?«

»Das haben wir gestern abend unter dem Vordersitz von Matthews Wagen gefunden.«

»Wenn es um Drogen geht...« Ich schob das Bündel zurück und hob beide Hände.

»Nein, das ist es nicht.«

Meine Reaktion schien nicht den geringsten Eindruck auf John zu machen. Steven stieß sie auf. Er lachte zynisch und sah dann, leise in sich hineinmurmelnd, wieder zum Fenster hinaus. Die junge Frau stieß ihm den Ellenbogen in die Seite.

»Machen Sie es auf«, drängte John.

Ich zog das Bündel wieder in meine Richtung, spreizte mit spitzen Fingern die Öffnung des Beutels und holte den Inhalt heraus. Ich riß den Mund weit auf. Die Stücke waren herrlich. Die Halskette wirkte wunderschön in ihrer Schlichtheit: eine steife Rindslederschnur, mit kleinen länglichen elfenbeinfarbenen Dingern geschmückt, die mir nach Horn oder Knochen aussahen. Sie waren von verschiedener Größe, klein, zierlich und hatten Knubbel an beiden Enden. Farbige Holzperlen trennten sie voneinander.

Die Handtasche war genau das Gegenteil. Ich fuhr mit den Fingern über die winzigen Glasperlen, die auf der Vorderseite eine geometrische Figur bildeten. Sie hatte die Größe einer kleinen Abendhandtasche und hing an einer Schnur aus geflochtenem Leder. Vier lange Haarsträhnen schmückten jede

Seite, und sie hatte einen leichten Bauch. Beide Stücke waren ganz offensichtlich von Museumsqualität. Mir drängte sich der Gedanke auf, daß man mich damit zu bezahlen gedachte. Gott, ich kam wirklich in Versuchung.

»Einfach sagenhaft. Gefällt mir, das Zeug«, sagte ich und rang mit meinem Gewissen, während meine Finger die geometrische Figur nachfuhren. »Wir können etwas ausarbeiten, vielleicht einen Ratenplan.«

»Die Sachen gehören uns nicht«, sagte John.

Vorsichtig nahm ich die Halskette und legte sie mir um, nur um so was einmal im Leben gefühlt zu haben. Sachte zwirbelte ich die langen roten Haarsträhnen der Tasche. »Ich habe noch nie so rotes Haar gesehen. Wer immer das hier gemacht hat, muß irgendeine Naturfarbe benutzt haben, Roßhaar?«

»Skalplocken«, antwortete Steven. Ich blickte auf und sah das boshafte Grinsen, das mir galt.

»Wie bitte?«

»Es ist eine Skalplockentasche. Sehr alt. Aber nicht von den Crows«, erklärte John. Es brauchte nicht viel, um zu sehen, daß Steven das alles gewaltig genoß. Ich versuchte mich, so gut ich konnte, wieder in den Griff zu bekommen. Es kribbelte mir auf der Haut, die feinen Härchen stellten sich auf. Die Kette hing mir plötzlich wie ein Magneteisenstein um den Hals. Ich legte die Finger auf den hängenden Teil und sah John an. Er las meine gehobenen Brauen und öffnete den Mund. »Das da?« fragte er. »Eine Fingerknochenkette. Auch nicht von den Crows.«

Steven starrte mich nach wie vor grinsend an. Ich hob mir die Kette über den Kopf, legte sie wieder auf den Schreibtisch neben den Beutel und stand langsam auf.

Meine Stimme war schrill und bebte. »Würden Sie mich einen Augenblick entschuldigen?«

Ich wartete nicht auf ihre Bestätigung, sondern ging aus dem

Raum, ein bißchen zu aufrecht, zu steif vielleicht. Hinter mir brach Gelächter aus. Ich hörte Steven in seiner knappen Crowsprache. Was auch immer er sagte, es führte zu weiteren Lachsalven. Diese Geschichte verlief ganz und gar nicht gut.

2

Als am selben Abend Roger, ein ehemaliger Liebhaber, mittlerweile Freund *sans sex*, vor dem Haus hielt und dann mit seiner Aktentasche, einem Stapel Schriftsätzen und zwei Tüten Kentucky Fried beladen zur Tür hereingewankt kam, kämpfte ich bereits mit meiner eigenen Arbeitslast. Die Wolfs hatten mich zwei Stunden lang mit Informationen bombardiert, und ich hatte meine liebe Not, sie einzuordnen.

Als gute Hausfrau warf ich zwei Papierteller auf den Couchtisch im Wohnzimmer, tischte Kohlsalat, Kartoffelbrei und Huhn auf und setzte mich zum Essen auf den Boden.

»Wie war's denn so heute? Hast du was weggeschafft?«

»Ja, ja. 'ne ganze Menge«, antwortete ich geistesabwesend. »Wie kommt denn die Malerei bei dir zu Hause voran?«

»Prima. Danke, daß ich die Nacht bei dir unterkommen kann. Ist zehnmal besser als ein Motel. Bist du sicher, daß es dir nicht ungemütlich wird mit mir im Haus?«

»Mach's dir ruhig gemütlich.«

»Ich mir? Ich spreche von dir! Was ist los? Du scheinst mir nicht so recht da zu sein. Ist was passiert, was ich wissen sollte? Eine Überschwemmung im Klo? Hat's das Dach weggeweht?«

»Weil du grade von Dächern sprichst« – ich riß mich etwas zusammen – »ich glaube, ich habe jemanden fürs Dach der Veranda gefunden.«

»Wen?«

»Wen? Wie wen?« fragte ich und versuchte, wieder auf die Erde zu kommen. »Tut mir leid. Ein Typ, der heute hier vorbeigekommen ist.«

»Was ist los, Phoebe? Und sag mir jetzt nicht wieder ›nichts‹.« Roger sah sich im Wohnzimmer um. »Wo ist denn Stud? Er war nicht auf der Veranda, um mir den obligatorischen Riß in die Hose zu machen.«

»Streunt wohl irgendwo rum. Vermutlich auf dem Kriegspfad. Hast du nicht gemerkt, daß die Mäusebevölkerung während der letzten Wochen rapide gesunken ist?«

»An seinem Killerinstinkt wird wohl keiner zweifeln.« Roger buddelte in dem weißen Behälter und grub ein Hühnchenbein aus. »Also, was beschäftigt dich?«

»Was weißt du über die Geschichte um Monday Brown?«

»Komisch, daß du grade auf den kommst. Was ist mit ihm?«

»Erst du.«

»Ich war auf eine schnelle Tasse Kaffee in der Gerichtscafeteria und hörte ein paar Leute hinter mir über ihn reden. Hörte sich an, als hätte irgendein Ausländer Interesse an ihm.«

Roger machte es schon immer Spaß, mich zu triezen. Er hatte auf der Stelle meine Aufmerksamkeit. »Wie das?«

»Alles habe ich nicht mitgekriegt. Beim Gehen habe ich einen der Typen erkannt. Ich habe ihn schon ein paarmal vor Gericht gesehen.«

»In Eisen?«

Roger lachte. »Nein. Als Anwalt. Egal, jedenfalls unterhielten sie sich über irgendeinen Deutschen, der sich an eine Kanzlei hier in der Stadt gewandt hat, damit sie einen Anspruch gegen Mondays Nachlaß vertritt.«

»Nachlaß? Großer Gott! Sie haben ja noch nicht mal eine Leiche. Nach allem, was ich weiß, ist er noch nicht mal tot. Das ergibt doch keinen Sinn.« Ich hörte zu kauen auf. »Oder?«

»Du bist dran«, sagte er und biß in sein Hühnchenbein.

»Ich habe im Garten gearbeitet, heute vormittag, als plötzlich ein Wagen voll Krähen vor dem Haus hielt –«

»Sie heißen nicht wirklich Krähen, Phoebe. Es sind Absarokee. Was soviel heißt wie großschnabeliger Vogel. Krähe ist nur eine verballhornte Version von –«

»Wir versuchen uns hier zu unterhalten, Roger.« Ich wies mit meinem Hühnchenbein auf ihn. »Ich will keine Linguistikstunde, verdammt noch mal.«

»Entschuldige. Ich habe den Stamm hin und wieder unentgeltlich vertreten, und wo wir schon im Zeitalter der politischen Korrektheit leben, dachte ich –«

Ich ließ die Schultern sinken. »Bitte, Roger… denk nicht, hör einfach zu. Sie wollten mich engagieren.«

»Wozu, um alles in der Welt?«

»Der Mann hieß John Wolf. Ich fand ihn sympathisch, Roger. Sogar sehr sympathisch.«

»Und Matthew Wolf ist sein Sohn.«

»Woher weißt du das denn? Manchmal kann ich über deine Beobachtungsgabe nur staunen«, sagte ich mit einem Lächeln.

»Dann laß mal sehen, wie gut ich bin.« Roger legte seine Zeigefinger an die Schläfen, schloß die Augen und lehnte sich ins Sofa zurück. »Es kommt… es kommt… ich hab's! Matthew Wolf ist *un-*… irgend was mit *un*… unschuldig!«

Rogers Humor liegt irgendwo zwischen W. C. Fields und Oompa Loompa. Für gewöhnlich freilich liegt er einfach daneben.

»Ich sag' dir, sie waren faszinierend.«

»Die Familie.«

»Alle neune, inklusive einer alten Frau, die aussah, als käme sie gradewegs aus dem letzten Jahrhundert.«

»Phoebe, ich glaube nicht, daß es eine sonderlich gute Idee wäre –«

»Verdammt noch mal, Roger. Hör endlich auf, dazwischenzuquatschen! Was, wenn er unschuldig ist? So funktioniert das doch, oder? Unschuldig, bis die Schuld bewiesen ist.«

Kopfschüttelnd aß er weiter. »Hast ja recht. Entschuldige. Übernimmst du die Sache?«

»Ich weiß nicht. Das mit dem Deutschen wissen sie schon. Er ist im Gefängnis aufgekreuzt. Mit einem Angebot für Matthew, das er nicht abschlagen konnte.«

»Nein...« Roger zog sein ›Nein‹ für sein Leben gern in die Länge – wie Kaugummi.

»Und jetzt paß auf. Er hatte Begleitschutz. Zwei Leute vom FBI haben ein Treffen mit Matthew und dem Deutschen gedeichselt. Außerhalb des Besuchsraums. Keine Glaswand, keine Telefone. Diese Leute hatten das nicht nötig.«

»Ich nehme an, du wirst mir jetzt erzählen, daß sie ihn ›bearbeitet‹ hätten.«

Ich lutschte mir das Hähnchenfett von der Fingerspitze und zeigte mit dem Finger auf ihn. »Ach was. So raffiniert waren sie auch wieder nicht. Sie haben ihm eine Lampe ins Gesicht gehalten und in seinen Zähnen gebohrt.«

»Wie gemein«, sagte er lachend.

»Der Deutsche hat ihm fünfzigtausend Dollar geboten. Und den besten Verteidiger, der für Geld nur zu haben ist. Wenn...«

»Wenn was?«

»Ach, übrigens, bevor er mit Matthew gesprochen hat, bat der Deutsche die beiden FBIler, den Raum zu verlassen.«

»Das Angebot hat also keiner gehört. Aber zurück zu meinem *wenn was*.«

»Wenn« – meine Pause war lange genug, um Wirkung zu zeigen – »wenn Matthew ihm gesagt hat, wo sich gewisse Gegenstände befinden, die Monday angeblich an dem Tag bei sich hatte, als er verschwand.«

»Gegenstände?« Roger tauchte sein Hühnchenbein in den Kartoffelbrei. »Die fehlende Beute?«

»Genau. Und zwei dieser Gegenstände, denke ich, liegen auf meinem Schreibtisch.« Ich nahm mir ein weiteres Hühnchenteil und biß herzhaft hinein.

»Kleiner Scherz, hm?«

»Würde ich mir mit dir nie erlauben, Roger.«

Rogers Hühnchenbein hüpfte wie ein Gummiball, als er es auf den Couchtisch warf. »Diesmal hoffe ich doch, daß das ein kleiner Scherz ist. Verdammt. Hast du eine Ahnung, was für Ärger du dir da aufhalst? Oder mir, falls es dich interessiert? Also, ich hätte dich für gescheiter gehalten.«

»Wie gescheit? Wie ein gewisser Herr mit der ekelhaften Angewohnheit, Brathähnchenbeine in Kartoffelbrei zu tunken?«

Er stand auf und ging aus dem Raum.

»Wo willst du denn hin?« fragte ich, erschrocken über seinen Ausbruch.

»In dein Büro. Wohin denn sonst?«

Er hatte sowohl den Beutel als auch die Kette in der Hand, als er wieder hereinkam.

»Sieht hübsch aus, das Zeug. Ist aber in den meisten Bundesstaaten illegal. Mit dem Besitz von Leichenteilen kann man mächtig Ärger bekommen.«

»Du weißt, was das ist?«

»Sicher, ein Skalplockenbeutel und eine Fingerknochenkette. Für was hast du's denn gehalten?«

»Mann, das hab' ich auch gewußt.« Mein Blick fiel auf die roten Haarbüschel.

»Sie stehen auf der Liste, Phoebe.«

»Was heißt denn das wieder?« Ich stand auf. Ich hatte plötzlich ein flaues Gefühl im Magen. »Auf welcher Liste?«

»Hättest du mich ausreden lassen, hätte ich es dir gesagt.«

»Spann mich nicht auf die Folter, Roger. Was für eine verdammte Liste?«

»Unsere Firma vertritt den Deutschen. Er hat eine Liste, eine *lange* Liste – von Gegenständen. Er hat außerdem eine Quittung, die bestätigt, daß er für alles im voraus bezahlt hat. Es handelt sich um sechs oder sieben Beutel und Halsketten wie diese hier.« Er hielt sie mir hin. Da es mir wie ein Sakrileg erschien, sie ihm aus der Hand zu schlagen, ging ich den baumelnden Fingerknochen einfach aus dem Weg. »Außerdem noch ein Bild von einem von Custers Scouts, das man früher nur für Legende gehalten hat, ein paar Karten und die Ahle, mit der eine Sioux-Frau Custer angeblich das Trommelfell durchstochen haben sollte. Die Ahle ist in einem Medizinbeutel einer Sioux gelandet. Ganz nette Liste. Du mußt die Polizei rufen. Sofort.«

»Einen Dreck muß ich. Das hier fällt unter die Schweigepflicht meinem Klienten gegenüber.«

»Du deckst ein Verbrechen. Ruf die Polizei.«

Das Telefon rettete mich. Ich stürzte aus dem Zimmer und hatte schon beim vierten Klingeln den Hörer in der Hand.

Als ich ins Wohnzimmer zurückkam, drehte Roger noch immer den Beutel in der Hand. »Die haben wirklich verdammt gut gearbeitet.«

»Beim Skalpieren oder mit den Perlen?«

Stirnrunzelnd sah er zu mir auf. »Beides. Wer war denn dran?«

»Stud.«

»Wer?«

»Stud«, antwortete ich.

»Ah ja. Und was wollte er? Kondome?«

»Er ist zu Besuch bei Freunden und kommt erst morgen wieder.«

»Nun hör schon auf, Phoebe. Wer war *dran*?«

»*Stud*. Er ist in *Pryor*.«

»Das ist wohl ein Scherz.«

»Würde ich mir bei dir, wie gesagt, nie erlauben.« Um die Wahrheit zu sagen, ich hatte Mühe, meinen Ärger über die Entführung meines Katers zu unterdrücken. Ich war nicht auf den Gedanken gekommen, die Kleine vor der Abfahrt der Wolfs zu filzen. Wenn ich so zurückdachte, hatte ich sie noch nicht mal gehen sehen. Sie war bereits im Van verschwunden.

»Er hat sich von Freunden mitnehmen lassen. Sie bringen ihn morgen vorbei.«

»Wie, zum Teufel, kam das denn?«

»Frag mich nicht, Roger. Bitte frag mich nicht. Sehen wir zu, daß wir den Saustall hier wegräumen.« Ich begann den Couchtisch abzuräumen.

»He, he, stopp. Wir haben noch miteinander zu reden.«

»Tut mir leid, Roger. Ich würde noch nicht mal im Traum dran denken, gegen meine Schweigepflicht zu verstoßen.«

»Du bringst mich hier in eine saublöde Lage. Ich hatte angenommen, daß du den Leuten abgesagt hast.«

»Man sollte nie, niemals etwas annehmen.«

»Wann hast du's ihnen gesagt?«

Ich warf einen Blick auf die Uhr. »So vor drei Minuten.«

»Phoebe, um Himmels willen, überleg's dir noch mal. Was genau sollst du denn eigentlich tun? Wäre ein guter Strafverteidiger nicht sinnvoller?«

»Er hat einen Offizialverteidiger. Damit ist doch schon alles so gut wie gelaufen, nicht, Roger?«

»Was genau sollst du tun?« Wieder sprach er ganz langsam und nachdrücklich.

»Ihnen einen Vorteil gegenüber dem System verschaffen.«

»Heilige Maria, Mutter Gottes…« Roger beugte sich zurück und warf die Arme in die Luft.

»Jetzt wirst du päpstlich, Roger. So viel Heiligkeit auf einen

Schlag.« Ich hob die Stimme fast bis zum Sopran. »Und du weißt, wie ich das hasse!«

»Mit dir kann man doch nicht vernünftig reden. ›Jetzt wirst du päpstlich, Roger‹«, äffte er mich nach. »Ich könnte aus der Haut fahren, wenn du mir mit deinen… deinen verdammten Sprüchen kommst. Das hier ist ernst.«

»Das ist es auch, wenn ein junger Indianer wegen Mordverdacht verhaftet wird. Ihn der Justiz zu überlassen ist Selbstmord. Das weißt du genausogut wie ich. Verdammt, die haben doch noch nicht mal eine Leiche. Vielleicht hat Monday sich ja nur verdrückt.«

»Natürlich.«

»Man kann nie wissen. Die Sachen hier sind in Matthews Wagen aufgetaucht. Die Wolfs wollen wissen, woher sie kommen und wer Interesse hatte, sie dort zu verstecken. Wenn ich das Zeug finde, haben wir, falls einer Monday zum Recyceln gegeben hat, eine gute Chance herauszufinden, wer's war.«

»Und wenn sich herausstellt, daß dieser jemand Matthew Wolf heißt?«

Ich gab ihm keine Antwort. Ich hatte anderes im Kopf: Der Beutel und die Kette starrten vom Tisch her zu mir herauf.

3

In jener Nacht hatte ich sehr lebhafte Träume. Ich sah sie über die Prärie laufen, in einem bedruckten Kattunkleid, die langen roten Locken – oder vielmehr das, was davon noch übrig war – flatterten im Wind hinter ihr, die blutigen Hände, an denen einige Finger fehlten, hoch in der Luft. Armes Ding. Nie wieder würde sie Brot kneten, sich an einem Waschbrett die Knöchel wund reiben können; und obendrein kaum noch Haare. Knochige Finger gruben sich mir in die Schultern. Schweißgebadet wachte ich auf. Vielleicht hatte Roger ja recht. Aber jetzt war es zu spät.

Ich warf die Decke beiseite, stieg aus dem Bett, folgte einem Mondstrahl ans offene Schlafzimmerfenster und starrte auf den Hof unter mir. Pappeln, wilde Rosen und Weiden umgaben auf drei Seiten das Haus. Es war so gut wie unzugänglich außer auf den schmalen Wegen, die sich durch die Anlage schlängelten. Über den Bäumen sah ich hier und da das Schimmern des Mondlichts im Yellowstone River, der sich lautlos durch die Nacht wälzte.

Meine Gedanken schweiften ab. In seiner besten Zeit mußte es ein wunderschönes Haus gewesen sein: die Erfüllung eines Traums für wen auch immer, der es sich ausgedacht, den Grund gekauft und das hohe Gebäude hingestellt hatte. Meine Nachforschungen hatten ergeben, daß es als Familienresidenz eines reichen Bankiers gebaut worden war, den hungerleidende Rancher und Schienenleger reich gemacht hatten.

Im Lauf der Jahre hatte es mehrere Male den Besitzer gewechselt. Die Wände hatten das Lachen von Spielern und Whiskyschmugglern gehört, die sich die Dienste der *gefallenen Frauen* leisteten, die ihrem Gewerbe wahrscheinlich hier in meinem Schlafzimmer nachgegangen waren. Man hatte das Klavier durch eine Orgel ersetzt, das Gelächter durch Totenstille, als ein Leichenbestatter die ausstehenden Steuern bezahlt, Big Betty aus dem Geschäft gedrängt und sein eigenes aufgezogen hatte.

In den sechziger Jahren hatte ein ahnungsloser Nachlaßverwalter das Haus an drogenselige Hippies vermietet, die auf der Veranda Makramee-Arbeiten, Batikgefärbtes und Gras verhökerten. Die siebziger Jahre bescherten dem Haus wieder eine Familie, bis das Familienbudget die Reparaturen nicht mehr verkraftete. Es hatte eine Geschichte, genau wie ich. Ich sah es gern als leichtes Mädchen, das dann doch noch zu Gott gefunden hat. Die Erinnerungen waren noch lebendig, aber die Zukunft voll Hoffnung.

Ich sah angestrengt in die Nacht hinaus und versuchte mir vorzustellen, wie es hier wohl ausgesehen haben mochte, bevor man das Haus hier ins Tiefland gebaut hatte; ich fragte mich, wie es wohl gewesen war, vor langer Zeit, als noch die Vorfahren der Wolfs diese Gegend durchstreiften, als sie ihnen noch gehört hatte.

Indianer haben mich schon immer fasziniert. Ich kann mich nicht erinnern, mich als kleines Mädchen als Dame von Welt verkleidet zu haben. Ich verbrachte den größten Teil meines Sommers damit, hinter dem Haus Feuer zu machen, indem ich zwei Stöckchen gegeneinanderrieb. Es funktionierte nur nicht. Ich erinnere mich noch an die Filme meiner Kindheit, Hunderte von Nachmittagsvorstellungen, Samstag für Samstag, jeder einzelne ein Western, und immer drückte ich den Indianern die Daumen. Gewonnen haben sie freilich nie. Würde Matthew Wolf gewinnen? Sollte er? Ich war mir nicht sicher, ich wußte nur, daß ich es herausfinden mußte.

Irgend etwas ließ mich aufhorchen. Ich war mir nur nicht sicher, was. Ich spitzte meine Ohren und lauschte durch das stille dunkle Haus. Es war das Telefon. Roger schlief im Raum nebenan, und das letzte, was ich wollte, war, ihn aufzuwecken. Auf Zehenspitzen lief ich durchs Zimmer, ging auf den Flur, die Treppe hinunter zum Apparat. Je näher ich kam, desto lauter wurde es. Diesmal konnte es nicht Stud sein.

Die Standuhr am Ende der Diele schlug eben halb vier.

»Hallo?« Ich hörte mich flüstern.

»Hast du geschlafen?«

»Nein, Kyle. Ich bin gerade beim Fitneßtraining.«

»Was flüsterst du denn?«

»Ich will Roger nicht wecken.«

Kyle war einen Augenblick still. »Roger? Ist der etwa wieder angesagt?«

»Ach was. Er hat die Maler im Haus, da habe ich ihm ein Zimmer angeboten.«

»Sicher doch, Phoebe«, sagte er und kicherte. »Ich dachte, es interessiert dich vielleicht, daß man eben gar nicht so weit von dir James Eagle aus dem Fluß gefischt hat.«

»James?«

»Einer von den Jungs aus der Keilerei im Arcade.«

»Scheiße. Wann?«

»Ich habe eben aufgelegt. Der Anruf kam vielleicht vor einer Dreiviertelstunde. Wie's aussieht, sind ein paar Leute nachts zum Angeln runter und haben ein bißchen mehr gefangen, als ihnen lieb war. Ich bin unterwegs. Treffen wir uns dort?«

»Sicher. Laß mir nur Zeit, mich anzuziehen.«

»Kennst du eine Stelle namens Agate Bar?«

»Ja. Ich nehme einfach den Weg hinterm Haus und bin da, noch bevor du die Hosen anhast.«

»Phoebe?«

»Brauchst nichts zu sagen, Kyle. Du hast mich nicht angerufen.«

»Danke.«

Als ich angezogen war und auf Zehenspitzen zur Hintertür hinausschlich, stand der Mond ein Stückchen höher und schien direkt auf die Wipfel der Bäume. Ich nahm den Weg und fragte mich kurz, was, zum Teufel, ich hier draußen zu suchen hatte. Das Gebüsch um mich herum reichte mir bis an die Schulter und drüber. Ein leichter Wind war aufgekommen, spielte mit den Spitzen der Zweige, bog sie mir zu. Je näher ich an den Fluß kam, desto dicker wurde die Luft. Sie war nicht unangenehm, nur schwer und voll Fisch. Regen war im Anzug.

Ich wandte mich nach rechts und folgte dem felsigen Ufer nach Osten. In einiger Entfernung hörte ich gedämpfte Stimmen und sah den Strahl einer einsamen Taschenlampe in meine Richtung wandern. Ich trat vom Weg und blieb gegen einen Baum gedrückt stehen. Hinter mir bewegte sich etwas. Ich fuhr zusammen und drehte mich nach dem Geräusch um. Ich hatte es als Mädchen mal mit den Pfadfindern versucht, aber nach vierundzwanzig Stunden und einigen Strophen von »Row, Row, Row Your Boat« wußte ich, das war nichts für mich. Eine Waldeule jedenfalls war ich nicht.

Zoos gab es aus gutem Grund: um den Menschen vom Tier zu trennen. Und da stand ich, gegen einen Baum gedrückt, inmitten von Büschen und Sträuchern mit Dornen, die spitz genug waren, meine Levis zu durchbohren. Ich hatte nichts anderes im Kopf als Roger, der mir erzählt hatte, daß er Katzenspuren gesehen zu haben glaubte. Nicht die von Stud. Durch unsere Gegend ziehen hin und wieder Pumas, und soviel ich wußte, lief einem gerade hinter oder über mir das Wasser im Maul zusammen.

Der Strahl der Taschenlampe kam näher und schwenkte vom Flußufer ab hin zum Waldrand. Ich wollte mich eben dukken, als er mich im Gesicht erwischte.

»Stehenbleiben«, rief eine tiefe Stimme. »Kommen Sie raus, und nehmen Sie die Hände über den Kopf.«

Die Stimme war unverkennbar. Bud Sullivan war der größte Deputy im Bezirk. Nicht seiner Intelligenz wegen. Trotzdem war er einer der nettesten Kerle, die man sich vorstellen kann. Er war mit meinem Onkel John auf der Polizeischule gewesen und hatte schon während meiner Jugend hier Dienst getan.

»He, Bud. Meine Netzhaut macht gleich schlapp. Kannst du das Ding da nicht woandershin richten?« Einen Augenblick lang sagte keiner von uns beiden etwas.

»Wer ist da?«

»Phoebe.«

Ich kam mir vor wie in einem der *Klopf-klopf*-Witze, die ich so gern mag. Hätte er in diesem Augenblick gesagt: *Phoebe wer?*, ich hätte mir wahrscheinlich in die Hose gemacht.

»Phoebe Siegel?«

»Dieselbe. Aber ich kann noch immer nichts sehen, solange du nicht das verdammte Ding aus meinem Gesicht nimmst.« Ich hörte den scharfen Unterton in meiner Stimme.

»Hoppla, tut mir leid, Gute. Was treibst du denn um diese Zeit hier draußen?« fragte er, als er die Taschenlampe senkte und auf mich zukam. Er bot mir die Hand, als ich aus dem Dornengestrüpp auf den Kies hinaustrat.

»Im Augenblick verblute ich wahrscheinlich wegen der Kratzer an meinen Schenkeln«, sagte ich und verzog das Gesicht. »Was hast du mir bloß für eine Angst eingejagt, Bud. Ich denke, ich könnte dich dasselbe fragen. Was treibst du hier draußen?«

»Wir haben da einen Jungen am Ufer.«

»Tot?«

»Absolut.«

»War um Mitternacht schwimmen und hat's nicht bis rüber geschafft, was?«

Er wandte sich wieder in die Richtung, aus der er gekommen war. »Wenn er's mit auf den Rücken gebundenen Händen versucht hat. Sieht so aus, als hätte ihm einer eine Kugel in den Hinterkopf geschossen und ins Wasser geworfen.«

»Von der Brücke?« Ich mußte weiter ausschreiten, um mit ihm Schritt halten zu können.

»Nein. Die Brücke kommt nicht in Frage, da wird gebaut. Den müssen sie irgendwie runtergefahren haben...« Bud kratzte sich am Kopf. »Der war noch nicht lang im Wasser. Die Augen hat er noch. Die Fische waren noch nicht dran.«

»Herrgott, Bud...«

»So ist das nun mal, weißt du. So 'n Fisch geht einfach her und knabbert –«

»Ich weiß. Ich weiß.« Ich versuchte, ihn zum Stillsein zu bringen.

»Und hängengeblieben zu sein scheint er auch nirgendwo. Meiner Ansicht nach ist er einfach in eine Strömung geraten und auf die Sandbank getrieben.«

»Wer hat ihn denn identifiziert?«

Sofort kam bei Bud der Polizist durch. »Was bringt dich denn darauf, daß er schon identifiziert ist?«

»Nichts, Bud. Ich habe mich nur gefragt, ob einer weiß, wer's ist.«

»So hat sich das aber nicht angehört, Phoebe, oder? Was, hast du gesagt, machst du hier draußen?«

»Ich suche meinen Kater. Er ist mir ausgekommen, und ich habe Angst wegen dem Fluß. Ich habe gehört, daß grade ein Puma rumstreift.«

Er entspannte sich. »Ach was, verdammt. So einer legt sich doch nicht mit 'ner Hauskatze an. Aber andererseits…« Er kratzte sich am Kopf. »Hast du ihn gefunden?«

»Nein. Keine Spur. Er wird schon auftauchen. Wahrscheinlich, wenn's hell wird«, schwindelte ich weiter. »Weiß man denn, wer es ist?«

»Ein junger Indianer. Zwanzig Jahre alt, wenn überhaupt. Also leicht haben's die wirklich nicht. Tappen von einer Scheiße in die andre. Ich komm' einfach nicht dahinter, aber aus irgendeinem Grund werden die einfach nicht alt.« Bud langte herüber und nahm meinen Ellenbogen, um mir über ein angetriebenes Stück Treibholz zu helfen. »Ein Kollege von der Stadtpolizei ist unten. Er meint, der Junge sei ein gewisser James Eagle. Er hatte erst vor kurzem einer Klopperei im Arcade ein Ende gemacht, daher kennt er den Jungen.«

»Wer ist das denn?«

»Clint Beemer. Kennst du ihn?«

»Allerdings.«

Jeder kannte Clint Beemer. Warum der noch bei der Polizei war, das wußte auch keiner. Er war ein großer, fieser Kerl, der kein Blatt vor den Mund nahm, was seine Verachtung für Indianer anging. Steven Wolf hatte wahrscheinlich recht: Wenn Bremer bei der Keilerei im Arcade dazwischengegangen war, hatte er dem Jungen wahrscheinlich auch die Abreibung verpaßt. Er war ein Arschloch, und damit hatte er einen einfach über.

Wir erreichten das Grüppchen Männer, das im Halbkreis am Ufer stand. Kyle blickte auf, als ich näher kam, und furchte die Stirn. Ich hielt mich im Hintergrund. Einen Augenblick später kam er zu mir herüber.

Er sprach leise und geheimnisvoll. »Das war keine so gute Idee.«

Ich warf einen Blick auf die Leiche auf dem Boden, als der Halbkreis darum herum sich öffnete.

»Besser, du gehst wieder heim. Ich melde mich dann in ein paar Stunden. Die sammeln hier alles mögliche auf.«

»Was denn?«

»Halsketten. Tauschgüter. Aber ich kann es wirklich nicht gebrauchen, daß sich einer womöglich noch fragt, was du hier treibst.«

»Jetzt wird's aber ein bißchen verrückt, Kyle. Du hast mir doch selbst gesagt, daß wir uns hier treffen«, flüsterte ich zurück.

Er sagte nichts.

»Kyle –«

»Ich ruf' dich an.« Er ließ mich stehen und ging zu den anderen.

Ich wandte mich ab und ging den Weg zurück, der mich nach Hause führen würde. Vorsichtig setzte ich einen Fuß vor den anderen und sah mir die Steine an, als ich mir unter verhaltenen Flüchen meinen Weg suchte.

»Wieso, zum Teufel, rufst du mich dann an?« murmelte ich. Kyle und seine Familie gingen mir langsam aber sicher auf den... Auf den Steinen unter mir glitzerte was. Ich ging einen Schritt zurück und kniete nieder. Eine silberne Kette lag eingerollt zwischen den Steinen. Ich streckte den Arm und hob sie auf. Ein pendelndes Gewicht hielt sie straff. Ich schloß die Hand um etwas Glattes, und als ich es näher an die Augen hob, drehte ich mich so, daß der Mond es beschien.

Es ist ein merkwürdiges Gefühl, wenn man etwas konkret vorhersagen kann. Zum Beispiel, wer am Telefon ist, wenn es läutet, oder wer vor der Tür steht. Oder wenn man mit Bestimmtheit sagen kann, wenn einem jemand folgt. Die Taschenlampen hinter mir waren verblaßt, die Stimmen kaum noch hörbar. Es passierte in dem Augenblick, als ich zu erkennen versuchte, was ich da in der Hand hatte.

Einen Sekundenbruchteil lang blickte ich auf. Das schmierende Mondlicht sorgte für einen Stroboskopeffekt auf dem Waldrand. Eine Gestalt schlüpfte geisterhaft und flink hinter den dicken Stamm einer Pappel. Ich stutzte, starrte hinüber, versuchte in der Dunkelheit etwas zu sehen. Ich hatte zwei Möglichkeiten: mich nach Hause durchzuschlagen oder dorthin zurückzugehen, wo ich die Leute wußte. Konnte Roger mir gefolgt sein? Wahrscheinlich nicht. Vielleicht waren die Polizisten so weit heruntergekommen oder näherten sich von der anderen Seite. Auch das war nicht sehr wahrscheinlich. Ich entschied mich dafür weiterzugehen.

Meine Fußsohlen taten weh. Auf Steinen zu gehen war günstigstenfalls schwierig. Ich hatte meinen Füßen in diesem Jahr schon einmal übel mitgespielt, gleich nachdem ich eingezogen war und das Flußufer entdeckt hatte. Stundenlang war ich auf- und abgewandert, hatte mit Mutter Natur kommuniziert und festgestellt, daß ihre Antwort darin bestand, mit *ihren* Steinen für blaue Flecke an *meinen* Füßen zu sorgen.

Der Nachthimmel über mir wurde dunkler. Aus der Ferne hörte ich es grollend donnern. Wolken schoben sich vor den Mond, bis er ausgelöscht war. Noch immer hing der schwere feuchte Geruch in der Luft. Fisch. Fauliges Holz. Alles um mich herum stand stumm in der pechschwarzen Nacht. Der Wind hatte zugelegt und brachte auf seiner eisigen Luft einen leichten Regenduft mit.

Schwer zu sagen, wo genau ich war. Ich wandte mich nach links, wo ich den Weg vermutete, und bog vorsichtig in den Wald. Der feste Humus massierte mir sanft die schmerzenden Füße. Wieder legte der Wind zu, pfiff jetzt durch die Wipfel der Bäume, knallte die Äste gegeneinander, schickte einen Regen hilflosen Laubs auf mich herab. Hinter mir knackte etwas.

Ich drehte mich in dem Augenblick um, in dem ein Blitz durch die Dunkelheit fuhr und den Weg ausleuchtete. Die Gestalt eines Mannes tauchte auf, nur einen Augenblick, als Silhouette, dann verschwand sie wieder hinter dem Vorhang der Dunkelheit.

Der Schmerz in meinen Füßen war wie weggeblasen durch die Kraft, die mir in die Beine fuhr, als ich nahezu über den Boden flog in der verzweifelten Hoffnung, auf dem richtigen Weg gelandet zu sein. Nicht daß ich endlos flußabwärts lief. Der Regen stellte sich ein, und das gleich in Strömen. Ich stolperte, landete auf den Knien, raffte mich wieder auf. Meine Hand war leer. Ich sah mich um, sah nichts und sank wieder zu Boden. Hektisch fuhr ich über die Erde auf der Suche nach was immer ich da gefunden hatte. Es war noch da, naß und schlammig; ich hatte es wieder in der Hand.

Als ich mich der Lichtung näherte, sah ich in der Ferne das Licht auf der Veranda hinter dem Haus. Das Gras war naß und glatt. Ich ging für einen Augenblick noch mal zu Boden, kam wieder zu Atem und raste die Stufen hinauf. Ich entsinne mich nicht, daß meine Füße die wettergegerbten alten Dielen berührten oder meine Hände den Metallgriff an der Fliegentür. Jedenfalls war ich drin. Ich knallte die Küchentür hinter mir zu und lehnte mich keuchend dagegen. Ich steckte das Ding in meine Tasche und hob die Hände, um mir die zerzausten Haare aus dem Gesicht zu streichen. Ich roch den widerlichen Schmutz daran.

»Wo, zum Teufel, bist du gewesen?« Roger kreischte praktisch, als er in der Eßzimmertür auftauchte. »Ich habe dich überall gesucht.«

»In dem Aufzug?« sagte ich, nach Atem ringend. Roger stand in Unterwäsche vor mir, die Hände in die Hüften gestemmt. Die Hysterie kroch mir die Kehle hoch. Ich biß mir auf die Lippe, um nicht laut aufzulachen.

»Also?«

»Ich habe nur den Abfall rausgebracht«, antwortete ich.

»Um diese Zeit?«

»Ich versuche, so was nicht mehr aufzuschieben wie früher. Du solltest beeindruckt sein.«

»Du siehst aus, als wärst du in den Container gefallen.« Er gab sich alle Mühe, wütend zu klingen.

»Genau, ich... ah, ich habe reingeguckt, und schon lag ich drin. Gott, das war vielleicht dreckig und stinkig und –«

»Das verdammte Telefon hat geklingelt, also stand ich auf und ging ran. Wer immer dran gewesen ist, er hat wieder aufgelegt. Du warst nicht in deinem Zimmer, da – ach, was soll's, ich geh' wieder ins Bett, Phoebe. Es ist fast fünf Uhr früh. Vielleicht bekomme ich die Augen noch mal für eine Stunde zu.«

»Geh ruhig rauf, Roger. Ich muß nur noch abschließen und den ekeligen Knies aus dem Gesicht kriegen.«

Er verschwand um die Ecke. Auf der Stelle hatte ich die Hand in der Tasche und holte den Gegenstand heraus, der gegen mein Bein drückte. Es war ein flacher Stein, aus dem man einen Fisch geformt hatte. Die Musterung war deutlich und dekorativ. Durchs Auge war ein Loch gebohrt. Ich drehte ihn von einer Seite zur anderen. Was immer für ein Stein das auch war, er war glatt wie ein Stück Seife und etwa genauso lang. Ich schob ihn wieder in die Tasche zurück, machte das Küchenlicht aus und verschloß das schmale Fenster gleich rechts neben der Hintertür.

Mir stockte der Atem, mein Herz krampfte sich zusammen. Eine hochgewachsene Gestalt kam hinter einem der Bäume hervor und streckte die Arme nach mir aus. Ein weiterer Blitz beleuchtete den Himmel, und das gezackte Licht fuhr glitzernd in den Regen, der ihm auf die nackte Brust trommelte. Ein Donnerschlag ließ die Fenster erzittern. Ich beugte mich vor, wischte den Beschlag weg, der sich auf der Scheibe zu bilden begann, und blickte hinaus in die Nacht. Ich hätte schwören können, daß sein Gesicht, wenn er überhaupt eines hatte, schwarz angemalt war. Beim nächsten Blitz war er verschwunden. So als wäre er nie dagewesen.

4

Um elf Uhr vormittags war Stud noch immer nicht wieder da, Kyle hatte sich noch nicht gemeldet, und ich lief eine Furche in die Dielen zwischen Vorder- und Hintertür. Immer wieder spähte ich zwischen die Bäume hinter dem Haus und fragte mich dabei, ob mir meine Augen einen Streich gespielt hatten. Ich hatte das abstoßende schwarzbemalte Gesicht und die Silhouette des halbnackten Mannes höchstens für den Bruchteil einer Sekunde gesehen. War das etwa ein Produkt meiner hyperaktiven Phantasie gewesen? Vielleicht. Aber nicht die Leiche auf der Sandbank.

Schließlich brachte ich genügend Mut auf, zur Hintertür hinaus und die Stufen hinabzugehen, um mir den Waldrand hinter dem Garten genauer anzusehen. Und der Teufel soll mich holen, aber da war es schon: eine schwarze Narbe auf einer der jahrhundertealten Pappeln. Wahrscheinlich hatte ein Blitz einen ihrer schweren Äste abgeschlagen und dann verbrannt. Ich kam mir wie eine Idiotin vor, sogar ein bißchen neurotisch, aber mir fiel ein Stein vom Herzen. Das Klingeln des Telefons an der Küchenwand rief mich zurück ins Haus.

Phoebe –«

»Verdammt noch mal, Kyle«, rief ich in den Hörer. »Das nennst du ein paar Stunden?«

»Tut mir leid. Gott, du flüsterst ja schon wieder.«

»Ich flüstere nicht, ich bin heiser. So was kommt vor, wenn ich nicht zu meinem Schlaf komme. Ich habe mich gestern zu Tode erschreckt. Ich dachte, jemand wär' mir bis zu meinem Haus gefolgt, nachdem ich von dir weg bin.«

»Scheiße.«

»Das war ein Baum, Kyle.«

»Wie kommst du denn darauf?« fragte er. »Dir ist doch klar, daß wir die ganze Nacht über Leute in der Gegend hatten? Das war sicher einer von denen.«

»Da hätte er schon auf dem Weg zu einem Maskenball sein müssen, Kyle.«

»Was?«

»Hör zu, es war finster, und es hatte zu regnen angefangen. Ich hatte das Gefühl, jemanden hinter mir zu haben, also drehe ich mich um und sehe ein paar Meter hinter mir auf dem Weg einen Typ.«

»Hast du nicht eben gesagt, daß es ein Baum war?«

Ich kam ins Schleudern. Ich hatte die Gestalt zweimal gesehen! Direkt bevor ich gefallen war. Noch ein ausgebrannter Baumstamm? Möglicherweise.

»Phoebe, bist du noch dran?«

»Ich bin da, ich habe nur überlegt.« Ich verdrängte die Möglichkeiten. »Wie auch immer, meine Phantasie hat meinen Beinen Flügeln verliehen, ich bin losgeflitzt, und da habe ich den steinernen Fisch verloren, den –«

»Was für einen steinernen Fisch?«

»Das Ding, das ich gefunden hatte. Es hängt an einer silbernen Kette. Die Kette sieht neu aus.«

»Phoebe, wir treffen uns mittags im McDonald's an der Grand. Bitte warte, wenn ich mich verspäte.«

»Bist du sicher, daß du dir das leisten kannst?«

»Laß den Fisch zu Hause. Versteck ihn irgendwo. Und sag es für den Augenblick niemandem –«

»Diese Geheimnistuerei nutzt sich langsam ab.«

»Jetzt hör aber auf, Phoebe. Die Königin der Geheimniskrämer beschwert sich? Punkt Mittag, okay? Und steck die beiden anderen Sachen gleich mit dazu.«

»Kyle –« Die Leitung war tot.

McDonald's an der Grand Avenue um die Mittagszeit ist ein Alptraum für jemanden mit Platzangst. Geschlagene zehn Minuten stand ich in der gegenüberliegenden Spur, bevor ich links auf den Parkplatz einbiegen konnte. Kyles Blazer war nicht unter den Chevy Luvs und den Datsun Pickups, die auf überdimensionalen Reifen anderthalb Meter über dem Boden standen. Ich stellte mich zwischen einen weißen mit Smiley-Begrenzungslichtern und einen schwarz-roten mit ein paar hundert leeren Bierdosen auf der Ladefläche. Mein 49er Chevy-Truck erschien winzig daneben und machte sich wie eine Pennerin auf dem Rodeo Drive.

Ich ging auf den Eingang zu. Vor dem stand eine Gruppe offensichtlich brünstiger Typen, die einander schubsten und mit den Ellenbogen anstießen – Muskelspiel für zwei langbeinige Mädchen in kurzen Röcken ganz in der Nähe. Nicht daß ich Heranwachsende nicht mag, aber manche Männer ticken nun mal anders, und manche Frauen hören nicht auf ihre biologische Uhr. Zu denen gehöre auch ich. Als ich auf die Tür zukam, erspähte ich den Jungen, der Ärger machen würde: ein dunkelhaariger Typ mit glänzender Haut, entweder Mexikaner oder Indianer, mit stacheligem Haar und Nackenschwanz.

»Ej, Tuss'… Lädst 'nen Typ zu 'nem Burger ein?« Seine Hand kam vor und versperrte die Tür in dem Augenblick, als ich sie aufstoßen wollte.

Ich starrte ihm direkt in die Augen und lächelte. Er machte es mir nach und spitzte die Lippen zu einem Küßchen. Die Gruppe brach in Gelächter aus. Schwer zu sagen, wieso Jugendliche auf eine Art derart abstoßend sein können. Vielleicht weil sie so völlig hemmungslos sind. Sie legen es einfach darauf an, und meist haben sie auch noch Erfolg damit. Ich spürte, daß ich rot anlief.

»Krieg dich wieder ein, Louis«, winselte eine hohe Halbwüchsigenstimme irgendwo hinter mir.

»Ist ein guter Rat, Louis. Bist genau der Mann, den ich suche. Vielleicht willst du eine Dame zu einem Burger einladen.« Als ich mich abwandte, sah ich Kyle vor mir.

Louis wurde sichtbar kleiner.

Kyle packte Louis an einer der Gürtelschlaufen an seiner Jeans und bugsierte ihn Richtung Tür. »Mach die Tür auf und zeig ihr, wie höflich du sein kannst.«

»Scheiße«, murmelte Louis, als er die Tür aufstieß. Kyle zog gerade mal so kräftig an der Schlaufe, daß der Junge auf Zehenspitzen gehen mußte. Wieder lachten die anderen, aber diesmal leiser, kontrollierter und mit einem Anstrich von Respekt, der ihnen so ganz und gar nicht behagte.

Ich folgte ihnen, als Kyle durch eine andere Tür wieder nach draußen ging, und landete neben einem großen roten Bauwagen in einem Hof mit schmiedeeisernem Zaun. Er forderte den nach wie vor in sich hineinbrummelnden Louis auf, sich an einen weißen Kunststofftisch zu setzen. Louis setzte sich.

»Ist doch immer wieder eine Freude, einem Gesetzeshüter bei der Arbeit zuzusehen. So wie du dem an die Wäsche bist, einfach brillant. Ich bin froh, daß man euch noch ein paar unerlaubte Griffe beibringt«, flüsterte ich Kyle ins Ohr, als er ein Bein über die Bank gegenüber schwang und sich setzte. Er antwortete nicht.

»Wo warst du gestern abend, Louis?« fragte Kyle.

»Daheim. Hab' so rumgehangen«, antwortete Louis. Der Macho stellte sich wieder ein. Finster sah er Kyle an.

»Das will ich nicht hören, Louis. Hast du von deinem Spezi

James gehört? Nach allem, was ich so gehört habe, wart ihr gestern abend zusammen.«

»James? Vergiß das, Mann.«

»Du hast so zirka fünf Sekunden, Louis, dann nehm' ich dich mit auf die Wache, und du bist dran.«

»Scheiße!« Louis wandte sich angewidert ab, schüttelte den Kopf und wandte sich Kyle dann wieder zu. »Kann schon sein, daß ich ihn gesehen hab'. Wieso?«

»Wo?«

»In der Gegend.«

»In welcher Gegend, Louis?«

»Auf einer Party. Auf der Straße. Im Traum, Mann. Was, zum Geier, quetschen Sie mich wegen James aus?«

»James war heut nacht schwimmen im Fluß.«

»Schwerverbrechen, was? Haben Sie ihn ganz allein gekascht, oder war's eine große Operation?« Louis beugte sich über den Tisch und grinste Kyle an.

Kyles Hand knallte so schnell und hart auf den Tisch, daß es nicht nur Louis, sondern auch mich eine Handbreit von der Bank hob.

»Das Verbrechen, Louis...«, begann Kyle leise und dehnte dabei jedes Wort, während er sich auf den Tisch aufstützte, um sich über den sich duckenden Jungen zu beugen, »bestand darin, daß ihm einer die Hände auf den Rücken gebunden, die Mündung einer Zweiundzwanziger an den Hinterkopf gesetzt und ihm verdammt noch mal das Hirn durchgemischt hat. So ging er schwimmen. Also, noch mal, wo und wann hast du ihn gesehen?«

Ich sah zu, wie Louis der Machobluff ausging. Seine Augen füllten sich mit Tränen, als er sich auf der Bank zusammenkauerte und sich abwandte. Mit einer flinken Handbewegung wischte er sich die Tränen von den Wangen und starrte in die Ferne.

»Komm schon, Louis. Hilf mir hier aus. Ich konnte James gut leiden.«

»Klar doch, Mann.« Louis sah Kyle wieder an, und Schmerz spiegelte sich in seinem Gesicht. Er zog die Nase hoch. »Sie mögen uns doch alle, nicht?«

»Spar dir den Scheiß und sag mir einfach, wo du ihn gesehen hast.«

Louis warf einen Blick auf mich; die Tränen genierten ihn sichtlich. »Auf einer Party. Oben in Pryor. Ich war mit Genevieve oben. Sie mußte da zu irgendwelchen Leuten, und ich hab' ihr gesagt, für die Rückfahrt würd' ich schon was finden. James war auch da, mit dem bin ich wieder zurückgefahren.«

»Wann wart ihr denn wieder in der Stadt?«

»Noch vor Mitternacht. Es sind noch zwei andere mit uns mitgefahren. Der eine war ein Typ aus Crow, den ich schon öfter gesehen habe. Den andren hab' ich nicht gekannt. Wir haben sie an der Montana rausgelassen. James hat mich dann daheim abgesetzt.«

»Was hatte er denn so zu erzählen? Hat er gesagt, daß er sich später noch mit jemandem treffen würde? War er an irgendeinem Deal dran?«

»Mann, Sie kennen doch James. Der hatte doch immer was laufen. Aber das mit Matthew Wolf hat ihn mächtig runtergezogen. Er meinte, daß er was wüßte, etwas, was ihm helfen könnte.«

»Hat er gesagt, was?« Kyles Stimme war nicht mehr so hart.

»Nein. Er hatte getrunken. Ich hab' mir gedacht, daß er mir bloß irgend 'nen Scheiß erzählt. Er...« Louis verstummte. Man sah, wie sich hinter seinen Augen die Rädchen drehten. Er schüttelte den Kopf, versuchte den Gedanken loszuwerden und wandte sich ab.

»Was?« drängte ihn Kyle.

»Nichts, irgendso 'n abgefahrenes Zeug.«

»Hör zu, ich mochte James wirklich, und es ist mir scheißegal, ob du mir das abkaufst oder nicht. Wenn du was weißt, dann spuck's aus.« Kyle griff hinüber und packte Louis' Arm. Louis schüttelte ihn ab. Irgendwas blitzte durch seine Augen und verschwand dann hinter einer tiefen, braunen Traurigkeit.

»Er hatte da so Zeug. Altes Zeug.«

»Zum Beispiel?« fragte Kyle.

»Na Zeug eben. Antiquitäten. Keine Ahnung, wie man so was nennt. Er hat sie mir gezeigt, als wir bei mir angekommen waren. Er meinte, er wüßte jemanden, der scharf darauf wäre, und zwar genug, um Monday alle zu machen. Und daß er Matthew damit aus dem Knast holen könnte. Dabei hat er mich die ganze Zeit angegrinst, als wär' er nicht dicht.«

»Ich muß wissen, was das für Zeug war. Er könnte genausogut recht gehabt haben. Womöglich könnte es Matthew tatsächlich helfen.«

»Das war doch nur Mist. Wahrscheinlich Fälschungen. Nichts, was was wert gewesen wär'.«

»Überlaß das mal mir.«

»Perlenstickereien. So Zeug eben. Ein paar Pfeifen in Beuteln und...« Louis legte eine Pause ein. »An alles erinnere ich mich auch nicht mehr. Warten Sie. Einen Fisch. Ja. Aus Stein.«

»Einen Fisch?« fragte ich. Kyle warf mir einen Blick zu, der besagte, daß ich mich da verdammt noch mal raushalten sollte.

»Ungefähr so groß und mit einem Loch im Auge.« Louis hob Daumen und Zeigefinger und spreizte sie. »Aus Speckstein. Ich hab' ihn ihm abzukaufen versucht, aber er hat gelacht. Er meinte, es wär 'n Fetisch und eine ganze Stange wert.«

»Was hatte er denn damit vor?«

»Keine Ahnung. Jedenfalls wollt' er ihn mir nicht verkaufen. Wissen Sie, Genevieve steht auf so Zeug. Ich dachte, ich schenk' ihn ihr. Weiß sie das mit James?«

»Ich komme gerade von ihr. Sie weiß Bescheid.«

»Ich muß wieder in die Schule, Mann. Wir haben nur noch drei Tage, und ich will mir da nicht noch was vermasseln.« Louis warf einen Blick durch den Zaun auf den hupenden Chevy Luv und stand auf.

Kyle nickte in Richtung des Trucks. Louis ging, ohne noch etwas zu sagen.

»Du hättest die Bombe auch etwas sachter platzen lassen können«, sagte ich.

»So hatte er keine Zeit zum Überlegen. Zwei, drei Stunden zum Nachdenken, und er hätte mir einen feuchten Dreck gesagt. Gehen wir. Ich muß dir da jemanden vorstellen.«

5

Berman Towers ragt sechsundzwanzig Stockwerke über das Yellowstone Valley hinaus und beansprucht einen stattlichen Brocken Grund in der Mitte des Homestead Park. An manchen Tagen, wenn Haufenwolken wie Blumenkohlköpfe über den Sommerhimmel treiben, sorgen die bronzefarbenen Fenster für eine Parallelwelt in Sepiatönen. Genau so einen Tag hatten wir, mit genau so einem Himmel.

Nicht gerade ein Freund luftiger Höhen, spürte ich, wie sich mir der Magen zusammenzog und der Kopf zu drehen begann, als wir in den Aufzug traten, der auf der Außenseite des Gebäudes nach oben führt. Er hob rasch ab und schnitt sich durch die Bronzewolken, die uns umgaben. Kyle brauchte mich nur zu sehen, wie ich mich gegen die Glaswand drückte, und lachte laut los.

»Wirst das gleich nicht mehr so komisch finden, wenn ich dir auf die Schuhe speie«, sagte ich, während sich mein Mund mit Speichel füllte.

»Allerdings nicht. Da hast du recht«, antwortete er, und im selben Augenblick hielt der Aufzug an. Die Tür aus rostfreiem Stahl glitt lautlos auf. Wir traten in einen breiten Flur mit einem Teppich so tief, daß man seine Schuhe drin hätte verlieren können. Kyle griff nach mir und dirigierte mich auf die Innenseite des Flurs. Die Luft war sauber. Zu sauber. Die Art von

Luft, von der man weiß, daß sie verbraucht und tausendmal gefiltert ist, nur um andrer Leute Mundgeruch zu beseitigen. Sie roch einfach nicht wie richtige Luft.

»Solange du nicht aus dem Fenster schaust, merkst du gar nicht, wie hoch oben wir sind«, sagte Kyle.

»Alles klar«, sagte ich und tat einen tiefen Atemzug, bei dem ich mich fragte, wer diese Luft wohl zuletzt geatmet hatte.

»Da sind wir.« Kyle hielt vor einer Doppeltür mit reichen Schnitzereien an, drehte an einem Flügel den Knauf, machte sie auf und führte mich hinein.

Die Tür hatte ein Messingschild. Dr. Genevieve Cramer. Alles war erste Sahne. Der Empfangsraum war beeindruckend und duftete leicht nach Vanille. Die Wände waren gebrochen weiß und mit erstklassigen Grafiken einiger der besten indianischen Künstler geschmückt. Einige erkannte ich: Kevin Red Star, ein Lokalmatador, ein Crow, der sich einen internationalen Ruf geschaffen hatte, und dann Rabbit, ein Cherokee aus Oklahoma. Hier hauste Geld. Wer, zum Teufel, mochte Dr. Genevieve Cramer wohl sein?

Kyle ging zu einer weiteren Doppeltür und klopfte. Fast auf der Stelle sprang sie auf. Ich bin wirklich nicht leicht überrascht, aber in diesem Fall ertappte ich mich dabei, daß ich jemanden anstarrte. Sie war groß, mindestens eins siebenundsiebzig, achtundsiebzig, und hatte pechschwarzes Haar, das ihr fast bis auf die Schärpe um ihre Taille reichte. Sie trug einen langen Rock mit Blumenmuster, ein schlichtes Paar Ledersandalen und eine weiße Baumwollbluse. Von den Ohren baumelten neben ihrem Schwanenhals silberne Ringe, die jedoch trotz ihrer Größe nicht bis zu den Schultern reichten. Was mich jedoch am meisten fesselte, waren ihre Augen und ihr Lächeln. Beides sprühte Funken, als sie mir die Hand zum Gruß bot.

»Ich bin Genevieve. Kyle hat schon so viel von Ihnen erzählt, daß ich fast schon das Gefühl habe, eine alte Freundin vor mir zu haben.« Sie schüttelte mir die Hand und wandte sich dann an Kyle. »Hast du Louis gefunden?«

»Allerdings. Genau da, wo du gesagt hast. Ich muß mal bei dir telefonieren, der Zentrale Bescheid geben, wo ich bin.«

»Geh nur rein. Ich besorg' uns mal eine Tasse Kaffee. Meine Sekretärin hat sich den Nachmittag freigenommen, da habe ich keine Termine gemacht. Wird uns also keiner stören. Trinken Sie ihn schwarz?« fragte sie mich mit einem Lächeln.

»Gern. Sind Sie Louis' Schwester?«

»Ach was, nein. Mehr sein Wachhund, obwohl Louis sich sicher weniger gewählt ausdrücken würde. Er hatte Probleme an der Schule in Pryor, da haben wir uns mit seinen Eltern geeinigt, und hier macht er sich gar nicht so schlecht. Was sagt er denn, was ihn anbelangt?«

»Nicht viel. Es hat wohl etwas grob angefangen.«

»Hat er Ihnen Ärger gemacht? Nehmen Sie ihn einfach nicht ernst«, sagte sie, als sie mir einen Becher heißen Kaffee in die Hand drückte. »In Wirklichkeit ist er ein guter Junge. Er macht dieses Jahr seinen Abschluß. Mit einem Schnitt von eins Komma zwei. Gescheiter Junge.«

Ich sperrte den Mund auf. Sie lachte und nickte zur Bestätigung. »Er interessiert sich für Medizin. Es gibt hier indianisches Geld, das eine Menge für ihn tun kann. Ich selbst bin auf diese Art durch die Schule gekommen. Auch ich habe als Jugendliche eine Weile gebraucht, mich zu entscheiden, was ich machen will.« Sie wies mit der Hand durch den Raum. »Ich habe mich gar nicht so schlecht gehalten. Ich war ein paar Jahre bei der Indianergesundheitsfürsorge. Hat mir aber gefallen. Und letztendlich hat es sich ausgezahlt.«

Da hatte sie recht. Es hat sich ausgezahlt. Ich konnte mich nicht erinnern, jemals von mehr Klasse umgeben gewesen zu sein als hier. Ich wußte, daß Kyle nicht verheiratet war, es auch nie gewesen war, und hatte auch keinen Ring an seiner Linken gesehen. Ich fragte mich also, ob sie wohl was miteinander hatten, ärgerte mich aber gleichzeitig über meine Eifersucht. Es überraschte mich. Ich sah mich im Zimmer um und stellte ihr ein paar banale Fragen über die Kunst an den Wänden, die sie höflich beantwortete. Als ich mich umdrehte, sah ich ein kleines Lächeln auf ihrem Gesicht und eine drängende Neugier in ihrem Blick. Wir standen einen Augenblick schweigend da.

Schließlich und mit großem Vorbedacht übertraf ich meine ohnehin schon beträchtliche Finesse und fragte: »Was machen Sie denn?« Ich hob den Becher an die Lippen und verfehlte sie. Kaffee lief mir übers Kinn und tropfte aufs Hemd. Sie versuchte nicht zu lächeln und reichte mir ein Kleenex.

»Ich bin Psychologin. Wie gesagt, ich habe einige Zeit gebraucht, mich zu entschließen. Ursprünglich wollte ich Archäologin werden. Das waren drei der schönsten Jahre meines Lebens. Dann interessierte mich Jura, und ich sah mich schon als Staatsanwältin Weiße-Kragen-Kriminelle hinter Schloß und Riegel bringen.«

»Wieso haben Sie es sich anders überlegt?«

»Es war sooo was von langweilig.« Sie lachte und zeigte mir noch mal ihr strahlendes Lächeln. Ich fragte mich, ob sie wohl diesen Mist von Sauerstoffzahnpasta benutzte, den es im Billigmarkt zu kaufen gab.

»Gefällt Ihnen Ihr Job?«

»Für gewöhnlich. Mittlerweile beschäftige ich mich nur noch mit Weiße-Kragen-Dysfunktionen. Die meisten meiner Patienten sind Yuppie-Frauen. Sie tragen die neueste Mode aus Santa Fe und laufen im Winter Ski in Taos. Sie kommen gern zu mir. Anfangs vielleicht aus den falschen Gründen, aber ich denke, letzten Endes kann ich was für sie tun.«

Ich folgte ihr, als sie in ihr Büro zurückging. Kyle legte eben den Hörer auf. »Ich habe ihnen die Nummer hier gegeben. Okay?«

Sie reichte ihm den überzähligen Becher Kaffee und bedachte ihn mit einem Blick, der so viel besagte wie, frag mich lieber nicht. »Setzt euch doch. Ich bin schon gespannt, was Louis zu sagen hatte.«

Kyle gab die Unterhaltung an sie weiter, während sie ihn von ihrem Schreibtisch aus nicht aus den Augen ließ.

»Das stimmt schon. Ich habe ihn gestern abend nach Pryor mitgenommen, und er war vor mir wieder zu Hause.« Sie zog die Stirn kraus und sah mich an. »Es interessiert Sie vielleicht, Phoebe, daß ich in Pryor war, um mit Matthew Wolfs Familie zu sprechen. Sie haben mir gesagt, sie hätten Sie engagiert.«

»Ich bin noch immer nicht überzeugt, daß die einen Privatdetektiv brauchen.« Ich wandte mich an Kyle. »Was ich brauche, ist der Name des Offizialverteidigers, den man Matthew zugeteilt hat.«

»Randall Brigham III.«

»Ist eben ein Glücksspiel«, antwortete ich. »Eifrig. Ausgesprochen eifrig, aber ein Neuling. Ich kenne ihn.«

»Womit sie zu sagen versucht, daß er sich noch nicht rasiert. Stimmt's?« Kyle lachte.

»So in der Richtung. Also, Monday ist abgängig, James Eagle ist tot. Und alle Welt, inklusive dieses Deutschen, interessiert sich plötzlich für einen Haufen indianischer Gerätschaften –«

Genevieve fiel ihr ins Wort: »Hinter diesem Haufen Gerätschaften, wie Sie sie nennen, steckt weit mehr. Ich habe Ihnen ja schon gesagt, daß ich daran dachte, Archäologin zu werden. Nun, diese drei Jahre haben mich in eine ganze Reihe Situationen gebracht. Ich habe da eine Menge Leute kennengelernt und eine Menge Schmu erlebt.«

»Tatsächlich? Wie das?«

»Von unserer Kultur ist wenig erhalten. Kein nordamerikanischer Stamm, den man nicht schon seit dreihundert Jahren ausgenommen hätte. In Deutschland gibt es mehr indianische

Kultgegenstände als irgendwo sonst auf der Welt, und was nicht dort ist, ist auf Museen und Privatsammlungen verteilt. Wir sind äußerst begehrt. Heute mehr denn je.«

»Wieso kann ich mich des Gefühls nicht erwehren, daß das irgendwie mit Monday Brown zu tun hat?«

»Das hat es«, antwortete Kyle.

»Ich habe mich selbst ein bißchen über Monday erkundigt. Er war nicht weniger Teil der Reservation als ich. Er hat eine Crow geheiratet und sich ein Haus auf ihrem Grund gebaut, seine Kinder in der Reservation aufgezogen und sie nach Pryor zur Schule geschickt«, sagte Genevieve.

Kyle nickte. »Ich denke, man ist sich allgemein einig, daß er für die Leute hier nichts weiter war als einer der vielen Weißen, die gern in Lederhosen, Fransenjacken, breitkrempigen Hüten und Perlenstirnbändern rumlaufen. Er war so eine Art Original. Der ultimative Möchtegern. Verdammt, die Touristen haben ihn fotografiert.«

»Aber die Leute haben auch so einiges gehört. Vielleicht schon immer, nur haben sie es früher einfach abgetan«, sagte Genevieve mit verdrossener Miene.

»Womit sie zu sagen versucht, daß er ein Arschloch war.« Kyle grinste.

»Er hielt lange an der Bar fest, die sein Vater unten an der Montana Avenue gehabt hatte. Sie ist jetzt seit Jahren geschlossen, aber gegen sie hätte die Arcade wie ein Country Club ausgesehen.« Genevieve schüttelte angewidert den Kopf. »Er verkaufte seinen Schnaps nicht nur über den Tresen, sondern auch an der Hintertür. Manchmal hat er ihn auch einfach nur verschenkt. Aber kassiert hat er immer.«

»Wie denn?« Ich beugte mich vor.

»Sie, also die Indianer, die bei ihm ein- und ausgingen, brachten ihm Sachen. Gegenstände aus dem Familienbesitz. Genauso wie sie zuvor mit seinem Vater gehandelt hatten.

Dinge, die dem richtigen Käufer ein kleines Vermögen wert sind. Er hat sie gehortet. Auch da war er ganz der Vater. Und dann verkauft. Eingetauscht gegen andere Gegenstände und damit eine hübsche Stange verdient. Aber er wurde gierig.«

Kyle wandte sich an mich. »Monday begann Gräber zu plündern. Ich bezweifle, daß er auch nur eine Reservation im Staat ausgelassen hat. Was er den Leuten nicht abkaufen, abluchsen oder durch Schnaps abhandeln konnte, das buddelte er eben aus.«

»Scheiße.« Ich lehnte mich in meinen Stuhl zurück. »Wißt ihr beiden, was ihr da sagt? Damit beschuldigt ihr doch einen Indianer. Das Motiv wäre da. Jemand hatte die Nase gestrichen voll von ihm und hat ihn kaltgemacht.«

»Und dieser Jemand war wahrscheinlich nicht Matthew Wolf. Darauf würde ich wetten.« Genevieve nahm den Bleistift vom Schreibtisch und tippte damit einige Male auf die Platte. »Ich arbeite immer noch zwei Tage die Woche für die Indianergesundheitsfürsorge. Und das im ganzen Staat. Ich fliege rauf nach Norden, nach Rocky Boy, Flathead, Fort Peck, wo auch immer. Und überall dieselben Gerüchte.«

»Gerüchte? Weswegen denn?«

»Na wegen Monday. Er hatte damit angegeben, er hätte die *Hauptader* gefunden, den Schatz der Schätze. Daß er da was in die Hand bekommen hätte –«

»Oder«, sagte Kyle, »er hatte es die ganze Zeit über gehabt und sich gerade erst entschlossen, damit rauszurücken.«

»Aber was, zum Teufel, wäre es denn wert, ihn gleich umzubringen? Perlenstickereien? Skalplockentaschen und Fingerknochenketten?« Sie sahen mich beide gleichzeitig an und beide mit dem gleichen Blick. Ich war mir keiner Schuld bewußt. Ich rutschte auf dem Stuhl herum. Genevieve sah entsetzt aus. »Vielleicht habe ich noch nicht so ganz verstanden, worum es hier geht.«

Kyle erholte sich zuerst. »Phoebe, fangen wir erst mal mit dem finanziellen Wert an und arbeiten uns dann nach oben. Der Deutsche, der da in der Stadt ist, zeigt eine Quittung von fast einer halben Million herum. Was sagt dir das? Daß man auch das Doppelte dafür kriegen könnte.«

»Oder das Dreifache«, fügte Genevieve hinzu.

»Darüber könnten wir den ganzen Tag spekulieren. Worauf ich hinauswill, ist, daß beide Seiten des Zauns ziemlich verlokkend sind.«

»Was ist denn auf der anderen Seite?«

»Die Indianer. Sie kann dir das besser erklären.«

»Phoebe, es gibt einige Punkte, in denen ich ziemlich empfindlich bin. Ich entschuldige mich für meine Überreaktion.«

»Ist nicht nötig. Ich sehe nur nicht, wo das hinführen soll. Ich habe mich John Wolf gegenüber einverstanden erklärt, die Geschichte unter die Lupe zu nehmen. Ich mag den Mann. Aber das hier wird von Stunde zu Stunde komplizierter. Kein Mensch weiß, ob Monday tot ist oder was mit ihm ist, und jetzt haben wir tatsächlich eine Leiche. Ich habe eine Fingerknochenkette und« – ich versuchte nicht zu erschauern – »eine Skalplockentasche, die gestohlen oder auch nicht gestohlen sein könnten.«

»Kyle hat mir erzählt, Sie haben zwei Brüder und Ihren Vater verloren.« Sie beugte sich vor, um zu sehen, wie ich reagierte.

Wieder rutschte ich auf dem Stuhl herum. Ich bin nicht eben gut im Umgang mit dem Tod. Das war immer schon so. Ich sah Kyle und Genevieve wieder an.

»Sind sie hier begraben?«

»Ich sehe nicht, was das –« Mein Körper verspannte sich.

»Sind sie?« fragte sie.

»Ja. Sie sind.«

»Dann lassen Sie mich Ihnen eine kleine Szene ausmalen.

Sagen wir, Sie entschließen sich, an ihrem Grab zu beten. Sie bringen Blumen mit, was weiß ich. Wenn sie dort ankommen, ist es aufgegraben. Die Leiche, oder was davon noch übrig ist, geplündert. Keine Kleidung. Und kein Schädel.«

»Herrgott noch mal. Das ist doch lächerlich.« Ich wandte mich etwas seitwärts, schlug die Beine übereinander und sah Kyle an.

»Hat ihnen irgend jemand aus Ihrer Familie etwas mit ins Grab gelegt? Nur eine Kleinigkeit, einen Rosenkranz vielleicht? Eine Dienstmarke? War nicht einer von ihnen Polizist?«

»Beide, mein Bruder und mein Vater, aber was, zum Teufel hat das –«

»Dann stellen Sie sich folgendes vor. Der Rosenkranz ist weg, die Polizeimarken, die Ringe, alles, außer dem Brustkorb, und den hat die Natur verwüstet«, sagte Genevieve. Ohne mich aus den Augen zu lassen, lehnte sie sich in ihren Sessel zurück.

Mein Hals war wie zugeschnürt. Was sie mir da klarzumachen versuchte, war verdammt häßlich. Widerwärtig.

»Und jetzt, Phoebe, nehmen Sie das, was Sie im Augenblick fühlen, und multiplizieren Sie es mit dreihundert Jahren und Tausenden von Menschen, dann haben Sie vielleicht – vielleicht! – eine Vorstellung von den Gefühlen der Indianer.«

Kyles Hand überwand die kurze Distanz zwischen uns und berührte sachte meinen Arm. Ich setzte die schwere Tasse an die Lippen und nahm einen Schluck, um das würgende Gefühl zu unterdrücken. Es war nicht leicht, den Kloß hinunterzuschlucken.

»Aber wir reden hier von Fingerknochen und Skalps, um Himmels willen! So was hängt doch nicht an den Schmuckständern im Supermarkt rum. Wenn Sie mich fragen, dann hört sich das verdammt barbarisch an.«

»Sind Sie Katholikin?« fragte Genevieve.

»Auf dem Wege der Besserung.«

»Waren Sie je bei der Kommunion?« fuhr sie fort.

»Sicher, aber –«

»Der Leib Christi? Das Blut Christi? Kam Ihnen das nicht leicht kannibalisch vor?«

»Es ist ein Symbol. Schlichte Symbolik.«

»Aber, Phoebe« – Genevieves Augen funkelten jetzt – »eines der Mysterien der Messe besteht doch darin, diese Oblaten durch Mystik und Magie in den Leib zu verwandeln, den Wein in Blut. Die Eingeborenen aus Neuguinea aßen ihre Feinde, auf daß der Mut, die Kraft ihrer Feinde in ihnen weiterleben konnte. Es ist doch alles dasselbe.«

Ich schüttelte den Kopf. Sie hatte recht.

»Während meiner kurzen Zeit als Archäologin habe ich in den Kellern der Museen dieses Landes kistenweise Schädel und Überreste gesehen. Sie haben die Maße genommen und sie dann achtlos weggeworfen, nachdem sie durch waren. Im Büro eines Professors habe ich sogar einen gesehen, aus dem man einen Aschenbecher gemacht hatte.«

»Scheiße«, sagte ich.

»Voriges Jahr hat sich das Smithsonian bereit erklärt, sämtliche Überreste den Stämmen zurückzugeben, wenn diese in der Lage wären, sie zu identifizieren, zu beweisen, daß sie ihnen gehörten!«

»Da braucht es nicht viel, um sich die Chancen auszurechnen.« Kyle lachte höhnisch.

Ich nahm wieder eine bequemere Sitzhaltung ein. »Schön, und wie soll's nun weitergehen?«

»Die Gerüchte deuten darauf hin, daß Monday mehr als die normalen Kultgegenstände besaß. Ich versuche die ganze Zeit herauszubekommen, was genau das sein könnte. Ist gar nicht so einfach. Aber ich finde es schon noch heraus. Früher oder später.« Genevieve entspannte sich ebenfalls. »Falls wir nicht herausfinden, wo Monday steckt, tot oder lebendig, könnte es bis dahin freilich ein Blutbad geben.«

»Wie das?«

»Monday hat die Leute immer gern gegeneinander ausgespielt – Händler, Sammler und vor allem die Indianer. Letztes Jahr zum Beispiel die Crow gegen die Cheyenne. Er war verrückt danach, damit zu prahlen, mehr Pißkriege vom Zaun gebrochen und gewonnen zu haben als sonst einer.«

»Toller Ausdruck.«

»Trifft aber genau das, was zwischen Händlern und Sammlern beim Feilschen entbrennt. Da kann's ziemlich fies zugehen. Glauben Sie mir. Ich habe es mit eigenen Augen gesehen.«

»Und wie paßt das Blutbad da rein?«

»Monday hat eine Menge Leute an der Nase herumgeführt. Er hat diverse Bemerkungen fallenlassen, um was es sich bei dieser Hauptader handelt. Besonders gern hat er durchblicken lassen, daß Ausländer interessiert seien, was die Indianer wie auch die amerikanischen Händler schier in den Wahnsinn getrieben hat. Aber die Tage, in denen sich der Indianer zurücklehnt und bei solchen Geschichten tatenlos zusieht, sind vorbei. Wir haben also den Deutschen. Wir haben einen toten Crow-Jungen und einen zweiten im Gefängnis. Wenn das wahr ist, was ich gehört habe, könnte das alles noch sehr häßlich werden.«

»Dann sagen Sie doch mal genau, was Sie gehört haben.«

»Es gab da einen Cheyenne-Häuptling namens Regen im Gesicht. Es existiert, soweit man weiß, kein Bild von ihm. Ein anderer Häuptling der Cheyenne war Thomas Flying. Er war ebenfalls am Little Bighorn dabei, an dem Tag, als Custer sein Fett abbekam. Von Thomas Flying gibt es Bilder. Ich habe ein Buch, in dem ihn eines in vollem Häuptlingsschmuck zeigt.« Ihre Augen begannen zu leuchten. »Ein unglaublicher Kriegsfederschmuck, Kriegshemd, Leggins mit Wieselschwänzen. In diesen Gegenständen steckt Macht. Sie sind große Medizin. Und unbezahlbar. Es gibt noch anderes. Medizinbeutel. Wichtige Medizinbeutel.«

»Wie's heißt, hat Monday behauptet, er hätte nicht nur das einzige existente Bild von Regen im Gesicht, sondern auch alles, was Thomas Flying an jenem Tag trug, an dem man ihn auf den Film gebannt hat.« Kyle ließ Genevieve nicht aus den Augen, als er das sagte.

»Die Cheyenne haben von Mondays Verschwinden bereits Wind bekommen und auch davon, daß Matthew Wolf als Hauptverdächtiger gilt. Wenn die auf den Gedanken kommen, die Crows hätten Mondays ›Hauptader‹, dann werden sie sie zurückhaben wollen, egal, wie.«

»Der alte Erzfeind und all so 'n Mist«, sagte Kyle. »Die Beziehungen sind seit jeher gespannt. Wir haben also zwei Stämme, die nur nach einem Grund suchen, einander die Köpfe einzuschlagen, einen deutschen Käufer in der Stadt, und Gott allein weiß, wie viele Händler, die begierig darauf sind, diesen Schatz in die Hände zu bekommen.«

Mir war ganz schwindlig geworden. »Also, mir ist das zuviel. Ich muß nach Hause. Roger ist wahrscheinlich schon mit der Arbeit am Haus beschäftigt. Ich habe versprochen, nachmittags mit ihm zu joggen«, sagte ich, grinste verlegen und sah auf meine Uhr. Roger hatte recht gehabt. Ich hätte mich da raushalten sollen. Auf einmal wollte ich nur noch raus von dort – mit oder ohne Kyle.

»Ich habe natürlich keine Antworten für Sie, aber ich kann Ihnen einige Türen öffnen.« Genevieve beugte sich vor und bedachte mich mit einem Lächeln. »Wenn Sie es in den nächsten Tagen einrichten können, dann würde ich gern mal auf einen Plausch vorbeikommen. Womit ich vermutlich sagen will, daß ich Ihnen gern helfen würde. Sie brauchen jemanden, der sich bei den Indianern auskennt. Was dagegen?«

»Warum nicht?« Ich zuckte die Achseln. »Ich ruf' Sie an.«

Das Telefon klingelte. Genevieve nahm ab und reichte Kyle den Hörer.

»Für dich.«

Es war ein kurzes Gespräch. Sein Gesicht verriet rein gar nichts, lediglich eine lange Reihe Ahas kamen aus seinem Mund. Er gab Genevieve den Hörer zurück. Sie sah ihn fragend an.

»Ärger?«

Er wandte sich an mich. Erst dann sah ich den Blick in seinen Augen. Die kleine Stimme in meinem Kopf sagte mir, daß ich nichts davon hören wollte.

»Phoebe, John Wolf hat eben den Notruf angerufen. Von deinem Haus aus. Jemand hat es auf den Kopf gestellt.«

Ich erstarrte.

»Sie haben Roger ins St. Vincent gebracht.«

»St. Vincent? Ist er in Ordnung?«

»Man hat ihn zusammengeschlagen. Mehr weiß ich auch nicht.«

»Großer Gott.« Genevieves Stimme war wie von irgendwoher zu vernehmen, unklar und fern. »Es geht also los.«

»Es war noch jemand draußen. Ein Mann.«

»Wer?« fragte ich. Meine Stimme bebte.

»Das weiß man nicht. Oder wenigstens hat man's mir nicht gesagt. Er hing von einer Pappel in deinem Garten«, sagte Kyle kopfschüttelnd.

»Das ist doch wohl ein Scherz?«

Kyle holte tief Luft. »Phoebe?«

»Spuck's schon aus, verflucht noch mal.« Ich wußte, daß ich aus dem Sessel fuhr.

»Sein Gesicht war ganz schwarz.«

6

Keine Frau vergißt das erste Mal, und das hier war definitiv eines dieser ersten Male: ein Toter an der Pappel im Garten hinter dem Haus. Durch die Fenster in dem Dickicht aus wilden Rosen und knorrigen Bäumen neben der Straße sah ich in der Ferne das Bild auftauchen und wieder verschwinden.

Ich roch die Hitze des Tages, schmeckte den Staub der Straße, den Kyles Streifenwagen hinter sich herzog, und spürte meinen Mund trocken werden. Der Tod war in meinem Leben kein Fremder, aber diesmal hatte er meine Privatsphäre, mein Allerheiligstes verletzt. Der Baum und die Leiche verschwanden aus der Sicht, als wir in den Privatweg einbogen.

Zwei uniformierte Deputies standen steif gleich hinter dem offenen Tor. Rings um meinen Garten waren gelbe Plastikbänder gespannt, die den Tatort absperrten. Einige Männer waren ausgeschwärmt und arbeiteten sich langsam und mit Blick auf den Boden voran. Stochernd suchten sie jeden Quadratzentimeter Grund rings ums Haus ab. Kyle hielt hinter einem der blauweißen Streifenwagen an und parkte. Wir stiegen aus.

»Wir sollen niemanden nach hinten lassen, Wolf. Die Frauen werden außerhalb der Absperrung warten müssen. Keine Presseleute…« Der jüngere der beiden Deputies trat uns entgegen. »Wir müssen für die Unversehrtheit des Tatortes sorgen.«

Nichts auf der Welt ist steifer als eine neue Levis oder ein frischgebackener Polizist.

»Sie wohnt hier.« Kyle legte mir eine Hand ins Kreuz und bugsierte mich an dem Deputy vorbei. »Und sie gehört zu mir.« Sein Kinn wies auf Genevieve.

Wir folgten dem Backsteinweg, der zur Rückseite des Hauses führte. Eine leichte Brise trug neben dem satten Waldduft auch den Fischgeruch des Flusses mit sich. Alles war wie aus dem Bilderbuch, völlig normal, aber ich spürte den Tod. Und ich kam mir vergewaltigt vor.

Nicht weniger als fünf Streifenwagen und der Van des Leichenbeschauers parkten, wo immer es ihnen verdammt noch mal paßte. In der Kurve vor der Veranda stand Rogers BMW, die Tür auf der Fahrerseite weit offen. Aktentasche und Mantel hatte er auf den Beifahrersitz geworfen.

»Unglaublich«, sagte ich, als wir ums Haus herumgingen. »Ich habe den Zeitungsausträger bezahlt und seit Wochen keinen beleidigt. Das hier ist nicht vielleicht deine Vorstellung von einem Scherz zur Hauseinweihung, Kyle, nein? Du kannst dir eine Menge Ärger einhandeln, wenn du Geld aus dem Stadtsäckel für so einen Scheiß abzweigst.«

Er antwortete nicht.

»Origineller Meisenring. Ich frage mich, was die wohl eintreiben wollten.«

Die körperlose Stimme kam aus einer Gruppe, die sich um die groteske Männerleiche geschart hatte, die kaum einen halben Meter über dem Boden hing. Nervöses Gelächter schwappte durch die Schar und verebbte wieder. Das hier war nicht eben meine Vorstellung von einem Kabarettabend, aber andererseits konnte ich ihnen die Notwendigkeit ihres Galgenhumors allzugut nachfühlen. Der Blitz einer Kamera klatschte in der Mittagshitze auf die lehmfarbene Haut des Mannes. Die schwere Leiche drehte sich schwankend in meine Richtung.

»Herrgott. Halt ihn doch mal einer fest, ja?« Die Stimme gehörte Doc.

Erst jetzt trat die Schar vom Stamm der Pappel zurück. Ich war schon immer der Meinung, daß die meisten Leute den Tod für etwas Ansteckendes halten. Ich schob mich näher ran und sah zu, wie Clint Beemer nach den leblosen Beinen griff. Das strahlende Weiß seiner Chirurgenhandschuhe leuchtete, als er die Hände um die Waden der Leiche schloß.

»Ich hab' ihn«, sagte er ausdruckslos.

Diesmal schwappte der Blitz über die Leiche und beleuchtete sie rasch und effizient, während Doc Joss, der Leichenbeschauer des Bezirks, dem Polizeifotografen beiläufig seine Anweisungen gab.

»Schon gut, schon gut. Eines noch. Vorderseite, Ganzkörper. Das wär's«, sagte er. Ein leichter schottischer Akzent brachte ein Rollen in seine R. »Also dann, nehmen wir den Jungen ab. Breitet mal einer das Laken unter ihm aus.«

Den Jungen? Ich schaute hinauf. Es war schwer zu sagen. Die Waschbärenmaske reichte ihm von Ohr zu Ohr und bis halb auf die Stirn und folgte den Konturen seiner hohen Bakkenknochen. Trotz der makabren Maske strahlte er eine merkwürdig heitere Gelassenheit aus. Ich hatte einmal eine Erhängte gefunden, und deren Ausdruck war alles andere als heiter gewesen. Doc hatte recht. Es war ein Junge oder wenigstens ein junger Erwachsener. Weit über achtzehn konnte er kaum gewesen sein. Höchstens zwanzig.

Ich fuhr zusammen, als Kyle mir eine Hand auf die Schulter legte. »Erkennst du ihn?« fragte er.

»Nein.«

Ich warf einen Blick auf Genevieve. Sie ging näher ran, als man die Leiche auf den Boden legte. Ihre Miene war ausdruckslos. Ein paar kleine Muskeln zuckten auf ihrer Wange, eine Reaktion darauf, daß sie die Zähne zusammenbiß.

»Herrgott«, murmelte ich verhalten. »Hören wir uns doch mal an, was sie herausgefunden haben.«

Doc Joss kniete neben der Leiche auf dem Boden. Er hatte sie auf die Seite gerollt und fuhr ihr mit der Hand über den Rücken. Das sterile Plastiklaken, das in wenigen Augenblicken zum Leichentuch würde, glänzte in der Sonne. Kyle kniete neben Doc nieder, als dieser die Leiche wieder zurückrollen ließ.

»Doc. Verdammt, wir sollten beim Angeln sein.«

»Das kannst du laut sagen«, antwortete Doc geistesabwesend, als er aufstand und sich die Handschuhe abstreifte.

»Irgendwelche Vermutungen? Der Junge sieht mir groß genug aus, um sich zu verteidigen. Scheint mir etwas merkwürdig, ihn ausgerechnet erhängt aufzufinden. Nicht eben das übliche Szenario für einen Mord.« Kyle stand neben dem grauhaarigen Leichenbeschauer auf.

»Kommt so gut wie nie vor. Aber selbst umgebracht hat sich der hier definitiv nicht. Und was seine Größe anbelangt, es ist nicht einfach, sich zu verteidigen, wenn man von hinten angefallen wird.«

»Was soll das heißen, Doc?«

»Er hat um die fünf schlimm aussehende Löcher unter dem linken Schlüsselbein. Sah erst nach Kleinkaliber aus. Was ich zwar immer noch nicht ausschließen kann, aber andererseits sind sie glatter als erwartet. Eines ist etwas ausgefranst, mehr wie –« Doc hob die Hand, ballte sie zur Faust und stach vor Kyle einige Male kräftig in die Luft – »eine Stichwunde. Sieht auch tief aus. Da steckte eine Menge Kraft dahinter. Womöglich läßt sich die Größe des Kerls bestimmen, der dem Typ hier die Luftlöcher verpaßt hat.« Er sprach eher mit sich selbst als mit Kyle.

»Er starb also nicht durch Erhängen? Das willst du doch damit sagen?«

»An dieser Stelle? Nein. Ich glaube nicht. Also ich würde auf die Löcher setzen. Könnte mich natürlich irren. Aber«, sagte er und wandte sich Kyle dabei lächelnd zu, »ich irre mich selten, wenn überhaupt. Das wissen wir doch alle, was?« Kyle pflichtete ihm nickend bei.

»Schaffen wir ihn in den Van und verschwinden«, sagte Doc.

Wir alle traten zurück, als zwei Diensthabende mit der Bahre kamen. Ich vermutlich am weitesten. Es gibt zwei Geräusche, die mich die Wände hochgehen lassen. Das erste ist das Kratzen von Fingernägeln über eine Schultafel. Das zweite ist das Schließen des Reißverschlusses an einem Leichensack, nachdem die Leiche hineingelegt wurde.

Kyle zog Doc Joss in den Schutz der Hauswand. Genevieve war die ganze Zeit über so still gewesen, daß ich sie fast vergessen hatte. Ich sah mich nach ihr um, sah sie jedoch nicht. Ich konnte es ihr nicht verübeln, sich verdrückt zu haben.

»Hast du vor, hier mitzumischen, Wolf?« fragte Doc.

»Mehr als das. Wie, zum Teufel, ist er deiner Meinung nach auf den Baum gekommen?«

»Da bin ich überfragt. Das müßt ihr schon selbst rausfinden. Meld dich morgen mal. Bis dahin müßte ich dann was haben«, sagte er und wischte sich den Schweiß von der Stirn. »Diese Hitze halt' ich nicht aus.«

Kein Wunder. Er arbeitete in der Leichenhalle. Doc Joss schloß sich dem Klickern der Räder an, die über den Backsteinweg eierten. Ich folgte ihnen ein Stück, blieb aber stehen, als ich Stimmen aus dem Haus hörte. Ich stürzte zur Haustür und trat ein. Wo, zum Teufel, hatte ich nur meinen Kopf? Natürlich waren sie im Haus. Mein schönes Zuhause war zum Tatort eines Verbrechens geworden.

John Wolf saß auf der Couch im Wohnzimmer, den Kopf in die Hände gestützt. Ein Kripobeamter in Zivil schaute auf, als ich eintrat.

»Wenn Sie hier nichts zu suchen haben, müssen Sie gehen.« Er war ebenso knapp wie unverschämt.

Ruhig sagte ich: »Ich wohne hier.«

John Wolf hob den Kopf. »Verdammt, tut mir wirklich leid, das hier, Miss Siegel. Ich habe Ihnen Ihren Kater zurückgebracht, und die Haustür stand offen. Ich wollte ihn eigentlich nur durchschieben und die Tür zumachen, aber dann sah ich den Typ auf dem Boden liegen und –«

»Klar doch«, sagte der Kripobeamte zynisch und wandte sich dann mir zu. »Haben Sie den Mann erwartet?«

»Das habe ich allerdings. Was ist passiert, John?«

»Wie gesagt, die Tür war offen. Als ich reinkam, sah ich die Füße. Ich habe ihn für tot gehalten und sofort die Polizei gerufen. Das war alles.«

»Klar.« Der Mann von der Kripo notierte sich etwas in ein Notizbuch in schwarzem Lederumschlag. »Er hat einen Sohn im Gefängnis sitzen. Wegen Mordverdachts. Das ist alles.«

»Ich habe Ihnen doch gesagt, ich habe Mr. Wolf erwartet.«

Kaum hatte ich das gesagt, wurde mir klar, daß wir nichts Genaues ausgemacht hatten. Was mich etwas irritierte. Ein beängstigendes Wenn und Aber nach dem anderen schoß mir durch den Kopf. Aber ich folgte meinem Instinkt.

»Sind Sie da sicher?«

»Habe ich es nicht eben gesagt?«

»Wolf, wollen Sie mit ihm reden?« Die Miene des Kripobeamten erstarrte. »He«, sagte er, als er von einem zum anderen sah. »Wolf? Sie sind doch nicht etwa verwandt?«

Ich drehte mich um und sah Kyle neben der Tür. Neben ihm stand Genevieve.

»Das sind wir.« Kyle holte einen Zahnstocher aus der Hemdtasche und steckte ihn sich in den Mundwinkel. »Das Hauptsächlichste haben Sie doch wohl. Gehen Sie schon mal raus und sehen Sie, ob sich im Garten nicht noch was auftreiben läßt.« Kyle trat beiseite und bedeutete ihm mit einer Geste zu gehen.

»Wo warst du denn?« Kyle warf einen Blick auf Genevieve.

»Ich hab's einfach nicht mehr ausgehalten da draußen, da habe ich nach Wasser gesucht, um mir das Gesicht aufzufrischen«, antwortete sie. »Ich hoffe, Sie haben nichts dagegen, Phoebe.« Genevieve lächelte mich an.

»Kein Problem«, sagte ich.

Sie ging zu John Wolf hinüber und setzte sich neben ihm auf die Couch.

»Eine schlimme Zeit, John. Hast du das von James Eagle gehört?«

»Heute morgen. Eine wirklich üble Geschichte. Ich bin nur dankbar, daß Matthew im Gefängnis ist, sonst hätten sie ihm das auch noch angehängt.«

»Das könnte ihm sogar raushelfen.« Kyle lehnte sich an die Wand und manövrierte den Zahnstocher vom linken Mundwinkel in den rechten.

»Meinst du wirklich?« fragte ich.

»Vielleicht. Monday ist abgängig, und wir haben zwei tote Jungs. Sieht mir ganz so aus, als hätte Matthew weit mehr zu fürchten als nur Schwierigkeiten. Ich werde mit dem Staatsanwalt reden, mal sehen, was der dazu meint. Auf der anderen Seite wäre es womöglich sogar gescheiter, ihn dort zu lassen, wo er ist.«

»Kyle«, sagte ich, »hat Louis nicht gesagt, daß James Eagle noch jemanden bei sich gehabt hätte, als sie gestern nacht aus Pryor zurückkamen?«

»Das hat er allerdings.« Er tippte sich mit dem Zeigefinger gegen die Schläfe. »Ich habe genau dasselbe gedacht. Er hat gesagt, er hätte ihn schon in der Gegend gesehen, wüßte aber nicht, wie er heißt.« Kyle richtete sich auf. »Phoebe, wenn du Genevieve in Rogers Wagen ins Büro zurückbringen könntest, also ich würde zu gern mal runterfahren, mal sehen, ob Matthew den Knaben hier identifizieren kann. Allerdings werden die hier noch mit dir reden wollen, bevor du dich aus dem Staub machst.«

»Kyle?« Einen Arm beschützend um Johns Rücken gelegt, sah Genevieve auf. »Muß John noch hierbleiben?«

»Glaube ich nicht, aber laß mich fragen.« Kyle ging aus dem Haus.

»John, ich habe das Gefühl, mich bei Ihnen entschuldigen zu müssen. Normalerweise ist es hier so still, daß ich einfach dasitzen und mir beim Atmen zuhören kann.«

Er schob seinen langen, schlaksigen Körper von der Couch und zuckte die Achseln. »Ich hoffe nur, daß… wie heißt er gleich wieder? Der Typ auf dem Boden?«

»Roger.«

»Ich hoffe wirklich, daß ihm nichts fehlt.«

»Er ist Anwalt. Er hat einen harten Schädel. Ich bin sicher, es geht ihm gut.« Aber in Wirklichkeit war ich mir über gar nichts mehr sicher.

7

Während der nächsten beiden Stunden beantwortete ich den Polizisten einen schier endlosen Schwall von Fragen. Nein, ich hatte beim Weggehen am Morgen nichts Merkwürdiges bemerkt. Nein, ich hatte niemanden an meinem Baum hängen sehen. Eine Frage, die mir wirklich mißfiel. Glaubten die, ich würde so was nicht sehen? Nein, ich hatte keine Ahnung, wer, was, wo oder wann. Und nein, ich erwähnte nichts von der vorangegangenen Nacht oder von den Sachen, die John Wolf mir gegeben hatte; ich sagte nichts von der geisterhaften Gestalt, die im Licht des Blitzes nach mir gegriffen, oder von der schwarzen Maske, die sie getragen hatte.

Die leeren weißen Kartons von Kentucky Fried Chicken, aus denen Roger und ich die Nacht zuvor gegessen hatten, schob ich dem oder den Tätern unter. Wem hätte es schon genützt zuzugeben, was für eine lausige Hausfrau ich bin? Sie bestanden darauf, daß ich durchs Haus ging, um zu sehen, ob etwas fehlte. Es fehlte nichts. Ich entschuldigte mich mit der Ausrede, mal raus zu müssen, eilte nach oben, schloß den Toilettendeckel und stieg hinauf. Die Freuden einer vorsintflutlichen Installation hatten mir ein perfektes Versteck für die Gegenstände geliefert: den Spülkasten aus Eiche, der über der Toilette angebracht war. Ich streckte mich und griff mit der Hand in das kalte Wasser. Ich ertastete den Plastikbeutel, der knapp unter der Oberfläche trieb. Noch nicht mal Roger hatte gewußt, wo ich das Zeug versteckt hatte.

Nach einer Vergewaltigung der Privatsphäre macht man einen verrückten Prozeß durch. Egal, ob sie etwas mitnehmen oder nicht, diese Leute hinterlassen ein mieses Gefühl, eine Art Schneckenspur der Verwundbarkeit.

Weder Genevieve noch ich hatten auf der Rückfahrt in die Stadt viel zu sagen. Ich setzte sie an ihrem Büro ab mit dem vagen und nicht ganz aufrichtigen Versprechen, sie noch diesen Abend anzurufen; ihr Angebot, bei ihr zu schlafen, lehnte ich ab. Trotzdem faszinierte sie mich, ich hätte nur nicht sagen können, warum. Natürlich hatte das nichts mit der Tatsache zu tun, daß sie groß, verdammt herrisch und obendrein auch noch hinreißend war. Oder daß sie wahrscheinlich mit Kyle schlief, eine Vermutung, die den irrationalen Beigeschmack der Eifersucht hatte.

Trotz alledem ist das Leben in Montana einfach. Wer gern Streß hat, muß ihn sich hier schon selbst machen, denn hier geht alles seinen Gang, und das nach einer inneren Uhr, die alles langsam und überschaubar hält. Mit einer Ausnahme: der weithin gefürchtete Medical Corridor, ein schier endloser Klinikkomplex aus zahllosen, untereinander durch aufwendige Überführungen verbundenen Gebäuden, den die ganze Gegend als die Diakonie kennt. Der Gebäudekomplex hatte ganze Straßenzüge und Häuser verschluckt und dafür asphaltierte Parkplätze ausgespuckt, die selbst einem Einkaufszentrum Ehre gemacht hätten – und das alles, »um den Bedürfnissen der Gemeinde besser gerecht zu werden«. Man hätte meinen mögen, diesen Bedürfnissen wäre man noch besser gerecht geworden, wenn es im Umkreis von zwei Blocks auch nur einen einzigen verdammten Besucherparkplatz gegeben hätte.

Als ich endlich in den rostfreien Stahlaufzug trat, einen

Knopf drückte und mich schließlich gegen die Wand lehnte, als er nach oben sauste, war ich alles andere als gut aufgelegt. Als ich auf der Station ausstieg, stellte ich fest, daß ich nicht nur den falschen Aufzug genommen hatte, sondern auch nicht eine Menschenseele fand, die mir den richtigen Weg hätte zeigen können. Ich brauchte noch mal zehn Minuten, bis ich Roger auf der Bettkante sitzend fand, das *Wall Street Journal* vor sich.

Körperlich schien ihm nichts zu fehlen. Nur seine Laune ließ zu wünschen übrig. Der Arzt hatte darauf bestanden, daß er mindestens noch eine Nacht blieb, vielleicht auch zwei, zur Beobachtung. Wenigstens war er noch am Leben. Ich spürte, wie mein Magen sich zusammenzog, als mir klar wurde, wie leicht das auch hätte anders ausgehen können.

Er wußte nur noch, daß er zur Haustür hereinkam. Das war es auch schon. Als er wieder zu sich kam, schob man ihn in einen Krankenwagen. Roger hat eine ausgeprägte Körpersprache. Und am gesprächigsten ist dabei seine Stirn. Wenn er die rechte Braue hochzieht, ist er skeptisch. Die linke signalisiert Zustimmung oder ein schlichtes Ja. Bildet sich über seiner Nase eine Furche von der Tiefe des Grand Canyon, lehnt er etwas rundheraus ab. Was ich jedoch am meisten hasse, sind zwei gehobene Brauen. Das ist seine Hab'-ich-dir-doch-schon-gesagt-Erklärung, und er findet obendrein noch Gefallen daran. Eine glatte Stirn mit bohrendem Blick interpretiere ich grundsätzlich als seine Versuch-mich-doch-zu-überzeugen-wenn-du-kannst-Aussage.

»Bist du in Ordnung?«

Seine linke Braue hob sich.

»Gut. Hast du schon eine Aussage gemacht?«

Wieder die linke Braue.

»Hör zu, Roger, du hast allen Grund, sauer zu sein, aber nicht auf mich.«

Glatte Stirn, bohrender Blick.

Die Rolle des Unschuldslamms ist mir nicht auf den Leib geschrieben, aber ich gab mir alle Mühe. Den Zeigefinger auf der Brust, machte ich große Augen und schnappte kaum hörbar nach Luft. »Du kannst doch unmöglich denken, daß ich damit was zu tun hatte, Roger? Ich bin hier genauso Opfer wie du!«

Auf das Erdbeben, das sich darauf auf seiner Stirn abspielte, war ich schlicht nicht gefaßt. Auch wenn nicht ein Wort dabei fiel, ich schwöre bei Gott, es war das verworrenste Gespräch, das wir jemals geführt hatten. Einen Augenblick dachte ich, der Schlag auf den Kopf hätte zu einer Art unheimlichem Anfall geführt. Ich griff nach der Klingel. Roger packte meine Hand. Eine gute Dreiviertelminute ließ er mich bei glatter Stirn und bohrendem Blick zappeln. Aber wenigstens beruhigte er sich wieder.

»Gestern abend«, sagte er schließlich langsam, Wort für Wort deutlich und klar, »habe ich dich gebeten, die Polizei zu rufen und ihr das Zeug auszuhändigen. So wie ich dich kenne, würde ich ein Jahresgehalt darauf wetten, daß du der Polizei noch immer nicht gesagt hast, daß man dir möglicherweise Diebesgut ausgehändigt hat. Habe ich recht?«

Ich habe da eine Technik, die ich anwende, wann immer Roger meine Position anzugreifen oder mich einzuschüchtern versucht. Sie stammt noch aus der Zeit, als wir intim waren. Ich stelle ihn mir im Augenblick höchster Verletzlichkeit vor, im Banne der Leidenschaft. Höchster Leidenschaft. Die in einem Ausspruch von wahrhaftig orgiastischer Denkwürdigkeit gipfelte: »O Gott, o Gott, aah, aah, aah, o Gott. Scheiße.« Was soll ich sagen, es funktioniert.

Ich verkniff mir ein Lächeln und sagte nichts.

»Dann will ich es mal anders angehen. Wärst du statt meiner ins Haus gekommen, dann wärst du womöglich jetzt« – seine Stimme bebte – »tot. Schau, ich weiß, einiges hat sich zwischen uns geändert, und glaub es oder nicht, es ist mir sogar recht. Trotzdem ist mir die Beziehung nach wie vor wichtig, Phoebe. Ich mag dich. Ich kann mir nicht vorstellen, wie's ohne dich wäre.«

Alles, weswegen ich je ein schlechtes Gewissen gehabt hatte, schlug über mir zusammen, und es war eine Sintflut. Ich versuchte es noch mal mit dem »O Gott, o Gott«, aber diesmal klappte es nicht. Es war kaum ein Jahr her, da hatte ich Roger das Leben zur Hölle gemacht, und er hätte das Ganze beinahe nicht überlebt. Und jetzt lag er auch noch im Krankenhaus. Verletzt. Es war nicht zum Aushalten.

Ich stand auf, trat ans Bett und gab ihm einen Kuß auf die Stirn.

»Ich muß los. Als ich wegging, hatte ich das Haus noch voller Polizei. Ruh dich aus, ich rufe dich später an.«

»Du bleibst doch nicht etwa im Haus, oder?«

»Wo sonst? Wird doch keiner dumm genug sein, heute nacht noch mal vorbeizukommen«, sagte ich, nicht sehr überzeugt, und wandte mich zum Gehen.

Auf meiner Zufahrt parkten noch immer zwei Streifenwagen, als ich ankam. Der Gedanke, daß auf meinem Grund und Boden nach Belieben Fremde herumstrolchten, gefiel mir nicht. Ebensowenig wie der, die Nacht hier allein zu sein. Aber meine Möglichkeiten waren begrenzt. Das Zuhause meiner Mutter kam nicht in Frage. Sie würde das alles noch früh genug hören, wenn sie's nicht schon erfahren hatte, und Gott allein wußte, welche Dosis Verelan nötig wäre, damit ihr der Blutdruck nicht durch die Decke ging. Noch mehr Schuldgefühle konnte ich nicht gebrauchen. Blieb nur noch die Couch meiner Schwester, auch die war nicht gerade einladend.

Ich stieg aus und ging eben auf die Veranda zu, als Clint Beemer nebst Partner um die Hausecke kam.

»He, Siegel. Du hast eben Wolf verpaßt, er hat deinen Laster gebracht. Ich soll dir ausrichten, daß er später noch mal vorbeikommt. Wie ich höre, wohnst du erst seit kurzem hier.«

»Stimmt, Clint. Nette Einweihungsparty, findest du nicht?«

»Ich? Ich hätte dir noch nicht mal 'nen Türklopfer geschenkt. Schon irgendeine Idee, was das hier soll?«

»Nicht die geringste. Aber ich bin froh, daß du noch da bist. Kann ich mal kurz mit dir reden?« Ich griff nach seinem Arm und bugsierte ihn auf die Veranda.

Er setzte sich in einen der überdimensionalen Korbsessel, nahm den Hut ab und legte ihn sich auf den Schoß.

»Was hast du denn auf dem Herzen?« fragte er und fuhr sich mit der Hand durch das Haar.

Ich setzte mich auf die Liege ihm gegenüber und lauschte auf das Knacken in meinem Hals, als ich den Kopf einmal ganz herumrollte.

»Wie ich gehört habe, bist du unten in der Arcade Bar mit James Eagle aneinandergeraten.«

»Hängt ganz davon ab, was du unter aneinandergeraten verstehst. Sie hatten ziemlich getankt. Und Monday hatte die Jungs ganz schön in der Mache gehabt. Ich wollte sie nur von dort weghaben, bevor noch was wirklich Übles abging. Aber der junge Eagle wurde übermütig, da habe ich ihn mit der nötigen Gewalt unter Kontrolle gebracht. Damit hat es sich. Glaub bloß nicht diesen Schwachsinn, den man sich in der Stadt erzählt, von wegen ich hätte bei den Jungs was in der Art von Rodney King abgezogen. So war's einfach nicht.«

»Hast du sie früher schon mal da unten rumhängen sehen?«

Clint antwortete nicht sofort, sondern starrte an mir vorbei.

»Jetzt, wo du's sagst, nein. Nicht vor jenem Abend. Wenigstens nicht in meiner Schicht.«

Die Arcade Bar garantiert Samstag für Samstag entweder einen Schußwechsel oder eine Messerstecherei. Hier verkehrten nur Kunden der übelsten Sorte, beinharte Kerle. Die Arcade war für die Billings das, was für die Sioux der Sonnentanz war – nur mit einigen modernen Abwandlungen. So bekam man seine Visionen für zwei Dollar pro Schuß und kam womöglich nie wieder raus.

»Soll ich mal nachfragen?«

»Nein danke«, sagte ich. Beemer wollte ich nun wirklich nichts schulden. »Seid ihr Leute hier durch?«

»Wir machen eben Schluß.« Clint stand auf, winkte seinen Partner heran und stieg dann die Stufen hinab zu seinem Wagen. »Bleibst du heut nacht hier draußen?«

Langsam wurde ich diese Frage leid. »Ja, das habe ich vor.«

»Dann würde ich an deiner Stelle gut abschließen. Paar von den Jungs sind einer frischen Spur durchs Unterholz gefolgt. Menge frisch gebrochener Zweige. Irgendwas ging da ab. Nur daß der Regen die Spuren weggeschwemmt hat.« Er erreichte seinen Wagen, öffnete die Tür und drehte sich noch mal nach mir um. »Paß auf dich auf.«

»Danke.« Ich sah den beiden nach, als sie die Auffahrt hinunterfuhren.

Genau in dem Augenblick, in dem Beemers Wagen in der Ferne verschwand, raschelte es im Gebüsch neben dem Haus. Ich stand absolut reglos und lauschte. Da war es noch mal. Von der Ecke der Veranda sah ich das Laub im Gebüsch zittern. Ich trat den Rückzug an und fragte mich, ob wohl die Vordertür oder Rogers Wagen das sicherste für mich sei. Auf der Suche nach dem Handlauf des Geländers tappte meine Hand blindlings gegen einen leeren Pflanztopf aus Kupfer. Er krachte auf den Boden, als Stud aus dem Gebüsch schnellte und auf die Veranda stolziert kam. Mit laufendem Motor beschrieb er eine Acht zwischen meinen Beinen. Mir stand eine lange Nacht bevor.

8

Ich brauchte eine geschlagene Dreiviertelstunde für eine Dusche, die normalerweise gerade mal fünfzehn Minuten in Anspruch nahm. Aber wem wäre unter den gegebenen Umständen nicht eine gewisse Hitchcock-Figur mit Ödipuskomplex in den Sinn gekommen, die im Fummel, ein Mordsbeispiel solider Solinger Handwerkskunst in der Hand, hinter dem Duschvorhang darauf wartete, daß man Seife in die Augen bekam? Ich war gescheiter. Ich seifte mich ein und duschte mit offenen Augen. Der Trick dabei war, zu verhindern, daß mir die donnernde Wassermassage die Netzhaut nicht ins Gehirn drückte. Und sie war nicht das einzige, womit ich meinen Verstand zu verschonen versuchte.

Ich frottierte mich ab und schlüpfte in eine abgeschnittene Levis und ein T-Shirt mit einem fetten ICH BIN DIE KÖNIGIN vorn drauf. Mit einem Paar Birkenstocksandalen an den königlichen Füßen, den Verfolgungswahn langsam im Griff, machte ich mich auf den Weg nach unten. Wenige Minuten später hatte ich ein großes Glas Limonade in der Hand, eine Art Anfall geistiger Erschöpfung und eine Zeitung unter dem Arm.

Was für ein Tag. Ich hatte die obligatorischen Anrufe bei den Meinen erledigt und ihnen vergeblich die Ängste zu nehmen versucht. Was meine eigenen Zweifel in bezug auf den Fall Wolf nicht gerade linderte. Mein Bruder Michael, ein Gemeindepriester, sagte, er würde für mich beten. Toller Trost. Und meine Mutter kam gleich danach. Zwischen einem Overkill an Novenen und ihrer Forderung, nach Hause zu ziehen, baute ich genug Pausen ein, um ihr klarzumachen, daß ich nicht weichen würde. Meine Schwester Kehly dagegen reagierte ganz anders.

»Überrascht mich nicht im geringsten, Fee«, schalt sie mich. »Zieh mich da nur in nichts rein, egal, wie, wo und warum. Ist das klar?«

Herrgott! Manche Leute können einfach nicht vergessen. Zugegeben, ihre Ängste waren nicht ganz unbegründet. Erst im Jahr zuvor war ich in einen Fall verwickelt gewesen, in dessen Verlauf Kehly entführt und unter Drogen gesetzt worden war und man sie beinahe zu den Würmern befördert hätte. Das Ergebnis? Sie hatte überlebt. Aber bei Gott, sie war fest entschlossen, die Geschichte auszuschlachten, so gut es nur ging.

Das Telefon klingelte ununterbrochen: Anrufe von Neugierigen und Törichten, darunter unser Lokalblatt und die leidenschaftliche Verdammung eines Herrn, der sich als Bote Gottes für Montana bezeichnete; letzterer wetterte, ich hätte den Teufel in mein Haus geladen. Nach ihm legte ich den Hörer neben den Apparat.

Es gab mehrere Zeitungsartikel zum Verschwinden von Monday Brown, die meisten spekulativ. Der interessanteste war der erste: und zwar über den Mann, der über die Motorhaube des Wagens gefallen war. Zweimal kam das Verschwinden von Monday sogar auf die Titelseite. Die folgenden Artikel waren kürzer und landeten auf der letzten Seite unserer *Gazette*. Das heißt, bis zur Verhaftung von Matthew Wolf.

Sharon Mills, eine Bardame aus dem Outlaw, stand um halb drei Uhr morgens an der Ampel der Kreuzung 27. Straße und

Montana Avenue, als ein Mann aus dem Schatten gestolpert kam, ihr auf die Motorhaube kroch und sich an einem der Scheibenwischer festhielt. Ich konnte nur staunen, wie schnell Zeugen eines Verbrechens ihre Anonymität durch die Dummheit wohlmeinender Journalisten verlieren konnten. Die Frau wäre leicht zu finden gewesen. Für jeden.

Ich schnitt aus, was ich brauchte, und ging auf die Veranda hinaus. Das Glas Limonade, der Korbstuhl, in dem ich es mir bequem machte, und der Sommerabend brachten mich zum Meditieren. Um hinters Haus zu gehen, dazu fehlte mir noch der Mut. Es würde eine Weile dauern, bis ich mir die Pappel würde ansehen können, ohne daran die baumelnde Leiche zu sehen. Deshalb richtete ich mich ganz bewußt auf der Veranda auf der anderen Seite des Hauses ein.

Meine Gedanken wanderten zurück zum Abend zuvor, zu dem dunklen Gespenst, das nach mir gegriffen hatte. Mittlerweile war mir klar, daß diese Gestalt, die ich mein Lebtag nicht mehr vergessen würde, meine Hilfe gesucht hatte. Die Härchen auf meinen Armen richteten sich auf. Etwas Kaltes, Ekliges kroch in der stickigen Sommerhitze mein Rückgrat hinauf. Hätte ich etwas ändern können? Wer wußte das schon?

Ich hatte irgendwie das Gefühl, in jemandes Schatten getreten zu sein. Zwei junge Indianer, beide zu spät geboren, um auf dem Schlachtfeld zu sterben, waren tot. Und beide gingen sie mir näher, als mir lieb war. Die Geschichte sah mit einemmal ganz anders aus. Sie war tödlich. Einen Augenblick war ich versucht, die Kultgegenstände zu holen, die John Wolf mir tags zuvor gebracht hatte, in den Wagen zu springen und sie zurückzugeben. Aber irgendwas hielt mich davon ab. Abgemacht war abgemacht, und ich mochte John Wolf mitsamt seiner Familie. Selbst die Großspurigkeit des unverschämten Steven bewunderte ich irgendwie.

Dann bestand da noch die Möglichkeit eines wirklich komplizierten Durcheinanders, was die Zuständigkeiten der diversen Polizeibehörden anging. Die Stadtpolizei befaßte sich mit dem Mann, der über die Motorhaube des Wagens gefallen war, die Bezirkspolizei würde sich mit dem Typ an meinem Baum und James Eagle befassen. Soweit ich wußte, war in der Reservation nichts passiert, jedenfalls noch nicht, und dort regierte das FBI.

Wobei sich mir folgende Frage aufdrängte: Wenn in der Reservation nichts passiert war, wieso verhalfen die FBIler dann diesem Deutschen zu seinem gemütlichen Tête-à-tête mit Matthew Wolf? Und wenn diese sogenannte Hauptader nicht aufzutreiben war, wieso waren dann Stücke davon bei der Leiche aufgetaucht, die man aus dem Yellowstone gefischt hatte? Oder unter einem Autositz in Pryor?

Ich wurde mit einem rezessiven, aber dafür um so aktiveren Neugier-Gen geboren, an dem das gefürchtete Kreuz mit der Aufschrift Diene oder leide hing. Das Was und Warum war an seinem Platz, der Haken gesetzt. Ich bin, ich gebe es zu, ein Neugier-Junkie, und der Typ an meinem Baum hatte den abgängigen Monday Brown zu dem Schuß gemacht, den ich brauchte.

Die Sonne ging unter, und die Schatten wurden tiefer, als sie auf meine Veranda zugekrochen kamen. Ich streckte mich, dankbar, daß die Spannung in mir nachzulassen begann, bis ich einen Wagen auf meine Zufahrt einbiegen und heraufkommen hörte. Ich stand auf und machte mich schon darauf gefaßt, einen Streit mit Gottes kleinem Boten auszutragen. Oder wenigstens mit einem Reporter von der *Gazette*.

Kyle hatte bereits die Hand gehoben, um an die Tür zu klopfen, als ich um die Ecke kam.

»Sag mir, daß du mit freundlichen Absichten kommst«, sagte ich mit gefurchter Stirn. »Für heute hab' ich genug. Limonade? Ach, danke, daß du den Truck hergebracht hast.«

»Schon gut. Bier?«

»Limonade.«

»Warum nicht?« antwortete er und folgte mir ins Haus. Ich nahm den Krug aus dem Kühlschrank, schnappte mir ein Glas und füllte es ihm bis zum Rand. »Nimm's mit raus, hier drin wird's etwas heiß um diese Tageszeit.«

Kyle war in einer finsteren, brütenden Laune, die mir schweigend zurück auf die Veranda folgte. Ich sah ihn von der Seite her an. Keiner brütet besser als Kyle. Seine ohnehin schon dunklen braunen Augen werden dann so gut wie schwarz, und seine Schultern wandern hoch bis zum Hals. Er setzte sich, streckte die Beine von sich und rollte das Glas Limonade in den Händen, während er auf einen fernen Punkt in seinen Gedanken starrte. Ich wußte genau, was er machte: Er suchte nach dem einen kleinen Teilchen des Puzzles, das sich ihm immer und immer wieder entzog. Ich hatte das selbst schon tausendmal durchexerziert.

»Harter Tag?«

Er wandte sich mir zu, sein Ausdruck angespannt, aber neugierig. »Was?«

»Harter Tag?« wiederholte ich.

Er starrte mich an, durch mich hindurch, in seinen Augen zog ein Gewitter auf. Nun war er an der Reihe.

»Harter Tag?« fragte er. »Du fragst mich, ob das ein harter Tag gewesen ist?«

»Wir wiederholen uns.«

Er hielt es noch nicht mal eine Minute aus, dann legte sich ein zynisches Lächeln auf sein Gesicht. »Ist doch nicht zu fassen.«

»Könntest du etwas deutlicher werden?«

Kyle setzte zu einem langen, tiefen Schluck an. Aber kaum hatte das Glas seine Lippen berührt, als er auch schon alles ausprustete; gleichzeitig stürzte er nach vorn und sprang auf.

»Was, zum Teufel, ist das denn?« fragte er, während er mit der Hand die Tropfen vom Hemd wischte.

»Limonade«, sagte ich eingeschnappt.

»Vom letzten Jahr?« Er setzte das Glas auf dem Verandageländer ab. »Woraus machst du das Zeug denn?«

»Ich kauf' die kleinen gelben Plastikzitronen und gebe etwas Wasser dazu. Bisher hat sich noch keiner beschwert.«

Er murmelte etwas und setzte sich wieder. Dann legte er den Kopf an die Wand hinter ihm und begann zu lachen. Er legte sich beide Hände vors Gesicht.

»Phoebe, ich habe mir überlegt, daß... ah, vielleicht solltest du von dieser üblen Geschichte lieber die Finger lassen.«

»Wie, zum Teufel, kommst du denn darauf?«

»Ich gebe dir nur die Möglichkeit auszusteigen.« Er zuckte die Achsel.

»Hört sich aber nicht so an, als wäre das alles.«

»Dieser Deutsche ist ein gewisser Jürgen Müller. Sein Bruder ist ein hohes Tier an der Deutschen Botschaft in San Francisco. Und der hat sein kleines Brüderchen bequemerweise auf der Lohnliste, als Kurier oder weiß der Teufel was.«

»Sind ja schwere Kaliber. Ich zittere schon.« Ich tat, als zitterte ich, und grinste ihn an. »Ist das alles?«

»Er steht auf Nutten, zwei auf einmal. Vorzugsweise eine schwarz, die andere weiß, und kämpft mit harten Bandagen. Er reist sechs-, siebenmal im Jahr aus und ein, und Geld hat er wie Heu. Unbegrenzte Mittel. Er kauft Kultgegenstände, vor allem der Prärieindianer, für einige der größten Sammler Deutschlands. Ist ein Hobby von ihm, genauso wie Nutten zurichten. So was von einem arroganten Mistkerl!«

»Du hast mit ihm gesprochen?«

»Allerdings.«

»Und?«

»Hilfsbereit. Lächelt mir aber zuviel. Und darunter? Ein

richtiger Eisberg. Kalt wie eine Hundeschnauze. Der Kerl bedeutet Ärger, Phoebe.«

»Was ist mit Matthew?«

»Den behalten sie wahrscheinlich noch mal vierundzwanzig Stunden, dann lassen sie ihn laufen.«

»Hört sich nicht so an, als würde dich das sonderlich freuen.«

»Müller ist davon überzeugt, daß Matthew weiß, wo diese Kultgegenstände sind.«

»Wieso kann ich mich des Gefühls nicht erwehren, daß du das auch denkst?«

»Habe ich nie gesagt.« Er wandte sich mir zu. »Aber meiner Ansicht nach geht es hier um seinen Hals. Außerdem« – er streckte sich wieder – »mache ich mir Sorgen darüber, was dieser Müller *glaubt*, daß Matthew weiß.«

»Herrgott, Kyle. Eisberg hin oder her, er wäre doch nicht so verrückt –«

»Verrückt? Der Mann ist ein Fuchs. Hier ist eine Menge Geld im Spiel. Was ist schon ein Junge von der Reservation mehr gegen ein paar große Geldgeber, die höllisch sauer sein werden?«

»Einer mehr? Glaubst du denn, der Kerl könnte jemanden umlegen?«

»Im Handumdrehen.«

»Scheiße.«

»Hör zu.« Kyle beugte sich vor, setzte die Ellenbogen auf die Knie und legte das Kinn in die Hände. »Müller spielt nicht solo. Das ginge gar nicht. Der hat noch einen Joker. Jemanden, der nicht in Erscheinung tritt. Jemanden aus der Gegend.«

»Müller hat doch Quittungen, richtig? Die beweisen doch, daß Monday bei diesem Geschäft bereits bezahlt wurde?«

»Ja. Zwei separate Zahlungen. Monday hat sich geweigert, das Geschäft in DM zu machen, also bekam er sein Geld in guten alten amerikanischen Dollars. Und nicht ein einziger davon ist auf seinen Konten aufgetaucht.«

»Wenigstens nicht in denen, von denen ihr wißt.«

»Da sind wir noch dran.«

»Ich wollte heute abend noch mit Matthew reden, aber ich bin geschafft. Werden die mir Schwierigkeiten machen, mit ihm zu reden?«

»Ich kümmere mich drum.«

»Ob er mir alles sagt?«

»Wahrscheinlich nicht.«

»Na toll.«

»Phoebe«, sagte er, schwieg aber dann.

»Was?«

»Es könnte da zu Verständigungsschwierigkeiten kommen.«

»Mit wem?«

»Mit Matthew. Du hast doch Steven kennengelernt, stimmt's?«

»Allerdings. Großspuriger kleiner Mistkerl. Aber eines muß man ihm lassen, man weiß bei ihm sofort, wo man steht.«

»Tja, nimm ein paar kleine Änderungen vor, und du hast Matthew. Die beiden sind dicke Freunde. Denken dasselbe. Wird nicht einfach sein. Da wirst du ganz schön arbeiten müssen.«

»Definiere mir mal Arbeit. Plauschen? In den Arsch kriechen? Beschwichtigen? Eins der genannten? Mehrere der genannten? Was muß ich tun?«

»Erwarte nur einfach nicht zuviel für den Anfang.«

»Na hör mal, er sitzt im Knast. Ihm versucht man einen Mord anzuhängen. Und da soll ich ihn mit der Zuckerzange anfassen? Und wie paßt eigentlich Steven da rein?«

»Was der eine weiß, weiß auch der andere, darauf kannst du dich verlassen. Vergiß, daß ich was gesagt habe.« Er stand auf, um zu gehen.

Ich griff nach ihm und packte ihn am Arm. »Nichts da! Du hast damit angefangen. Womit habe ich es zu tun?«

»Kulturelle Unterschiede«, sagte er und setzte sich wieder.

»Und...«

»Diese Unterschiede können zu... tja, Mißverständnissen führen.«

»Komm auf den Punkt, Kyle. Was willst du mir sagen?«

»Matthew hat keinen Grund, dir zu trauen, Phoebe.«

»Mir? Er kennt mich ja noch nicht mal. Er hat nicht den geringsten Grund, mir *nicht* zu trauen.«

Er zögerte und wandte den Blick ab. »Es geht hier nicht nur um dich. Um euch alle.«

»Du meinst uns Weiße? Das ist nicht zu fassen! Das ist doch ein Witz, oder?«

»Kein Witz.«

»Was, zum Teufel, soll ich denn tun? Ich bin doch keine Gedankenleserin. Und wenn ich dem Jungen helfen soll, dann wird er schon mithelfen müssen.«

»Ich sag' ja nicht, daß er's nicht tut.«

»Deswegen hast du gesagt, es wäre noch Zeit auszusteigen, stimmt's? Du faßt mich mit Glacéhandschuhen an, und das schmeckt mir gar nicht! Na schön, dann scheiß drauf. Sollen sie sich jemand andren suchen.«

Ich stand auf, funkelte ihn von oben herab an und wollte an ihm vorbei. Er streckte beide Beine von sich, legte die Absätze seiner Tony Lamas auf das Geländer der Veranda und versperrte mir so den Weg.

»Setz dich.« Er lächelte mich an.

»Nein, ich mein's ernst. Auf so was kann ich verzichten.«

»Setz dich, Phoebe. Und *ich* mein's auch ernst.«

Ich setzte mich auf das Geländer. »Also...«

»Die Wolfs sind traditionsbewußte Leute. Und die beiden Jungs stehen da voll dahinter.«

»Weißt du, Kyle, das mit der Tradition habe ich schon heute vormittag von deiner Freundin Genevieve gehört. Das Ganze hängt mir langsam zum Hals heraus. Wenn ihr alle so verdammt traditionsbewußt seid, warum, zum Teufel, gehst du dann nicht hin und redest mit dem Jungen? Ganz traditionell.«

»Der redet mit mir auch nicht eher als mit dir. Der traut mir auch nicht sonderlich.«

»Du bist Polizist, du bist ein Crow, und du bist ein Verwandter. Ich verstehe langsam nur noch Bahnhof. Also, du hast mich neugierig gemacht. Warum traut er dir nicht?«

»Ich habe sie verraten, habe die Reservation verlassen, bin auf die Schule gegangen. Jetzt arbeite ich in der Welt der Weißen, und dadurch habe ich mich kompromittiert.«

»Hast du denn?«

»Vielleicht ein bißchen. Macht das nicht jeder? Aber darum geht es jetzt nicht. Du mußt einfach Geduld haben.«

»Alles, nur nicht Geduld, ich bitte dich…«

»Mußt eben sehen, wie du zu ihm durchkommst.«

»Womit wir wieder bei der Frage nach Matthews Verwicklung in diese Geschichte wären.«

»Er weiß was. Vielleicht nicht über Monday, aber wissen tut er todsicher was.«

»Aber eins sag' ich dir: Ich habe nicht vor, mich vor irgend jemandem zu *beweisen*, vor keinem, ist mir scheißegal, wer es ist.«

»Liegt ganz an dir. Schau halt mal, wie's läuft.«

»Wenn du Müller für deinen Mann hältst, Kyle, was, zum Teufel, kann ich dann für Matthew tun?«

»Man könnte Matthew einen Strick aus dem Zeug drehen, das man in seinem Wagen gefunden hat. Du mußt rausfinden, wie Matthew, wenn überhaupt, zu dem Zeug gekommen ist. Setz dich mal auf Mondays Spur. Er muß eine hinterlassen haben.«

»Du meinst, außer der offensichtlichen Schleimspur? Wer weiß von der Halskette und dem –«

»Nicht.«

»Was denn?«

»Was immer zwischen dir und den Wolfs war, hat zwischen dir und den Wolfs zu bleiben.«

»Verdammt, Kyle…«

»Wenn ich hier nicht ein gewisses Maß an professioneller Distanz wahre, dann verbocke ich das hier nicht nur für Matthew, sondern auch für *mich*. Überlaß mir Müller.«

»Aber laß mich nicht hängen.«

»Verdammt, Phoebe, wir wissen noch nicht mal, ob Monday tot ist oder auf Yucatán untergetaucht ist. Wäre ich ein Spieler, ich würde darauf wetten, daß er nicht mehr unter uns ist. Was uns zu der häßlichen Tatsache bringt, daß diese verschwundenen Kultgegenstände zwei, wahrscheinlich sogar drei Leuten das Leben gekostet haben.«

»Wo du mir schon mal so gut wie gesagt hast, daß ich gegen eine Mauer laufen werde, willst du einer Freundin nicht einen kleinen Rat geben? Wo, zum Teufel, soll ich anfangen?«

Kyle tippte sich mit dem Zeigefinger gegen die Schläfe. »Hier oben. Was immer sich ergibt, bleib aufgeschlossen. Das Leben in der Reservation ist anders als das, das du kennst, Phoebe, und ein paar von den Antworten, die du brauchst, findest du in der Reservation.«

»Na toll.«

»Du brauchst jemanden mit Einfluß. Althea Wolf hat da eine Idee, wie du an die richtigen Leute kommen könntest.«

»Und die wäre…«

»Sie schwitzt ein paarmal im Monat mit einigen Frauen aus Pryor. Sie hat bereits ihre Erlaubnis, dich dazu einzuladen.«

»So schlecht kann es denen da oben doch nicht gehen, wenn sie sogar eine Sauna haben.«

Kyle lehnte sich zurück und lachte. »Herrgott. Ich rede hier nicht von weißen Kuscheltüchern im Racketclub. Wie gesagt, bleib einfach aufgeschlossen. Althea hilft dir schon durch.«

»Wann ist denn dieser Margaret-Mead-Abend?«

»In ein paar Tagen. Sie ruft dich an. Und noch was: Rede auf jeden Fall mit Matthews Großmutter Anna. Niemand steht ihm näher als sie. Sie ist was Besonderes, Phoebe, und laut John mag sie dich.«

»Sie scheint wirklich etwas Besonderes zu sein. Spricht sie Englisch?«

»Etwas, aber nur, wenn es ihr beliebt.«

»Gott, das wird ja immer besser.«

»Sie hat wirksame Medizin.«

»Herzbeschwerden, was?«

»Medizin, Phoebe. Menschliche Medizin, *Macht*, wenn du das besser verstehst. Sie kommuniziert mit den kleinen Leuten...«

»Das kann ich gut nachvollziehen. Der Bleistiftstrich an meinem Türpfosten ist nicht mehr höher gewandert, seit ich fünfzehn war.«

Kyle lächelte kopfschüttelnd. »Großer Gott, vielleicht übernimmst du dich da wirklich. Ich rede hier nicht von einem Rückschlag im Siegel-Clan, ich spreche hier von den Achilleen, einer Rasse von Zwergen mit großer spiritueller Macht. Sie hausen oben bei den Castle Rocks.«

»Ah ja...« Da ich den ungläubigen Ausdruck auf meinem Gesicht nicht ganz loswerden konnte, wandte ich mich ab und blickte in die Ferne.

»Es sind hilfreiche Geister, Phoebe. Wenn du ihren Schabernack überstehst, geben sie dir ihre Kräfte. Anna hat diese Kräfte schon, seit sie ein Mädchen war.«

»Glaubst du das?« Kyle war seit Jahren mein Prüfstein. In

diesem Augenblick begann ich mich zu fragen, ob er sie noch alle hatte.

»Ja«, sagte er schlicht. »Was ich damit zu sagen versuche, ist: Du mußt akzeptieren, daß diese Leute an etwas anderes glauben als du.«

»Als würde ich schon groß an etwas glauben.« Ich wandte mich ihm wieder zu.

»Sie glauben, daß Schwarzmeisen ihnen Botschaften bringen und Eulen Todesboten sind.«

»Scheint mir ganz sinnvoll.« Ich lachte, packte seine Stiefelspitze und drehte sie um. »Du nimmst mich auf den Arm, stimmt's?«

»Sie tragen nichts mit Löchern drin, weil das schlechte Medizin ist, und nachts ziehen sie die Rouleaus herunter, damit keine bösen Geister ins Haus kommen.«

»Kyle...«

»Es gibt in der Sprache der Crows einige Wörter, die sind so heilig, daß man sie nur privat oder in Gedanken aussprechen darf.«

Schließlich kapierte ich, daß ihm todernst war. »Und...?«

»Im Vergleich zu hier unten kommst du da in die Dritte Welt. Diese Leute haben ihre eigene Lebensart. Und die liegt größtenteils außerhalb deiner Realität.«

»Auch außerhalb *deiner* Realität, Kyle?«

Er antwortete, ohne zu zögern. »Wahrscheinlich nicht. Wenn du Ärger bekommst, John zeigt dir schon, wo's langgeht. Er ist ein guter Mann. Ich geh' dann mal.«

Was er dann auch tat. Er ging die Stufen hinab, stieg in seinen Wagen, und schon war er fort. Ich saß auf dem Verandageländer und schaute in den Himmel. Es hatte zu dunkeln begonnen; nur ein dünner Streifen Gelb und Magenta markierte weit drüben im Westen den Horizont. Im Norden grummelte, gedämpft und fern, der Donner. Aus dem aschfahlen

Himmel begann ein leichter Regen zu fallen. Einen Augenblick lang dachte ich an wirksame Medizin und kleine Leute, Eulen und löchrige Klamotten und fragte mich beiläufig, ob es wohl auch auf Monday Brown regnete.

9

Ich wartete bis Mitternacht und fuhr dann hinunter zur Outlaw Bar. Wenn es eine Geisterstunde für Barkeeper gibt, dann beginnt sie definitiv um Mitternacht. Das Outlaw war ein großer, weitläufiger Bau, dessen Gehsteig hölzerne Wagenräder säumten. Auf dem Parkplatz standen einige Autos, und zwar mehr, als durch die karge Zahl von Kunden in der Bar zu erklären war. Die meisten stammten wahrscheinlich noch von der Nacht zuvor; man hatte sie lieber stehenlassen, als an einem Telefonmasten zu enden oder als Leiche bei einer Frontalkollision. Vielleicht wurden die Leute ja doch noch gescheit.

Tiefstehender blaugrauer Tabakdunst zog sich von einem Ende der Theke zum anderen und über einen dunkleren Teil des Lokals, wo sich Leute, über Tische gebeugt, gedämpft unterhielten. Die Barhocker bestanden aus Sätteln. Das Leder, vom jahrelangen Gebrauch auf Hochglanz poliert, glänzte in dem schummrigen Licht. Ich steuerte auf einen zu, der mir dem Boden am nächsten schien, und ging dabei mit mir zu Rate, ob ich einen Fuß in den Steigbügel setzen oder mich einfach von hinten in den Sattel schwingen sollte. Ich entschied mich für letzteres. Zu meiner Überraschung saß man verdammt bequem.

Hinter der Theke unterhielt sich eine Wasserstoffblondine mit Asozialenfrisur und angeschlagenem Nagellack mit einem

Typ zwei Sättel weiter. Mit der schlanken braunen Zigarette, die bedenklich zwischen zwei Fingern hing, betonte sie, in sämtliche Richtungen stochernd, Satz für Satz. Ich schätzte sie auf Anfang Fünfzig und unterstellte ihr, eine jener theatralischen Persönlichkeiten zu sein, die hautenge Levis, tief ausgeschnittene weiße Satinhemdchen und seitlich geknotete rote Gazeschals bevorzugten.

Sie warf einen Blick in meine Richtung, machte einen Zug an ihrer Zigarette, murmelte dem Typ etwas zu, mit dem sie sich unterhielt, kam herüber und blieb vor mir stehen.

»Was soll's denn sein, Schätzchen?« Sie lächelte breit und gab dabei den Blick auf ein schwarzes Loch an der Seite frei, wo ein Zahn fehlte.

»Wie wär's mit einem O'Doul's?«

Sie sah mich verwirrt an. »Einem was? Ist das eins von den neuen Importbieren?«

Mit einem Blick die Theke hinauf sah ich, wie der Typ ein Stück weiter sich einen Kurzen hinter die Binde kippte und dann mit einem Silver Bullet nachspülte. Ich rutschte über meinen Sattel und beugte mich vor.

Flüsternd sagte ich: »Es ist ein alkoholfreies –«

»Ein Dünnbier, Sharon, Herrgott noch mal.« Ich wandte mich noch mal dem Mann zu, der eben den Schnaps weggekippt hatte. »Das Zeug, was die Alkies schlucken!« rief er mit einem abscheulichen Nuscheln herüber und wandte sich dann lächelnd mir zu. »Setz es auf meine Rechnung.«

Sie winkte ihm ab und runzelte gerade mal genug die Stirn, um ihn zum Schweigen zu bringen. Dann wandte sie sich wieder mir zu.

»Tut mir leid. Er hat Probleme mit seiner bessren Hälfte.« Sie beugte sich vor und flüsterte: »Er ist harmlos.«

Sie wandte sich ab, durchsuchte die Kühltruhe nach einem O'Doul's, fand eines, machte es auf und stellte es vor mich hin.

»Ta-ta-ta-tam! Ich komm' mit all den Marken einfach nicht mehr mit. Gibt einfach zu viele.«

Sie machte einen weiteren, tieferen Zug an ihrer Zigarette, schob die Unterlippe vor und blies den Rauch direkt vor ihrem Gesicht kerzengerade nach oben. Die Augen hinter dem rauchigen Schleier zuckten nicht mit einer der Wimpern, die vor lauter Maskara stocksteif waren. Da sie mich nach wie vor anstarrte, kam ich gleich zur Sache.

»Ich suche nach jemandem«, sagte ich und nippte an meinem Bier.

»Tun wir doch alle, Schätzchen. Ich hab' sogar ein paar gefunden, Hurensöhne, einer wie der andere. So bin ich überhaupt erst hier gelandet. Hab' mir von irgend so einem Süßholzraspler weismachen lassen, daß er ein Rancher wär. Ich habe ihn sogar geliebt. Und was hab' ich bekommen?« Sie stippte die Asche in einen Aschenbecher und tat einen weiteren Zug. Diesmal hauchte sie perfekte Ringe in die Luft zwischen uns. »Einen Wohnwagen draußen in der Botanik, kein Telefon, keinen Fernseher, dafür seine Exfrau, die uns jeden zweiten Tag die Tür eintritt und nach Unterhalt für ihre fünf Gören plärrt.«

»Pech. Wo sind Sie denn her?«

»Vegas. Hab' alles verkauft, um ihm einen neuen Motor in seinen 76er Ranchero zu kaufen. Hatte einen guten Job in einem Steakhaus – dem Grab It and Growl – und ein bißchen was auf der hohen Kante. Und was habe ich jetzt? Ein gebrochenes Herz.« Sie warf den Kopf zurück und lachte über ihren Geistesblitz.«

»Sie sind wohl nicht zufällig Sharon Mills?«

Das Lächeln verschwand.

»Sie haben doch nicht etwa 'ne Vorladung für mich?« Sie legte beide Hände auf die gepolsterte Kante der Theke und starrte mich wütend an.

Diesmal war es an mir abzuwinken. »Nein. Ich doch nicht.«

»Sind Sie von der Polente?«

»Ach was.« Ich sah zu, wie sie nach einer weiteren Möglichkeit suchte.

»Wer sind Sie denn dann?«

»Ich bin Phoebe Siege –«

»Sie sind eine gottverdammte Reporterin. Verdammt! Ich hab' euch doch gesagt, daß ich keine Interviews mehr gebe.«

»Ich bin keine Reporterin.« Diesmal winkte ich mit beiden Händen ab. »Gott, die können einem wirklich ganz schön auf den Senkel gehen, was?«

»Das können Sie laut sagen, Schätzchen. Hätten mich fast in den Suff getrieben. Hier hingen sie rum, draußen bei mir zu Hause, sogar aufs Häuschen sind sie mir nach.«

»Arschlöcher.«

»Das können Sie laut sagen.« Sie taute wieder auf. »Also, was wollen Sie denn nun?«

»Eine Auskunft. Ich werd' Ihnen keinen Schmäh erzählen. Ich würde Ihnen nur gern ein paar Fragen wegen *jener* Nacht stellen. Muß ja schrecklich gewesen sein. Wie kommen Sie denn damit zurecht?« Ich war leiser geworden und sprach so mitfühlend, wie ich nur konnte.

»Na, ich kann Ihnen sagen...« Sie legte eine Hand aufs Herz. »Ich wär' verdammt noch mal fast gestorben vor Schreck. Das ist das Irrste, was mir mein Lebtag passiert ist. Wollen Sie noch eins?«

»Nein, ich hab' noch. Gott, ich weiß wirklich nicht, wie ich damit fertig geworden wäre.«

»Na ja, viel Zeit zum Überlegen hatt' ich ja nicht. Da steh' ich vor dieser Ampel. Kein Verkehr weit und breit. Nur ich, eine Frau allein auf dem Weg nach Hause.«

»Es regnete, stimmt's?«

»Hatte es. Richtiger Wolkenbruch. Aber bis ich über die

South Bridge kam, hatte es wieder aufgehört. Ich nahm die Überführung runter zur Montana und bog da auf die Siebenundzwanzigste ein, und da kam die Ampel. Als ich so dasaß, fängt hinter mir der verdammte Bahnübergang zu blinken an, also schau' ich hoch in den Spiegel und seh' gerade noch, wie der Arm runterkommt.«

»Ist es denn die Möglichkeit!« Wenn man die Leute nur lange genug reden läßt, erfährt man schon, was man wissen will.

»Na jedenfalls, ich seh' zu, wie der Arm runterkommt und mit einemmal schaukelt der Wagen und irgendwas schlägt vor mir auf. Und da lag er verdammt noch mal. Das Gesicht über die Scheibe geschmiert. Und seine Hand«, sagte sie und schnitt eine Grimasse, als sie mit der eigenen Hand, die Handflächen geöffnet, vor sich auf und ab fuhr, »also die Hand, die bewegte sich so, bis er schließlich nach meinem Wischer griff. An dem hat er sich dann festgehalten, aber richtig.«

»Und Sie?«

»Angeglotzt hab' ich ihn, mitten in seine Augen. Irgendwie tot sahen die aus. Als wäre er blind oder was. Als würd' er um sein Leben kämpfen. Er zog sich an die Scheibe, und da drückten sich dann seine Lippen platt. Ich konnte die Zähne sehen und die Zunge« – sie verzog den Mund; eine Schauspielerin, die eine schreckliche Geschichte nachzuempfinden versucht – »und das Blut lief nur so über die Scheibe.« Sie erschauerte.

»Und dann fiel er vom Wagen?«

»Nein«, antwortete sie und wurde ernst. »Kennen Sie das, wenn einem plötzlich wieder was einfällt?«

»Und ob. Ist Ihnen denn noch was eingefallen?«

»Ich bin mir nicht sicher, aber ich denke die ganze Zeit darüber nach. Bei der Polizei haben sie mich immer und immer wieder gefragt: ›Woran erinnern Sie sich noch, Sharon?‹« Ihre Stimme ahmte mit einer Art monotonem Singsang den Tenor eines Polizisten nach. »Und kaum sag' ich denen was, habe ich so ein komisches Gefühl, daß da noch was war.«

»Was denn?«

»Augenblick mal.« Sie trat von der Bar zurück, faltete die Arme vor der Brust und musterte mich. »Für wen, haben Sie gesagt, arbeiten Sie?«

»Ich habe nichts gesagt. Aber nur um das klarzustellen, ich arbeite für niemanden. Der Herr« – ich wäre fast erstickt an dem Wort – »der abgängig ist, ist ein Freund von mir. Ich mache mir Sorgen, das ist alles.«

Sie stand sofort wieder an der Kante der Bar. Ihre Hand kam herüber und tätschelte die meine. »Ach, Schätzchen, tut mir wirklich leid. Ich habe auch schon Leute verloren. Was habe ich gelitten. Wissen Sie, was man dazu sagt? Auch das geht vorbei.«

»Was ist Ihnen denn noch eingefallen?« Ich drängte sie, aber was sollte ich machen? Ich neigte den Kopf in dankbarer Anerkennung ihres Mitgefühls und des weisen Rats.

»Ich habe denen gesagt, daß er vom Wagen gefallen ist. Und jetzt bin ich mir da nicht mehr so sicher. Die verdammte Klingel vom Bahnübergang hinter mir bimmelte wie verrückt, der Zug rumpelte vorbei, das Gesicht saugte sich an meine Scheibe. Ich konnte keinen klaren Gedanken fassen, und ich konnte einfach nicht wegsehen. Aber er hat gekämpft. Ich glaube wirklich, er hat gekämpft. Der hielt sich an dem Scheibenwischer fest, als ging's um sein Leben. Und ich habe einen Arm gesehen.«

»Den von dem Mann...«

»Nein, seiner konnte das nicht gewesen sein. Dazu kam er aus einer ganz merkwürdigen Richtung. Also irgendwas ging da vor sich, rechts von meinem Wagen. Etwas...« Sie verstummte und legte sich die Hände an die Schläfen, schüttelte den Kopf in dem Versuch, die Erinnerung loszueisen. »Vielleicht hat ihn irgend jemand gezogen. Das Blinken an dem Übergang verschwand, so als wäre jemand hinter dem Wagen, und dann war's auf einmal wieder da. In dem Augenblick ist er gefallen. Vielleicht hat man ihn von der Haube runtergezogen. Er hat mir glatt den Wischer abgerissen.«

»Was haben Sie dann gemacht?«

»Ich hatte vergessen, daß mein Wagen schon lief, und versuchte ihn noch mal zu starten. Das hat vielleicht gejault und geknirscht.« Ihre Stimme steigerte sich in einem nervtötenden Crescendo und ebbte dann wieder ab. »Dann trat ich einfach aufs Gas und schoß davon. Ich hatte noch Blut an der Scheibe, und es fing grade wieder zu regnen an und lief so, das Blut meine ich, also, wie… wie rote Würmer. Und ich mit nur einem Wischer.«

Sie klang erschöpft.

»Sie glauben also, Sie hätten noch eine andere Hand gesehen als die des Mannes?«

»Mhm. Ich denk' schon. Vielleicht sogar mehr als eine. Wie gesagt, also rechts vom Wagen, da ging irgendwas ab. Wie eine Schar Raben. Eine richtige gruselige Nacht. Wissen Sie was« – sie beugte sich ganz weit vor, sah die Theke hinauf und hinab, und flüsterte dann mit heiserer Stimme –, »die wollten mich schon hypnotisieren, einschläfern, um zu sehen, was ich noch weiß.«

»Wer?« flüsterte ich zurück.

»Na, die Polente!« Sie nahm eine drohende Haltung an. »Aber da weiß ich Bescheid, mit Gehirnwäsche und so. Nicht mit mir. Kommt nicht in die Tüte. Nie und nimmer.«

»Sie sollten das nicht von vornherein ablehnen. Sie würden staunen, was unter Hypnose so alles zum Vorschein kommt.«

»Glauben Sie, ich will mein Privatleben vor diesen *Kerlen* ausbreiten?« Sie spuckte das Wort mehr, als sie es sprach. »Wir Frauen haben auch ein Recht auf Privatsphäre. Was, wenn die Sachen aus mir rausholen, die mir peinlich sind und die sie dann in der ganzen Stadt rumerzählen?«

»Das würde nicht passieren. Das garantier' ich Ihnen«, sagte ich, während ich zusah, wie sie den Tüllschal um ihren Hals zurechtzog. »Sie haben da ein Foto aus der Zeitung als den Mann identifiziert, der Ihnen über den Wagen gefallen ist. Sind Sie sicher, daß das ein und derselbe war?«

»Glauben Sie, ich könnte das Gesicht je wieder vergessen? War doch nur die Scheibe zwischen ihm und mir. Sie können sich drauf verlassen, daß ich mir sicher bin. Er war es.« Ihre Aussage hatte eine Arroganz, die mich davon überzeugte, daß sie überzeugt war.

»Danke. Können wir uns wieder mal unterhalten? Sagen wir in ein paar Tagen. Vielleicht fällt Ihnen ja noch was ein.«

»Eigentlich möchte ich nicht. Man macht mir in letzter Zeit viel zu viel Wirbel um mich. Der Mann konnte wirklich von Glück reden, so viele Freunde gehabt zu haben.«

»So viele Freunde?«

»Ja doch! Einer war schon ein paarmal hier. Lädt mich jedesmal zum Essen ein, aber ich steh' mich im Augenblick nicht so gut mit den Männern. Sieht aber gut aus, der Kerl.«

»Haben Sie mitgekriegt, wie er heißt?«

»Sicher doch, ist aber so 'n ausländischer Name. Die kann man sich immer so schlecht merken.«

»Das kann ich verstehen.« Jürgen Müller.

»Wollen Sie ihn kennenlernen? Er sitzt schon fast den ganzen Abend über in der Ecke da drüben. Nicht sehr...«

Ich versuchte mich in meinem Sattel umzudrehen und hätte mir beinahe den Schritt ausgerenkt. Schwerfällig stieg ich ab. Mein Blick durchforschte den schummrigen Raum.

»Wird wohl gegangen sein, als wir uns unterhalten haben. Er kam gleich nach Ihnen rein. Haben Sie ihn draußen nicht gesehen?«

Ich versuchte meine zusammengeschnürte Kehle zu lokkern. »Nein. Wo ist denn Ihr Telefon?«

»Gleich da drüben am Pooltisch. Kostet jetzt fünfundzwanzig Cent. Früher waren's mal zehn.«

»Danke. Ich melde mich wieder.«

Ich ging hinüber zum Telefon, warf einen Vierteldollar ein und wählte. Beim neunten Klingeln ging am anderen Ende jemand ran.

»Mama?«

»Wer ist das denn?« fragte sie verschlafen.

»Deine Tochter. Phoebe. Bist du noch auf?«

»Natürlich, Phoebe. Ist schließlich erst halb zwei, ich mache mich grade an die Wäsche.«

»Kann ich heut' nacht bei dir bleiben?«

»Natürlich. Was ist los, Phoebe? Ist noch was passiert?«

»Nein, nichts weiter.«

»Na, dann komm. Ich wart' auf dich. Herrgott, das stürmt ja da draußen. Daß du mir ja vorsichtig fährst. Das ist ja mörderisch.«

Als ob sie etwas ahnte.

10

Irgendwo, viel zu weit weg, als daß ich kapiert hätte, wo, klingelte ein Telefon. Ich wälzte mich herum und versuchte die Augen zu öffnen. Durch schmale Schlitze sondierte ich meine Umgebung und versuchte einen Sinn hinter eierlikörgelbe Wände und weiße Spitzengardinen zu bringen. Ich wälzte mich auf den Rücken, zog die Decke über den Kopf und versuchte das hartnäckige Lärmen des Telefons zu verdrängen. Es hörte auf. Ich atmete tief durch und füllte Nase und Lunge mit einer Überdosis Downy. Herrgott, ich war zu Hause.

Ich warf die Decke beiseite und sah mich um. Tatsächlich, ich schwebte in einem Schiff von einem Himmelbett in meinem alten eiercremefarbenen Kinderzimmer. Alles sah noch genauso aus wie früher, hörte sich noch genauso an. Nur eines fehlte. Und als ob der Gedanke sich in die Tat umgesetzt hätte, nahm *das fehlende Teil* Gestalt an.

»Phoebe!« Der Schrei wand sich durchs Haus und hüllte mich ein. »Kyle Wolf ist am Telefon.«

Ich zog die kuschelige Decke unter die Nase und tat noch einen letzten tiefen Zug. Kindheitserinnerungen haben wirklich einiges für sich, auch wenn man Gelb zehnmal haßt und einem der Geruch von Weichspüler zuwider ist.

»Sag ihm, er soll dranbleiben. Ich bin sofort unten.«

Mit einiger Mühe kroch ich aus dem Bett, noch immer in

meinem KÖNIGIN-T-Shirt, zog meine Nikes und den roten Frotteemantel an, den mir meine Mutter aufmerksamerweise über einen Stuhl neben dem Bett gehängt hatte, und ging nach unten. Ich tue mich schwer mit dem Aufwachen. Ich brauche allein eine gute Stunde, bis ich meine Lippen gefunden habe, um mir etwas Kaffee in den Rachen zu gießen. Erst dann bin ich in der Lage, etwas zu sagen, und auch das nur in Urlauten.

Mama stand an der Spüle, und meine Schwester Kehly saß am Tisch, eine dampfende Tasse Kaffee in der Hand.

»Très chic.« Kehly grinste.

Ich warf ihr einen bösen Blick zu, grunzte etwas und griff nach dem Hörer, der von unserem Wandapparat baumelte.

»Kaffee?« fragte Mama.

Ich nickte. »Hallo?«

»Als du nicht daheim warst, dachte ich mir schon, daß du da bist.«

»Wo da?«

»Na da. Wo du bist.«

»Wo steckst du denn?«

»Ist das eine Art Ratequiz?«

»Augenblick mal.« Ich griff nach der Tasse Kaffee, die Mama mir hinhielt, nahm einen Schluck und versuchte, einen klaren Kopf zu bekommen. »Also noch mal von vorn. Wie spät ist es?«

»Halb sieben.«

»Halb sieben? Scheiße!« Ich drehte mich um und lehnte mich gegen die Wand, an der ich in die Hocke rutschte. Sowohl Kehly als auch Mama kräuselten mißbilligend die Stirn.

»Das kann nicht warten. So vor einer Stunde hat John Wolf angerufen. Matthew ist ausgebüxt.«

»Er ist ausgebrochen?«

»Ach was, sie haben ihn gestern abend laufenlassen. John kam runter, um ihn abzuholen.«

»Kurz danach hat Müller bei den Wolfs angerufen und zirka eine halbe Stunde mit Matthew gesprochen. Eine Stunde später war Matthew verschwunden.«

»Und er hat niemandem gesagt, worum es bei dem Anruf ging?«

»Nein.«

»Woher wißt ihr dann, daß es Müller war?«

»John war rangegangen. Er sagt, der Typ hatte einen starken Akzent.«

»Und John hat Matthew nicht gefragt, was los ist? Was der Kerl wollte? Das kann ich kaum glauben.«

»So läuft das nun mal nicht, Phoebe.«

Ich warf einen Blick auf Mama und dachte daran zurück, wie ungeniert sie bei unseren Telefonaten gelauscht hatte, wann immer sich eine Gelegenheit bot. So lief das bei uns.

»Er ist doch nicht auf Kaution draußen, oder?«

»Nein, nein, aber er sollte sich für weitere Fragen zur Verfügung halten. Ich denke, ich kann ihn ein, zwei Tage decken, mehr nicht. Er ist noch längst nicht aus dem Schneider.«

»Kyle.« Ich stand auf, versuchte das Kabel um die Ecke bis ins Bad zu ziehen und senkte die Stimme. »Ich habe gestern abend mit Sharon Mills geredet.«

»Ach ja?«

»Ich denke – nein… ich *weiß*, daß Müller mir folgt.«

»Du hast ihn gesehen.«

»Nein«, sagte ich gereizt. »Ich wollte eben gehen, da hat sie mir angeboten, mich ihm vorzustellen. Sie dachte, daß ich ihn kenne. Sie sagte, er wäre gleich nach mir reingekommen und daß er an einem Tisch in der Ecke sitzt. Und als ich mich umdrehte, war er wie durch Zauberhand verschwunden.«

»Scheiße.«

»Würde ich auch sagen. Hör zu, ich werd' mich mal hier loseisen. Melde dich heute abend bei mir.«

»Kein Problem. Deine Mutter hat mich zum Abendessen eingeladen.«

»Ach ja? Zum Abendessen?« Ich drehte mich um und sah mich vor meiner lächelnden Mutter.

»So was kann ich nicht ablehnen. He, ich hab' noch was vergessen.«

»Ja?«

»Genevieve hat dich zu erreichen versucht. Ruf sie doch mal an, wenn du's einrichten kannst.«

»Mach' ich. Ich dachte, ich fahre mal rauf nach Pryor. Vielleicht kann ich mit Mondays Frau reden.«

»Ich weiß zwar nicht, was die dir noch sagen könnte, aber einen Versuch ist es wert. Sie hilft beim dortigen Priester aus. Schau also erst mal an der Kirche vorbei.«

»Du hast mit meiner Mutter geredet, stimmt's?«

Kyle lachte und legte auf.

»Werd jetzt nur nicht böse auf mich, Phoebe. Ich habe Kyle schon so lang nicht mehr gesehen, und er wird weiß Gott dankbar sein, mal wieder was Hausgemachtes in den Magen zu bekommen.«

»Hättest du mich nicht erst fragen können, Herrgott noch mal? Wäre das zuviel verlangt?«

»Dreh nicht gleich durch, Phoebe.« Kehly sah von der Zeitung auf. »Wir haben einen besonderen Anlaß.«

»Welchen denn?« fragte ich achselzuckend und wandte den Kopf in ihre Richtung.

»Michaels Geburtstag.«

»Ich dachte, den feiern wir mit dem von Jesus am vierundzwanzigsten Dezember. Mein frommer Bruder Michael, der Mann ohne Fehl und Tadel.«

»Das ist wirklich nicht nötig, Phoebe. Komm jetzt. Setz dich, ich mache dir Frühstück«, befahl Mama.

»Ich habe keine Zeit...«

»Für dein morgendliches Pop-Tart?« stichelte Kehly.

»Muß ich mir das bieten lassen?« Ich trat an den Herd und schenkte mir Kaffee nach, trank und sah meine Schwester über den Rand der Tasse hinweg an. »Was machst du denn hier so früh?«

»Ich hätte um sechs ein Meeting gehabt, und als das ausfiel, dachte ich mir, ich verbringe noch etwas Zeit mit Mama, bevor ich zur Arbeit gehe.«

»Na, da bin ich aber froh, daß sie wenigstens *eine* pflichtbewußte Tochter hat.«

»Ach nun hört aber auf, ihr beiden. Ihr bringt mich noch in ein frühes Grab.« Mama nahm einen Teller mit Rührei und Bacon vom Herd und stellte ihn auf den Tisch.

Kehly sagte: »Ganz meine Meinung. Keiner von uns braucht hier ein frühes Grab. Hat Phoebe dir gesagt, daß sie an einem neuen Fall arbeitet?«

Mamas Atemzug hallte durch die Küche. »Hat es was mit dem Mann zu tun, den man in deinem Garten zerstückelt hat?«

»Zerstückelt? Was heißt hier zerstückelt? Wo, zum Teufel, hast du denn das her? Er hing einfach da.« Ich wandte mich Kehly zu. »Hast du ihr das erzählt?«

Kehly schüttelte grinsend den Kopf.

»Mrs. Davidson hat's mir erzählt, und die hat es von einer Freundin, deren Sohn ihrer Cousine es von einem Polizisten hat. Sie hat gesagt, daß im Fernsehen nur von Hängen die Rede war, weil's so grausig gewesen sei, daß man sich die Wahrheit nicht zu sagen wagte.«

Ich setzte mich an den Tisch und schob Kehly den Teller zu. »Ich hab' keinen Hunger. Iß du.«

»Ich eß kein Fett.« Sie schob ihn zurück.

Was auf den ersten Blick zu sehen war. Trotz des maßlosen Verlangens, ihr den Hals umzudrehen, hatte ich sie gern und war stolz auf sie. Sie war schön. Und was noch wichtiger war, sie war mit einer schlimmen Drogengeschichte fertiggeworden. Sie war clean, und abgesehen davon, daß sie mir bei jeder Gelegenheit mit ihren »zwölf Schritten« kam, wie sie es nannte, war unsere Beziehung ganz gut. Hin und wieder gespannt, aber gut.

»Man sieht's. Was macht die Arbeit, der Freund?«

»Beide machen sich gut. Und wie ist's bei dir?«

»Hektisch. Hat dir Mama das mit Roger erzählt?«

»Ja. Ich war ihn gestern abend besuchen. So mitgenommen sieht er mir gar nicht aus. Und ich bin sicher, die Rückenmassage war das Beste für die Beule auf seinem Kopf. Verdammt. Als sie mir den Blinddarm rausgenommen haben, habe ich keine halbstündigen Massagen mit vorgewärmtem Öl gekriegt. Sie ist verdammt hübsch, Phoebe.«

»Worauf willst du hinaus, Kehly?«

»Auf gar nichts. Nur daß ich ihm angeboten habe, ihn heute morgen nach Hause zu fahren, wenn sie ihn entlassen, und er sagte, das hätte sich schon erledigt.«

»Natürlich. Ich habe durchaus die Absicht, ihn abzuholen. Das weiß er.«

»Daß du dich da mal nicht täuschst, Fee. Ich denke, der gute Roger und Florence Nightingale sind drauf und dran, was miteinander anzufangen.«

»Krampf.«

»Nein. Hast du nicht gesehen, wie –«

»Wer zaudert, verliert«, gab Mama ihren Senf dazu. »Hab' ich doch schon immer gesagt.«

»Was soll das? Er ist ein erwachsener Mann und kann seine eigenen Entscheidungen treffen. Meint ihr, das kratzt mich? Nun… tut es… nicht! Ich habe auch so schon genug um die Ohren.«

»Ich mag Roger. Du nicht, Mama?«

»Doch, doch.« Sie wischte sich die Hände an ihrer Schusterschürze ab, die ihr im Lauf der Jahre zur Uniform geworden war. »Ich habe immer gehofft, daß –«

»Genug! Könnten wir von was anderem reden?«

»Na dann…« Kehly beugte sich vor, stützte die Ellenbogen auf den Tisch und legte das Kinn in die Hände. Ihre Stimme war kaum mehr als ein Flüstern, als sie über meine Schulter einen Blick auf Mama warf. »Was ist nun mit dem Knaben an deinem Baum? Das wird doch hoffentlich keine Wiederholung der Geschichte mit Mary Kuntz, oder?«

»Nein, Kehly.«

»Ich meine, ich möchte Mutter auf keinen Fall in Gefahr wissen. Bitte, Phoebe.«

»Herrgott. Glaubst du wirklich, ich würde so was tun?«

»Nicht absichtlich. Aber irgendwie schaffst du es immer wieder –«

»Keine Bange.«

»Dann sag mir, was es mit dem Typ an deinem Baum auf sich hat.«

»Kann ich nicht. Tatsache ist, daß der Fall so gut wie gelöst ist. In ein paar Tagen steht's in der Zeitung, und tags darauf wird es schon wieder ein alter Hut sein, weil ein schmuddliger kleiner Skandal aus dem Rathaus Schlagzeilen macht.« Ich hielt die Tasse hoch, als Mama mit der Kaffeekanne kam.

»Bist du in Gefahr?« fragte Kehly.

»Gefahr? Wer ist in Gefahr?«

»Niemand ist in Gefahr, Mama. Herrgott, Kehly, laß gut sein, ja?«

»Weißt du, Phoebe, daß ich mir nicht so viel Sorgen gemacht habe, als dein Vater bei der Polizei war, als bei dir mit dieser Detektivspielerei? So was Undurchsichtiges wie das.«

»Ach, und bei der Polizei ist das anders?« fragte ich fassungslos.

»Natürlich. Dein Vater hat mir immer alles erzählt.«

Kehly und ich sahen einander nur an und unterdrückten ein Lächeln.

»Siehst du Rudy heute, Kehly?«

»Mhm.«

»Vergiß bloß nicht, ihn für heute abend zum Essen einzuladen.«

»Mach ich, Mama.« Kehly beugte sich wieder zu mir, als Mama an die Spüle zurückging und den Wasserhahn aufdrehte. »Sie nimmt es noch immer nicht zur Kenntnis, daß wir zusammenleben«, flüsterte sie. »Also dann, bis später. Ich muß los.«

Kehly stand auf, ging rüber zu Mama und gab ihr einen Kuß auf die Wange.

»Wir gehen dieser Tage mal zum Mittagessen, kleine Schwester.«

»Ich würde unbedingt mal im Krankenhaus anrufen, Phoebe«, sagte sie auf dem Weg durch die Hintertür in einem entnervenden Singsang.

»Ich dusche dann mal und zieh' mich an, Mama.«

»Und ich gehe zur Messe, so daß ich wahrscheinlich nicht da bin, wenn du runterkommst. Vergiß mir heut abend nicht. Wir essen so gegen sechs.«

»Alles klar«, sagte ich und küßte sie auf die Wange. »Ich rufe an, wenn ich zu spät dran sein sollte.«

»Oh, das wirst du nicht. Nicht eine Minute.«

11

Roger saß auf der Bettkante und las das *Wall Street Jorunal.* »Ich habe dich die ganze Nacht zu erreichen versucht. Und heute morgen. Wo, zum Teufel, bist du gewesen?« sagte er, als ich in sein Zimmer trat. »Herrgott, ich hab' mir schon Sorgen gemacht.«

»Tatsächlich? Genug, um bei Mama anzurufen? Dafür, mich ausfindig zu machen, dazu hat's wohl doch nicht gereicht?«

»He, Augenblick mal, ja? Ich bin derjenige, der in diesem verdammten Krankenhaus liegt. Was, zum Teufel, soll denn das nun wieder?«

»Nach allem, was ich so höre, hattest du eine Spezialbehandlung nötig... so daß ich mir kaum vorstellen kann, daß du noch Zeit gehabt haben solltest, dich um mich zu sorgen, Roger.«

Er griff nach mir, nahm meine Hand und zog mich neben sich aufs Bett. Drei Dinge habe ich mein Lebtag nie ausstehen können: Okraschoten, Moskitos und hysterische Frauen. Und genau wie letztere hörte ich mich an.

»Was ist wirklich los, Phoebe?«

»Nichts.«

»Die Betonung lag auf *wirklich.*«

Roger und ich hatten mehr als ein Jahr zuvor Schluß gemacht. Warum? Weil er mich kannte, mich und meine Unfähigkeit zu einer festen Beziehung, und mir war nichts anderes übriggeblieben, als ihm Recht zu geben. Aber er war und blieb mein bester Freund und Vertrauter. Ich war einfach noch nicht soweit, mich dem Gedanken zu stellen, verloren zu haben, was auch immer es war, was wir aufgegeben hatten.

»Behandeln sie dich ordentlich hier?« fragte ich.

»Prima. Was ist los, Phoebe?«

»Ich mache mir Sorgen um dich. Kommst du heute raus?«

»Vielleicht. Der Arzt war noch nicht da.«

»Möchtest du eine Spazierfahrt machen? Ich fahre heute rauf nach Pryor und dachte, du kommst vielleicht mit.«

»Nach Pryor? Was, zum Teufel, hast du denn da verloren?«

»Ist geschäftlich.«

»Geschäftlich. Na toll. Genügt dir das nicht?« Er wies auf seinen Kopf.

»Dann ist es eben etwas Persönliches. Ich habe keine andere Wahl.« Ich legte ihm eine Hand auf den Hinterkopf. »Tut's noch weh?«

Er verzog das Gesicht. »Verdammt, das hätte genauso ich sein können, da draußen am Baum. Oder du, Herrgott noch mal. Wenn dieser Wolf nicht aufgetaucht wäre, hätte ich leicht tot sein können.«

»Bist du aber nicht.«

»Es war ganz knapp. Und schon das zweite Mal. Und jedesmal hat's was mit *Geschäften* zu tun. Übergib die Gegenstände, von denen wir mittlerweile ja ausgehen können, daß sie gestohlen sind, der Polizei. Sollen sich Leute drum kümmern, die dazu befugt sind. Aber Befugnis ist ja ein Fremdwort für dich.«

»Du hattest mal Sinn fürs Abenteuer, Roger.« Ich lächelte und drückte ihm die Hand. »Was ist daraus geworden?«

»Sinn fürs Überleben. Tu's für mich«, flehte er, »bitte.«

»Ich kann nicht.«

»Hör zu, ich habe den Stamm hin und wieder unentgeltlich vertreten. Du hast nicht die geringste Chance. Die –«

»Die wer?«

»Na diese Leute…«

»Komisch, wie man manchmal glaubt, jemanden zu kennen, nicht wahr?«

»Was?«

»Die. Ich hätte nie gedacht, daß ich dich je so über jemanden würde sprechen hören.«

»Wie soll ich die denn deiner Meinung nach nennen?«

»Schon wieder.«

»Vergiß es, Phoebe. Dabei kommt ja doch nichts raus.« Er hob beide Hände. »Ich bin weit davon entfernt, dir Vernunft beibringen zu wollen. Mach, was du willst. Muß ja immer nach deinem Kopf gehen, nicht wahr?«

Ich warf einen Blick auf die Uhr. »Jetzt hab' ich dich aber lange genug aufgemuntert. Soll ich dich nun heimfahren oder nicht?«

»Ich bin versorgt.«

»Hab' ich auch schon gehört.«

»Was, zum Teufel, soll denn das wieder heißen?«

»Bringt man den Schwestern immer noch bei, den Patienten zu machen, ohne das Bett zu stören?«

»Was?« Roger schoß von der Bettkante, griff dann aber nach seinem Hinterkopf und sank wieder zurück.

»Schon gut. Vergiß es wieder.«

»Den Teufel werd' ich. Was sollte das heißen, Phoebe? Verdammt, du kannst vielleicht bösartig sein.«

»Entschuldigen Sie, Roger. Gibt's ein Problem?«

Ich sah nach der Stimme.

»Kein Problem. Nur eine leichte Verstimmung.« Er warf einen Seitenblick auf mich, mit großen, flehenden Augen.

»Wir hören Sie bis auf den Flur.« Sie wandte sich an mich.

»Ich muß Sie bitten, leise zu sein oder zu gehen, Miss… ah, Miss…?

»Phoebe, January.«

»August, Roger, wir haben Ende August.«

»Ich bin January«, sagte die Schwester.

»Sie sind beide in guter Verfassung.«

»January, darf ich Ihnen eine Freundin vorstellen, Phoebe Siegel. Ich war bei ihr, als man mich überfallen hat.«

Sie senkte das Kinn gegen die Brust, als sie mich ansah. Eines mußte ich ihm lassen, sie war schön – wenn man's fleischig mag. Sogar ihr Haar war dick: dickes blondes Haar, das sie zu einem Zopf von Taustärke geflochten hatte, der ihr über eine Schulter hing und nahezu bis zu ihrer vollen Brust reichte. Vielleicht lag es an der makel- und sommersprossenlosen hellen Haut oder den großen blauen Augen und daran, daß ihre natürlichen Wimpern größer waren als die künstlichen von Tammy Faye Bakker, daß ich sie auf den ersten Blick nicht ausstehen konnte. Aber womöglich waren es auch die nicht zu übersehenden Brunstsignale, die zwischen Roger und Florence Nightingale hin- und herschossen.

Sie trat auf ihn zu und legte ihm eine Hand auf die Schulter. Seine Hand wanderte nach oben und bedeckte die ihre.

»Was macht der Kopf?« fragte sie.

Roger schaltet schneller in den Bedürftigkeitsmodus als die meisten von uns. »Ich lass' mich nicht unterkriegen«, antwortete er und sah sie an wie ein Cockerspaniel.

»Wenn der Arzt kommt, vergessen Sie nicht, ihm zu sagen, daß Sie noch Schmerzen haben. Womöglich ist es ihm lieber, wenn Sie noch eine Nacht bleiben.«

»Scheiße.«

»Ich habe heute abend frei« – sie warf mir einen Seitenblick zu – »und ich habe nicht die Absicht, Sie ganz allein hier zu lassen.

Wen, zum Teufel, glaubte sie damit eigentlich zum Narren zu halten? Sie sah einen Anwalt, ledig, Dollarzeichen und Leichtgläubigkeit. Der Blick ihrer großen blauen Augen heftete sich auf mich. Sie sagte nichts. Das Ganze war so offensichtlich auf Schau gemacht, daß ich mir das Lachen verbeißen mußte.

»Wie ist das, *Phyllis*, kennen Sie und Roger sich schon lange?«

»Sehr lange, *June*...«, antwortete ich.

»January.«

»Phoebe.«

Aus den Brunstsignalen wurden Haßsignale. Ich habe meine Prinzipien, und zu denen gehört, meine Zeit nie auf geistigen Zweikampf mit unbewaffneten Gegnern zu verschwenden. Nachdem ich das Krankenblatt am Fuße des Bettes in den Halter zurückgeschoben hatte, ging ich zu Roger und drückte ihm, zu seinem wie auch meinem eigenen Erstaunen, einen dicken Kuß auf die Lippen; dann drehte ich mich um und ging. Das Leben wurde von Augenblick zu Augenblick verrückter: Monday wurde vermißt, January war aufgetaucht, und mit der Tatsache, daß der März schon immer der Unglücksvogel war, der das Schiff meines Lebens umkreist, sagte mir ein leises Nagen in der Magengegend, daß ich auf alles gefaßt sein sollte.

Bedrohlich ragte mein Haus vor mir auf. Gut fünf Minuten saß ich im Laster, bevor ich ausstieg und auf die Veranda ging, die Tür aufschloß und es betrat. Die Stille war unheilvoll. Im Wohnzimmer griff ich sofort nach dem alten Rouleau aus Öltuch und zog leicht daran. Es sprang nach oben, krachte unter der Wucht der Feder gegen die Decke und drehte sich einige Male um die hölzerne Achse. Es war mein Zuhause, mein Zufluchtsort, und so gab ich mir alle Mühe, das aufkommende Gefühl, einen unsichtbaren Gast zu haben, zu unterdrücken.

»Hier, miez-miez...«, rief ich nach Stud. »Komm raus, alter Junge, es gibt Frühstück.«

Es krachte hinter mir. Ich fuhr herum und sah meine Schirmpalme auf dem Boden vor dem Nußbaumtischchen am Fuße der Treppe liegen. Stud stand auf dem Tisch, und sein aufgeplusterter Schwanz zuckte scharf. Dann ging er auf und ab und tat mir mit tiefer, kehliger Stimme seinen Unwillen über meine Abwesenheit kund. Gott allein wußte, was mir seine Schreckensherrschaft als nächstes bringen würde. Ich prüfte das Haus auf zerrissene Vorhänge, verkratzte Möbel oder weitere umgekippte Pflanzen, da er mich damit am liebsten terrorisierte.

»Himmel, Arsch und Zwirn, Stud! Ich hätte auch anders gekonnt und dich bis heute abend ohne Essen lassen können.« Ich ging hinüber, hob ihn auf und trug ihn in die Küche.

Er saß schweigend zu meinen Füßen, während ich eine Dose Sheba aufmachte und sie ihm auf den Boden stellte. Ich sprang zurück, als er mißlaunig knurrend nach meinem Bein schlug.

»Hör zu, du Ekel, führ dich weiter so auf, und ich könnte auf den Gedanken kommen, daß du die Tollwut hast. Du weißt, was man mit tollwütigen Katzen macht, ja? Sie kommen nach Bozeman ins Labor des Gesundheitsamtes, wo man ihnen zur Untersuchung den Kopf abschneidet. Also paß auf! Haben wir uns verstanden?«

Er hörte einen Augenblick zu fressen auf und knurrte; er sah mich noch nicht mal an dabei.

»Kannst es dir aussuchen, Großer.«

Ich drehte mich um und setzte eben zu einem meiner legendären Frisbeewürfe mit dem Deckel der Katzenfutterdose an, der mit einigem Glück genau in den Mülleimer neben der Hintertür segeln würde. Er startete jedoch nicht mal. Die Tür stand sperrangelweit offen und bildete einen Rahmen für den Garten und den Wald dahinter. Auf dem Boden der Veranda, kaum einen Meter vor der Schwelle, lag, mit einem Flußstein von der Größe eines Baseballs beschwert, ein großer brauner Umschlag.

Meine Fingerspitzen legten einen Trommelwirbel auf die Arbeitsfläche der Anrichte; der Deckel fiel mir unbeabsichtigt aus der Hand. Als ich auf die Tür zuging, spürte ich nicht, daß ich Studs Schwanz unter dem Fuß hatte – bis er kreischend herumfuhr und nach meinem Bein schlug. Meine Hand fuhr über die Theke, und schon landete ein Glas klirrend auf dem Boden. Die Dissonanz schallte durch das Haus.

Nachdem ich meinen Schmerzenstanz beendet hatte, ging ich zur Tür, beugte mich hinaus und blickte in alle Richtungen. Der Flußstein war von der Morgensonne ganz warm, woraus ich schloß, daß er schon eine Weile dagelegen hatte. Ich hob ihn mitsamt dem Umschlag auf und ging damit in die Küche zurück, wo ich beides auf den Tisch legte und es geraume Zeit anstarrte.

Ich öffnete den Umschlag und holte den Inhalt heraus. Auf der ersten Seite klebte, mit sauberen Blocklettern beschrieben, ein kleines Post-it.

HIER DRIN STEHT ALLES,
WAS SIE WISSEN MÜSSEN.

Alles, was ich worüber wissen mußte? Ich nahm den Zettel ab und begann zu lesen.

DER TRICKREICHE KOYOTE

> Es war eine Zeit ohne Schatten. Das kleine Mädchen hielt die knorrige braune Hand in der ihren und führte den alten Mann behutsam durch den Wald. Der Vollmond schlüpfte hinter die zerrissenen Wolken, die sich vom Westen herüberschoben, und wieder hervor. Es hatte gerade genug geregnet, um den Geruch fruchtbarer Lehmerde

freizulegen, der sich mit dem schweren Aroma von Kiefern, Zedern und Berglupinen mischte. Die Luft war voll mit dem Duft der Berge.
Schweigend gingen sie vor sich hin. Ihre Schritte auf dem uralten Weg waren lautlos und mit Vorsicht gesetzt. Das Lüftchen, das von den Gipfeln kam, blies dem Mädchen immer wieder Strähnchen ihres langen mahagonifarbenen Haars ins Gesicht. Sie strich sie beiläufig beiseite, sich ihrer vermutlich nicht mehr bewußt als jede andere Fünfjährige auch. Schließlich kam das Rauschen des Wasserfalls von der Sandsteinwand in ihre Hörweite.
»Habe ich dir nicht gesagt, daß ich den Weg weiß, Großvater«, sagte sie leise aus Respekt für ihre Umgebung. »Ich habe ihn nicht vergessen.«
Der alte Mann sagte nichts. Er umschloß ihre Hand, starrte mit milchweißen blinden Augen vor sich hin und folgte ihr. Ein Lächeln umspielte seine Lippen.
»Hier mußt du aufpassen, Großvater. Die Steine sind glitschig.« Sie drehte sich um, nahm ihn bei beiden Händen und manövrierte ihn an einen Felsen neben dem See. Der kühle Dunst der Wasserfälle umhüllte sie in der Dunkelheit, als sie ihn rücklings auf den großen Stein schob und ihm half, sich zu setzen. Er ließ nur eine ihrer Hände los, als sie vor ihm niederkniete.
»Wir sind tatsächlich hier. Du hast es nicht vergessen, Enkeltochter.« Seine Hand suchte die Luft vor ihm ab, bis sie das Gesicht der Kleinen gefunden hatte, und schloß sich um ihre Wange. Ihre freie Hand, winzig im Vergleich zu seiner, umschloß sein Handgelenk und hielt sich fest.
»Warum wolltest du heute nacht hierherkommen, Großvater?« fragte sie mit einem Blick in die feuchten blinden Augen.
»Damit ich dir einiges sagen kann, was du wissen mußt.

Du gehst von hier fort. Dein Vater –« Ihm stockte die Stimme, als ihn seine Gefühle übermannten.
»Ich weiß, Großvater. Er ist tot. Großmutter hat mir gesagt, daß wir ihn nie mehr wiedersehen werden.« Traurige Ergebenheit umhüllte ihre Stimme. »Du warst auch sein Großvater, nicht?«
Sein Nicken war kaum zu sehen. »Sei still. Dein Vater ist hier.« Sein Englisch war gebrochen, und außerdem machte ihm seine Kurzatmigkeit zu schaffen.
»Aber –«, begann sie.
Er hob die Hand, um sie zum Schweigen zu bewegen. »Hör zu, was ich zu sagen habe. Es ist dasselbe, was dir dein Vater gesagt hätte. Er war ein Krieger, und er ist den Tod eines Kriegers gestorben. Wir werden ihn preisen. Sein Volk ist stolz auf ihn.«
»Aber wie kann er dann hier sein, Großvater?« Sie stand auf und blickte erwartungsvoll in die rabenschwarze Nacht. »Wenn er hier ist, will ich ihn sehen.«
»Er ist hier. Das hier sind seine Worte. Es sind dieselben, die er von mir gehört hat, als er in deinem Alter war. Jetzt gebe ich sie dir für ihn.«
»Darf ich sie behalten?«
Er zeigte ein zahnloses Lächeln und lachte. Das Lachen führte zu einem schlimmen Hustenanfall. Als der abgeklungen war, berührte er sachte ihr Gesicht und sagte: »Du darfst sie behalten.«
Das Mondlicht tanzte auf der lebendigen Oberfläche des kleinen Sees. Der alte Mann zog sie an sich. Sie schmiegte sich zwischen seine Beine und lehnte sich an die gebrechliche Brust, die sich so schwer mit dem Atmen tat. Sie spürte den unregelmäßigen Schlag seines Herzens am Rücken. Als er die Arme um sie legte, seufzte sie und schmiegte sich noch fester an ihn.

»Du gehst weg von uns. Du gehst zum Stamm deiner Mutter. Aber hier«, sagte er und beschrieb mit der Hand einen Halbkreis vor ihr, »hier wirst du die Wahrheit finden. Hier wohnt dein Stamm seit dem Anfang aller Zeiten. Das hier gehört deinem Stamm, so wie du deinem Stamm gehörst.«
Sie sagte nichts. Traurigkeit erfüllte sie. Ihr Kinderverstand wußte, das war das letzte Mal, daß sie ihn sah. Sie spürte die Traurigkeit in ihrem Herzen wachsen.
»Wenn du uns verläßt, mußt du deinen Stamm hier drin mitnehmen.«
Er legte ihr eine Hand auf das Herz. Sie legte die ihre darauf.
»Deine Leute sind deine Beine. Sie werden dich auf einen Weg führen, den du gehen mußt. Dein Vater wird dir deine Arme ersetzen, und du mußt ihn festhalten, wie ich dich jetzt festhalte. Und hier?« Er legte ihr die Hand auf die Stirn. »Hier wird immer dein Namensvetter, der Adler, sein. Er wird deine Macht sein, deine Kraft. Wie der Adler wirst du immer mehr mit Augen und Ohren erfahren als mit deiner Zunge. Ich habe dir die Lieder deines Volkes beigebracht, und du mußt sie singen.«
»Aber, Großvater, wie kann ich einen Adler im Kopf haben? Und warum?«
»Der Adler wird dir seine Augen geben. Der Adler sieht weiter, als die Weißen sehen. Der Adler läßt dich höher fliegen, als die Weißen fliegen. Der Adler wird dein Lehrer sein. Der Adler macht aus dir einen furchtlosen Jäger.«
Er tat sich immer schwerer mit dem Atmen. Er verstummte. Das messerscharfe Rasseln und Pfeifen in seiner Lunge beruhigte sich wieder. Er bemühte sich weiterzusprechen.
»Du wirst in der Welt des weißen Mannes leben. Du wirst

in seinem Haus leben und lernen, so zu sein wie er. Aber du darfst nie denken wie der weiße Mann. Vertrau auf den Adler. Lerne zu sein wie der Adler. Sing die Lieder deines Stammes, die ich dir beigebracht habe. Akbaatadía, Der, Der Alles Geschaffen hat, hat dir das alles gegeben.«
Sie spürte tief in sich eine schwere Regung. Sie versuchte sich ihm zu entziehen. »Großvater, gehst du zu meinem Papa?«
Er zog sie wieder an seine tröstende Brust. Ihre kleinen Hände versuchten seine dünnen Arme zu umfassen.
»Ja«, antwortete er. »Aber schau in dein Herz, und du findest mich immer darin. Ich bin in den Wolken über dir und flüstere dir aus dem Schatten zu. Ich berühre dich durch den Wind und trockne dir deine Tränen. Aber du darfst nie vergessen, wer du bist.«
Tränen rollten ihr über die Wangen. »Das werde ich nicht, Großvater.«
»Dein Vater wollte weg von hier, weg von seinem Volk. Jetzt ist er heimgekommen. Der Koyote hat ihn weggeführt. Eines Tages wird der Koyote auch zu dir kommen. Sei vorsichtig. Er ist ein großer Lehrer, aber er ist auch trickreich.«
»Großvater?«
Er beachtete sie nicht, sondern schob sie aus der Wiege seines Schoßes und drehte sie so, daß sie ihn sah. »Also, ich will, daß du jetzt zu deiner Mutter zurückgehst. Sie wartet auf dich. Wer bist du, Kind?« Mühevoll drang seine Stimme durch seinen keuchenden Atem.
Sie kicherte und sagte ihren Namen. »Du weißt, wer ich bin«, antwortete sie leise, als ihre Hände nach seinem Gesicht griffen. »Aber ich will nicht, daß du –« Ihr brach die Stimme, und sie fiel ihm an die Brust und schlang die Arme um ihn. Sie spürte die weiche Baumwolle seines

Hemds am Gesicht, roch vage die Reste der Seife im Stoff.

Er umfaßte sie nur einen Augenblick, dann hielt er sie mit gestreckten Armen von sich. Das Gesicht gegen den Himmel gewandt, spürte er, daß es sachte zu regnen begann.

»Jetzt geh. Und ich möchte, daß du beim Gehen den Bäumen, den Sternen und dem Regen sagst, wer du bist.«

»Großvater, bitte –« flehte sie. »Willst du mir zum Abschied nicht winken?«

»Es gibt keinen Abschied zwischen uns. Ich habe dir gesagt, wo ich sein werde und wie ich zur dir kommen werde. Also, wer bist du?«

Wieder sagte sie ihm ihren Namen. Ihre Stimme war kaum mehr als ein Flüstern. Sie ließ den Kopf hängen und sah ihn durch ihre Wimpern hindurch an. Ihre Lippen spitzten sich zu einer Schnute.

»Geh«, sagte er und schob sie in Richtung des Weges. »Geh schnell.«

Sie hielt sein Gesicht zwischen den winzigen Händen und küßte ihn leicht auf die schmalen, trockenen Lippen. Nur einmal noch sah sie zurück, bevor sie auf dem Weg zum Haus ihrer Großmutter zu laufen begann. Ihre Hand streifte die rauhe Borke der Kiefern, während ihre kleinen Füße über die weiche Erde flogen. Ein Totenlied ritt hinter ihr auf dem Wind.

Erst sagte sie ihren Namen nur leise. Ihr Herz schlug wie wild in ihrer Brust, als sie ihrer Stimme Selbstvertrauen zu geben versuchte.

Sie lief aus dem Wald und drehte sich um, den Weg entlangzusehen, den sie eben gekommen war. Das Mondlicht ergoß sich über sie, als sie dastand und in die schwarze Finsternis starrte, die den Waldrand kennzeichnete. Sie begann zu schluchzen. In ihr erwuchsen Gefühle, die sie

nicht verstand. Der Wind peitschte ihr Haar und wischte ihr die Tränen von den Wangen.
Hoch über ihr flatterte etwas. Ihr Gesicht wandte sich himmelwärts, um zu sehen, woher das Geräusch kam. Und da war er. Der große weiße Kopf des Adlers schimmerte irisierend im silbernen Licht. Seine bohrenden Augen starrten auf sie herab, während er seine Schwingen ausbreitete und sein Schrei die Nacht um sie herum zerriß.
Einen kurzen Augenblick lang ergriff sie ein Schrecken, der aber gleich wieder verschwand. Ihre kleinen Händen hoben sich dem Himmel entgegen.
»Ich habe dich lieb, Großvater. Ich werde nie vergessen, wer ich bin!« schrie sie. »Ich werde es nie vergessen.«
Sie schrie ihren Namen in den Himmel. Die Worte umhallten sie, und ihr kleines Stimmchen begann zu singen, als sie den Lichtern des Hauses entgegenlief.

Ich legte die Blätter auf den Tisch. Meine Nackenhaare standen mir zu Berge, während sich in meinem Hals ein Kloß bildete. Wenn in diesen Worten tatsächlich alles steckte, was ich wissen mußte, dann brauchte ich nur noch dahinterzukommen, was, zum Teufel, das Ganze zu bedeuten hatte.

12

Billings wurde auf dem Rücken der Eisenbahn gebaut, als diese sich ihren Weg durch die Prärie gebahnt hatte. Häuser und Straßen sind schmucklos. Die Leute halten einen heute noch an, um sich nach der Familie zu erkundigen, und Fremde winken einander lächelnd zu. Billings hat nie einen der Visionäre gehabt, die in den großen Goldstädten des Westens großartige viktorianische Häuser gebaut haben, Zeugen des Reichtums, den sie der Erde entrissen hatten.

Statt dessen machte das Yellowstone Valley die erdverbundenen Träume hart arbeitender Farmer wahr, meist Deutscher, die an den Ufern des Yellowstone und seiner Nebenflüsse ihr Glück fanden. Aber es gibt hier noch eine andere Geschichte. Eine, die die meisten von uns der Bequemlichkeit halber ignorieren. Für die Eingeborenen wurden diese Träume, diese Visionen zum Alptraum. Und ich war unterwegs zu dessen Folge: der Reservation.

Als ich Billings durchquerte und mir meinen gewundenen Weg auf den South Billings Boulevard suchte, kreuzte ich Straßen mit Namen wie Lewis, Custer und Clark Avenue: eine Reihe von Forschern und frühen Plünderern, die dazu beitrugen, was einem Völkermord gleicht. Ich begann mir ausgesprochen »weiß« vorzukommen. Und warum? Weil irgendein Arschloch namens Monday Brown, dessen Familie die Indianer aus Tradition abgezockt hatte, verschwunden und vielleicht sogar umgebracht worden war. Pech für Monday. Und für mich? Für mich ging es um einige Reparaturen an einem Haus, von dem ich mir noch nicht mal sicher war, ob ich je den Totengeruch rauskriegen würde.

Bis neun hatte ich den Yellowstone überquert und stand auf dem Parkplatz des Blue Basket Travel Shop, eine Conoco-Straßenkarte über den Sitz meines 49er Chevy gebreitet. Mein kleiner Laster ist zwar der reinste Panzer und in erstklassigem Zustand, bietet aber nur wenig Platz. Ich brauchte fünf Minuten, um festzustellen, daß ich auf der richtigen Straße war, und weitere fünfzehn, um die verdammte Karte wieder zusammenzufalten. Ich tankte voll, kaufte mir einige Twinkies und machte mich auf den Weg nach Pryor.

Der zweispurige Highway führte durch Blue Creek, eine weitläufige Wohngegend. Hier wird der Canyon etwas enger, und zwar durch die South Hills, wie die Einheimischen sie nennen, eine Kette buckliger Ausläufer, die aus der Talsohle wachsen, um schließlich, mit den Sandsteinruinen vereint, die Südwand des Yellowstone Valley zu bilden. Dahinter breitet er sich praktischerweise wieder aus, gerade so, als hätte er gewußt, daß man hier, im Schoß von Sandstein und Beifuß, einst den piekfeinen Golfplatz von Briar Wood anlegen würde.

Als die Häuser ausdünnten und die Straße anzusteigen begann, während der Canyon wieder schmaler wurde, kurbelte ich das Beifahrerfenster herab, damit sich das Fahrerhaus mit der reinen Luft des Großen Himmels füllte. Bald darauf befand ich mich auf einer Berg- und Talbahn, die in mir Erinnerungen an die Kindheit weckte, als mir im Auto grundsätzlich schlecht geworden war; Speichel lief mir im Mund zusammen.

Die wellige Prärie erstreckte sich zu beiden Seiten der Straße, so weit das Auge reichte. In lila und graue Schatten getauchte Senken boten Kiefern und Wacholder geschützte

Plätze, in denen sich aus tief unter der Oberfläche des Landes liegenden Wasservorräten das begehrte Naß saugen ließ. Blendend weiße Salzlöcher in den abenteuerlichsten Formen waren nichts weiter als dunkel geränderte Mulden, die sich noch nicht mal mehr an den Frühjahrsregen erinnerten. Die Erde darin war ausgedörrt und rissig. Weit entfernt von dem ursprünglichen Wald, der auf den geheimnisvollen Seiten beschrieben war, die ich erhalten hatte.

Mit einem Blick in den Rückspiegel sah ich das Yellowstone Valley und Billings hinter mir verschwinden. Vor mir erstreckte sich, als ich auf die Kuppe eines weiteren Hügels kam, der goldene Schimmer des unter der verführerischen Hand der Spätsommerbrise wogenden Weizens. In der Ferne erhob sich die tiefblaue Silhouette einer Bergkette aus der Ebene, und der Himmel dahinter erstreckte sich ins Endlose.

Ich fuhr hinab auf die Pryor Creek Road, bog nach rechts ab und folgte dem Highway, der sich durch die herrlichen Pappelwäldchen schnitt, die der Straße einen Baldachin bauten. Nichts wies darauf hin, daß ich vom Bezirk in die Reservation überwechselte, aber ich wußte es. Bunte zweigeschossige Häuschen, die sich nur in der Farbe und Anzahl der Autowracks in den Vorhöfen unterschieden, sprenkelten das Land mit verwaschenen Pastelltönen. Auf Leinen gesteckte Wäsche hing schlaff und leblos in der Sonne des frühen Vormittags. Auf den Dächern taumelten verbogene oder gar gebrochene Fernsehantennen.

Die Entfernung zwischen den Häusern verringerte sich, und hinter einer Kurve befand ich mich plötzlich und ohne Vorwarnung am Rand der müden kleinen Reservationsgemeinde Pryor. Die Hauptstraße war nichts weiter als ein breiterer Abschnitt des Highway mit einem Schild, auf dem 25 MPH stand. Ein kleiner gelber Schlackensteinbau, vor dem sich ein Sternenbanner in der Brise bewegte, mußte als Postamt herhalten.

Ich drosselte das Tempo, um einem langsameren, schwarzweißen Hund weiter vorn Gelegenheit zum Überqueren der Straße zu geben. Mit hängendem Kopf und baumelnder Zunge ignorierte er mich total; das einzige, was ihn interessierte, war, auf die andere Seite zu gelangen.

Ich passierte ein Dutzend Häuser und sah, daß nur vier davon kommerziell genutzt wurden: die Post, die Polizei des Amts für Indianerangelegenheiten, die Handelsstation und die Quick-Stop-Tankstelle am anderen Ende der Straße, die ebenfalls in einem billigen Schlackensteinbau untergebracht war. Hier wendete ich und entschied mich für eine weitere Runde durch den Ort auf der Suche nach etwas, was auch nur im entferntesten Ähnlichkeit mit einer katholischen Kirche hatte. Zwei vorsintflutliche Zapfsäulen standen in der drückenden Hitze der Hochebene als Zeugen dafür, daß der Liter Benzin mal 15 Cent gekostet hatte. Auch alles andere hier war kaum jüngeren Datums.

Von der Hauptstraße zweigten schmale Sandpisten ab, auf denen mein Laster träge Staubfahnen zog. Das Unkraut wuchs bis unter die Fenster eines verlassenen Hauses und bot einen scharfen Kontrast zu den Reihen blühender gelber Ringelblumen, die den Gehweg vor einem kleinen, aber schmucken Wohnwagen hinter einem Maschendrahtzaun säumten. Die Tendenz freilich war eindeutig: Das Unkraut gewann etwa fünfzig zu eins.

Ich suchte mir meinen Weg zurück auf die Hauptstraße und drosselte das Tempo, als ich die Polizeistation passierte. Vor der stand nämlich Genevieve Cramer und unterhielt sich mit zwei Männern in Uniform. Ich sah einen Augenblick zu, wartete, bis sie auf einen burgunderfarbenen Pontiac Bonneville zusteuerte, und hielt dann neben ihr.

»Phoebe. Was machen Sie denn hier oben?«

»Ich bin raufgefahren, um mit Monday Browns Frau zu sprechen und zu sehen, ob ich die Wolfs nicht irgendwo ausfindig machen könnte.«

»Dann haben Sie das von Matthew gehört?«

»Kyle hat es mir heute früh gesagt. Glauben Sie, er ist abgehauen?«

»Sie meinen, ob ich glaube, daß *sie* abgehauen sind?«

»Sie? Wer denn?«

»Louis ist nirgendwo zu finden. Matthew hat ihn gestern abend angerufen. Er war ziemlich aufgebracht, aber als ich mit ihm gesprochen habe, sagte er, es sei alles in Ordnung. Irgendwann während der Nacht dann hat er sich davongeschlichen.«

»Glauben Sie, die beiden sind zusammen?«

»Allerdings. Ich habe da einige Freunde bei der Stammespolizei und dachte, vielleicht könnten die ein paar diskrete Erkundigungen einziehen, ohne die Behörden in Billings aufzuscheuchen.«

»Hätten Sie einen Augenblick Zeit?«

»Sicher. Stellen Sie Ihren Truck ab, und setzen Sie sich rein zu mir. Ich habe heute nachmittag noch einen Termin, so daß ich zurück in die Stadt muß.«

Ich stellte den Truck ab, ging zu ihrem Wagen und stieg ein.

»Ich weiß, ich bin gestern in meinem Büro etwas zu laut geworden, Phoebe. Verzeihen Sie mir?«

»Kein Problem, ich selbst neige ja auch dazu. Ich fand es nett, daß Sie mit raus zu mir gekommen sind.«

»Ich konnte es einfach nicht glauben. Also wenn ich jemanden am Baum hängen hätte, wüßte ich nicht, ob ich je wieder den Fuß in das Haus setzen könnte. Zumindest würde ich den Baum fällen lassen.«

»Der Baum hatte doch keine Schuld. Ich habe das Haus überhaupt erst wegen der Bäume gekauft, ich kann also keinen einzigen entbehren.«

»Da haben wir eine schöne Bescherung, nicht?«

Das *wir* verwirrte mich. »Ich glaube, Matthew steht noch so einiges bevor. Ich muß mit ihm reden. Und jetzt sieht es ganz so aus, als hätte ich keine Gelegenheit dazu.«

»Ach, der taucht schon noch auf. Bis jetzt jedenfalls sind sie immer wieder zurückgekommen.«

»Genevieve, kannten Sie Monday?«

»Nur flüchtig. Ich habe mal mit den Kindern an der High-School gearbeitet, und seine Frau war da auch irgendwie mit dabei. Soweit ich mich erinnere, war er ein paarmal da, und ich habe mit ihm geplaudert, ein-, zweimal vielleicht.«

»Wie lang ist das denn her?«

»Wenn ich's recht bedenke, das letzte Mal, das war ein paar Tage, bevor er verschwand.«

»Hat seine Frau irgendwann mal was gesagt, oder erschien sie Ihnen deprimiert?«

»Nein. Die ist eiskalt. Hat sich im Griff. Aber jetzt, wo Sie's sagen, in seiner Gegenwart war sie anders. Stiller.«

»Welchen Eindruck hatten Sie denn von ihm?«

»Einen lauten. Wahrscheinlich ein Tyrann, und wenn er sie mißhandelt hätte, würde mich das nicht wundern.«

»Körperlich?«

»Vielleicht. Aber wahrscheinlich eher geistig und emotional. Er schien mir zu clever, um sichtbare Spuren einer Mißhandlung zu hinterlassen, zu denen sich die Leute dann ihren Teil hätten denken können.«

»Wie sehen Sie das Ganze denn, Genevieve?«

»Ich weiß nicht. Ich bin voreingenommen.«

»Wie das?«

»Für mich war er ein Schmarotzer. Was er machte, war nicht recht. Es ist nur noch so wenig übrig von unserer Kultur, und dieser Hanswurst lebte davon, sie an den Meistbietenden zu verhökern. Gott, jetzt fange ich schon wieder damit an.«

»Haben Sie eine Ahnung, wo die Jungs hinwollen könnten?«

»In die Berge. Auf jeden Fall in die Berge.« Sie blickte nach Osten. »Wahrscheinlich gleich da oben, in die Pryors.«

»Vielleicht ist es dann ja nur ein Angelausflug.« Ich lachte, behielt sie aber im Auge, während sie schweigend in die Ferne starrte. »Oder?«

Sie antwortete nicht, und das sehr lange, wie mir schien.

»Genevieve?«

»Hm?«

»Könnte es tatsächlich sein, daß sie nur zum Angeln sind?«

»Vielleicht. Ich bezweifle es, aber wir werden sehen. Ich muß wieder zurück. Ich komme so schon zu spät. Kann ich Sie später anrufen?«

»Sicher. Wie wär's mit heute abend?«

»Großartig. Kyle hat gesagt, Sie gehen morgen zum Schwitzen. Wollen Sie das immer noch durchziehen?«

»Ich werd' mein Bestes tun.«

»Vielleicht laufen wir uns ja danach über den Weg. Wird Ihnen gefallen, Phoebe. Ist wirklich eine Herausforderung.«

»Na toll.« Ich stieg aus dem Wagen und beugte mich noch mal hinein.

»Warum kommen Sie nicht gegen neun, halb zehn vorbei? Ich muß zum Abendessen zu meiner Mutter, aber bis dahin werde ich wohl zu Hause sein.«

»Hört sich gut an. Also bis dann.«

Ich stieg in meinen Laster, folgte einer weiteren gewundenen Sandpiste durch ein Dickicht aus Büschen und erspähte schließlich die lockenden Türme einer stülpverschalten weißen Kirche. Auf einer grob gemeißelten und am Rande des gepflegten Rasens in Beton eingelassenen Tafel stand ST. TIMOTHY'S CATHOLIC CHURCH.

Ich stieg aus dem Laster und ging zur Pforte. Sie war offen, was heute bei Kirchen eine Seltenheit ist; man braucht ja nur an all den Vandalismus zu denken. Die Tür, die ich aufschob, öffnete sich nur schwer. Die Scharniere gaben ein leises mißbilligendes Ächzen von sich. Kaum war ich innen, fiel die wuchtige Tür hinter mir zu. Der Knall hallte durch die Kirche. Nur von einer Reihe Votivkerzen ausgeleuchtet, deren kleine Flammen in einem Luftzug tanzten, den ich nicht spürte, herrschte eine geradezu quälende Stille an diesem Ort.

Ich ging den Mittelgang hinauf und widerstand dem wiedererwachten Instinkt, die Fingerspitzen in das Weihwasserbekken zu tippen, um mich mit dem geweihten Naß zu bekreuzigen. Als Kind war ich davon überzeugt, man hätte es in Evian-les-Bains abgefüllt. Ich hielt auf den Altarraum zu, den Blick auf das Kruzifix geheftet.

Eine bemalte Marienstatue, praktisch so groß wie ich selbst, stand in einer gotisch anmutenden Nische links vom Altarraum. Das Licht der brennenden Kerzen zu ihren Füßen warf geheimnisvolle Schatten über die Wände. Über ihren Arm war ein kunstvolles mit Perlen verziertes Umhängetuch drapiert. Sie stand da, die Augen niedergeschlagen, in Ergebung und Erbarmen gehüllt. Wenn es so etwas wie spirituelle Erleuchtung gibt, dann hatte ich eine, denn ich wußte mich im selben Augenblick in der Gegenwart von… Schuld; sie war tief verwurzelt in den Wänden, den Fußböden und in den Wunden des Herrn.

Und Maria? Mein Vater hatte, wenn auch im Scherz, meiner Mutter immer wieder ein und dieselbe Frage gestellt: Wie erklärte ein jüdisches Mädchen ausgerechnet ihrer jüdischen Mutter, daß sie schwanger sei, ohne daß sie jemand berührt hätte? Da stand ich, inmitten von so viel Erleuchtung, ein Lächeln stahl sich auf mein Gesicht, als ich aus dem Augenwinkel einen riesigen Schatten auf mich zukommen sah. Die schwarze Silhouette einer Hand, etwas Langes und Scharfes senkte sich in hohem Bogen auf meinen eigenen Schatten. Nichts war zu hören außer dem Hämmern des Pulses an meinen Schläfen, als sich die Finger einer mächtigen Pranke auf meine rechte Schulter legten.

13

Ich erinnere mich nicht daran, in Ohnmacht gefallen zu sein, und trotzdem hatte ich definitiv ein Blackout. Das letzte, woran ich mich erinnere, war ein unglaublicher Druck gegen die Seite meines Halses. Als ich zu mir kam, spürte ich, daß mich jemand unter die Achseln gefaßt hielt. Ich machte also nur, was naheliegend war. Ich rammte den Ellbogen in die Gestalt hinter mir und fuhr herum, um mich meinem Angreifer zu stellen. Mein vermeintlicher Angreifer zuckte noch nicht einmal unter dem Stoß, und ich sah mich vor einer mächtigen schwarzbetuchten Brust.

»Gott steh mir bei«, sagte eine tiefe, fast joviale Stimme. »Tut mir leid, daß ich Sie erschreckt habe. Ich war im Garten beschäftigt, als ich jemanden vorfahren hörte. Sie müssen doch gehört haben, wie ich reinkam. Alles in Ordnung?«

»Sicher«, log ich. Abgesehen von dem Knickbruch, der sich wahrscheinlich bis unter die Achsel zog, und der Tatsache, daß ich keine Luft mehr bekam, ging es mir wirklich gut.

Aus einer Höhe von gut einsachtundneunzig blickte ein Klon von Little John auf mich herab. Brust und Schultern waren breit und mächtig. Sein Gesicht hatte den Teint von Porzellan, seine Augen waren tiefschwarz und groß. Das Lächeln beeindruckte mich am meisten. Es war breit, offen und herzlich. Ich kam mir wie ein Trottel vor. Gekleidet in schwarzer

Soutane, stand der größte Priester vor mir, den ich in meinem ganzen Leben gesehen hatte.

»Ich bin Pater Tom. Und Sie...«

»Phoebe... Phoebe Siegel.«

»Und was bringt Sie zu mir, Phoebe?«

»Die Suche nach jemandem. Ardena Brown.«

»Ich fürchte, die kommt heute nicht. Ihr Mann wird vermißt, wissen Sie. Eine wirklich traurige Geschichte.« Sein Lächeln verschwand, und er schüttelte beinahe heftig den Kopf.

Ich sah staunend zu, wie seine Pausbacken unter der Bewegung ins Zittern gerieten. Ein Schopf schwarzen Haares fiel ihm auf die Stirn. »Kennen Sie Monday?« fragte ich.

»Natürlich. Ein guter Mann. Ein herzensguter Mann.«

So ein Priester würde glatt noch ein Arschloch heilig sprechen.

»Vielleicht könnten wir uns einen Augenblick unterhalten. Haben Sie Zeit, Pater?«

»Ich habe nichts als Zeit. Aber sagen Sie Tom zu mir. Bei uns hier geht es recht zwanglos zu. Worüber genau würden Sie denn gern sprechen, mein Kind?«

Mein Kind. Ich schauderte, biß mir aber auf die Zunge und versuchte, das Beste aus der Gegenwart eines walisischen Priesters mit einer Harke zu machen.

»Sie sehen beschäftigt aus.« Ich ließ ein kleines Lachen hören und versuchte mich zu entspannen.

»Wegen der hier?« Er hob die Harke. »Das Leben ist ein Garten. Wenn man das Unkraut nicht kurz hält«, sagte er und knallte den Stiel der Harke so laut auf die Holzplanken des Kirchenbodens, daß ich zusammenfuhr, »dann erstickt und tötet es schließlich alles, was gut und fruchtbar ist. Setzen wir uns doch in die Sonne.«

Ich folgte ihm vor den Altar, an dem wir Abschied nahmen, gingen dann einen Flur entlang und kamen durch eine Tür ans

Licht. Der Garten war wunderschön. Am unteren Rand schlängelte sich ein gepflasterter Weg in eine mächtige Felsgrotte, in der eine weitere Marienstatue stand. Er setzte sich auf einen von zwei Rotholzstühlen und deutete mir an, dasselbe zu tun. Ich setzte mich.

»Also. Heraus damit. Was haben Sie auf dem Herzen?«

»Kennen Sie die Browns gut?«

Er warf den Kopf zurück und lachte. »Gut? Wahrscheinlich besser als sie sich selbst. Ich arbeite mit Ardena, seit ich hier bin. Ihr Sohn, Shawn, wurde hier getauft.« Er tätschelte die Armlehne des Stuhls. »Monday und ich haben über die Jahre so manchen Tag beim Angeln verbracht.«

»Dann sind Sie sich also der Situation und der Spekulationen um sein Verschwinden voll und ganz bewußt?«

»Der arme, arme Monday. Und Ardena trägt das alles mit solch einer Fassung. Sie ist stark im Glauben, wissen Sie.«

Sein frommes Getue ärgerte mich. »Was ist ihm denn Ihrer Meinung nach zugestoßen?«

»Sind Sie von der Polizei?«

»Nein, nein. Ich bin Privatdetektivin. Sie wissen wahrscheinlich, daß man Matthew Wolf im Fall Monday als Verdächtigen verhaftet hatte.«

»Ja, das weiß ich.«

»Ich versuche im Auftrag von Matthews Familie das ein oder andere zu klären.« Er starrte in die Ferne und antwortete nicht. Ich half nach. »Kennen Sie die Wolfs?« Noch immer keine Antwort. »Pater?«

»Haben Sie sich schon mal gefragt, warum die Berge aus der Ferne so blau aussehen, aber je näher man kommt, das Blau dann verschwindet? Nichts außer dem Grün der Bäume und dem Braun der Rinden und der Erde. Merkwürdig, nicht?«

»Wie bitte?« Ich ertappte mich dabei, den Kopf zu schütteln in dem Versuch, ihn wieder auf unser Gespräch zu bringen.

»Entschuldigen Sie. Meine Gedanken sind ständig unterwegs. Ja, ich kenne die Wolfs. Nicht gut, aber ich kenne sie. Traditionsbewußte Leute, sind nicht in die Messe zu kriegen. Da gibt es aber noch einige, wissen Sie.«

»Einige was?«

»Traditionalisten. Sie klammern sich an das alte. Ihr Heidentum. Sie sind eine Minderheit, aber sie halten an ihrem Glauben fest, mit der Zähigkeit einer Bulldogge.«

»Sie halten das für falsch?«

»Falsch? Ich glaube nicht, daß richtig und falsch auf diese Situation anwendbar sind. Sie sind einfach irregeleitet. Sie leben im finstersten Mittelalter. Und das ist bedenklich.«

»Glauben Sie, daß Matthew Wolf da mit drinsteckt?«

»Darüber kann ich mir kein Urteil erlauben.« Jetzt sah er mich direkt an, mit gekrauster Stirn, ein Blitzen in den dunklen Augen. »Fragen Sie mich was anderes.«

»Okay.« Mir war nicht ganz wohl bei seiner Reaktion und ich wußte nicht, was diese Unterhaltung noch bringen sollte. »Wenn Sie mir vielleicht noch sagen könnten, wie ich Monday finde, mal sehen, ob ich Ardena zu Hause antreffe.«

Er griff nach mir; seine mächtige Hand legte sich mit Leichtigkeit und einer Menge Spielraum um meinen Arm und übte einen leichten Druck darauf aus. Ich sah hinab auf die Hand, dann in sein Gesicht und zog nun meinerseits die Stirn kraus. Er nahm die Hand sofort weg.

»Ich war etwas heftig. Entschuldigen Sie. Zu Hause werden Sie Ardena nicht finden. Sie gibt einen Sommerkurs für Schriftstellerei, und soweit ich mich erinnere, wollten die heute einen Ausflug machen.«

»Schriftstellerei?« Meine Gedanken schossen sofort zu den Seiten, die ich auf meiner hinteren Veranda gefunden hatte.

»Ja, und sie macht das ausgezeichnet. Ich glaube, so eine Beschäftigung ist eine gute Ablenkung. Meinen Sie nicht?«

»Mag sein. Hat sie gesagt, was ihrem Mann ihrer Ansicht nach zugestoßen ist?«

»Also, ich kann natürlich ihr Vertrauen nicht mißbrauchen, aber ja, doch, wir haben uns unterhalten.«

»Und...?«

»Wie gesagt, ich kann ihr Vertrauen nicht mißbrauchen.«

»Verlangt ja auch keiner. Wie ist es mit Ihrer Meinung? Darf ich wenigstens die erfragen?«

»Meinungen sind nur unbestätigte Spekulationen, mein Kind.«

Jetzt hatte ich auch noch einen Philosophen am Hals. »Glauben Sie, Monday ist tot?«

Mit schmalen Augen musterte er mein Gesicht. »Er ist tot.«

Ich war so bestürzt, daß ich nicht wußte, was ich sagen sollte. »Woher wissen Sie das?«

»Weil er seine Familie geliebt hat. Er hat seine Frau geliebt, seinen Sohn und die Reservation. Wir haben hier über sechstausend Quadratkilometer, und trotzdem weiß jeder hier, was der andere macht oder wie es um sein Privatleben steht. Kein Mensch hat Monday gesehen. Er hat sich an niemanden gewandt, und genau das würde er tun, wenn er am Leben wäre. Er hätte sich mit mir in Verbindung gesetzt. Beantwortet das Ihre Frage?«

»Ja. Allerdings. Ich bin sicher, Sie wissen wegen dieser Kultgegenstände Bescheid, die mit ihm verschwunden sind.«

»Ich habe ihn damit gesehen, eines Nachmittags, kurz bevor er verschwand.«

»Sie haben die Sachen gesehen?«

»Ja, er hat sie mir gezeigt. Er wollte, daß ich sie mir ansehe, weil sie ins Ausland gehen sollten, und ich keine Gelegenheit mehr haben würde, so etwas zu sehen. Er war ziemlich stolz auf das, was er da angesammelt –«

»Gestohlen?«

»Nein, er hat nie gestohlen. Es war sein Lebenswerk. Er war der Beste. Er hat sich nie auch nur um irgend etwas bemüht. Irgendwie kam alles einfach immer zu ihm. Ein bemerkenswerter Mensch.«

Bemerkenswert wäre eines der letzten Worte, mit denen ich Monday beschrieben hätte. *Drecksack?* Vielleicht. Aber sicher nicht *bemerkenswert.*

»Erinnern Sie sich noch an den Tag, an dem Sie ihn gesehen haben?«

»Es war an einem Nachmittag. Soweit ich mich erinnere, muß das der Tag gewesen sein, an dem diese junge Frau behauptet hat, er sei ihr über die Motorhaube gefallen. Ich erinnere mich daran, weil er sich gar so gefreut hat. Ardena und er waren zusammen hier. Sie schien mir nicht weniger aufgeregt als er, was mich erstaunt hat.«

»Warum?«

»Sie hatten Schwierigkeiten gehabt. Rein äußerliche. Es gab da einige Leute, die es für falsch hielten, diese Gegenstände ins Ausland gehen zu lassen, aber anstatt Monday damit zu konfrontieren, übten sie Druck auf Ardena aus.«

»Wer? Was meinen Sie mit Druck?«

»Die Traditionalisten. Um genauer zu sein, Matthew Wolf und sein Bruder Steven. Es war eine ganze Gruppe.«

»Hat Ardena Ihnen das erzählt?«

»Ich habe es gesehen. Ihren Hohn, die kleinen Terrorakte. Jemand hat ihr sämtliche Reifen ihres Wagens zerstochen, direkt hier vor meiner Kirche, als sie eines Abends mal länger gearbeitet hat. Monday mußte herunterkommen und sie abholen. Er hat getobt. Minuten davor noch lungerte James Eagle hier herum unter dem Vorwand, auf jemanden zu warten. Es brauchte nicht viel, um sich zusammenzureimen, wer das war.«

Ich dachte an die Prügel, die James von Monday im Arcade

bezogen hatte, und seine Ermordung kurz darauf. »War Monday in der Kirche aktiv, Tom?«

»Nein. Aber der Herr hatte seine Hand über Mondays Herz. Er ging in diesen traditionellen Geschichten auf, behauptete, er hätte ›wirksame Medizin‹, aber der Herr wußte es besser. Es war nur eine Frage der Zeit, bis...« Wieder verstummte er.

»Bis was?« Er antwortete nicht. Er starrte einfach nur auf die blauen Berge in der Ferne.

»Ich muß jetzt gehen«, sagte ich und stand auf. »Wir sehen uns wieder.«

»Nichts da.« Pater Tom stand auf und baute sich vor mir auf. »Sind Sie katholisch?«

»Auf dem Wege der Besserung.«

»Wovon?«

»Vergessen Sie's. Ich habe nichts am Hut mit der Kirche. Mit keiner.«

»Na, heute machen Sie mal eine Ausnahme.« Er griff wieder meinen Arm und führte mich auf die Seitentür zu. »Hier kommt mir keiner weg ohne meinen speziellen Segen.«

»Hören Sie, ich habe Ihnen doch gesagt, ich –« Sein Griff war so kräftig, daß ich, als er den Arm hob, mit dem er mich hielt, auf Zehenspitzen gehen mußte, um mit ihm mitzuhalten.

Kaum waren wir in der Kirche, trat er vor den Altar, blieb stehen, kniete nieder und zog mich mit. Er bekreuzigte sich. Erst da ließ er mich los. Ich nahm die Chance wahr und versuchte, um ihn herumzukommen. Noch bevor ich wußte, wie mir geschah, war er wieder neben mir und bugsierte mich in eine Bank. Jetzt war ich wirklich sauer.

»Ich weiß nicht, was zum Teufel hier vor sich geht, aber jetzt ist Schluß. Priester oder nicht, das ist doch lächerlich.«

Sein Gesicht fiel ihm praktisch in die Hände. Schluchzer ließen seinen Körper erbeben, als er neben mir auf die Bank sank. »Tut mir leid. Tut mir furchtbar leid.«

Das Schuldgefühl traf mich wie eine chemische Keule. »Hören Sie, das ist nun mal nicht mein Ding, Pater. So wie Sie mich hier überfallen, ich... ich meine, da muß es einem ja vergehen. Mein Bruder ist auch Priester, und ich würde genauso reagieren, wenn der mir mit so 'nem Scheiß – verdammt, ich meine, wenn er mir so käme.« Ich tätschelte seinen Arm.

»Es ist so schwer heute. Kein Mensch ahnt, wie schwer es wirklich ist, in einer gottlosen Welt Priester zu sein. Als Krieger tauge ich weit mehr.«

»Was?« fragte ich ungläubig.

»Was ich sagen will, ich mache mich besser als... Lassen wir das. Bitte, fangen wir noch mal an, ja?«

»Ein andermal. Ich muß wirklich los. Ich würde auf dem Heimweg gern bei den Wolfs vorbeischauen. Sie können Ardena sagen, daß ich gern mit ihr reden würde. Das heißt, wenn Sie sie in den nächsten paar Tagen sehen.«

Sein ganzes Verhalten änderte sich vom reuigen Kind zu dem Mann, der gewohnt war, das Sagen zu haben.

»Das mindeste, was ich tun kann, ist, Ihre Mission zu segnen.« Inzwischen standen wir beide. »Warten Sie. Ich bin gleich wieder da.«

Pater Tom eilte mit fliegender Soutane den Mittelgang hinauf, ging auf die Knie, bekreuzigte sich noch mal und verschwand dann hinter dem Altar. Ich hätte mich am liebsten davongeschlichen, aber ich stellte mir vor, wie er mir in Erfüllung seiner eigenen Mission den hinteren Teil des Trucks von der Erde hob. Also wartete ich. Es dauerte nicht lange, und er kam zurück.

»Kommen Sie her«, forderte er mich leise auf. »An die Kommunionbank.«

»Ah... ich glaube nicht...«

»Ach, nun hören Sie schon auf. Dauert nur einen Augenblick.«

Ich ging auf ihn zu und ließ mich wie ein Lamm zur Schlachtbank führen. Eine Hand in strategischer Position auf meiner Schulter, drückte er mich sachte vor der auf Hochglanz polierten Bank auf die Knie. Mit derselben Sanftheit legte er mir dann die Hand auf den Kopf.

»Vater, segne diese junge Frau. Sie braucht deine führende Hand. Laß sie dieses dein Sakrament durch mich empfangen.« Seine Hand ließ meinen Kopf los und hob mir rasch das Kinn.

Das einzige, woran ich denken konnte, war, wie sehr sich Mutter Kirche verändert hatte. Seine Augen waren zärtlich, liebevoll, und sein pausbäckiges Gesicht schien mit einemmal so jung und unschuldig.

»Öffne den Mund, mein Kind.«

»Wozu?«

Er sagte nichts, sondern neigte nur sein kindliches Gesicht, auf dem nun »folge mir« stand. Ich tat ihm den Gefallen. Als er mir die kleine runde Hostie in den Mund legte, mußte ich mir alle Mühe geben, nicht in hysterisches Gelächter auszubrechen. Sie war fade im Geschmack und hatte eine andere Größe und Form als die, an die ich mich erinnerte.

»Klaatu. Barada. Nikto«, sagte er mit donnernder Stimme. »Klaatu. Barada. Nikto.«

»Okay. Das reicht. Ich verschwinde.«

»Sie wissen nicht, was mir Ihr Besuch bedeutet hat. Ich hoffe, ich konnte Ihnen etwas weiterhelfen.«

»Ein ganz gewaltiges Stück. So sehr, daß ich bezweifle, Sie noch mal behelligen zu müssen.« Mein einziges Trachten war darauf gerichtet, von dort wegzukommen. Aber Vater Tom heftete sich mir an die Fersen.

Ich öffnete die Tür des Lasters, blickte mich, um sicherzugehen, daß auch nichts meinen Fluchtweg blockierte, um und wandte mich an den Pater. »Nochmals vielen Dank.«

Die Worte flogen ihm geradezu aus dem Mund, als er die

Hand zur Faust ballte und sie mir gegen die Schulter drosch. Ich krachte rücklings gegen den Truck. Schmerz schoß mir den Hals hinauf und den Arm hinab.

»Was, zum Teufel, sollte das denn?«

»Blauer Käfer, Schlag, kein Käfer, Schlag zurück.«

»Was?« So wütend wie ich war, zischte mir das s nur so von der Zunge.

»Da.« Er wies auf die Straße an der Kirche vorbei, auf der ein kleiner blauer Volkswagen eine Staubfahne hinter sich herzog. »Ein blauer VW-Käfer. Haben Sie nie Käfer, Schlag gespielt? Ich spiele es mit den Kindern die ganze Zeit.«

»Nicht in diesem Leben. Wissen Sie, Pater, Sie könnten etwas Hilfe gebrauchen. Herrgott.«

»Da haben Sie allerdings recht, meine Liebe, auf genau den müssen Sie vertrauen.«

Leise ließ ich beim Einsteigen alles an Verunglimpfungen vom Stapel, was mir nur einfallen wollte; dann fuhr ich los. Meine Zunge durchwanderte meinen Mund, um den Geschmack der kissenförmigen Hostie herauszubekommen. Großer Gott! Kein Wunder, daß ich mich von der Kirche erholen mußte; die sehen sich ihre Leute heutzutage noch nicht mal mehr an!

14

Der Pryor Trading Post schien mir am besten geeignet, den Weg zum Haus der Wolfs zu erfragen. Eine Gruppe junger Männer, die eben aus dem Laden kam, musterte mich mit kurzem Interesse, als ich beiseite trat, um sie vorbeizulassen. Ich konnte gerade noch das Fliegengitter schnappen, bevor es zuknallte, als mir jemand eine Hand auf die Schulter legte. Ich drehte mich um und blickte zu Steven Wolf auf.

Er grinste spöttisch. In seinen dunklen Augen blitzte es, als er auf mich herabsah, dann wandte er den Blick ab. »Sind Sie raufgekommen, um mal ein paar arme Leute zu sehen?«

»Ja, beim Einkaufen.«

»Aber vielleicht sind Sie ja nur auf einem kleinen Bildungsausflug.«

»Ich habe keine Zeit, mich von Ihnen anmachen zu lassen, Steven –«

»Steven«, sagte er und sah mich wieder an. »Ihr Leute sagt uns sogar, wie wir zu heißen haben!«

»Hören Sie, ich bin hier, um mit Ihrem Vater zu reden.«

»Er ist nicht da.«

»Wann ist er denn wieder da?«

»Heute abend. Vielleicht.«

Er hatte einfach etwas an sich, was mich schon das erste Mal auf die Palme gebracht hatte. Daran hatte sich nichts geändert.

»Sparen wir uns doch den Krampf, ja? Kyle hat mich heute morgen angerufen, daß Matthew sich aus dem Staub gemacht hat. Das war nicht gerade das Gescheiteste. Kyle kann ihn ein paar Tage decken, danach könnte er ganz schön in der Scheiße stecken.«

Steven machte mit der freien Hand eine Geste in Richtung der Gruppe junger Männer neben einem roten Ford Pickup.

»Robert, bring das in den Truck.« Er hielt ihm den Papiersack hin.

»Machen Sie ein Picknick, oder ist das der wöchentliche Einkauf?«

»Vielleicht beides.«

»Steven, ich will doch nur helfen. Wenn Sie wissen, wo Matthew ist… Herrgott noch mal, sehen Sie denn nicht, wie schlecht das für ihn aussieht, wenn er abhaut?«

Er sagte nichts, sondern starrte nur in die Ferne.

»Was, zum Teufel, muß denn noch passieren? Verdammt. Sie haben da draußen einen zu allem entschlossenen Deutschen, der nicht die Absicht hat, nach den Regeln zu spielen.«

»Der kommt hier nicht rauf.«

»Sind Sie da so sicher? Die vom FBI können und werden. Da steckt mehr dahinter, als Sie wissen…«

»Nein. Da steckt mehr dahinter, als *Sie* wissen.«

»Dann reden Sie doch mit mir.«

»Was schaut denn für Sie dabei raus, Siegel? Sind Sie eine von diesen Liberalen, die in ihrem Leben ein paar Alibiindianer brauchen? Oder bloß irgendeine von diesen Weltverbesserern, die so mächtigen Spaß daran haben, uns armen, blöden Wilden zu helfen.«

»Gott, Sie sind vielleicht ein Arschloch. Ein Freund von mir ist fast umgekommen, und nach allem was ich hörte, *hat* man einen Freund von Ihnen umgebracht. Und –«

»Haben Sie noch mehr?«

»Worauf Sie sich verlassen können. Was ist mit dem Typ, der an meinem Baum gelandet ist? Das hier ist nicht irgendein Samstagnachmittagskino, Steven. Ihr Bruder steckt in der Klemme, und ich werde verdammt noch mal meine Zeit nicht mit kindischen Wortspielchen vertrödeln. Haben wir uns verstanden?«

Steven drehte sich um und ging zu dem Laster hinüber, sprang auf die Ladefläche und starrte mich finster an. Er schlug mit der flachen Hand auf das Dach des Fahrerhauses, und schon spuckten die Reifen Sand und Kies, während ich mit offenem Mund dastand und sie auf dem Highway verschwinden sah.

Den ganzen Weg zurück nach Billings hatte ich den Geschmack von Staub und Oblaten im Mund. Kurz vor zwei kam ich in die Stadt, nahm die Ausfahrt zur Siebenundzwanzigsten Straße und folgte dieser, bis sie sich mit der Minnesota Avenue kreuzte. Dort fuhr ich rechts ran und parkte. Hier also war es passiert. Die Arcade Bar war einen Block weiter südlich, aber zu sehen. Ich versuchte mir eine dunkle, verregnete Nacht vorzustellen, einen Wagen vor der Ampel und den Schrecken, der Sharon Mills in die Glieder gefahren sein mußte, als ihr der Mann, den sie als Monday Brown identifizierte, über den Wagen gefallen war. Er mußte aus irgendeiner Richtung gekommen sein, und ich tippte schwer auf die Nebenstraße an der Südostecke, die zwischen Montana und Minnesota Avenue langführte.

Die Ampel schaltete um. Ich ging über die Straße, eine halben Block hinauf und trat dann in die in westlicher Richtung verlaufende Nebenstraße, die eigentlich nichts weiter war als ein breiter Flecken Erde neben den Schienen. Die arg ramponierten Laderampen waren noch in Betrieb, sahen aber aus, als hätten sie noch nicht mal das Gewicht eines Mannes getragen, geschweige denn die Ladung eines Aufliegers. Das ganze Gelände war mit Flaschenscherben, Kartons und Kleidungsresten übersät.

Vor einigen Jahren hatte man unter einer dieser Rampen eine Leiche gefunden, die Schlagzeilen gemacht hatte: eine tote Indianerin, das Kleid bis zu den Oberschenkeln hochgeschoben. Das Foto war in seiner ganzen entwürdigenden Pracht auf der Titelseite der *Gazette* gelandet und hatte unter der Bevölkerung für Entrüstung gesorgt. Es war ein zweischneidiges Schwert. Einem Mord fehlt eś grundsätzlich an Würde, bekleidet oder unbekleidet, und Nachricht ist schließlich Nachricht.

Ich wußte aus erster Hand, daß die Polizei hier nachts besonders massiv Streife fuhr; Pennern gestattete man weiterzuträumen, solange sie keinen Ärger machten. Monday war hier zu Hause. Er hatte das hier sein Leben lang gekannt. Er war hier aufgewachsen, und vielleicht, aber nur vielleicht, paßte es ganz gut, daß er hier gestorben war. Falls er wirklich tot war.

Es gab hier diverse Stellen, in denen einer auf der Lauer liegen, einen Wagen parken, sich verstecken konnte. Die Gegend war schlecht beleuchtet und bot dem Nachtgelichter Unterschlupf, das sich auf schmalen Treppen und finsteren Korridoren breitmachte. Im Schatten fanden sie einen süßen, wenn auch nur kurzen Trost bei einer Flasche billigen Weins, einem Joint, bevor sie die Macht der Gewohnheit wieder in den Lebenskampf trieb. Nach Einbruch der Dunkelheit füllten sich die Eingänge mit zeitungsbewehrten Obdachlosen, die hier im Schlaf ihre Vergangenheit zu vergessen versuchten. Die Gegend war also nicht verlassen. Irgend jemand mußte etwas gehört oder gesehen haben.

Der aussichtsreichste Kandidat war Sammy Vargas, stolzer und nicht ganz so himmelschreiend unehrlicher Besitzer von Sammy V's Pfandleihe. Mit Sammy mußte ich reden. Ich legte eine Hand über Mund und Nase und ging zurück zur Siebenundzwanzigsten, wo ich etwas anderes atmen konnte als Verzweiflung und menschlichen Verfall.

Ich ging zurück zum Laster, steckte zehn Cent in die Parkuhr und riß das Knöllchen von der Scheibe, das mir eine übereifrige Politesse erst vor einigen Minuten unter den Wischer geklemmt haben mußte. Dann spazierte ich einen Block weiter zu Sammys Geschäft.

Praktischer- und bequemerweise gleich hinter der Arcade Bar und gegenüber der staatlichen Spirituosenhandlung befand sich Sammy V's Pfandleihe. Zusammen beanspruchten sie den halben Block. Beides waren zweigeschossige Backsteinbauten, die schon bessere Zeiten gesehen hatten; beide lebten von denen, deren Schicksal noch in der Schwebe war. An schönen Tagen versammelten sich auf den Bänken vor Sammys Laden Menschen, die gerade mal um Haaresbreite über der Armut lebten, um zu tratschen oder gemeinsam über Not und Entbehrung zu klagen. Das Geschäft ging hier gut, selbst für die Huren.

Ich hatte im Lauf der Jahre eine hübsche Stange Geld bei Sammy gelassen. Er war ein gewiefter Geschäftsmann, der neben der Pfandleihe noch einen kleinen Zeitungsstand und ein Hinterzimmer betrieb, in dem er stets einige Stilmöbel und Gemälde vorrätig hatte, die er weit unter dem Preis der hiesigen Antiquitätenhandlungen anbot.

Ich stieg über ausgestreckte Beine und trat durch die Tür. Vier, fünf Leute bewegten sich durch den Raum. Am Ladentisch weinte unverhüllt eine hochschwangere, ungepflegte junge Frau. Sammy hatte eine merkwürdige Art, seine Geschäfte zu tätigen: Er stand nie hinter dem Ladentisch, sondern immer davor. Eine schmuddelige weiße Zimmermannsschürze diente ihm als Büro. Gelegentlich hörte man Münzen klimpern, oder er zog einen Quittungsblock aus der Tasche. Sammy lebte den amerikanischen Traum, und dazu gehörte, daß er einen bei jeder Gelegenheit begrapschte. So wie im Augenblick die junge Frau.

Als ich eintrat, blickte er herüber zur Tür.

»He, Siegel. Sie hab' ich ja schon eine Ewigkeit nicht mehr gesehen. Bin gleich bei Ihnen.«

Ich winkte zum Zeichen, daß ich es gehört hatte.

Wann immer eine Frau an den Zeitungsstand trat, griff sich Sammy unweigerlich an den Schritt, verharrte einen Augenblick in dieser Stellung, als gäbe es darin ein unsichtbares Gewicht zurechtzurücken, schüttelte sich dann kurz und grinste ihr ins Gesicht. Sein eigencs war flachgedrückt und auf einer Seite durch schlimme Verbrennungen aus seiner Jugend vernarbt; auf der Narbenseite wuchs kein Bart, während die andere immer stoppelig und schweißglänzend war.

Er war ein rundlicher kleiner Kerl mit Wurstfingern, schmutzigen Nägeln und einem vierschrötigen runden Kopf, der ihm ohne die Verbindung eines Halses zwischen den Schultern saß. Wie uniformiert trug er tagaus, tagein dieselbe Kleidung. Sein spärlicher Haarwuchs steckte unter einer flachen schwarzen Schirmmütze, an der ein Abzeichen mit der Aufschrift WENN DU SCHARF BIST, DRÜCK AUF DIE HUPE steckte. Ich wette, daß bisher noch keiner gehupt hat.

Ich beobachtete ihn von der Seite, als er ein Bündel Scheine aus der Schürze zog, einige abzählte und sie der jungen Frau reichte, die vorsichtig ein Paar Eheringe vom linken Ringfinger zog. Das Geschäft ging über die Bühne, und sie entfernte sich, aber nicht bevor Sammy ihr mit der Hand den Rücken hinuntergefahren war.

Mit einigen hastigen Notizen in sein Quittungsbuch kam er auf mich zu. »Kommen Sie, um was zu kaufen, oder« – er sah mich grinsend an – »um was zu erfahren?«

»Sie sind einfach zu raffiniert für mich, Sammy. Haben Sie denn Informationen, die mich interessieren könnten?«

»Vielleicht.« Er wandte sich ab und ging zu zwei Jungs hinüber. Er hatte die Augen eines Adlers und erkannte einen potentiellen Dieb, noch bevor er über die Schwelle trat. »Faßt das noch mal an, ihr heimtückischen kleinen Mistkerle, und ich hetz' euch die Bullen auf den Hals. Verschwindet!«

Er stürzte auf sie zu, und die beiden traten sich gegenseitig auf die Füße in dem Versuch, aus dem Laden zu kommen.

»Gottverdammte kleine Langfinger«, sagte er und wischte sich etwas Schweiß von der Stirn. »Kommen hier rein und meinen, Sie könnten mich ausplündern. Na, da haben sie sich aber geschnitten. Einen Tritt in den Arsch können sie haben. Meinen Sie, die haben's kapiert?«

»Oh, ja. Ich denk', die haben's kapiert, Sammy.«

»Also, dann kommen wir zurück zum Geschäft. Was genau führt Sie denn her? Was macht denn eigentlich der alte 49er? Ich hätte da ein paar wirklich ernsthafte Interessenten, falls Sie ihn loswerden wollen.«

»Nie.«

»Sagen Sie niemals nie.«

»Monday Brown, Sammy. Können Sie mir da helfen?«

»Die arme Sau. Auch wenn's nur eine Frage der Zeit war.«

»Wie das?«

»Ein übler Kunde wie der? Keinen, den der nicht übers Ohr gehauen hätte. Dann kommt er mit dem Haufen Zeug daher und erzählt überall rum, daß er an den Meistbietenden verkauft, obwohl der Handel längst perfekt war, dieser Trottel. Also nee, so geht das nicht.«

»Diese Keilerei zwischen Monday und einigen Indianerjungs, haben Sie da was von gehört?«

»Gehört? Gesehen hab' ich's. Hat sie ganz schön vermöbelt, die Jungs. Fast alle miteinander. Dann kamen die Bullen und Beemer. Der hat dem Ganzen dann ein Ende gemacht. Aber nicht bevor er selbst ein paar austeilen konnte.«

»Wer hat denn angefangen?«

»Woher soll ich das wissen? Ich häng' doch nicht in der Arcade rum. Das wissen Sie doch genau, Siegel.« Er grinste spitzbübisch.

»Wenn wir schon von Fakten reden, ich weiß auch, daß hier unten nichts über die Bühne geht, über das Sie nicht Bescheid wüßten.«

»Das dürfte wohl hinkommen. Aber ich würd' mich da wirklich nur ungern reinziehen lassen, bevor sie den nicht haben, der den alten Monday abgemurkst hat.«

»Die hatten doch einen Verdächtigen eingesperrt.«

»Den jungen Indianer? Niemals. Jeder mit bloß 'nem bißchen Grips wußte, daß es mehr braucht als 'n paar junge Rotzlöffel, um einen Bullen wie den umzuwerfen.«

»Meinen Sie denn, daß er tot ist, Sammy?«

»Allerdings. Toter geht's gar nicht. Wahrscheinlich fault er irgendwo vor sich hin. Mittlerweile sollte man ihn eigentlich schon riechen.« Er schnüffelte in der Luft, hob einen Arm und tat, als schnuppere er an der eigenen Achselhöhle. »Verflucht, 'nen Augenblick lang dacht' ich doch glatt, es wär' Monday, und der Teufel soll mich holen, wenn ich's nicht selber bin.« Im Lauf der Jahre war Sammys Pulli viel zu klein geworden, um über den Bauch zu reichen, den er mit fettem Essen und gefülltem Hefegebäck pflegte. Gebannt beobachtete ich, wie die Lachsalven ihn immer mehr aufblähten und der Pulli immer weiter nach oben rutschte. Als er fertig war, schlug er einen ernsteren Ton an. »Seine bessere Hälfte war drauf und dran, ihn zu verlassen, wissen Sie.«

»Ach, davon habe ich noch gar nichts gehört.«

»Er war gemein. Zu ihr und seinem Jungen. Sie ist ein wirklich gescheites Mädel, richtig gebildet. Eine Lehrerin oder so was, oben in der Reservation. Hatte wohl die Schnauze voll, nehm' ich an.«

»Woher haben Sie das denn?«

»Von der Straße. Scheint, daß sie nebenher noch so 'n bißchen was Ernstes hatte. Also das von ihr, das wußte ich vorher gar nicht. Und Monday? Na, bei dem war das ja ganz was anderes.«

»Wie so ziemlich jeder weiß. Wurden irgendwelche Namen genannt, was sie anbelangt?«

»Ach was. Sie hat nur gesagt, daß sie den Kleinen nehmen und gehen würde, wenn Monday das Geschäft hinter sich hätte.«

»Ist bei Ihnen was aufgetaucht, was zu den fehlenden Sachen gehören könnte?«

»Nee. Nicht das geringste. Und ich sag' Ihnen was, ich müßte mich ganz schön beherrschen, so 'n Geschäft nicht zu machen, sozusagen unterm Ladentisch. Bin schließlich selber kein junger Spund mehr. Ich muß an meine Rente denken.«

»Würden Sie 's mir denn sagen, wenn was aufgetaucht wäre, Sammy?«

»Jetzt hören Sie aber auf«, brüllte er und stampfte mit einem Fuß auf den Boden. »Sie wissen genau, was ich von Ihrem Vater gehalten habe. Seit er tot ist, hat es hier doch nichts Gescheites mehr gegeben. Außer Ihrem Bruder Ben.«

»Ich weiß. Ich frage ja nur. Irgendwie muß ich was über dieses Geschäft erfahren. Ich bin aber ganz Ihrer Meinung, ich glaube nicht, daß Matthew Wolf damit was zu tun hat. Wenn nur nicht so verdammt viel auf ihn hinweisen würde! Würden Sie für mich die Ohren offenhalten?«

»Besser noch. Ich habe jeden einzelnen Bullen hier gehabt und noch 'n paar vom Bund, und alle haben sie nach dem Abend gefragt, an dem Monday auf diesen Wagen gekrochen ist. Ich hab' da noch einiges, was ich keinem gesagt habe.«

»Ach, was?«

»Also, wir hatten Sturm, es hat nur so gekracht und geblitzt.

Ich hatte in letzter Zeit 'n paar merkwürdige Kunden da, die meinen Laden ausbaldowert haben, also habe ich mir 'n Feldbett runtergestellt und hier geschlafen. Von mir aus konnten die kommen. Ich hab' sogar gehofft, die würden durch die Tür oder eins der Fenster da kommen, damit ich denen eins aufs Fell brennen könnte. Seit der Notwehr damals, 76, habe ich auf keinen mehr geschossen. Die haben mich seinerzeit noch nicht mal über Nacht dabehalten, sondern einfach laufenlassen. Die wußten, ich war im Recht. Dann erinnere ich mich da noch an eine andere Nacht –«

»Sammy, was ist mit der Nacht, in der es geregnet hat?«

»Ich lag hier drin auf meinem Feldbett und sah Schatten hier vor den Fenstern. Zwei, vielleicht drei, die miteinander rauften. Ich dachte, das wären die Arschlöcher, auf die ich gewartet hatte, daß die nur so tun, als würden sie sich keilen; also blieb ich hier, mucksmäuschenstill, und hab' gewartet. Dann sind sie weiter die Straße hinauf.«

»Ist das alles?«

»Nein, verdammt. Es verging eine Minute, dann hörte ich einen Bums an der Wand. Na ja, da hab' ich meine Schmalspurkanone geladen und saß dann da. Niemand kam. Kein Schwanz. Also stand ich auf und bin auf Zehenspitzen rüber zur Tür, und da kam grade der verdammte Zug durch. Stand bloß 'n einziger Wagen an der Ampel, der Zug rumpelte vorbei, und da seh' ich die beiden Leute neben dem Wagen.«

»An der Ampel?«

»Richtig.«

»Ich dachte, 's wären ein paar junge Strolche, die jemanden anmachten, also schrie ich vor und winkte mit der Kanone. Einer von denen schaute rüber und winkte zurück. Und dann schienen sie einem dritten Typ zu helfen, den sie in der Mitte hatten. Ich dachte, der wär' besoffen. Er stolperte, und einmal ging er fast auf die Knie.«

»Warum haben Sie denn das der Polizei nicht gesagt?«

»Na ja, wir haben hier zwei neue Mädels auf der Straße. Vom Strich an der Minnesota Avenue. Hübsche Mädels. Ich konnte nicht sehen, ob sie es waren oder nicht. Ich dachte, daß die vielleicht 'n Freier dabei hatten.«

»Wollen Sie damit sagen, daß das Frauen waren? Diese Leute neben dem Wagen?«

»Das konnte ich nicht sehen. Aber groß waren sie. Wie Gin und Tonic.«

»Was?«

»Na, die neuen Mädels. Von denen ich Ihnen grade erzählt habe.«

Kopfschüttelnd begann ich zu lachen. »Heißen die so? Gin und Tonic?«

»Ja. Die machen 's nicht allein. Immer nur zu zweit. Nette Mädels. Ich wollte ihnen nicht noch mehr Ärger machen, als sie ohnehin schon haben.«

»Sonst noch was?«

»Kapieren Sie, warum ich nichts gesagt habe? Es wäre doch an mir hängengeblieben, wenn ich jemanden verpfiffen hätte. Ich spiel' nach den Regeln. Das wissen Sie.«

»Wo könnte ich Gin und Tonic finden? Arbeiten Sie für jemanden?«

»Nee. Die schaffen auf eigene Kappe an. Wenigstens im Augenblick noch. Ich bezweifle aber, daß die mit Ihnen reden werden, und wie gesagt, ich weiß ja gar nicht, ob sie 's wirklich gewesen sind. Also, der eine war jedenfalls todsicher groß. Tonic wär' so groß. Über einsachtzig.«

»Sammy, wenn Sie was hören sollten oder sich noch an was erinnern, rufen Sie mich an?«

»Mach' ich. Wenn Sie mich dafür ganz oben auf Ihrer Liste für den 49er behalten. Falls Sie ihn doch noch loswerden wollen.«

»Ist geritzt. Wo arbeiten die Mädchen denn?«

»Oben an der Kreuzung beim Studio One. Manchmal auch an der First Avenue, wenn sie keine Angst haben, einen Spitzel abzuschleppen.«

»Und wann?«

»Ab zehn.«

»Danke, Sammy. Sie sind der erste auf meiner Liste.«

»Wie geht's denn Ihrem Bruder? Dem Priester?«

»Der priestert noch.«

»Er ist nicht zufällig ein Liberaler?«

»Michael? Ach was. Wieso fragen Sie?«

»Die Kleine, mit der er an der High-School gegangen ist, ist wieder in der Stadt.«

»Cara Menendez? Ich dachte, die wär' in New York.«

»Im Augenblick nicht. Ich hab' sogar gehört, sie hätte nach ihm gefragt.«

»Da ist sie im falschen Lokal, Sammy. Das dürfen Sie mir glauben. Woher, zum Teufel, haben Sie das bloß immer alles?«

»Ich hab' das Ohr am Straßenpflaster. Man kann nie wissen, ob nicht mal ein paar Mäuse extra rausspringen.«

»Ist das ein Wink mit dem Zaunpfahl? Daß Sie dafür was haben wollen?«

»Nie und nimmer. Von Ihnen doch nicht, Siegel. Schließlich kennen wir uns doch schon eine halbe Ewigkeit, oder?«

»Allerdings, Sammy. Das kann man wohl sagen.«

»Siegel?«

»Ja?«

»Gehen Sie mir diesmal nicht zu forsch ran. Ich habe den Eindruck, bei dieser Geschichte mit Monday haben ein paar komische Typen die Finger mit drin. Könnte ziemlich haarig werden. Wenn Sie wissen, was ich meine.«

»Warum legen Sie 's mir nicht auseinander, Sammy?«

Er beugte sich vor und flüsterte: »Alle hier haben bei Mondays großem Geschäft mitzumischen versucht. Und seit er verschwunden ist, macht keiner mehr 's Maul auf. Man möchte doch meinen, die würden sich 's Maul fusslig reden für so viel Geld.«

»Möchte man meinen. Und Sie sind sicher, daß keiner was sagt?«

»Ja, verflucht noch mal. So 'n großer Kerl, 'n Ausländer, also der hat überall rumgetönt, daß *er* nach Informationen über die verschwundenen Sachen sucht.«

»Verständlich. Er hat schließlich dafür bezahlt. Ist doch nichts dabei.«

»Ach, nichts dabei? Dann lassen Sie mich Ihnen mal was sagen. Tonic hat mir erzählt, daß irgend so ein Trottel gedacht hat, er könnt' sich 'n kleines Zubrot verdienen, wenn er den Kerl abzockt. Also, nach allem, was man so hört, hat er sich mit ihm getroffen, und die Geschichte hat ein böses Ende genommen. Wirklich böse. Er hat dem Typ –«

»Welcher Typ?«

»Der Ausländer hat dem Typ den Arm durch die Stoßstange von seinem Wagen gezogen und sich draufgekniet. Er hat ihm den Ellenbogen gebrochen.«

»Sind Sie da sicher?«

»So sicher, wie's nur geht. Kann mir nicht denken, daß Tonic mich auf den Arm nehmen würde. Ich schätze, der Typ ist auf die Unfallstation, hat sich 'n Gips machen lassen und ist noch am selben Abend auf einen Güterzug Richtung Chicago aufgesprungen.«

»Woher sollte Tonic das wissen?«

»Na weil der Ausländer zu ihr und Gin zum Ficken geht. Manchmal zweimal die Nacht.«

»Was sind wir wieder mal taktvoll, Sammy.«

»Hoppla.« Er hielt sich in der Art eines Kindes die Hand vor den Mund und lief unter der glänzenden Schweißschicht rot an. »Tut mir leid, Siegel. Aber für mich sind Sie nun mal einer von uns Jungs. Ich hab' ganz vergessen, daß Sie –«

»Na dann, Sammy, nachdem Sie mir jetzt auch noch das Selbstwertgefühl zurechtgestutzt haben…«

Er machte auf der Stelle ein beleidigtes Gesicht.

»Schon gut. Hier, nehmen Sie, und wenn sich was ergibt, egal was, rufen Sie an. Und wenn ich nicht da bin, hinterlassen Sie eine Nachricht.« Ich gab ihm meine Karte und ging.

15

Kaum hatte ich vor Mamas Haus geparkt, als ich es hinter mir hupen hörte. Ich blickte in den Rückspiegel und sah Kyle mit seinem Blazer hinter mir halten.

»Ich habe dich den ganzen Tag aufzutreiben versucht«, sagte er, als er auf dem Gehsteig hinter mir herkam. »Wie lief 's denn in Pryor?«

»Totaler Schuß in den Ofen. Ich bin Steven Wolf begegnet. Der hat mich wissen lassen, sein Vater sei nicht zu sprechen. Eine Begegnung mit Steven ist immer wieder ein Ereignis. Aber Genevieve war oben, bei der Stammespolizei. Nach dem, was sie sagt, sind Louis und Matthew zusammen. Oder jedenfalls glaubt sie das.«

»Hat sie mir auch schon gesagt. Aber das ist noch das kleinste unserer Probleme.«

»Gehen wir doch rüber in den Park. Wenn erst mal alle da sind, kommen wir nicht mehr zum Reden.«

Wir gingen schweigend nebeneinander her, bis wir den Terry Park erreichten und setzten uns dort ins Gras. Kyle streckte die langen Beine von sich. Während der letzten Jahre hatte ich Kyle nur selten ohne seine Uniform gesehen. An diesem Abend war er in Zivil. Geradezu lässig. Ich hatte Kyle schon seit meiner Collegezeit am Eastern Montana gekannt. Wir hatten zusammen Kriminologie gehört. Wir wußten beide nichts über unsere Zukunft im Rechtssystem, nur daß wir auf dem richtigen Weg waren.

Ich beobachtete ihn, während er ein paar Kindern beim Herumturnen an einem zwischen zwei Klettergerüsten gespannten Taunetz zusah. Ich sah das Zucken seiner Kiefermuskeln. So gut ich ihn zu kennen glaubte, ich wußte nichts Persönliches über ihn, weder was er in seiner Freizeit machte, noch ob er eine Geliebte hatte. Es wäre gelogen, würde ich behaupten, nicht hin und wieder einen lustvollen Gedanken gehegt zu haben, was ihn anbelangte. Ich bin sicher, ich war nicht die einzige, die ihrer Phantasie in dieser Beziehung freien Lauf ließ. Er war aber auch ein Bild von einem Kerl: groß und schlaksig, mit feinen Zügen und einem Teint wie Sahnekaffee.

Als Deputy bei der Bezirkspolizei hatte er den Ruf, sich an die Regeln zu halten, was freilich auch die Straße mit einschloß, wenn die Situation es erforderlich machte. Er hatte eine Schwäche für Kinder. Was jedoch nicht hieß, daß er sie wieder laufen ließ, wenn er sie mit einem Joint erwischte, wie einige seiner Kollegen. Für Kyle war so ein Joint eine ernste Sache, aber so hart er mit den Kindern auch anfänglich umspringen mochte, er kümmerte sich um sie, führte sie Entziehungsprogrammen zu und bot ihnen zeitlich unbegrenzte Unterstützung an.

Wir hatten nie darüber gesprochen. Die meisten meiner persönlichen Informationen über Kyle stammten aus zweiter Hand. Und jetzt, wo ich so im Gras mit ihm saß und ihm dabei zusah, wie er den Kindern zusah, hätte ich zu gern mehr über ihn gewußt. Nur daß das nicht der richtige Zeitpunkt war.

»Also, was gibt's?«

»Wir haben da ein Riesenproblem.«

»Meiner Ansicht nach hatten wir das von Anfang an. Oder hast du etwa eine große Überraschung für mich?«

»Jimmy O'Donnell will den Fall vor eine Anklagejury bringen. Wir haben achtundvierzig Stunden, bevor sie Matthew wieder verhaften. Maximal.«

Ich sagte nichts. Jimmy O'Donnell war, unter anderem, ein ausgesprochen ehrgeiziger Staatsanwalt, der seine Fälle anging wie ein Hai eine Blutspur. Gerüchten zufolge hatte Jimmy kein Herz in der rachitischen Brust, sondern eine stählerne Pumpe, die Gift in seinen Adern zirkulierte.

Er prahlte offen damit, daß sein Jahresgehalt seit seinem Examen alle fünf Jahre um 8000 Dollar gestiegen sei. Bei seinem Galopp die Karriereleiter der Staatsanwaltschaft hinauf hatte er so manchem die gespaltenen Hufe auf den Rücken gesetzt. Das letzte, was Matthew Wolf im Augenblick brauchte, war, Jimmy O'Donnell auf den Fersen zu haben.

»Das ist doch wohl ein Scherz, oder?«

Kyle sah mich an, die tiefliegenden Augen brütend und schwarz.

»Um Himmels willen, Kyle, die wissen doch noch nicht mal, ob ein Verbrechen vorliegt!«

»Was meinst du denn, Phoebe? Liegt ein Verbrechen vor? Was sagt dir dein Gefühl?« Er schob sich die Faust in die Magengegend.

»Verflucht.«

»Herrgott noch mal, in Bozeman haben sie eben einen verurteilt, in dessen Camper sie ein mikroskopisches Teilchen Hirngewebe gefunden haben. Was, zum Teufel, glaubst du, machen die mit einem Indianerjungen aus Pryor, der Mondays Zeug unter dem Vordersitz hatte?«

»Woher, zum Teufel, weißt du das denn wieder, Kyle? Du wolltest doch mit mir noch nicht mal darüber reden.«

»Tja, darüber sind wir wohl mittlerweile hinaus. John hat mir die ganze verdammte Geschichte heute morgen erzählt. Da er dich zu Hause nicht angetroffen hat, kam er eben zu mir. Hast du die Sachen noch?«

»Soll ich jetzt lügen oder die Wahrheit sagen?«

»Hast du sie?«

»Ja.«

»Wo?«

»In meiner Toilette.«

»Was?«

»Sie sind in einer wasserdichten Plastiktüte in dem Eichenspülkasten über dem Klo.«

»Wer weiß sonst noch davon?«

»Roger.«

»Na toll.«

»Glaubst du, Roger würde mich verkaufen?«

»Würde Roger seine Karriere aufs Spiel setzen, indem er eine Anklagejury belügt?«

»Die würden Roger vorladen?«

»O'Donnell würde seine Mutter in den Zeugenstand stellen und die Todesstrafe fordern, wenn er sie für meineidig hielte.«

»Augenblick mal. Woher sollte er denn überhaupt wissen, daß Roger oder, wenn wir schon dabei sind, ich was damit zu tun habe?«

»Clint Beemer?«

»Clint?«

»Du hast doch mit ihm geredet. Stimmt's?«

»Schon, aber –«

»Kein aber, Phoebe.«

»Ich habe mit ihm über die Keilerei unten in der Arcade geredet. Weiter nichts.«

»Das hat genügt.«

»Was steckt da dahinter? Wieso interessiert sich der Bund für diese Geschichte?«

»Ich habe dir doch gesagt, daß dieser Müller diplomatische Verbindungen hat, und man will die Geschichte auf keinen Fall überregional in den Schlagzeilen sehen. Brauchst dir nur anzuschauen, was Miami derzeit aufs Dach kriegt. In Deutschland sagt man den Leuten, um Florida und speziell um Miami einen großen Bogen zu machen.«

»Das hier ist nicht gerade Miami, Kyle.«

»Nein, das nicht. Und dabei wollen Regierung und Behörden es auch belassen. Ein Indianerjunge? Und wir können sogar noch weitergehen: ein Indianerjunge, der öffentlich gedroht hat, Brown umzubringen, ganz zu schweigen von der Kleinigkeit der Sachen unter seinem verdammten Autositz. Wenn das kein klarer Fall ist.«

»Ein Indizienfall, höchstens.«

»O'Donnell nimmt dir so ein Indiz und macht daraus den Prozeß des Jahrzehnts. Hier«, sagte er und machte eine ausladende Geste, »damit es auch jeder sieht. Matthew wandert in den Knast, Müller geht frei aus, und bald ist auch die Spur eines internationalen Zwischenfalls vergessen.«

»Und O'Donnell klettert eine Sprosse nach oben.«

»Du hast's erfaßt.«

»Was sollen wir denn machen?«

»Wir gehen mit dem Vorschlaghammer dazwischen, und zwar *noch bevor* die vor eine Anklagejury gehen.«

»Irgendwelche Vorschläge?«

»Steven. Er ist der Schlüssel.«

»Na ja, ich bin nur kein Schlosser, und er haßt mich wie die Pest. Ich habe schon mit ihm zu reden versucht und nur eine aufs Maul gekriegt.«

»Was?«

»Schon gut, Kyle. Was ist mit Genevieve? Oder dir, wo wir schon dabei sind? Ich kann unmöglich Beruf und Privatleben trennen. Wenn die mich vor eine Anklagejury ziehen, ich könnte eine Lüge nicht rechtfertigen. Du? Gehen wir zum Haus zurück. Mama wird unsere Wagen sehen und sich fragen, wo zum Teufel wir sind.«

»Sag ihr, wir haben im Park gefusselt.«

»Haben wir denn Zeit?«

Kyle legte mir eine Hand auf die Schulter. »Ich werd' mir wohl einer dieser Tage Zeit nehmen und darauf bestehen müssen.«

Es gab doch einen Gott.

Geburtstagsessen bei Mama gliedern sich in drei Abschnitte. Im ersten gibt sie sich genervt; hier bereitet sie die Lieblingsspeise des Geburtstagskindes vor. Diesmal war Michael dran, und so erfüllte der scharfe Geruch von Oregano die Küche, als sie ihm seine alljährlichen Spaghetti machte. Kehly stand über den Topf gebeugt und kostete immer wieder die kräftige rote Soße, die vor sich hinköchelte. Rudy saß im Wohnzimmer in Vaters Sessel und schaltete sich mit der Fernbedienung wie mit einer Maschinenpistole unter entnervendem Rauschen durch die Kanäle. Michael pendelte zwischen Küche und Wohnzimmer, versuchte hin und wieder bei Mama und Kehly zu Wort zu kommen, um dann wieder gegen das Rauschen des Fernsehers anzureden.

Die zweite Phase besteht im Auftragen der Speisen. Alles drängt sich um den Tisch, ißt, lacht und tut, als würden wir, meine Brüder Ben und Sam sowie meinen Vater überhaupt nicht vermissen. Aber sie sind da, und irgendwann während des Essens trägt einer Schweigen auf, wir sinnieren vor uns hin, und schließlich kommt einer mit einer kleinen Erinnerung an einen oder gleich alle drei. Mama winkt ab, verlangt ein anderes Thema, steht auf und bringt den Kuchen herein. Aber wir haben Platz für alles, das Essen, die zugeschnürte Kehle und den Geburtstagskuchen.

Der Kuchen verkündet den Beginn der dritten Phase: das Nachleben von Mamas Schwangerschaft, Entbindung und Geburt des Geburtstagskindes. Anschaulich schildert sie uns alles außer dem Augenblick der Empfängnis. Dann verfallen wir in eine gemütliche Unterhaltung und schieben die traurigen Erinnerungen beiseite. An diesem Tag war das nicht anders, wenn auch mit einer Ausnahme. Michael war still und teilnahmslos.

»Ein ausgezeichnetes Essen, Mrs. Siegel. Ich wollte, Kehly könnte kochen wie Sie.« Rudy lehnte sich in seinen Stuhl zurück und rieb sich den Bauch.

»Danke, Rudy. Sie sollten öfter mal zum Essen vorbeikommen. Sie sind jederzeit willkommen. Ein junger Mann wie Sie, so ganz allein, der sollte zusehen, daß er richtig ißt.«

»Ich will damit nicht sagen, daß Kehly nicht kochen –« Kehly warf ihm einen Blick zu, der einen Durchschnittsmann umgebracht hätte. Er kapierte und wechselte die Spur. »Ich danke Ihnen, Mrs. Siegel. Wann immer Sie mich einladen wollen, ich bin da.«

»Kyle?« fragte Mama. »Sind Sie auch richtig satt?«

»Mehr als satt. Ich werde heute abend zehn Meilen laufen müssen, um das wieder loszuwerden.«

»Ach übrigens, hat man schon herausgefunden, wer den Mann in Phoebes Garten zerstückelt hat?«

»Was?«

»Um Himmels willen, Mama. Kein Mensch ist in meinem Garten zerstückelt worden.«

»Da sagt man sich aber –«

»Er kann darüber sowieso nicht sprechen. Also reden wir von was anderem.« Ich wandte mich Michael zu. »Du bist ja so furchtbar still heute, ich meine, schließlich bist du das Geburtstagskind. Wie macht sich Gott?«

»Er lebt, Phoebe. Gott lebt.«

»Hast du eigentlich je nachgefragt, was das gewisse Thema von neulich betrifft?« Ich grinste in der Hoffnung, ihn aufziehen zu können.

»Du meinst die Erklärung aus Rom?«

»Genau die. Schon was gehört?«

Er lachte und tat, als werfe er die Gabel nach mir.

»Worum geht's denn?« fragte Mama.

»Phoebe will eine schriftliche Erklärung vom Papst, warum Hunde nicht in den Himmel kommen.«

»Phoebe«, kreischte sie. »Du mußt aufhören mit solchen Geschichten!«

Kehly und Rudy kicherten, und Kyle stupste mir kopfschüttelnd gegen den Fuß.

»Du mußt deinen Glauben etwas ernster nehmen, junge Dame. Daß du deinen Bruder mit solchen Oberflächlichkeiten behelligen kannst.«

»Schon gut, Mama. Ich mache mir in letzter Zeit selbst so meine Gedanken.«

Mama sah Michael an. Schockiert.

»Sag mir jetzt nur nicht, der künftige Bischof von Montana stellt das Wort des Papstes in Frage?« holte ich rasch zum entscheidenden Schlag aus und warf dabei Kehly einen Blick zu, der um Unterstützung bat.

Sie schüttelte diskret den Kopf, wobei ihre Augen mich anflehten, damit aufzuhören.

»Michael macht sein verflixtes siebentes Jahr durch, wie man so schön sagt. Das geht jedem Priester so, und er ist danach um so stärker.« Sie griff über den Tisch und streichelte Michaels Arm. »Stimmt's, Schatz?«

Michael tätschelte ihr die Hand und nahm einen Schluck Kaffee. Ich sah, wie Kehly die Brauen hochzog. Was immer hier vor sich ging, ich wollte nicht, daß Kyle es mitbekam.

»Ich habe einen Priester kennengelernt, als ich heute oben in Pryor war. Pater Thomas? Kennst du ihn, Michael?«

»Pater Thomas gibt es schon seit Adam und Eva. Ich glaube gehört zu haben, daß er noch immer oben in Pryor ist. Wie hast du ihn denn getroffen?«

»Ich war auf der Suche nach jemandem, der in der Kirche arbeitet, und bin statt dessen ihm in die Arme gelaufen.« Es hatte keinen Sinn, die ganze Geschichte zu erzählen. »Auch nicht eben ein Durchschnittsmensch.«

»Er ist noch von der alten Garde. Ein unglaublich gefestigter Mensch. Er hat sein ganzes Leben den Indianern gewidmet.«

»Gefestigt?«

»Hattest du nicht den Eindruck?«

»Na ja, ich... ah...«

»Was macht er denn dieser Tage so?« Unter dem mißbilligenden Blick von Mama stützte Michael die Ellenbogen auf den Tisch.

»Tja... gärtnern und dies und das. Du weißt doch mehr über Priester als ich, Bruderherz. Ich habe dich erwähnt. Eines war übrigens interessant. Ich war überrascht, wie locker die Kirche geworden ist.«

»Wie das?«

»Wie ist denn dein Latein?«

»Tadellos. Inwiefern ist die Kirche locker geworden?«

»Augenblick mal. Ich muß dich nach der Bedeutung eines Ausdrucks fragen.«

»Könnte ich noch etwas Kaffee haben, Mrs. Siegel?« unterbrach uns Rudy.

»Aber natürlich. Kehly, würdest du dem jungen Mann bitte noch etwas Kaffee holen?« Sie sah mich an. »Ich bin ja so stolz auf dich, Liebes, daß du dir die Zeit nimmst, mit einem Priester zu reden.«

»Bei der ist doch Hopfen und Malz verloren, Mama.«

Ich warf Kehly einen bösen Blick zu und wandte mich dann wieder an Mama. »Es war rein geschäftlich. Aber der Typ war so was von irre. Nett, aber...«

»Komm zur Sache, Phoebe.« Michael winkte in meine Richtung. »Was wolltest du denn wissen?«

»Gott. Laß mal sehen, ob ich 's noch richtig hinkriege. Okay. Die Worte lauten klaatu, barada, nikto.«

Michael schwieg. Überlegte. »Ich habe keine Ahnung. Wo hast du sie denn gehört?«

»Ich...«

Rudy hörte auf, mit dem Löffel in der Tasse zu rühren. »Wie war das gleich noch mal?«

Ich wiederholte es.

Auf schallendes Gelächter folgte nahezu ein krampfartiger Anfall von Hysterie. Aller Augen ruhten auf Rudy. Kehly klopfte ihm heftig auf den Rücken, als er zu ersticken drohte.

»Wie zum Teufel sollst ausgerechnet du wissen, was das heißt?« Herrgott noch mal. Ich hielt ihn gerade mal des Lesens mächtig.

»Du weißt nicht, was das bedeutet?« fragte er durch sein Gelächter.

»Komm schon, Rudy. Mach 's nicht so spannend.«

»Hast du nie den Film *Der Tag, an dem die Erde stillstand* gesehen?«

»Hat doch wohl jeder gesehen.« Langsam wurde ich stocksauer.

»Das ist, was Patricia Neal dem Roboter sagen muß, damit er die Erde nicht zerstört. Klaatu, barada, nikto.«

»Du hast recht.« Michael beugte sich an Kehly vorbei, um Rudy anzusehen. »Das ist doch, wo er hinter ihr her ist und sie über all die Klappstühle fällt, und als man schon denkt, daß es aus ist mit ihr, sagt sie... was auch immer diese Worte sind.«

Ich versuchte nicht rot anzulaufen, aber mein Gesicht glühte derart, daß es nur noch eine Frage der Zeit sein konnte, bevor meine Haut wegzuschmelzen begann.

»Wo, zum Kuckuck, hast du denn das gehört?« fragte Michael, der jetzt nicht weniger laut lachte als Rudy.

»Es war ein Scherz, Michael. Ein Test.« Ich zwang mich zu einer lauten, ausgelassenen Lachsalve.

Als sie verebbte, sah Michael mich ernsthaft an. »Wie geht es Pater Thomas denn? Der muß doch schon einige Jährchen auf dem Buckel haben.«

»Also mir sah er jung und fit aus.«

»Jung?«

»So um die Dreißig.«

»Nein...« Er sah mich verwirrt an.

»Vielleicht verwechseln wir die Priester auch miteinander.«

»Bist du sicher, daß du nicht vielleicht dem Einfältigen Thomas über den Weg gelaufen bist?«

»Wer, zum Teufel, ist das denn?«

»Ach, Phoebe, du weißt doch noch«, sagte Mama, »das ist doch dieser junge Mann, groß wie ein Ochse, aber ein bißchen einfältig. Er wohnte letztes Jahr im Pfarrhaus, als der Priester seine Familie im Osten besuchte. Er hat ganz schön für Aufregung gesorgt, was, Michael?«

Michael schüttelte lächelnd den Kopf. »So schlimm war's auch wieder nicht. Er spielt eine Menge verschiedener Rollen. Seine liebste ist Pater Tom. Das ging so weit, daß er einige davon überzeugte, er sei ein Priester, und denen hat er dann irgendein albernes Sakrament gespendet.«

»Albern?« Ich wurde langsam nervös.

»Austerncracker waren das, Michael. Und das ist wirklich nicht mehr albern.«

»Was heißt hier Austerncracker?«

»Er hat den Leuten Einzelkommunion erteilt und ihnen dabei anstatt der Oblaten Austerncracker gegeben.«

»Ist das wahr«, sagte ich lahm.

Als das schallende Gelächter wieder abebbte, drehte sich mir beinahe der Magen um.

Kehly sah mich an. »Gott, das tut vielleicht weh. Kannst du dir jemanden vorstellen, der dämlich genug ist, auf so etwas reinzufallen?«

Ich sagte nichts.

16

Kyle ging, aber nicht ohne mir zu sagen, daß er sich am nächsten Morgen melden würde. Ich stand vor dem Haus und sah Kehly und Rudy losfahren und in der Nacht verschwinden. Michael trat hinter mich und legte die Arme um mich. Ich hielt mich mit beiden Händen daran fest.

»Was hat denn diese plötzliche Zurschaustellung von Zuneigung zu bedeuten?«

»Ich wollte mich nur bei meiner kleinen Schwester bedanken, daß sie gekommen ist.«

»Hmm. Ich schätze, eine Umarmung kann ich gebrauchen. Warum so still heute abend?«

»Ich bin müde. Das ist alles.«

»Bist du sicher?«

»Ich bin sicher. Du weißt, daß ich dich immer bewundert habe, Phoebe. Du hast Schneid. Du lebst dein Leben genau so, wie du willst. Aber das entschuldigt natürlich nicht, daß mit dir manchmal gar kein so leichtes Auskommen ist.«

»Worum geht's denn?«

»Um nichts. Kannst immer noch kein Kompliment annehmen, was?«

»Machst du tatsächlich dieses... dieses verflixte siebte Jahr durch? Mama schien mir etwas besorgt.«

»Jetzt hör aber auf, du kennst doch Mama.«

»Worauf du dich verlassen kannst. Sie lenkt immer ab, wenn 's kritisch wird, und genau das hat sie getan, als Kehly das über dich gesagt hat.«

Er schwieg einen Augenblick, als er sein Kinn gegen meinen Hals rieb.

»Michael, du weißt, daß wir miteinander reden können, wenn's nötig ist.«

Ich wartete auf eine Antwort. Es kam keine.

»Ich war heute unten bei Sammy V's.«

»Ach ja? Ihr zwei beiden habt wohl was laufen, was?«

Ich entzog mich ihm und sah ihm ins Gesicht. »Du bist ein richtiges Ekel, Michael Siegel.«

»Wie geht's denn dem alten Sammy? Er war schon seit Wochen nicht mehr in der Messe.«

»Sammy geht in die Messe?«

»Es gibt immer noch Leute, die in die Kirche gehen, Phoebe.«

»Er hat gesagt, daß Cara wieder in der Stadt ist. Hast du sie gesehen?«

»Ja. Hab' ich.«

Ich sah, wie seine Gesichtsmuskeln sich strafften. Seine Augen schimmerten im Schein der Straßenlampe an der Ecke.

»Ist sie immer noch die alte?«

Er zögerte einen Augenblick, während seine Augen mein Gesicht eingehend betrachteten. »Schön wie eh und je.«

»Michael –«

»Nicht, Phoebe. He...« Er sah auf die Uhr. »Ich muß nach Hause.«

»Du *bist* zu Hause. Du wohnst doch praktisch hier.«

»Sei brav. Dein Freund, der Deputy, scheint ja ganz nett zu sein, aber mein lieber Mann, so was von still.«

»Er hat ziemlich was um die Ohren. Wenn man ihn näher kennt, taut er mächtig auf. Ihr würdet euch verstehen.«

»Ist was zwischen euch beiden?«

»Gott, ist das alles, woran man in dieser Familie denkt?«

»Na ja, jetzt, wo der gute Roger von der Bildfläche verschwunden ist...«

»Michael, ich hatte bereits heute morgen eine ähnliche Unterhaltung mit Mama und Kehly. Verschon mich bitte, ja?«

»Ich habe noch einige Sachen im Haus, die ich brauche. Kommst du noch rein, um Mama gute Nacht zu sagen?«

»Habe ich schon. Michael?«

»Was?«

»Wenn du mit jemandem reden mußt, ich bin da. Alles klar?«

»Danke. Aber es gibt eigentlich nichts zu bereden. Wir sehen uns.«

Er machte sich auf den Weg zurück zum Haus, blieb aber dann stehen. Er drehte sich um und lächelte mich an. »Phoebe, du bist nicht die erste, der man das heilige Sakrament aus Austerncracker gespendet hat. Nimm's dir nicht so zu Herzen.«

»Wie hast du das erraten?«

»Dein Gesicht war so feuerrot wie dein Haar.«

»Gott.« Ich wußte nicht, was ich sagen sollte.

»Schau am Sonntag mal rein, und du kriegst was Richtiges. Das gibt deiner Erinnerung einen solchen Schubs, daß du bestimmt nicht noch mal in Schwierigkeiten kommst.«

Ich zuckte die Achseln und sah ihm nach, als er ins Haus zurückging.

Der Wetterbericht sagte einen Sturm voraus, der am folgenden Abend vom Norden herunterkommen sollte. Die Temperaturen sollten bis Ende Nachmittag rapide fallen. Ich drehte am Knopf, bis ich die Nachrichten hatte.

Heute mittag gab Staatsanwalt James O'Donnell bekannt, sich während der nächsten 36 bis 48 Stunden zu entscheiden, ob er den Fall des abgängigen Monday Brown vor eine Anklagejury bringen will. Mr. Brown ist als vermißt gemeldet und, wie man annimmt, Opfer eines Verbrechens. Obwohl Mr. O'Donnell sich nicht weiter dazu äußern wollte, gab er seiner Zuversicht Ausdruck, daß man Anklage erheben wird. Und jetzt zum Neuesten von der Landwirtschaftsbörse…

Ich kurbelte, bis ich K-BEAR fand, den einzigen Sender in der Stadt, bei dem man richtige Musik auflegt: lupenreinen Rhythm & Blues der fünfziger und sechziger Jahre. Aber noch nicht mal der erotische Beat von Aretha Franklins »Natural Woman« konnte das Frösteln vertreiben.

Als ich in meinen Hof einbog, huschten meine Scheinwerfer über einen Wagen. Ich hielt hinter ihm, als auch schon Genevieve in den Strahl trat. Sie hielt sich die Hand vor die Augen und kam auf den Laster zu.

»Bin ich spät dran?« fragte ich, als ich ausstieg und auf sie zuging.

»Nein. Ich war zu früh dran. Ich habe mir einen Augenblick der Ruhe auf Ihrer Veranda gegönnt. Wie war denn das Essen?«

»Keine Überraschungen. Kommen Sie rein, Genevieve.«

Als wir im Haus waren, führte ich sie ins Eßzimmer, wobei ich der Reihe nach die Lichter anknipste.

»Möchten Sie was trinken?« Ich machte ihr Zeichen, sich doch an den Eßzimmertisch zu setzen, während ich weiter in die Küche ging.

»Tee?«

»Kaffee? Tee gibt's bei mir nicht.«

»Kaffee wäre prima. Ihr Haus gefällt mir. Darf ich mich etwas umsehen?« Ihre Stimme verklang, als sie im vorderen Teil des Hauses verschwand.

»Nur zu.«

»Ältere Häuser haben einfach mehr Charakter. Haben Sie sich je gefragt, wer hier vor Ihnen gewohnt hat?«

»Ich bin der Geschichte des Hauses nachgegangen, bevor ich es gekauft habe. Nehmen Sie Zucker und Sahne?«

»Beides.«

Ich spähte um den Rahmen der Küchentür und sah sie zu dem Messingkronleuchter an der Wohnzimmerdecke hinaufstarren.

»Das mit der Sahne war ein Scherz. Tut's auch entrahmte Milch?«

»Mir paßt alles. Ein schönes Stück. Schön zu sehen, daß manche Leute Gewissen genug haben, so was über die Jahre hinweg hängen zu lassen. Ich muß Ihnen was gestehen. Ich bin schon lange neugierig auf Sie.«

»Dann muß Kyle wohl aus dem Nähkästchen geplaudert haben.«

Ich betrat das Eßzimmer mit zwei Tassen Kaffee und einer Karaffe in der Armbeuge. Wieder in der Küche, griff ich mir einen 2-kg-Sack Zucker, riß ihn auf, schob einen Löffel hinein und holte die Milch aus dem Kühlschrank. Als ich wieder ins Eßzimmer kam, saß sie bereits wieder am Tisch.

»Bei manchen geht's zwanglos zu, bei anderen –« ich wuchtete den Sack Zucker auf den Tisch – »so. Also, was für ein Ruf geht mir denn voraus?«

»Ich habe letztes Jahr sehr aufmerksam den Prozeß gegen Mary Kuntz verfolgt. In der Zeitung. Was für eine Erleichterung, als man sie freisprach. Wie geht es ihr denn?«

»Die wird schon wieder, irgendwann. Hin und wieder bekomme ich einen Brief. Sie lebt jetzt unten in Wyoming.«

»Wie ist es *Ihnen* denn seither ergangen, Phoebe?«

»Ist das ein Psychotest, den sich Kyle ausgedacht hat?« Ich lächelte, aber mir war nicht wohl bei der Fragerei. »Oder hat sich das eine oder andere Mitglied meiner Familie an Sie gewandt?«

»Hört sich das so an? Dann entschuldige ich mich. Das kommt davon, wenn man Psychologie studiert hat. Man führt nie wieder ein normales Gespräch. Ich versuche Sie nicht auszufragen, Phoebe. Mir kam das damals nur so vor, als müßte die ganze Situation auf Ihre Familie doch wie eine Katharsis gewirkt haben.«

»In gewissem Sinne, vielleicht. Wir mußten den ganzen Kummer noch mal durchmachen, wenn auch diesmal ohne den ganzen Ballast.«

»Sie meinen den Selbstmord?«

»Genau.«

»Wie ich mich erinnere, ist Ihr Mann ums Leben gekommen...«

»Genevieve, mir ist bei dem Thema wirklich nicht sonderlich wohl.«

»Hab' ich schon wieder. Verflucht.«

Für mich war es im letzten Jahr ganz gut gelaufen. Nachdem man meinen Bruder Ben oben auf den Rims tot in seinem Wagen gefunden hatte, eine Schußwunde im Kopf, war ich drei Jahre lang sehr verbittert. Sie hatte recht, es war kathartisch gewesen. Unser Kummer war klarer umrissen, aber die Tatsache blieb: Ich hatte Lanny Wilson erschossen, den Mann, mit dem ich verheiratet war, den ich geliebt hatte, seelisch wie auch körperlich. Das ist etwas, was mir den Rest meines Lebens wie eine eitergefüllte Zyste im Hinterkopf bleiben wird. Daß irgendeine Seelenklempnerin daherkommt, um mich da in einem beiläufigen Plausch durchzuziehen, hatte mir gerade noch gefehlt.

»Ich habe da etwas, was ich Ihnen gern gezeigt hätte, wenn 's Ihnen nichts ausmacht.« Ich griff in den Stapel Zeitungen auf einer Ecke des Tisches und zog den braunen Umschlag heraus, den mir jemand durch die Hintertür geschoben hatte.

»Was ist das?«

»Das frage ich Sie. Sie sind die Expertin. Ich wüßte gern, was Sie davon halten.«

»Sehen wir's uns doch mal an.«

Sie las Seite für Seite sorgfältig und ausdruckslos durch. Als sie fertig war, überflog sie sie noch einmal und legte sie dann vor sich auf den Tisch.

»Unheimlich, was?«

»Ich weiß nicht, ob das das richtige Wort ist.«

»Wie würden Sie es denn nennen?«

»Traurig. Eine Erinnerung. Möglicherweise jemand, der verstanden werden möchte.«

»Sie glauben also nicht, daß es sich um einen Scherz handelt? Eine schlecht geschriebene Geschichte.«

»Möglich. Aber das glaube ich nicht. Woher haben Sie diese Seiten?«

»Man hat mir den Umschlag vor die Tür gelegt, entweder gestern nacht oder heute morgen. Stammt das von einer Frau?«

»Könnte sein, aber auch nicht. Das mit dem kleinen Mädchen ist fast schon zu offensichtlich. Könnte eine Masche sein, um Sie irrezuführen. Wie haben *Sie* denn reagiert?«

»Es hat mir Angst eingejagt. Hauptsächlich, weil jemand meine Hintertür aufgemacht und mir den Umschlag auf die Veranda gelegt hat. Erst ziehen sie gar nicht weit von hier James Eagle aus dem Wasser, und gestern...«

»Ich schätze, Sie haben von Ihrem Mörder gehört.«

»Meinem Mörder? Wie, zum Teufel, kommen Sie denn darauf?«

Ich war auf der FBI-Schule in Conduce gewesen, und die Seminare in Kriminalpsychologie hatten mich fasziniert. Es war nicht ganz unwahrscheinlich, daß ein Mörder mit mir Fangen spielte. Aber warum gerade mit mir?

»Ich habe mich nur unglücklich ausgedrückt. Ich meinte, Sie haben von *dem* Mörder gehört. Haben Sie Kyle davon erzählt?«

»Noch nicht. Ich habe daran gedacht, den Umschlag in eine Tüte zu geben, damit man ihn nach versteckten Fingerabdrükken untersuchen kann.«

»Da werden Sie nichts finden. Wer immer das geschrieben hat, ist äußerst vorsichtig gewesen.«

»Falls es vom Mörder stammt. Was ist, wenn es eine Art Worträtsel ist, das uns zu Monday Brown führen soll?« Ich nahm die Blätter vom Tisch und legte sie wieder unter den Stapel auf der Ecke des Tisches. »Na, wie auch immer, haben Sie von Louis gehört?«

»Nein. Nichts. Ich erwarte es auch nicht.«

»Na toll. Verfluchte Scheiße.«

»Ich nehme an, Sie haben in Pryor nichts erreicht.«

»Fragen Sie lieber nicht.«

»Ich wollte, ich könnte irgendwie helfen, aber ich habe da oben letztlich auch nicht mehr Autorität als Sie.«

»Ich dachte, Sie wären für Louis verantwortlich.«

»Wenn er hier unten ist, tue ich, was ich kann. Sehe zu, daß er in die Schule geht. Daß er nichts anstellt.« Sie zuckte die Achseln. »Louis ist was Besonderes. Genau wie Matthew. Sie sind beide sehr gescheit.«

»Gescheit? Das ist doch nicht gescheit.«

»Wie kann ich denn helfen?«

»Sagen Sie mir, wo ich Matthew finde.«

»Ich wünschte, ich könnte, Phoebe. Ich muß einfach glauben, daß er früher oder später wieder auftaucht.«

»Tot oder lebend?«

Das Telefon klingelte. Ich entschuldigte mich und ging in die Diele, um ranzugehen. Ich sagte »Hallo?« und wartete auf eine Antwort. Es kam keine. Am anderen Ende der Leitung hörte ich jemanden atmen.

»Eine Sekunde noch, dann lege ich auf.«

»Matthew will sich mit Ihnen treffen.«

»Steven?«

»Er erwartet Sie in der Großen Eishöhle –«

»Der was?«

»Sagen Sie nichts. Hören Sie einfach zu. Ich habe Ihnen einige Anweisungen in den Briefkasten gesteckt.«

»Steven, ich habe… ah… morgen am späten Vormittag in Pryor zu tun. Wie weit ist es von dort bis dahin, wo Matthew mich erwartet?«

»Ist alles in Ihrem Briefkasten. Sie haben nur einen Versuch. Das wär's. Ach, und noch was, ich weiß nicht, wer gerade bei Ihnen ist, aber ich würde lieber nichts sagen.«

»Steven, Augenblick noch. Genevieve Cramer ist hier, und ich kann sie in zwei Minuten loswerden. Dann unterhalten wir uns. Okay?«

»Sie finden alles im Briefkasten. Wenn Sie nicht allein kommen, fällt die Sache flach.« Dann hatte ich das Amtszeichen in der Leitung. Ich legte auf und ging ins Eßzimmer zurück.

»Stimmt was nicht?«

»Nein. Hören Sie, ich bin geschafft. Könnten wir uns in einigen Tagen wiedersehen?«

»Ich habe eben dasselbe gedacht. Sind Sie sicher, daß alles in Ordnung ist? Sie sehen plötzlich etwas angespannt aus. Ich hoffe, es war nichts –«

»Meine, ja… meine kleine Schwester. Ich war heute zum Essen drüben und habe was liegenlassen. Sie hat gedacht, ich vermisse es womöglich. Kein Problem.«

Ich ging an die Haustür und schob sie nahezu hinaus.

»Nett, daß Sie Zeit hatten, Genevieve. Ich melde mich dann.«

Sie winkte, stieg in ihren Wagen und fuhr davon. Ich stand da und sah ihr nach, bis die Heckleuchten verschwunden waren. Morgen schien mir eine Ewigkeit weg.

17

Der Weg schlängelte sich durch ein Dickicht aus wilden Rosen und Apfelbeeren. Wilder Wein rankte sich schlangenartig die mahagonifarbenen Stämme von Flußlärchen und Erlen hinauf, gleich dahinter die etwas langsamere Klematis, die letztlich den Tod von allem forderte, was sie umschlang. Pappeln stäubten die Luft mit zarten weißen Bällchen ein, und nach dem morgendlichen Regen roch es verführerisch nach Mehltau und Harz. Ich blieb stehen, gefesselt vom Anblick der Samen, in deren Wattebäuschchen sich das Sonnenlicht fing. Völlig schwerelos schwebten sie auf ihrer Suche nach fruchtbarem Boden dahin.

Ich habe mich nie als großen Naturfreak gesehen, aber mein Vater, der war einer. Gott, was hatte der die Ufer des Yellowstone geliebt, das Tiefland, wie er es genannt hatte. Als Kinder, wenn wir spazierengingen, schwärmte er, ohne uns bekehren zu wollen, von den Mysterien der Kabbala und dem, was aus dem *Pirke* zu lernen sei. Er war Polizist und Gelehrter und hatte sich einer Religion verschrieben, die er im stillen ganz für sich lebte. Nach Ansicht meines Vaters wußten die Indianer etwas, das Geheimnis des Einsseins, das zu akzeptieren der Rest der Welt zu frömmlerisch war. Unter dem Schutz der Pappeln verschwand für einen Augenblick meine Angst. Ich schien dort hinzugehören.

»Ich habe mich schon gefragt, ob Sie 's schaffen.« Altheas Stimme kam völlig überraschend. Ich drehte mich um und sah sie ein paar Schritte vor mir. »Schön hier draußen, was?«

Sie pflückte eine kanariengelbe Rose von einem der Büsche, hielt sie sich unter die Nase und atmete tief ein. »Sie sind ja weiß wie ein Laken. Entspannen Sie sich.«

»Ich glaube, ich muß mich gleich übergeben.« Ich zwickte mich, um sicherzugehen, daß ich nicht träumte. Wie, zum Teufel, hatte man mich bloß dazu überredet? Und ich hatte immer gedacht, Männer hätten ein Chromosomhandikap. »Es gibt andere Mittel und Wege festzustellen, ob Sie mir *trauen* können. Ich hab 's nicht gern heiß, und in engen Räumen drehe ich erst richtig durch. Und außerdem bin ich 's verdammt noch mal nicht gewohnt, irgend jemandem was zu beweisen. Gehen Sie mal lieber ohne mich, und teilen Sie mir das Ergebnis später mit.« Ich wandte mich zum Gehen.

»Unsinn«, sagte sie und bekam meinen Arm zu fassen. »Entspannen Sie sich. Es wird Ihnen gefallen. Wissen Sie noch alles, was ich Ihnen gesagt habe?«

»Sicher. Nicht speien, nicht sterben, und... ach ja, die Gerten. Ich soll mich selbst mit den Gerten geißeln. Ist ja wie bei den Benediktinern. Das ist doch krank, Althea.«

»Ihnen gehört mal gehörig der Kopf gewaschen.« Sie lachte. »Folgen Sie mir, und ich stelle Sie allen vor.« Althea rollte den Stiel der Rose zwischen den Fingern. Ich sah zu, wie er sich drehte. Auf den taubenetzten Blütenblättern blitzte die Sonne. Sie drehte sich um und verschwand den Weg hinauf. Ich folgte ihr und trat wenige Minuten später auf eine kleine Lichtung. Die vier Frauen neben dem breiten trägen Bach verstummten und drehten sich nach mir um. Mein Verstand blockierte. Sie waren nackt. Nicht daß ich mit ihrer Nacktheit Probleme gehabt hätte, nein, das ging noch, das Problem war, daß sie alle Beine bis zum Hals zu haben schienen. Aneinandergelegt hätten sie mühelos die Distanz zwischen Billings und Gott überbrückt.

Zugegeben, ich habe Probleme mit Beinen. Meine Schwester hat lange Beine, herrlich lange Beine. Die ganze Welt hat Beine. Und ich? Ich bin mit Reptilienextremitäten gestraft und kann mir meine Hosen in der Kinderabteilung erstehen. Man hatte mir im Lauf der Jahre immer wieder versichert, solange meine Beine bis zum Boden reichen, mache ich eine gute Figur. Ich hatte mich wohl oder übel damit abgefunden, habe damit zu leben gelernt, das heißt bis zu jenem Augenblick.

»Phoebe, das hier ist Karen Old Crane, Ellen Rides at Night und ihre Tochter Susan. Und Ardena Brown. Ich glaube, Anna Wolf kennen Sie schon.«

Ich wandte mich um und sah die alte Frau, Matthews Großmutter, in einem grünen Liegestuhl am Bach sitzen. Sie hatte einen Stock in der Hand und kratzte im weichen Ufersand. Althea führte mich zu der Gruppe hinüber.

»Zieh ruhig alles aus«, sagte sie nüchtern, bis sie das Entsetzen auf meinem Gesicht sah. »Na, wenigstens die Oberbekleidung, Schuhe und Socken.«

Linkerhand wuchs eine kleine, mit Zeltplanen und Quilts abgedeckte Holzkuppel aus dem Boden. Auf sie konzentrierte ich mich, während ich mich auszog. Sie war nicht höher als einen Meter zwanzig bei einem Durchmesser von vielleicht zwei Metern, gerade groß genug, um vier, vielleicht auch sechs Leute zu fassen. Nach Osten hin hatte sie eine kleine Tür. Gleich daneben war ein Feuer zu rotglühenden Holzkohlen verbrannt. Der Haufen Steine auf den Kohlen glühte vor Hitze. Ich konnte mich der entmutigenden Vorstellung nicht erwehren, daß zu dieser Erfahrung auch noch ein Gang über glühende Kohlen gehörte.

Althea Wolf sagte etwas auf Crow, warf Süßgras in das, was vom Feuer noch übrig war, und fächelte sich den stechenden grauen Rauch zu. Der Geruch war ebenso widerlich wie berauschend. Die beiden jüngeren Frauen, die, die Arme über den bloßen Brüsten verschränkt, dem Ufer am nächsten gestanden hatten, kamen herüber und machten es ihr nach.

Althea winkte mir näher zu kommen und sagte: »Vielleicht legen Sie das besser ab.« Sie sah dabei den zierlichen kleinen silbernen Davidstern an, der meinem Vater gehört hatte, und jetzt um meinen Hals hing.

»Den nehm' ich nicht ab«, antwortete ich aggressiver als beabsichtigt. Der Davidstern hatte keinerlei religiöse Bedeutung, jedenfalls nicht in dem Maße wie das Kreuz. Er ist nur ein Glücksbringer, etwas, woran man sich erkennt. Wenn die Juden ihn unter den Nazis am Arm tragen mußten, hatte mein Vater gesagt, dann sei er für ihn gerade mal gut genug. Er hat mir mal erzählt, daß David der Legende nach sich auf der Flucht vor Saul in einer Höhle versteckt hielt. Eine Spinne webte ihr Netz davor, und als die Soldaten ihn suchen kamen, sahen sie das Spinnennetz und kamen zu dem Schluß, daß keiner drin sei. Meine Tante Zelda konnte darüber nur lachen; sie behauptete, keiner wüßte, wie das Symbol zustande gekommen sei. Ist auch letztlich egal; er gehörte meinem Vater, und jetzt gehört er mir.

Althea lächelte. »Es wird Ihnen gefallen. Machen Sie den Kopf frei und denken Sie positiv. Denken Sie daran, nichts Negatives mit hineinzunehmen, Phoebe. Sie bekommen Gelegenheit, sich unverhüllt zu sehen. Entdecken Sie sich selbst.«

Nichts Negatives? War Angst nicht negativ? Nackt unter diesen Umständen? Splitterfasernackt mitten in einem Urwald mit Leuten, die mir völlig fremd waren und darüber hinaus auch noch Beine hatten? Negativer ging es ja wohl nicht mehr. Ja. Nackt war definitiv negativ. Und daß ich mich unverhüllt sehen sollte? Zum Teufel, warum nicht? Halbnackt unter lauter Fremden zu stehen war ja schon Enthüllung genug.

Ich trat vor und fächelte mir unbeholfen den Rauch zu. Ich schloß die Augen in einem vergeblichen Versuch, sie vor dem Tränen zu bewahren.

»Ellen und Susan sehen hier draußen nach dem Rechten«, sagte Ardena, als sie neben die Tür der Hütte trat und alles hineinwinkte. »Althea führt durch die Zeremonie. Sie hat von Anna das Recht dazu.«

Karen und Althea bückten sich und verschwanden drinnen. Ich folgte ihnen.

Rechts von der Tür sah ich eine kleine Grube im Boden. Von der hielt ich mich schon mal fern und plazierte mich auf eine kleine Matte aus Zeltbahn im Hintergrund der Hütte. Ardena setzte sich neben mich.

Ich legte den Kopf gegen die Wand und spielte einige Pläne durch, wie ich da ohne Gesichtsverlust wieder rauskommen könnte. Althea beugte sich herüber und tätschelte mir zur Beruhigung das Bein.

»Ich danke euch, daß ihr mich bei diesem Schwitzbad begleitet.« Altheas Stimme war ehrfurchtsvoll gedämpft. »Letzten Winter war John in Billings, um sich untersuchen zu lassen. Er war krank. Ich habe damals ein Schwitzbad gelobt, falls die Untersuchung gut ausfallen würde. Das ist sie. Heute haben wir Schwierigkeiten ganz anderer Art und brauchen Kraft.«

Ich war etwas enttäuscht. Ich hatte mit einem schwungvollen Vortrag gerechnet, der mich überwältigen würde. Was sie sagte, war kurz und auf den Punkt gebracht. Karen sagte etwas in Crow und nahm einen Schöpfer aus dem Eimer neben ihr. Sie befeuchtete Gesicht und Haar und löffelte sich dann mit der hohlen Hand Wasser über Arme und Beine. Sie trank aus der Kelle und reichte den Eimer dann an Ardena weiter. Als wir alle vier das Ritual hinter uns hatten, beugte Althea sich Richtung Tür und stellte den halbleeren Eimer hinaus. Man reichte einen zweiten herein.

Diesem folgten die Steine einer nach dem anderen. Auf einer kräftigen Holzgabel getragen, legte man sie zentimetergenau in die Grube. Althea warf Salbei und Süßgras darauf. Die große Hitze trug den bittersüßen Duft durch die kleine Hütte. Althea spritzte mit den Fingerspitzen Wasser auf die Steine. Ich staunte nicht schlecht, als sich nach dieser einen Bewegung der Rest des Rauchs zu verziehen begann.

Ich fuhr mir mit beiden Händen durchs nasse Haar, legte den Kopf zurück und atmete noch einmal tief durch. Ohne Vorwarnung fiel die Hütte in eine unwirkliche Finsternis, als Althea von innen die Klappe vor die Tür fallen ließ und sie befestigte. Ich erstarrte, richtete mich auf und starrte in die Dunkelheit.

Es knallte wie ein Büchsenschuß, als die erste Kelle Wasser auf die Steine auftraf. Der Dampf wirkte wie ein Schock, ließ meinen Kopf zurückfahren und versengte mir schier die Nase. Das Zischen erreichte den Pegel von tausend aufgerichteten Schlangen. Aus Schock und Panik wurde blankes Entsetzen, und ich schlug mir die Hände vors Gesicht. Deutlich spürte ich das Öffnen jeder einzelnen Pore, spürte den Schweiß hervorbrechen, schmeckte ihn im Mund und versuchte die stechenden Salzbäche aufzuhalten, die sich den Weg in meine Augen bahnten.

Meine Poren erweiterten sich, dehnten sich, bis mein ganzer Körper eine einzige klitschige Masse war. Eine weitere Kelle zischte, dann noch eine. Ich rang nach Atem und hielt an mich, um nicht einfach durch die Wand der Hütte zu rasen. Mein Verstand kreischte, befahl mir zu fliehen, mir, falls es nicht anders ging, ein Loch ins Freie zu graben.

Geräusche schwebten auf mich zu. Worte. Trieben dann wieder weg. Meine Klaustrophobie packte mich mit eisernem Griff. Ich streckte die Arme von mir, um die Wände zurückzuhalten, von denen ich wußte, sie bewegten sich auf mich zu.

Meine Hand griff im Dunkeln nach Althea. Die vierte und letzte Kelle landete zischend auf den Steinen. Meine Hand fand eine Wade. Ich packte zu, unfähig, auch nur ein Wort zu sagen, als mit dem aufschießenden Dampf auch die Hitze anstieg. Fünfundfünfzig, sechzig, fünfundsechzig Grad und darüber.

Mit Gewalt löste Althea meine Hand.

»Beugen Sie sich vor, beugen Sie sich vor.« Ihre Worte waren im Finstern nichts weiter als Dampf. »Legen Sie sich auf die Seite.«

Ich war formlos. Körperlos. Ich hatte kein Fleisch mehr an den Knochen, ja noch nicht mal mehr Knochen. Ich flog, schwebte irgendwo über mir. Bilder tanzten heran, jagten einander, rührten an mein Innerstes. Ich hatte nicht den geringsten Zweifel daran, daß ich im Sterben lag. Ich versuchte meine Knie hochzunehmen und sie mit der Stirn zu berühren. Dann blieb die Zeit stehen.

Hoch über mir selbst trieb ich dahin und akzeptierte rückhaltlos mein Schicksal. Jemand sprach, sang, aber es bedeutete nichts. Die Klappe ging hoch. Licht reinigte die Dunkelheit. Ich setzte mich auf, atmete ein und füllte meine Lunge mit der lebensspendenden kühlen Luft, die mir zu meiner Wiederauferstehung verhalf.

Dann, als die Finsternis wiederkam, kehrte auch der Schrekken zurück. Sieben weitere Kellen Wasser landeten auf den Steinen. Jemand drückte mir ein Bündel Gerten in die Hand. Ich rang um eine Erinnerung. Althea hatte mir gesagt, was ich damit anstellen sollte. Mit kraftlosen Armen strich ich mir damit über die Haut.

Dann wieder Licht. Wieder der beruhigende Strom kühler, frischer Luft. Und wieder war es damit aus. Die Temperatur stieg bis unter den Siedepunkt. Zehn weitere Kellen. Aber meine Gedanken waren längst frei. Ich hatte meinen Frieden.

Ich schwebte durch Wolken und spürte sie meinen Körper mit der Weichheit von Satin umschmeicheln. Trudelnd erreichte ich Höhen, die ich nie für möglich gehalten hätte. Ich. Sie, die keine Kompromisse kennt. Sie, die keinen Glauben hat. Ich gab mich der Erfahrung hin. Ich merkte nicht mehr, daß sich die Klappe ein drittes Mal öffnete, wußte nichts von dem endlosen Strom, der sich auf die Steine ergoß.

Um meinen Hals bewegte sich etwas. Ich griff nach oben und packte die Kette, die an meiner glatten Haut entlangrutschte. Ich hielt sie zusammengerollt in der Hand und drückte sie an die Brust. Es gab keine Wand, kein Schild, kein Nichts, als meine Hand in mein Innerstes drang. Meine Finger streichelten mein Herz. Ich spürte, wie glatt es war, spürte das rhythmische Pochen in meiner Hand, hatte seinen Rhythmus im Ohr. Ich lächelte durch den Schweiß, der mir in Strömen übers Gesicht lief. Es war vorbei.

Die Klappe hob sich, und ich kroch durch die Öffnung nach draußen in die Kühle. Meine Beine wollten mich erst nicht tragen. Meine Augen wurden zu Schlitzen vor lauter Licht. Ein Adler hoch über mir erwischte eine Thermikspirale und schwebte mühelos nach oben, bis er verschwand. Meine Hand öffnete sich; der silberne Davidstern, den mein Vater ein Leben lang getragen hatte, glitzerte in der Sonne, der Verschluß noch intakt. Einen Augenblick des Wahnsinns lang glaubte ich, mit diesem Adler geflogen zu sein. Ich taumelte auf den Bach zu, nahm die Hände zusammen und tauchte kopfüber hinein. Ich spürte keinen Schock, nur das Schmeicheln des Wassers und mehr Freiheit, als ich jemals gekannt hatte.

Als ich Anstalten machte, den anderen Frauen den Weg entlang zu folgen, kam Althea auf mich zu.

»Könnten Sie noch auf ein paar Worte bleiben?«

»Sicher. Ich wußte nur nicht, ob sich das schickt.«

Sie lachte und nahm meinen Arm. »Kommen Sie, setzen Sie sich neben Großmutter. Sie macht sich große Sorgen um Sie.«

»Um mich?«

»Matthew war gestern abend bei ihr, bevor er ging. Sie wollte Ihnen sagen, daß jemand mit böser Medizin auf Sie einzuwirken versucht. Auf jeden von uns.«

»Was genau soll das heißen?«

Sie führte mich ans Ufer. Die Sonnenstrahlen tanzten auf dem Spiegelbild meines Gesichts. Die alte Frau begann sofort zu sprechen und unterstrich ihre Worte mit Gesten.

»Großmutter sagt, daß die Geister der Toten unruhig sind, Phoebe. Wir nennen sie Nachtgänger. Sie macht sich Sorgen um Matthew. Es gibt da eine Hexe mit ausgesprochen wirksamer Medizin. Eine zornige und geistlose Person hat der Nacht finstere und seelenlose Augen verliehen.«

Die Härchen auf meinen Armen richteten sich auf, während ich das Gesicht der alten Frau nicht aus den Augen ließ. Ihr Blick ließ den meinen nicht los, während sie sprach. Völlig unvermutet griff sie nach meinem Unterarm, packte ihn und wies mit dem Stock auf den Sand am Ufer des Bachs. In diesen hatte sie ein primitives Strichmännchen mit einem großen Vogel über dem Kopf geritzt. Althea dolmetschte weiter.

»Sie sagt, das ist die Person, die Sie finden müssen. Sie läßt dies hier neben dem Wasser, und wenn das Wasser es wegtreibt« – sie steckte den Stock ins Herz der Figur – »ist alles vorbei.«

»Wie vorbei?«

Althea sagte etwas. Anna gab ihr eine Antwort darauf.

»Das will sie nicht beantworten, Phoebe. Aber es wird wieder jemand sterben. Vielleicht mehr als einer. Die Eule hat sie besucht und es ihr gesagt.«

»Eine Eule kam zu ihr und hat mir ihr gesprochen! Hören Sie, Althea…«

»Eulen sind Boten für schlimme Nachrichten und verkünden den Tod. Es spielt überhaupt keine Rolle, ob Sie das nun glauben oder nicht, es passiert ja bereits.«

Ich war sprachlos. Das Strichmännchen, der Vogel, das Mädchen mit dem Adler aus der Geschichte, der Adler über mir, als ich in den Bach gesprungen war, alles paßte irgendwie zusammen. So unmöglich es auch schien, fragte ich mich doch, ob mir nicht Anna die getippten Seiten hatte zukommen lassen. Oder jemand, der ihr nahestand.

Die alte Frau stand auf und kam auf wackligen Beinen auf mich zu. Sie hob den Arm und legte mir ihre Hand auf die Wange. Unsere Blicke trafen sich. Sie sagte nichts, als sie ihre Hand wieder wegnahm und nach Althea griff.

»Wir müssen gehen. Sie fühlt sich nicht besonders, und ich sehe sie gar nicht gern so lange im Freien.«

»Althea, ich habe kein Wort verstanden. Ihr seid ja alle ganz nette Leute, aber das hier –«

»Stellen Sie Ihr Erlebnis hier nicht in Frage. Lassen Sie es einfach sein, was es ist, ein Erlebnis.«

Sie verschwanden auf dem Weg. Ich wandte mich ab und sah mir das Strichmännchen am Ufer an. So nett die Alte auch war, als Polizeizeichnerin hätte sie keine Chance.

18

Wir haben bei uns in Montana ein Sprichwort: Wenn dir das Wetter nicht paßt, warte einen Augenblick, es ändert sich gleich. Es ist schon vorgekommen, daß die Temperaturen im Verlauf eines Nachmittags um fünfzehn Grad fielen. Je nachdem, was unsere kanadischen Nachbarn uns zu schicken geruhen, weist ein sonnendurchfluteter linder Morgen nicht unbedingt auf die Temperaturen, die nachmittags mit dem Tempo eines Wanderfalken über uns hereinfallen.

Die zinngrauen Wolken, die am Himmel über mir dahintrieben, deuteten die Möglichkeit eines raschen Umschwungs an. Die Luft hatte genau die Art von Schärfe, bei der sich einem bei jedem Atemzug die Nasenhaare aufstellten.

Ich folgte den Anweisungen, die man mir in den Briefkasten gelegt hatte, und hing eigens eine Stunde am Plenty Coups Memorial Park herum, um sicherzugehen, daß mir auch ja keiner folgte. Den Angestellten der Staatlichen Parkverwaltung dabei zuzusehen, wie sie Toiletten reinigten, Müllcontainer leerten und Zigarettenkippen aus dem hügeligen Rasen klaubten, war in etwa genauso reizvoll wie im Zentrum von Billings den Parkuhren beim Ablaufen zuzusehen. Aber da saß ich nun mal.

Ich griff noch einmal nach oben und berührte die Kette um meinen Hals. Der Davidstern lag in der Mulde des Schlüsselbeins, der Verschluß war fest zu. Althea war sehr bestimmt gewesen, als sie mir sagte, ich sollte meine Erlebnisse während des Dampfbades nicht in Frage stellen. Ich sollte die Erfahrung einfach als solche akzeptieren. Was mir in etwa so viel Sinn zu machen schien wie einhändiges Klatschen. Es war mir völlig unmöglich, es nicht zu hinterfragen. Hatte sich die Kette überhaupt gelöst? Oder hatte sie sich gelöst, um aus mir eine Gläubige zu machen? Und wenn, woran sollte ich glauben?

Als ich so dasaß und über große Wahrheiten sinnierte, bekam ich nicht mit, daß hinter meinem Truck ein Wagen anhielt. Erst das Zuschlagen einer Autotür erregte meine Aufmerksamkeit. Ich erschrak, ja geriet sogar etwas in Panik, als ich Genevieve auf mich zukommen sah.

»Was machen Sie denn hier? Beaufsichtigen Sie die Arbeiten hier?«

»Ich mache nur eine Pause, bevor ich nach Billings zurückfahre.«

»Möchten Sie Kaffee?«

»Ich würde dafür morden. Haben Sie denn welchen?«

»Ich habe immer eine Thermoskanne mit Tasse dabei. Das Koffein bringt mich über den Tag.« Sie lächelte und legte mir eine Hand auf den Arm. »Stört es Sie, aus dem Deckel der Thermoskanne zu trinken?«

»So ausgedörrt, wie ich bin, würde ich ihn aus der hohlen Hand trinken.«

Sie kam mit der Thermoskanne und einer Tasse von der Größe eines Meßbechers zurück.

»Mordsding von einer Tasse haben Sie da.«

Genevieve schraubte den Deckel von der Thermoskanne und goß dampfenden Kaffee hinein. »Bei Ihnen ist doch nicht etwa was im Anzug? Sie haben so rosige Bäckchen.«

»Nein.« Ich schlürfte meinen Kaffee. »Bei mir ist nichts im Anzug. Ich war nur… ich habe an einem Schwitzbad teilgenommen… Wie sagen Sie? Mitgemacht? Durchgemacht?«

Sie lachte etwa eine halbe Minute lang und legte mir dann wieder die Hand auf den Arm. »Ihr Leute –«

»Welche Leute meinen Sie denn?«

»Tut mir leid. Ich dachte mir nichts dabei. Es ist nur so, daß Ihre Kultur derart auf Perfektion steht. Jedes Wort muß das absolut *richtige* sein. Es ist alles so wortorientiert. Es spielt überhaupt keine Rolle, wie Sie es sagen. Ob Sie es nun genommen oder gemacht haben. Ich wußte schon immer, daß die Kultur der Weißen der Ansicht ist, wenn nur die Worte stimmen, wenn sie richtig aneinandergereiht sind, dazu ein aufwendiges Vokabular, dann verfügt man über größere Glaubwürdigkeit. Aber das macht alles nur komplizierter statt einfacher.«

»Wir sind ziemlich von uns eingenommen, was?«

»Nein. Nur geistig beschäftigter als nötig. Die Welt ist so einfach. Warum sie komplizieren?«

»Wollen Sie denn gar nicht wissen, wie's war? Das Dampfbad?«

»Nein. Das wäre unhöflich.« Sie nahm einen Schluck Kaffee und blickte den Steilhang hinauf, der den Park flankierte.

»Verstoße ich denn gegen eine heilige Regel, wenn ich darüber rede? Ich hätte wirklich gern ein paar Antworten, Genevieve.«

»Natürlich nicht. Ich glaube nur nicht, daß ich Ihnen diese Antworten geben kann, Phoebe. Es ist Ihre Erfahrung, einzig und allein Ihre.«

Wieder berührte meine Hand den Davidstern. »Ich habe den hier während des Bades verloren.«

»Sieht so aus, als hätten Sie ihn wiedergefunden.«

»Ich habe ihn nicht *verloren,* ich meine verloren; er ist mir vom Hals gerutscht. Ich trage ihn seit dem Tod meines Vaters. Beim Duschen, beim Schwimmen. Ich habe sogar Schwierigkeiten, den Verschluß aufzumachen. Aber sie löste sich. Ich saß einfach da und –«

»Sie saßen einfach da?«

»Im Sterben. Die Hitze war so was von extrem, und der Dampf und die Glut der Steine... Es war einfach überwältigend. Dann spürte ich, wie mir die Kette vom Hals rutschte.«

»Weil Sie eben die glühenden Steine erwähnen. Unserem Glauben nach hat der Große Geist – Schöpfer, Gott, wie immer Sie ihn nennen wollen – das alles hier geschaffen.« Sie machte eine ausladende Geste über die Landschaft. »Und all das lebt. Auch die Steine leben. Wenn man sie bei der Schwitzzeremonie verwendet, sprechen wir mit ihnen, und sie sprechen mit uns. Haben Sie zugehört?«

»Hören Sie, Genevieve. Ich bin kein gläubiger Mensch.«

»War Ihr Vater denn einer?«

»Ich denke doch. Er war Jude, und er hat mir immer gesagt, das Judentum sei eine bestimmte Art zu leben. Er hat sich an das Gesetz gehalten, die Feiertage beachtet. Das ist es, was jüdisch sein heißt: sich an das Gesetz zu halten, gerecht zu sein. Im Grunde...« Ich holte tief Luft, erstaunt, woran ich mich so alles erinnerte, erstaunt über alles, was ich so wußte, ohne es gewußt zu haben. »Im Grunde läuft es darauf hinaus, was ein Lehrer, Hillel, einmal gesagt hat, als man ihn fragte, was die Thora denn sage. Das lautete in etwa folgendermaßen: ›Behandle andere, wie du dich selbst behandeln würdest, der Rest ist Kommentar.‹ Im Judentum geht es nicht um Rituale, oder wenigstens sollte es das nicht.

Er hat seine Familie geliebt, und, Gott, er hat die Natur geliebt. Ich glaube, er hat an den Ufern des Yellowstone richtige Pfade ausgetreten. Er hat viel Zeit dort verbracht. Viel Zeit.« Ich spürte ein überwältigendes Gefühl des Verlusts in mir hochkommen. Meine Hand umschloß noch immer den Davidstern.

»Und das hier ist ein Symbol seines Glaubens.«

»Ja.«

»Und es ist Ihnen vom Hals gerutscht?«

»Ja.«

»Das hier geht gegen alles, woran ich glaube, aber ich möchte Sie doch auf einiges hinweisen. Sie haben mir eben gesagt, Sie seien nicht gläubig…«

»Ich kann das nur einfach nicht schlucken. Die Bibel, die Kirche, überhaupt alles. Es paßt einfach irgendwie nicht.«

»Naturvölker brauchen keine Kirche. Sie haben das hier.« Sie wies mit ihrer Hand über das Land. »Und eine Bibel? Sie haben den Wind, den Regen und die Sterne. Die Welt ist eine offene Bibel, wenn die Leute sie nur sehen könnten. Naturvölker studieren das hier seit Millionen von Jahren. Ich denke, Ihr Vater muß ein Gespür dafür gehabt haben. Das Symbol seines Glaubens hat sich von Ihrem Hals gelöst, aber Sie haben es aufgefangen und es sich wieder umgehängt. Vielleicht haben Ihnen die Steine eine Nachricht von Ihrem Vater gebracht. Vielleicht, nur vielleicht hat er Ihnen gesagt, daß Ihr Glaube nicht verloren ist, sondern daß er Ihnen nur für eine Weile entglitten war und daß Sie nur danach zu greifen brauchen, um ihn dorthin zurückzubringen, wohin er gehört. Unsere Religion basiert auf dem Gesetz der Natur, und das ist Gottes Gesetz. Ich glaube, Phoebe, zu Ihnen haben die Steine gesprochen. Aber die Interpretation liegt an Ihnen.«

Ich wußte, mir stand der Mund offen und daß ich sie anstarrte wie ein Dorftrottel.

»Aber andererseits brauchen Sie vielleicht auch nur einen neuen Verschluß.« Lachend beugte sie sich auf der Picknickbank nach hinten.

»Stimmt. Da wird einer schlau draus.«

»Jetzt muß ich aber los. Ich habe noch unten in Crow zu tun, und ich bin schon spät dran. Fahren Sie zurück nach Billings?«

»Ja. Aber ich denke, ich bleibe noch ein Weilchen hier sitzen und kommuniziere noch ein bißchen.«

»Wir müssen wirklich mal zusammenkommen und uns unterhalten. Zu so 'nem richtigen Kaffeeplausch, ja?«

»Ich melde mich mal.«

»Das hat richtig gut getan, Phoebe. Ich bin wirklich froh, Ihnen über den Weg gelaufen zu sein.« Sie nahm den leeren Verschluß der Thermoskanne und schraubte ihn wieder auf. Nachdem sie ihre Riesentasse genommen hatte, ging sie zu ihrem Wagen zurück und fuhr los. Ich sah sie auf dem Highway verschwinden.

Um vier machte ich mich auf den Weg zu meinem Treff mit den Wolf-Brüdern. Ich nahm die schmale Teerstraße an der St. Charles Mission vorbei und schaute dabei immer wieder von der Vorsicht getrieben in den Rückspiegel. Der Asphalt endete plötzlich, und ich befand mich auf einer Straße, die keine Straße mehr war, sondern lediglich aus zwei schmalen Furchen bestand, die meinen Truck in ein Spurfahrzeug umwandelten.

Die Orientierungspunkte auf der primitiv gezeichneten Karte waren klar und standen majestätisch hervor. Zu meiner Linken ragte der Crown Butte aus der Prärie, eine Tiara ohne Juwelen, im Lauf von Millionen von Jahren von den Elementen geschaffen. Zu meiner Rechten tasteten sich die Pfoten der Sandsteinwände an die Straße heran, immer näher, so daß ich schließlich wie in einem Trichter in der Pryor Gap verschwand.

Es ging nur langsam voran. Erstarrend rang ich jedesmal mit dem Steuer, wenn ein Stein in der lockeren Erde über meine Ölwanne kratzte. Die Furchen wurden unregelmäßig und versuchten die Reifen des Trucks aus der Spur zu werfen. Bei fünfzehn Meilen die Stunde wurde der Canyon vor mir immer länger. Ich kurbelte das Fenster hoch und machte die Heizung leicht an.

Es gibt viele Arte, in Montana das Wetter vorherzusagen, und die meisten waren genauer als der Wetterfrosch aus dem Fernsehen. Mir gefällt vor allem eine Methode, zu der man eine haarige kleine Raupe braucht, deren Streifen dunkel werden, wenn Herbst und Winter rauh werden sollten. Das Problem ist nur, sie beim Überqueren der Straße zu erwischen, und wenn, dann werden daraus meist kleine platte Leichen.

Einem Gerücht zufolge kann ein Typ aus der Nordostecke des Staats die Strenge des kommenden Winters genauestens vorhersagen, und zwar aus der Milz der Schweine, die er im Spätherbst schlachtet. Da ich weder ein Schwein noch eine Raupe hatte, verließ ich mich auf mich selbst. Irgend etwas braute sich zusammen. Ich konnte es riechen, spüren. Ich konnte nur nicht sagen, was es war. Ich hätte wissen sollen, daß das nagende Gefühl in meinem Bauch mir zu sagen versuchte, daß dieser Aufenthalt in der Wildnis ein Fehler war.

Mir schmerzten die Knöchel, so fest hielt ich das Lenkrad gepackt. Ein starker Wind, der durch die Schlucht fuhr, ließ an meiner Windschutzscheibe eine ganze Generation von Insekten in die ewigen Jagdgründe eingehen. Vor mir schwebten die Wolken tief genug, um die Spitzen der Pryor Mountains zu küssen, die aus der Prärie ragten. Allmählich wurde der Canyon wieder breiter, und ich sah vor mir ein Schild auftauchen. Als ich es erreichte, bestätigte es mir, daß ich mein erstes Ziel erreicht hatte: die Cave Creek Road.

Die Straße wurde weicher und schneller. Jetzt, in einem weiteren Canyon, waren die Sandsteinwände voll gähnender schwarzer Höhlen. Regentropfen begannen zu fallen, machten Pockennarben in den weichen Staub der Straße und drückten sich an meiner Windschutzscheibe platt. Ich hielt Ausschau nach der Hütte des Forstamts, die laut Steven den Beginn meines Aufstiegs zu den Eishöhlen markierte, und hätte sie verdammt noch mal beinah verpaßt. Ich mußte ein Stück zurück und entdeckte sie schließlich zwischen Zitterpappeln und Föhren versteckt. Die Straße begann anzusteigen. Einmal mehr wurde sie schmaler, der lose Splitt prasselte gegen die Seiten des Trucks. Ich schlängelte mich durch Wäldchen voll mächtiger Murrayskiefern, hielt mich auf der rechten Seite und fragte mich, was zum Teufel ich machen sollte, wenn mir ein Auto entgegenkam.

Plötzlich starb mir der Laster ab. Ich schaltete herunter und gab etwas mehr Gas. Er schoß nach vorn und kletterte weiter. Die Gegend zu meiner Rechten öffnete sich und gab den Blick auf den Abgrund neben mir frei. Ich rutschte nach links. Mit luftigen Höhen habe ich es noch nie gehabt, und bei dem Gedanken, die Bodenhaftung zu verlieren, über die Kante zu rutschen und bis zur nächsten Ebene von *terra firma* zu einem von Gottes kleinen Darts zu werden, wurde mir schlecht. Ein zweites Mal starb mir der Motor ab. Ich trat auf die Kupplung, schaltete in den ersten, sprang aufs Gas. Ich wußte, lange machte er das nicht mehr mit.

»Scheiße. Laß mich jetzt bloß nicht im Stich, verdammt noch mal!«

Die Serpentinen verschwanden im Rückspiegel. Zu meiner Linken dünnte der Baumwuchs aus. Die Straße war noch schmaler. Ich trat so fest aufs Gaspedal, daß ich Krämpfe in der Wade bekam. Der Truck kroch schlingernd in eine Kurve und kam dann zischend und endgültig zum Stehen. Der Zeiger des Temperaturmessers klebte am rechten Rand. Dampf kam unter den Kanten der Haube hervor und verschwand in der kalten Luft.

Ich stieg aus und vollzog das Ritual für solche Fälle: Ich trat wie wild auf den Vorderreifen ein. Das brachte den Truck zwar nicht wieder zum Laufen, aber es ging mir gleich tausendmal besser.

»Okay. Keine Panik. Du bist schließlich nicht allein hier

oben. Hier müssen doch irgendwo zwei Typen rumlungern. Brauchst nur zu schreien. Alles klar? Alles klar.«

Der Klang meiner eigenen Stimme war kein großer Trost. Ich legte die Hände an den Mund und brüllte: »Steeeevennn!«

Meine Stimme kam zu mir zurück, drei-, vielleicht viermal. Ich rief noch mal. Keine Antwort. Noch *nie* hatte ich eine derartige Stille vernommen. Auf dem Schild am Fuße des Berges hatte es geheißen, daß es bis zur Big Ice Cave sieben Meilen wären. Ich mußte also verdammt nah dran sein. Ich warf einen Blick auf die Uhr. Es war zehn nach sechs. Steven hatte mir deutlich zu verstehen gegeben, daß sie nicht länger als bis halb sieben warten würden.

Ich marschierte los und war noch nicht weit gekommen, als ich irgendwo vor mir das gedämpfte Geräusch eines Motors hörte. Der Regen legte etwas zu. Ich schlug den Kragen meiner Windjacke hoch, schlang die Arme um mich und kämpfte mich voran. Das Motorengeräusch wurde lauter und verstummte dann. Kaum denkt man, das Leben hätte keine Überraschungen mehr zu bieten, kommt schon die nächste. Ich kam um eine Kurve und direkt vor mir, mitten im Nirgendwo, war ein geschotterter Parkplatz, und mitten auf diesem Parkplatz standen neben einem schwarzen Ford-Truck mit Camperaufbau Steven und ein zweiter, größerer junger Mann.

»Wo ist denn Ihre Schüssel?« fragte Steven, als ich auf sie zuging.

»Eine halbe Meile weiter unten. Der Kühler hat gekocht.« Ich hielt dem hochgewachsenen jungen Mann neben ihm die Hand hin. »Matthew? Phoebe Siegel. So können wir uns wirklich nicht mehr treffen.«

Sein Handschlag war kräftig, sein Lächeln flink und breit. Nur die pechschwarzen Augen verrieten seine übermäßige Wachsamkeit. Er war ein gutes Stück über einsachtzig und hatte breite, feingeschnittene Züge. Steven schüttelte mit unverhohlener Abscheu den Kopf, ließ uns stehen und setzte sich zehn Meter weiter auf eine Picknickbank.

»War das alles nötig?«

»Ja. Danke fürs Kommen.«

»Leichter hätten wir uns über einer Tasse heißen Kaffee im 4 B's getan. Ich erfriere gleich.«

»Steven hält mich für verrückt, überhaupt mit Ihnen zu reden. Mehr konnte ich wirklich nicht tun. Gehen wir in den Camper. Da können Sie sich etwas aufwärmen.«

Ich trat durch die Tür und zwängte mich in die enge Kabine. Matthew folgte mit Steven, der sich offensichtlich entschlossen hatte, die Picknickbank zu verlassen. Matthew rutschte auf den Platz mir gegenüber. Steven schob eine kleine Kiste vor eines der kleinen Fenster und setzte sich so, daß er die Straße im Auge hatte, die ich eben heraufgekommen war.

»Reden wir nicht lang herum. Warum sind Sie abgehauen, Matthew?«

»Ich bekam einen Anruf von diesem Typ. Er hatte mit Monday einen Deal ausgehandelt, und jetzt glaubt er, ich hätte das Zeug, das Monday versteckt hatte.«

»Haben Sie's denn?«

Er wandte den Blick ab, holte tief Luft und sah mich dann wieder an.

»Was ich gehabt habe, haben jetzt Sie.«

»Scheiße. Sagt Ihnen der Name Jürgen Müller etwas?«

»Das ist er. Das ist der Typ, der mit einigen FBI-Leuten bei mir im Gefängnis war und mir Geld geboten hat.«

»Haben Sie ihm gesagt, daß Sie einige der fehlenden Gegenstände hatten?«

»Nein, verdammt. Ich kam schnell dahinter, daß es ihm scheißegal war, ob Monday noch lebte oder nicht. Er wollte seinen Kram und dachte, ich hätte ihn. Ich würde nur zu gern wissen, wer ihn überhaupt erst auf mich gebracht hat.«

»Sie waren immerhin wegen Mordverdachts im Gefängnis. Da ist es nicht allzu schwierig, Matthew. Zu wem, zum Teufel, sollte er sonst gehen?«

»Na, Monday hab' ich nun wirklich nicht umgebracht.«

»Was hat Müller denn gesagt, als er bei Ihnen war?«

»Gespielt hat er mit mir. Er meinte, nichts könnte ihn aufhalten, die Sachen wiederzukriegen, für die er bezahlt hatte. Daß seine Geldgeber langsam nervös würden und er nicht die Absicht hätte, sich seine Glaubwürdigkeit kaputtmachen zu lassen.«

»Und Sie haben gesagt...«

»Ich habe ihm gesagt, daß ich keine Ahnung habe, weder wo Monday ist noch die Kultgegenstände. Hat ihn aber nicht beeindruckt. Er saß einfach da, mit einem blasierten Grinsen auf der Visage. Dann kam er mir mit irgendwelchen Sprüchen, wie er unser Volk respektiert, unsere Kultur –«

»Tut das nicht jeder?« fiel Steven ihm ins Wort.

»– und daß ich achtundvierzig Stunden Zeit hätte, mit dem Zeug rüberzukommen, oder er würde mir den Kopf abknipsen wie einen Kronkorken.«

»Was, meinst du denn, wollte er damit sagen, Matthew?« fragte Steven mit einer schrillen, weinerlichen Imitation meiner Stimme.

»Nun halt doch das Maul, Steven. Halt das Maul –« Matthew stand auf und wandte sich seinem Bruder zu.

»Sie waren doch im Gefängnis, dort konnte er Ihnen nichts tun. Und das Gericht hatte Ihnen einen Anwalt bestellt –«

»Randall Brigham? Das ist doch ein Witz. Er war ein einziges Mal bei mir. Ich habe ihn wegen einer Kaution gefragt, er sagte mir, er würde mal nachfragen, und seither habe ich ihn nicht mehr gesehen. Als er bei mir war, hat er die ganze Zeit auf die Uhr geschaut und geschrieben. Ständig schaute er zwischen dem Geschriebenen und der Uhr hin und her. Ich dachte, er macht sich Notizen, wissen Sie. Er schrieb und schrieb, und als ich ihn frage, ob ich es mal sehen könnte, um sicherzugehen, daß er auch alles richtig mitgekriegt hatte, sagt er mir doch glatt, es wär' irgendein verdammter Schriftsatz, den er bis morgen fertig haben müßte. Tolle Verteidigung.«

»Augenblick mal. Nachdem man Sie entlassen und Ihr Vater Sie abgeholt und zurück nach Pryor gebracht hatte, wieso sind Sie da abgehauen? Sie waren doch in der Reservation.«

»Müller war auch in der Reservation.«

»Woher wissen Sie das?«

»Als er anrief, sagte er mir dic Farben der Autos vor unserem Haus. Da konnte ich mir doch ausrechnen, daß er über ein Handy oder so was anrief.«

»Hat er Ihnen gedroht?«

»Ich denke, das hat er schon, als er mir sagte, er würde mir den Kopf abknipsen wie einen Kronkorken.«

»Ich meine, ob er Sie danach noch mal bedroht hat?«

»Am Telefon?«

»Ja.«

»Nicht direkt. Er sagte nur, daß es doch bedauerlich wäre, wenn jemandem aus meiner Familie etwas zustoßen würde, nur weil ich nicht mit der Wahrheit rausrücken will.«

»Matthew, ich arbeite für Sie. Was immer Sie mir sagen, bleibt unter uns. Nach dem, was ich über Müller weiß, könnten diese *bedauerlichen* Dinge durchaus passieren. Also, ich frage Sie jetzt etwas, und ich will die Wahrheit hören.«

»Schießen Sie los.«

Ich beugte mich vor und sagte ganz langsam: »Wo hatten Sie die Sachen her, die Ihre Leute unter dem Vordersitz Ihres Wagens gefunden haben?«

Matthew sah zu Steven hinüber. Es war das erste Anzeichen der Abhängigkeit von seinem Bruder, von der ich gehört hatte. Steven blickte kopfschüttelnd zu Boden.

»Ich muß einfach, Mann. Es steht hier zuviel auf dem Spiel.«

Steven trat einen Schritt vor, streckte den Arm und öffnete die Tür. »Wir müssen einen Augenblick miteinander reden. Draußen.«

Matthew folgte ihm. Die Tür schloß sich hinter ihnen. Der Wind brachte den Camper zum Schwanken. Bis auf die Knochen durchgefroren, saß ich in der Stille. Da war ich nun, mit zwei jungen Kerlen, die, bei allem was ich wußte, auch eiskalte Killer sein konnten. Ein Schauer huschte mir über die Schultern.

19

Der Wind fing sich in der Tür, als Matthew sie wieder öffnete, und warf sie mit einer solchen Wucht gegen die Rückwand, daß ich zusammenfuhr. Geht doch nichts darüber, den Eindruck zu erwecken, man hätte alles im Griff. Verflucht, ich hatte noch nicht mal eine Waffe dabei. Mir kam der Gedanke, daß das nicht das Dümmste gewesen wäre. So blieb mir wohl nichts als ein unbewiesenes Konzept, auf das vor mir wahrscheinlich noch keiner gekommen war: Die Möglichkeit, seine Angreifer durch einen hysterischen Angriff in die Flucht zu schlagen; am besten mit meiner tropfnassen Nylonjacke.

Sie kamen wieder herein. Wenn Blicke töten könnten, wäre ich auf der Stelle tot umgefallen. Steven stand Wache am Fenster, während Matthew wieder mir gegenüber auf die Sitzecke rutschte.

»Also?« fragte ich. »Wie soll's nun weitergehen?«

»Wir hatten eine Party, wissen Sie. In der freien Natur sozusagen. Auf dem Campingplatz gleich da unten. Der gegenüber der Hütte vom Forstamt.«

»Ja, den habe ich gesehen.«

»Der Campingplatz war leer außer uns. Nachts kommt hier keiner so weit raus.«

»Außer uns?«

»Steven, ich, James Eagle und ein Typ aus Lame Deer. Ich

glaube nicht, daß den außer James jemand kannte. Na jedenfalls kommt plötzlich ein Pickup die Straße lang, der aber nicht zum Campingplatz fährt, sondern den Berg hinauf. Wir wußten sofort, daß es Thomas war.«

»Thomas? Der Priester oder der andere?«

»Der andere. Sie kennen den?«

»Ich bin ihm begegnet.« Wieso näher darauf eingehen? Das hier war seine Wahrheit, nicht meine.

»Thomas, als... na ja, der tickt nicht so wie Sie und ich. Im Grunde ist er ein Kind. Er ist, wie sagt man heute? Angeschlagen. Sie wissen, was ich meine, ja? Deswegen nennen sie ihn auch den Einfältigen Thomas.«

»Scheiße.« Steven beugte sich über den Tisch, stützte sich mit den Händen auf und bückte sich, bis ich sein Gesicht vor mir hatte. »Was er sagen will, ist, daß Thomas ein Volltrottel ist, der zu jeder Tages- und Nachtzeit mit einem Lendenschurz durch die Gegend läuft, weil er sich für den Geist irgendeines Kriegers hält, der die Aufgabe hat, zu rächen, was immer ihm gerade rächenswert erscheint.« Er wandte sich an Matthew. »Wir haben noch zehn Minuten, höchstens, dann verschwinden wir.«

»Zurück zu dem Pickup. Der Mann fährt damit rum?«

»In der ganzen Reservation. Ich habe ihn nie damit in Hardin oder Billings gesehen.«

»Und Sie sind sicher, daß er das war?«

»Wir dachten es jedenfalls. Wir haben uns nichts weiter dabei gedacht, nur ein paar Witze gerissen, was wohl passiert, wenn Thomas im Wald jemandem über den Weg läuft, wenn er seine Kriegershow abzieht. Er hatte eine halbe Stunde Vorsprung, aber wir beschlossen, ihm zu folgen und ihm einen ordentlichen Schrecken einzujagen. Uns an ihn ranschleichen, irgendwas.«

»Was ist dann passiert?«

»Wir nahmen meinen Wagen, alle vier. Es hatte den ganzen Abend über immer wieder mal geregnet, die Straße war lausig, und wir kamen nur langsam voran. Wir hielten so zirka eine Meile von der Stelle, wo wir dachten, daß er sein könnte, und beschlossen, den Rest durch den Wald zu gehen. Wir wollten ihn überraschen, denn wir wußten, würden wir noch weiterfahren, würde man das meilenweit hören.«

»Wo dachten Sie denn, daß er hinwollte?«

»Hierher oder zum Dry Head. Das ist zirka eine halbe Meile weiter.«

»Haben Sie ihn gefunden?«

»Allerdings. Er war hier, nur daß er nicht allein war. Wir waren vielleicht zwei Meter neben der Straße gelaufen. Der Regen war nicht so schlimm, solange man unter den Bäumen blieb, aber als wir auf die Straße kamen, regnete es derart, daß man kaum noch was hörte, geschweige denn sah. Wir standen hinter seinem Pickup, aber weit und breit kein Thomas. Was einen freilich nicht weiter zu überraschen brauchte. Verdammt, der Kerl ist doch schon mitten im Winter in seiner Aufmachung rumgelaufen. Der Regen würde ihn also auch nicht stören. Wir gingen auf der anderen Seite wieder in den Wald, um näher an die Picknicktische heranzukommen. Wir dachten uns, daß er vielleicht dort ist oder auf dem Klo.«

»Sie haben gesagt, er war nicht allein. Was war los?«

»Sie waren zu zweit. Beide hatten Regenmäntel mit Kapuzen an oder Hüte, jedenfalls irgendwas auf dem Kopf. Wir gingen noch näher ran und erkannten schließlich Thomas. Er stand mit dem Gesicht zu uns. Der andere mit dem Rücken zu uns. Wer immer es war, er hat Thomas eine gelangt. Der ging in die Knie und blieb so. Es wurde geschrien, aber der Regen war so laut, daß nichts zu verstehen war.«

»Sie standen da und haben zugesehen, wie ihn jemand schlug? Wieso haben Sie nichts getan?«

»Wir wußten doch nicht, was los war...«

»Es ging uns nichts an«, sagte Steven, der zum Fenster des Campers hinausblickte. »Mach schon, Matthew. Wir müssen wieder runter. Komm zum Ende.«

»James dachte, daß es wahrscheinlich der Priester war, und mit dem wollten wir nun wirklich keinen Ärger. Wir dachten uns, daß wohl der Priester den Pickup gefahren hätte, um Thomas zu suchen, ihn vom Berg zu holen.«

»Was passierte dann?«

»Thomas kniete auf der Erde, und der andere ging den Weg hinauf Richtung Klo.«

»Sind Sie dann zu Thomas?«

»Nein. Wir sind zurück zum Pickup. James hat dann hinten drauf die Beutel gefunden.«

»Was für Beutel?«

»Steven dachte, wir sollten so schnell wie möglich verschwinden. Wir hatten ein bißchen getrunken, und der Priester ist der erste, der zu den Bullen läuft, wenn er denkt, daß in der Reservation einer Alkohol hat.«

»Waren Sie denn betrunken?«

»Ich hatte zwei Bier, und du hast, glaub' ich, überhaupt nichts getrunken, Steven, oder? Aber James Eagle und der andere waren ziemlich zu. Sie wollten noch irgendwas mit dem Pickup machen, aber Steven meinte, das käme nicht in die Tüte. Darauf haben Steven und die zwei sich gestritten, aber nicht gerauft. Schließlich sagten wir uns, scheiß drauf, haben sie einfach stehenlassen und sind zurück zum Wagen. Wir saßen noch nicht mal drin, als James und der andere hinter uns hergerannt kamen, zwei Matchbeutel in der Hand.«

»Was er dabei vergißt, ist, daß wir die zwei einfach hier oben hätten lassen sollen«, sagte Steven. Er verschwendete mehr Energie darauf, eine angewiderte Fratze aufzusetzen, als irgend sonst einer, den ich je gekannt hatte.

»Der Regen hatte etwas nachgelassen, aber die Straße war verdammt schlammig. Wir stiegen in den Wagen und fuhren rückwärts nach unten, bis wir eine Stelle zum Umdrehen fanden. Einmal wären wir fast in den Abgrund gerutscht.«

»Und was war in den Beuteln?«

»Das sahen wir erst, als sie das Zeug rauszogen. Sie waren bis oben hin voll mit dem Kram, auf den Monday so stand. James und der andere drehten völlig durch und fingen an, die Sachen im Wagen rumzuwerfen. Irgendwas erwischte mich am Hinterkopf, und Steven wurde stinkig und brüllte den Typ aus Lame Deer an.«

»Was haben Sie denn gemacht, als das passierte?«

»Ich hatte genug damit zu tun, den Wagen auf der Straße zu halten. So zirka eine Meile vor der St. Charles Mission trat ich dann auf die Bremse. Steven sprang aus dem Wagen und zog den Typ und James Eagle vom Rücksitz. James hatte einen der Beutel. Das Ding aus Thomas' Truck. Um den zweiten zu finden, mußte er noch mal reinkrabbeln.«

»Hat er ihn gefunden?«

»Natürlich hat er ihn gefunden. Er hat ihn dem Typ aus Lame Deer zugeworfen. Mitten in die Fresse. Dem Typ hat gleich wie verrückt die Nase geblutet. Daraufhin hat James verrückt gespielt und wollte sich mit Steven anlegen. Alle schrien, es war total verrückt. Steven stieg in den Wagen, und wir fuhren los.«

»Und damit hatte es sich?«

»Damit ging's erst richtig los«, sagte Steven, als er sich umdrehte, um wieder aus dem Fenster zu sehen. »Na los, jetzt kannst du ihr auch den Rest erzählen.«

»Was ging erst richtig los, Matthew?«

»Wir kamen nach Hause, es war schon spät, und alles schlief. Wir haben uns angewöhnt, die Bierdosen verschwinden zu lassen, bevor wir reingehen, damit keiner merkt, daß wir getrunken haben. Mein Paps hätte ein ziemliches Problem damit, wenn er das wüßte. Wir haben eine Lampe im Garten hinter dem Haus, gleich neben der Garage, unter der hielten wir an und stiegen aus. Und da sah ich dann, daß Stevens Hand ganz blutig war.«

»Von der Rauferei, oder?«

»Ach was. Wir haben keine Ahnung, wo's herkam. Steven hatte dem Typ aus Lame Deer den Matchbeutel an den Kopf geworfen, aber er hat ihn außerhalb des Wagens nicht mehr angerührt.«

»Was war mit der Keilerei auf dem Rücksitz?«

»Die haben sich doch bloß ein paar gelangt. Es war nicht so, daß einer richtig zugeschlagen hätte. Wir reden hier von Blut. Einer Menge Blut. Steven dachte erst, er hätte sich geschnitten, ohne es zu merken. Wir gingen raus zur Pumpe und ließen Wasser drüberlaufen. Er hatte keinen Schnitt, keine Platzwunde, nichts.«

»Hat irgend jemand in Ihrer Familie Stigmata?«

Steven hielt mir die Handflächen hin. »Ja, ich. Jedes Jahr am Columbus Day. Oder haben Sie etwa geglaubt, wir wüßten nicht, was das ist, Siegel?«

Eines mußte ich ihm lassen: auf eine gewisse anstößige Weise war er recht flink.

»Ich bin dann auf den Rücksitz gekrabbelt, auf allen vieren, und kaum daß meine Hand den Boden berührte, fühlte ich es. Es war Blut. Der ganze Boden war voll und auch der Platz, wo der Typ aus Lame Deer gesessen hatte. Es stammte aus den Beuteln.«

»Aus den Beuteln?«

»Wir sahen vorn nach und fanden das Zeug, das sie nach uns geworfen hatten. Es war ganz blutig. Wir nahmen es mit zur Pumpe und ließen Wasser drüber laufen. Dann steckten wir es unter den Vordersitz. Jedesmal, wenn der Pumpenschwengel runterkam, sahen wir uns nach dem Haus um, um sicherzugehen, daß wir niemanden aufgeweckt hatten.«

»Ist jemand rausgekommen?«

»Meine Schwester. Grade als wir die Sitze abgewischt hatten.«

»Wollte sie denn nicht wissen, was los war? Sie scheint mir ziemlich auf Draht zu sein.«

»Wir haben ihr gesagt, James wäre schlecht geworden und hätte uns den Wagen vollgekotzt. Sonst nichts. Sie müssen das verstehen, wir hatten einen heillosen Schrecken weg. Die beiden waren hinter uns hergelaufen. Nach allem, was wir wußten, konnten sie Thomas und den anderen umgebracht haben.«

»Wieso haben Sie nicht nachgesehen? Sind Sie noch mal raufgefahren?«

»So saublöd sind wir nun auch wieder nicht. Noch mal rauffahren. Scheiße.« Bei Steven verlor ich mit jeder Frage Punkte.

»Wir haben schon nachgeschaut. Am nächsten Tag. Aber in der Nacht sind wir runter nach Billings, haben uns eine offene Waschanlage gesucht und den Rücksitz abgespritzt«, sagte Matthew.

»Wo in Billings?«

»Im Westen, ah… so ein neuer Laden an der Kreuzung Rehberg und Grand Avenue.«

»Und dann sind Sie nach Hause?«

»Ja. Aber wir sind die ganze verdammte Nacht aufgeblieben. Am nächsten Morgen haben wir als erstes gecheckt, ob der Einfältige Thomas in der Kirche war. Er war da. Und der Priester auch.«

»Sie sind zur Kirche und haben sie gesehen?«

»Nein. Ich habe angerufen. Thomas ging ran, ich fragte nach dem Priester, und als der ranging, habe ich aufgelegt.«

»Dann stellte sich raus, daß Monday abging. Das gab der ganzen Geschichte ein neues Gesicht. Hab' ich recht?«

»Sozusagen. Ich glaube nicht, daß einer von uns gedacht hat, daß das Monday war, da oben auf dem Berg mit Thomas. Erst als sich das mit den verschwundenen Kultgegenständen rumgesprochen hat.«

»Was haben Sie mit denen gemacht?«

»Wir haben sie unter dem Vordersitz gelassen. Dort waren sie sicher. Als ich verhaftet wurde, gab Steven sie Paps.«

»Was ist mit der Keilerei in der Arcade? Wieso haben Sie gedroht, Monday umzubringen?«

»Verdammt, das war doch schon zwei Wochen davor. Vielleicht eine. Der Mann war 'n Arsch. Wir hatten gehört, daß er in der ganzen Reservation Indianergräber aufbuddelt. Wir dachten uns, der bräuchte mal eine Abreibung. James ist richtig wild geworden, und Monday hat ihn übel verdroschen. Es wurde eine richtige Schlägerei draus, und dann kamen die Bullen.«

»Das ist alles?«

»Das war's, schlicht und ergreifend.«

»Ich habe auch was Schlichtes und Ergreifendes. Sie haben nur eine Möglichkeit, Matthew. Und dasselbe gilt für Sie, Steven. Das Beste, was Sie tun können, ist, mit mir runterzukommen und mit Kyle zu reden.«

»Kommt nicht in Frage.« Steven beugte sich vor, bis sein Gesicht vor dem Matthews war. »Ich hab 's dir gesagt, Mann, das ist das erste, womit sie dir kommt. Hör bloß nicht auf die, sonst landen wir noch beide im Knast.«

»Ihr wart doch zu viert, nicht wahr?«

»Genau«, antwortete Matthew.

»Und jetzt seid ihr nur noch zu zweit. Dieser Typ kämpft mit harten Bandagen, und ihr wißt noch nicht mal, worum es geht.«

»Auf keinen Fall kommt Matthew mit Ihnen runter und stellt sich Ihrer verdammten weißen Gerechtigkeit!«

»Steven, ich hab' nun wirklich die –«

»Er hat recht. Ich komm' nicht mit. Dieser Typ, der das Geschäft mit Monday gemacht hat? Der denkt, ich weiß, wo die Sachen sind. Ich weiß es aber nicht. Als James und dieser andere Typ aus dem Wagen stiegen, haben sie uns gesagt, unter der Plane auf der Ladefläche von Thomas' Pickup wären noch mehr Beutel gewesen. Sie haben sich einfach zwei gegriffen. Wo zum Teufel sind die anderen? Glauben Sie wirklich, daß die uns glauben, wenn jemand rauskriegt, daß ich das Zeug unter dem Sitz meines Wagens hatte?«

Nein. Das glaubte ich nicht. Ich wußte nicht, was ich darauf sagen sollte. Ich improvisierte. »Ich würde gern folgendes tun. Ich werde mit Thomas reden und ihn fragen, mit wem er da oben gewesen ist.«

»Klar doch«, sagte Steven und lachte. »Thomas erinnert sich doch noch nicht mal von einem Tag auf den anderen. Wie, zum Teufel, soll er sich dann an was erinnern –«

»Wir müssen wieder runter.« Matthew stand auf und sah Steven an. »Wir melden uns.«

»Ihr macht beide einen Riesenfehler. Was ist mit eurer Familie? Das waren doch eindeutige Drohungen.«

Steven griff nach der Tür des Campers. Der Wind schlug die Gardine vors Fenster und knallte sie gegen die Wand. Ich stand auf und trat hinaus in den leichten Regen. Sie folgten mir.

»Wir haben Leute, die unsere Familie beobachten«, sagte Matthew.

Dann standen wir da.

»Ich kann Sie also nicht überreden, mit mir runterzukommen?«

»Im Augenblick nicht. Ich weiß, wenn's soweit ist.« Matthew lächelte. »Etwas muß ich noch wissen. Können Sie uns helfen?«

»Ich werde Sie nicht anlügen. Ich weiß es nicht. Ich habe ein einziges Mal mit eurem Vater gesprochen und ihn seither nicht mehr gesehen. Euch aufzutreiben war auch fast ein Ding der Unmöglichkeit. Ich brauche Mitarbeit, Matthew, nicht nur paar Zeilen im Briefkasten und ein Treff im Wald.«

Sie gingen um den Camper herum nach vorn. Matthew blieb stehen und wandte sich an mich. »Wird Ihnen Ihr Truck anspringen?«

»Er war nur zu heiß. Kein Problem. Ich komm' schon zurecht.«

»Hey, Siegel.« Steven lehnte sich auf der Fahrerseite aus dem Fenster.

»Ja?«

»Passen Sie auf die Bären auf.«

»Bären?«

»Große Schwarzbären. Die stehen auf weißes Fleisch, Siegel, und um diese Jahreszeit sind sie besonders hungrig.«

Ich stand mit offenem Mund da. Der kleine Mistkerl lachte, schlug mit der flachen Hand gegen die Außenseite der Tür und fuhr vom Parkplatz die Straße hinauf, die noch weiter nach oben führte. Eine Kurve, und sie waren nicht mehr zu sehen.

Die Luft bestand aus einem eisigen, feinen Dunst, der dichter wurde, je tiefer die Wolken sich senkten. Ich machte mich an den Abstieg zurück zu meinem Truck. Was noch an Licht dagewesen war, als ich aus dem Camper stieg, verschwand jetzt rasch.

Die Straße war schlammig und glatt. Ich stieg auf die niedere Böschung und ging in dem hohen Gras am Waldrand entlang. Nach Stevens letzter Bemerkung hatte ich nicht die Absicht, auch nur einen Schritt in den Urwald zu tun, um dort Teil der Nahrungskette zu werden. Mittlerweile war mir so kalt, daß ein Stecken in meinem Hintern genügt hätte, um Meister Petz gefrorene Phoebe am Stiel zu servieren. Kein angenehmer Gedanke.

Behutsam setzte ich meine Schritte. Ich kam an eine Kurve, die ich erkannte, und ich wußte, daß ein Stückchen weiter dahinter mein Truck stand. Abrupt blieb ich stehen, aber ich verlor im nassen Gras den Halt und landete unsanft auf dem Hintern; meine Füße hingen zur Straße hinaus. Da ich nicht so recht wußte, was ich da hörte, saß ich reglos da wie vom Schlag getroffen und lauschte. Mein letztes bißchen Luft raubte mir dann das unverkennbare Geräusch von splitterndem Glas.

20

Ich bewegte mich durch eine flüchtige Welt, in der sich die Sichtverhältnisse von einem Augenblick auf den anderen änderten. Mit jedem Schritt oder jedesmal, wenn ich nach einem stützenden Ast griff, bot sich ein neues Bild. Das Klirren war ebenso jäh wieder verebbt, wie es eingesetzt hatte, und ich konnte hören, wie die Tür meines Trucks zugeschlagen wurde. Das Scharnier, mit dem ich seit einiger Zeit Probleme hatte, wehrte sich wie immer ächzend gegen das Schließen der Tür. Dann trat eine unerträgliche Stille ein.

Sitzend wartete ich auf der Böschung, bevor ich mich vorsichtig von der Straße weg in die Deckung der Bäume schlich. Das Laub war dicht, der Wald mit großen Felsbrocken durchsetzt, die hoch aus dem Boden ragten. Es muß eine Viertelstunde gedauert haben, bis ich mich durch den Wald zu einer Anhöhe direkt über meinem 49er hindurchgearbeitet hatte.

Ich habe in meinem Leben schon Gefühle von solcher Heftigkeit bewältigen müssen, daß ich dachte, ich sei gewissermaßen abgehärtet. Und dennoch hatte mich nichts auf das Entsetzen, die Verzweiflung vorbereitet, die ich empfand, als ich auf meinen Chevy hinabblickte, die eingeschlagenen Scheiben sah und wußte, daß ich mutterseelenallein in dieser gottverlassenen Gegend war.

Wie Haifischzähne staken die Scherben aus dem Rahmen

der Windschutzscheibe, und die Scheiben auf der Fahrer- wie auch der Beifahrerseite waren eingeschlagen. Der Außenspiegel auf der Fahrerseite war abgerissen und lag deutlich sichtbar auf der Haube.

Ich schlang die Arme um einen Baum, um nicht die steile Böschung auf die Straße hinabzurutschen. Ich legte das Gesicht gegen die rauhe Rinde, spürte, wie sie sich in meine Wange drückte, und lauschte. Wallender Nebel zog auf, als die Wolken noch tiefer sanken. Er schob sich durch den Wald, teilte sich, als er sich um die Stämme rankte, hinterließ seine Feuchtigkeit auf den Büschen, umschmeichelte mich und nahm mir die Sicht.

Der Truck war hin und wieder gänzlich außer Sicht, als der Nebel die Böschung hinab auf die Straße kroch. Das einzige Geräusch war das Pochen meines Herzens. Ich war darauf gefaßt, daß ich nur ein paar Schritte entfernt von weiß Gott wem oder, schlimmer noch, von einem gierigen Fleischfresser stand.

Wir hatten im Camper gesessen und hätten es wohl kaum gehört, wäre ein anderes Fahrzeug gekommen. Auch hätte schon vor unserer Ankunft jemand im Wald gewesen sein können. Die Möglichkeiten waren endlos. Selbst Anna Wolfs Strichmännchen hätte jeden Augenblick zwischen den Bäumen auftauchen können. Ich hatte alle Vorsichtsmaßregelungen getroffen, nur um sicherzugehen, daß mir keiner folgte. Ich steckte in der Tinte, soviel war mir klar.

Auf der anderen Straßenseite krachte etwas durchs Unterholz. In meinen Ohren explodierte das Geräusch mit der zehnfachen Lautstärke. Ein weißschwanziger Hirsch sprang plötzlich auf die Straße. Ich trat vom Baum zurück, den ich umklammert hatte, und griff nach einem Strauch, um Halt zu finden. Die Füße rutschten mir weg. Meine Hand riß das Laub von den dünnen Zweigen.

Der Hirsch tat einen Satz und sprang vor mir die Böschung

herauf. Eine Tausendstelsekunde zögerte er, als er sich kaum einen halben Meter vor mir sah, dann machte er eine schier unglaubliche 90-Grad-Wendung und verschwand im Wald. Ich stürzte, warf mich auf den Bauch, krallte mich in die Erde in dem Versuch, meine Rutschpartie zu beenden. Es funktionierte nicht. Ich spürte meine Füße einen Augenblick in der Luft hängen, bevor ich von der Böschung herunter auf die schlammige Straße fiel. Meine Gedanken überschlugen sich, als ich in die Tasche meiner Jeans griff und versuchte die Schlüssel herauszubekommen. Ich war naß und von Kopf bis Fuß voll Schlamm.

Ohne mich umzusehen, lief ich um den Truck herum, steckte den Schlüssel ins Zündschloß, drehte ihn und drückte den Starterknopf. Der Laster ächzte. Ich zog den Choke und versuchte es gleich noch mal. Der Motor rang mit sich selbst, als er sich zu drehen bemühte. Der Nebel wallte heran und kroch auf die Haube. Ich versuchte es noch mal und immer wieder. Das Orgeln der Zündung wurde mit jedem Mal schwächer. Die Batterie stand kurz vor dem Aus.

Ich gab es auf und legte den Kopf auf das Steuer. Warm spürte ich meinen Atem an den Händen. Ich brauchte einen Plan: »Fraget und euch wird gegeben.« Ich richtete mich auf, ging mit dem rechten Fuß auf die Bremse und drückte mit dem linken die Kupplung. Matthew hatte doch gesagt, irgendwo hinter mir gäbe es eine Stelle zum Wenden. Von da käme ich im Leerlauf ins Tal. Der Schlamm und die Möglichkeit, in den Abgrund zu rutschen, waren in diesem Augenblick nicht von Belang.

Ich griff linkerhand nach unten, fand die Handbremse, löste sie und drückte dann langsam die Kupplung. Wären die Scheiben noch ganz gewesen, hätte die Luft, die ich in diesem Augenblick einsaugte, das Fahrerhaus implodieren lassen. Wie ein Geist stand die Gestalt im Rückspiegel. In weiße Nebelschwaden gehüllt stand sie mitten auf der Straße ein Stückchen hinter dem Truck. Der Spiegel rahmte den riesigen Mann von der Hüfte bis über den Kopf. Sein Gesicht war geschwärzt. Die stechenden Augen starrten geradewegs vor sich hin, seelenlose Kugeln ohne den geringsten Ausdruck.

Ich packte den Spiegel und wischte das Kondenswasser weg. Er war echt. Er stand tatsächlich da. Ohne sich zu bewegen. Der Nebel blockierte die Sicht. Die in meine Lunge gepreßte Luft stieß mir in den Mund und entwich als klägliches Heulen. Dann war er wieder da. Das Tageslicht verschwand fast im Tempo meines rasenden Pulses. Das Weiß des Nebels wurde zu einem Lavendelgrau, das schließlich der aschgrauen Dämmerung wich.

Ich fuhr herum. Er war nicht mehr da. Ohne zu überlegen, verriegelte ich die Türen und spürte dabei noch nicht einmal den Glassplitter, der mir die Hand zerschnitt. Erst das warme Blut auf meiner eisigen Haut machte mich auf die Tatsache aufmerksam, daß ich blutete. Der Truck bot keinen Schutz. Ich wußte es, und wer immer da hinter mir lauerte, wußte es auch.

Ich öffnete das Handschuhfach und wühlte darin, betete, daß etwas – irgendwas – darin sein würde, was sich zu meiner Verteidigung einsetzen ließ. Ich bekam den Griff eines Schraubenziehers zu fassen und nahm ihn heraus. Immerhin besser als nichts. Meine Oberschenkel verkrampften sich in dem Bemühen, etwas Wärme in meinen nassen Jeans zu erzeugen.

Ich wartete. Beobachtete. Im Spiegel war nichts zu sehen. Dunkelheit legte sich über mich. So wie ich im Truck saß, kam ich mir vor wie eine Sardine, die darauf wartete, aus einer offenen Dose genommen zu werden. Kräftig rieb ich mir Arme und Schenkel. Der Schraubenzieher schien mir in etwa so wirkungsvoll wie ein Strohhalm. Die Gestalt hatte mir mächtig und stark ausgesehen. Meine Körpertemperatur kapitulierte vor der eisigen Nässe meiner Kleidung. Ich saß in der Tinte. Und zwar mächtig. Und dieses Wissen raste mir schreiend durch den Kopf.

Die Minuten verrannen. Ich mußte raus aus dem Laster. Meine einzige Hoffnung war der Schutz der Toilette des Forstamts auf dem Parkplatz ein Stück die Straße hinauf. Das heißt, wenn ich es bis dorthin schaffte. Ich saß in der nervenzerrüttenden Stille und wartete darauf, daß irgendein Arm durch die zerschlagene Windschutzscheibe langte und mich aus dem dürftigen Schutz meines Chevys riß. Es passierte nicht.

Ich schätzte es um die zehn Grad und weiterhin fallend. Es nieselte nach wie vor leicht vor sich hin, so daß ich keine klare Sicht hatte. Noch einmal versuchte ich den Wagen anzulassen. Das leise Stöhnen des Motors machte auch die letzte Hoffnung zunichte, die Straße rückwärts hinunterzukommen. Nicht nur, daß ich nichts sah, ich wußte auch, daß etwas wartete, geduckt, womöglich direkt hinter dem Truck oder gar in Reichweite der Tür. Ich mußte es bis zu der Toilette schaffen. Jetzt oder nie.

Als ich draußen war, ließ ich die Tür einfach angelehnt. Ich drückte mich gegen den vorderen Kotflügel, lauschte und versuchte in der Dunkelheit etwas zu sehen. Es war unmöglich. Ich stand da, wartete darauf, daß meine Augen sich anpaßten, und konnte schließlich die Umrisse der Bäume und der Straße sehen, die vor mir um die Ecke bog.

Ich hielt mein Gleichgewicht, indem ich eine Hand auf die Haube des Lasters legte, und streifte auf der Stelle das, was einmal mein Außenspiegel an meinem Wagen gewesen war. Jede Art von Waffe kam mir gelegen. Mit Schraubenzieher und Außenspiegel bewaffnet, von Verzweiflung und Todesangst getrieben, zwang ich einen Fuß vor den anderen und machte mich auf den Weg zurück zum Parkplatz.

Tausend Nadeln stachen mir in die Schenkel. Meine Füße

spürten die Schritte nicht, die ich machte. Ich hielt Spiegel und Schraubenzieher unter der Jacke, indem ich die Arme um mich schlang und die Hände in den Achselhöhlen vergrub. Nichts konnte die unerträgliche Kälte abhalten, die mir langsam ins Innerste drang.

Mein Körper verlor den Kampf gegen die nasse Kleidung, den Wind und den Regen. Ich zwang mich weiterzugehen. Der Boden unter meinen Füßen veränderte sich, und ich wußte, nicht, weil ich es spürte, sondern rein instinktiv, daß ich auf Schotter ging. Ich hatte es bis zum Parkplatz geschafft. Ich blieb stehen und hielt in der Dunkelheit nach dem Toilettenhäuschen Ausschau. Schließlich tauchte es ein paar Meter vor mir als formlose Schachtel auf.

Als ich es erreichte, fuhr meine Hand suchend über die Tür. Schraubenzieher und Spiegel fielen mir aus der Jacke. Meine Finger waren steif und wollten den Kommandos nicht gehorchen, die mein Verstand ihnen zuschrie. Ich redete mit mir selbst und zwang mich zu rationalem Denken, während ich nach dem Griff tastete. Meine Finger glitten unter das Holz, packten und zogen daran. Er rührte sich nicht. Ein hohler Klang hallte durch den Wald und verklang wieder, ein anderer Bums folgte. In meiner Benommenheit konnte ich den Schall nur mit dem Schwingen einer Axt beim Fällen eines Baumes vergleichen. Ich war verwirrt. Ich fragte mich, wie jemand in dieser bitteren Kälte arbeiten konnte.

Angst stellte sich nur kurz bei mir ein, und zwar in Form eines flüchtigen Gedankens, daß ich Angst haben sollte und daß ich Angst hatte. Aber die Kälte hatte mich auf die Suche nach Wärme getrieben, weg vom Regen, vom Wind und von der Nacht. Meine Finger wollten nicht funktionieren. Ich langte nach unten, auf die Erde, und zwang sie, sich um den Griff des Schraubenziehers zu schließen. Ich hob ihn auf; beide Hände machten Anstalten, ihn fallen zu lassen. Ich kämpfte dagegen an und hörte aus mir heraus meine Mutter, die meinen Namen rief.

Das beständige Bumm, bumm, bumm kam näher. Ich stach mit dem Schraubenzieher zu und verkantete ihn im Holz. Meine Kräfte ließen nach. Sosehr ich es auch versuchte, ich konnte ihn den Klauen der Tür nicht mehr entreißen. Ich bückte mich noch einmal, fuhr auf der Suche nach dem Spiegel mit der Hand über die nasse Erde. Sein Gewicht raubte mir die letzte Kraft. Ich stand da und fuhr noch einmal mit der Hand über die Tür. Als ich auf den kalten, nassen Stahl eines Vorhängeschlosses traf, wurde ich mir meiner Niederlage bewußt.

Unter übermenschlichen Anstrengungen keilte ich den Stiel des Spiegels in die Haspe und drückte ihn mit meinem ganzen Gewicht nach unten, immer und immer wieder. Die Haspe brach, als ich in die Knie ging. Das Schloß flog mir gegen den Backenknochen. Ich spürte keinen Schmerz. Meine Finger schoben sich zwischen Tür und Rahmen. Auf Händen und Knien kroch ich hinein. Der kalte Beton des Bodens fühlte sich wärmer an als meine Hände. Ein Schluchzen krallte sich durch meine Kehle nach oben, als ich meinen Körper mit den Ellenbogen vorwärtszog.

Sirenen riefen aus der Dunkelheit, drängten mich zu schlafen, mich fallenzulassen in den warmen weichen Trost des Nichts. Meine Lippen versuchten Worte zu formen, die mir hoffnungslos im Mund herumrutschten. Ich mußte sie sagen: Wenn du einschläfst, bist du tot, wenn du einschläfst, bist du tot. Meine Knie schlugen gegen eine Betonkante, als meine Hand vor mir nach oben griff und den eisigen Metallring der Toilette zu fassen bekam. In diesem Augenblick griffen die Hände nach meinen Knöcheln. Der Schock dieser Berührung und die Hoffnungslosigkeit, wieder in die Kälte hinausgezogen zu werden, weckten in mir, was an Überlebenstrieb noch übriggeblieben war.

Die Hände ließen los, und ich rollte auf den Rücken. Unter einem Adrenalinstoß stand ich auf und drückte den Körper gegen die Außenwand der Toilette. Meine Arme schlugen wild um mich, schnitten niemanden, trafen nichts. Ich drehte mich um und versuchte mich wieder hineinzuwerfen. Plötzlich explodierte der Schlag, ein farbiger Blitz zuckte mir durch den Kopf, dann fiel ich in das samtweiche Nichts, nach dem mein Verstand sich schon die ganze Zeit über gesehnt hatte.

21

Die Dunkelheit versorgte mich mit Bildern und Stimmen, die mich tröstlich umgaben. Der entsetzliche Schmerz in meinem Hinterkopf war verschwunden, an seiner Stelle empfand ich den schmerzlichen Verlust der Erlösung von Schrecken und Verzweiflung, die er versprochen hatte.

Ich bewegte mich näher an die Gestalt neben mir in der Erwartung, daß Arme mich umfaßten und drückten. Nichts passierte. Die Gestalt war fest, ihre Kälte vereinigte sich mit der meinen, und zusammen sorgten sie für einen Dämmerschlaf, der mich verhöhnte. Ich war zu Hause und auch wieder nicht. Wach und schlief doch fest und tief. Ich war ein Kind, und ich war tot, und dieser Tod barg nichts als eine warme Zufriedenheit.

Manchmal war ich mir des Regens bewußt, der auf das Blechdach eintrommelte, und das Geräusch ließ mich lächeln. Ich rückte noch näher, wartete wieder darauf, daß Arme mich umfaßten. Die ungehobelte Bretterwand des Häuschens, gegen die meine bloßen Fußsohlen ruhten, machte es mir unmöglich, mich zu strecken. Ich hob die Hand und strich mir über die Wange. Lächelte und dämmerte wieder weg.

Mein Geplapper, ein eintöniger Dialog mit mir selbst, gab mir ein oberflächliches Bewußtsein zurück. Ich drehte mich etwas und schlang die Arme um den einzigen Trost, den ich hatte. Die Reaktion blieb aus, aber ich erwartete auch nichts mehr.

»Laß mich schlafen.« Ich schob die dicken Worte von meiner Zungenspitze und stieß die Hand von der Seite meines Halses. Es wurde gesprochen. Es gelang mir nicht, die Worte so zusammenzufügen, daß sich ein Sinn ergab. Ich schwebte, fühlte mich von der Kälte des Bodens gehoben, und die Haut, die ich spürte, übertrug etwas von seiner Wärme auf mein Gesicht.

»Bitte...« Ich hörte das Wort in meinem Kopf, aber nicht mit dem Ohr.

Die anderen Worte, diese wirren anderen Worte, vereinten sich zu einem einzigen Mißklang. Holpernd ging es mit mir dahin, mein Kopf hing nach hinten hinab. Der Druck auf meinen Bauch drückte mir Galliges in den Rachen. Ich war eine Marionette auf einer Bühne ohne Boden und schwebte nach den Launen des Puppenspielers über der Realität. Ich gab auf und rutschte einmal mehr in die Tiefen der Finsternis.

Die Hand glitt meinen Schenkel hinauf bis zur nackten Hüfte. Ich zog die Brauen hoch in der Hoffnung, daß sie die Lider mitnahmen, die sich verkrustet und versiegelt anfühlten. Die Brust drückte sich fester gegen meine bloßen Brüste, und der Schock der Erkenntnis, daß ich nichts anhatte, ließ mich erschauern.

»Komm schon«, sagte die körperlose Stimme.

Die glatte Haut, die sich gegen mich drückte, war weich wie Ziegenleder und wärmer als alles, was ich je gespürt hatte. Mit einem Seufzer drängte ich mich dagegen.

»Mach die Augen auf«, forderte die tiefe Stimme. »Komm schon. Mach die Augen auf.«

Wenn ich die Augen aufmachte, würde alles verschwinden. Das Gefühl, die Hände auf meinem Bein, der Trost, den meine

Brüste aus der festen und zugleich weichen Brust zogen, die meinem Atem Rhythmus verlieh. Ich konnte das nicht aufgeben, jedenfalls nicht freiwillig.

»Gott verdammt noch mal, Phoebe… mach die Augen auf.«

Jetzt glitt die Hand über meine Taille hoch bis unter meinen Arm. Eine Handfläche berührte leicht meine Brust. Es war kein Traum. Ich war da und hatte etwas Nacktes auf mir. Ich kämpfte gegen die Benommenheit an, die mich wollte, und zwang meine Augen, sich zu öffnen.

»Schön, dich wieder bei uns zu haben«, sagte Kyle, sein Gesicht nur wenige Zentimeter über dem meinen, sein Atem warm und süß.

»Ich habe nichts an.«

»Nein. Hast du nicht.« Er lächelte. »Ich habe dich ausgezogen.«

»Dann wirst du ja wohl deinen Spaß gehabt haben. Wie war's denn für mich?«

Ich spürte sein leises Lachen an meinen Brüsten. »Nicht so gut, wie's hätte sein können.«

Ich drehte den Kopf zur Seite. Ein stechender Schmerz stellte sich ein. »Scheiße.«

Unter großen Anstrengungen zog ich eine Hand unter der schweren Last hervor, die auf uns drückte, und berührte meinen Hinterkopf.

»Stimmt was nicht?« Seine Hand lag auf meiner Hüfte.

»Irgendwas, irgend jemand hat mir eins übergebraten.«

»Was, zum Teufel, ist da oben passiert, Phoebe?«

»Wo, zum Teufel, kommst du denn her, und wo sind wir denn eigentlich hier?«

»Eins nach dem anderen. Wir sind auf dem Rücksitz meines Blazers.«

»Kyle –« Ich spürte, wie mir die Tränen kamen, als die Erinnerung einsetzte. »Jemand ist hier. Sie wollten mich –«

»Es war Monday, Phoebe.«

»Er lebt? Mein Gott.«

Kyle schwieg einen Augenblick, rückte etwas ab und sah mir ins Gesicht.

»Nein. Er ist tot. Er lag zusammen mit dir in –«

»Nein, Kyle. Es war jemand da. Groß. Sein Gesicht… das war ganz schwarz, und er hat mir die Scheiben aus dem Truck geschlagen.«

»Monday Brown liegt oben in dem Außenabort, Phoebe, und er ist tot. Er ist schon länger tot. Du hast neben ihm gelegen, als ich dich fand.«

»Großer Gott. Bist du sicher?«

»Ich bin sicher. Was, zum Teufel, hattest du da oben zu suchen, und wie zum Teufel bist du in dem Aborthäuschen gelandet?«

»Ist eine lange Geschichte. Wie hast du mich gefunden?«

»Als du nicht nach Hause gekommen bist, habe ich Althea angerufen. Sie sagte, du wärst weggefahren, also bin ich nach Pryor und habe mich erkundigt. Ein paar Arbeiter im Memorial Park erinnerten sich an den Truck. Sie sagten, du wärst in Richtung Mission verschwunden.«

»Ich bin ganz schön rumgekommen.«

»Es gab zwei Möglichkeiten. Entweder, du wolltest nach Franny in Wyoming, was mir nicht einleuchten wollte, oder du hattest was auf dem Berg zu tun. Ich tippe darauf, daß du dich mit Matthew getroffen hast. Habe ich recht?«

»Kyle, frag mich nicht.«

»Ich habe jetzt nichts mehr zu sagen, Phoebe. Mondays Leiche macht die Geschichte zu einem Fall für das FBI.«

»Ich fühle mich elend.«

»Du warst verdammt nah dran, dich tot zu fühlen. Ich habe den Laster gesehen und –«

»Er hat die Fenster eingeschlagen.«

»Matthew?«

»Nein, die waren längst fort.«

»Wußt' ich's doch! Verdammt, Phoebe. Du hast dich da wirklich in eine üble Scheiße geritten.«

»Besteht vielleicht die entfernte Möglichkeit, daß du mal für einen Augenblick die Luft anhältst? Ich habe grauenhafte Kopfschmerzen, und du haust mir noch Nägel rein.«

Er griff nach mir und zog mich an sich.

»Ich muß mich mal über Funk melden und zusehen, daß jemand kommt.«

»Wieso?« murmelte ich.

»Weil du einen Arzt brauchst.«

»Ich brauche keinen Arzt, Kyle. Ich will nur einen Augenblick schlafen.«

»Ich kann dich nicht schlafen lassen. Weißt du, was Hypothermie ist?«

»Nein. Ich habe bist gestern in Arizona gelebt.«

»Hast du mitbekommen, was mit dir passiert ist?«

»Vielleicht. Es ist eine Menge passiert.«

»Dann sag mir, wieso die Scheiben an deinem Truck eingeschlagen sind. Darfst ruhig ins Detail gehen.«

»Ich kann dir nichts über Matthew sagen, Kyle. Wenn ich das mache, dann reite ich dich in genau dieselbe Scheiße, in der ich deiner Ansicht nach stecke. Jemand wollte mich umbringen.«

Ich erzählte Kyle die Geschichte und kämpfte dabei gegen mein Schlafbedürfnis an. Er hatte auch nicht vor, mich einschlafen zu lassen. Immer wieder drängte er mich weiterzusprechen, während ich jeden einzelnen schrecklichen Augenblick noch mal durchlebte. Es gab Vorgänge, an die ich mich nur lückenhaft erinnern konnte; andere wiederum waren in meinem Gedächtnis vollständig haften geblieben. Als ich fertig war, schwieg er einen Augenblick.

»Glaubst du mir?«

»Ja. Geht es dir besser?«

»Besser wird's wohl nicht mehr.«

»Ich ruf' mal über Funk rein, damit jemand nach Pryor kommt.«

»Kommt nicht in Frage. Keine Sirenen. Kein Krankenwagen.«

»Deine Verhandlungsposition ist nicht die beste. Bleib einfach liegen.«

Er krabbelte unter dem Ding, das uns bedeckte, hervor und kletterte auf den Vordersitz.

»Das stinkt hier ja nach Benzin. Was, zum Teufel, ist das?« Ich hob die schwere Flickenplane an und versuchte sie abzuschütteln.

»Eine alte Packdecke. Ich nehme sie für Arbeiten unter dem Truck.«

»Tolle Wahl. Davon wird mein Kopfweh ja noch schlimmer.«

»Ich hab' sonst nichts. Hier«, sagte er und warf mir seine Jacke über die Lehne. »Pack dich ein, und komm nach vorn. Der Wind hat die Abgase einfach in den Auspuff zurückgedrückt, da konnte ich die Heizung nicht anmachen.«

Ich wickelte mich in die Jacke und kroch über die Lehne nach vorn. Aus den Heizungsschächten blies es mir warm entgegen. Kyle machte die Scheinwerfer an. Mein Blick folgte dem Licht. Die Stoßstange des Blazers befand sich kaum einen Meter vor der Heckklappe meines 49ers.

Kyle versuchte jemanden über Funk zu erreichen. Immer wieder schob sich ein scharfes statisches Rauschen über das Signal, während er wiederholt um Hilfe rief.

»Wir müssen aus den Bäumen raus und weiter runter, sonst krieg' ich hier keinen dran. Schnall dich an.«

»Was ist mit meinem Truck?« fragte ich beim Anschnallen.

»Wir schicken jemanden rauf. Die Straße war drauf und dran, hinter mir weggespült zu werden, als ich raufkam, also halt dich fest.«

»Ich würde lieber die Hände vors Gesicht nehmen.«

»Wenn's dir dann leichter fällt.«

Kyle legte den Vierradantrieb ein und zog an meinem Laster vorbei. Als wir den Parkplatz erreichten, streiften die Scheinwerfer das Toilettenhäuschen. Die Tür stand offen, und auf dem Boden war ein dunkler Fleck. Ich zog die Jacke enger und hielt mir für die Talfahrt die Hände vors Gesicht.

22

Als wir Pryor erreichten, waren wir zu einem Kompromiß gekommen: Kyle erklärte sich bereit, keinen Krankenwagen zu rufen, aber nur unter der Bedingung, daß wir in Billings sofort die Unfallstation aufsuchten; und ich mußte ihm versprechen, den Ärzten dort nicht auf die Nerven zu fallen, zu tun, was immer sie rieten, und vor dem Krankenhauspersonal nicht »Scheiße« zu sagen.

In das Funkgerät in Kyle's Blazer kam in dem Augenblick Leben, in dem der durchgab, daß man Monday Browns Leiche gefunden hatte. Diese Nachricht versetzte jeden in Aufruhr, der zugehört hatte. Die Frequenz war auf der Stelle blockiert, bis Kyle darauf bestand, den Sender auf einen sicheren Kanal zu legen.

Als wir auf den Parkplatz der Unfallstation fuhren, hatte ich schließlich das Unmögliche vollbracht und mir meine nassen, eisigen Klamotten übergezogen. Mein Haar war schlammverschmiert, was verhinderte, daß es sich, einer natürlichen Tendenz folgend, zu einem ako-Pad kräuselte. Ich hatte keine Schuhe an, war sauer und hatte ein ungutes Gefühl in bezug auf das, was mich da erwartete. So war ich denn auch nicht überrascht, als ich vor dem St. Vincent Hospital in zweiter Reihe fünf Fahrzeuge diverser Polizeibehörden, Vertreter von Stadt, Land und Bund, erblickte.

Zwei Schwestern und ein Krankenpfleger erwarteten uns mit einem Rollstuhl an der Tür zur Unfallstation. Ich lehnte den Rollstuhl ab und stieg aus in der Absicht, es aus eigener Kraft zu schaffen. Aber kaum berührten meine Füße den Asphalt, gaben die Beine unter mir nach, und ich spürte, wie ich zu Boden ging. Auf einer Rollbahre hinter einem Vorhang kam ich wieder zu mir und wurde gewahr, wie mir jemand das Augenlid über die Stirn zu ziehen versuchte und ein greller Lichtstrahl mir die Pupille blockierte. Meine Hand fuhr nach oben und griff nach dem Handgelenk mit der Taschenlampe.

»Wenigstens können Sie zupacken. Einen bleibenden Hirnschaden, würde ich sagen, haben Sie also nicht. Kein Geifern aus dem rechten Mundwinkel.« Zu allem Überfluß schickten sie mir jetzt auch noch Komiker zum Vorsprechen vorbei.

Es kam mir vor, als hätte man direkt vor meinen Augen ein Blitzbirnchen abgebrannt. »Kein Geifern, he? Und mit dem linken Mundwinkel?«

»Gut. Der Humor ist auch noch intakt. Das ist meist das erste, was sich verabschiedet, und das letzte, was wiederkommt. Ich bin Dr. Donich. Wie fühlen Sie sich?«

Ich stellte die Augen scharf und sah sie Gestalt annehmen. Sie schien mir jung genug, um nach Pickelcreme zu riechen, und hübsch genug für ein Magazincover.

»Na toll. Kann ich jetzt raus hier?«

»Sind Sie sicher, daß Sie das wollen? Da sind Leute im Wartezimmer, die darauf bestehen, als erste mit Ihnen zu reden. Sie sagen, sie seien vom FBI. Außerdem würde ich gern noch ein paar Aufnahmen von Ihrem Kopf machen, nur um sicherzugehen, daß Ihnen kein Hirngewebe ins Innenohr gelangt.«

»Das ist doch wohl ein Scherz, oder?«

»Es ist ein Scherz. Aber nur das mit dem Hirngewebe. Sie haben da einen Mordsschlag auf den Kopf bekommen. Ein bißchen tiefer, und Sie hätten ernsthafte Probleme.«

»Das FBI ist draußen?«

»Ja. Arrogante kleine Scheißer. Aber hier haben sie nichts zu sagen. Gott, es geht doch nichts über die Macht, die dieser Job mit sich bringt. Kann ich jetzt die Aufnahmen machen?«

Wie sollte ich mich weigern? Sie war eine Frau nach meinem Geschmack.

Diesmal fuhr ich im Rollstuhl, zum Röntgenraum und wieder zurück. Ich legte mich auf die Bahre und hielt mir gegen das Licht die Hand vor die Augen, bis eine Schwester kam und es ausmachte. Mein Kopf dröhnte, und der Klops an meinem Hinterkopf hatte sich zu einem Eigenleben entschlossen. Nach einer Weile gab ich es auf, gegen die Schläfrigkeit anzukämpfen, die mich übermannte. Das hustende, schreiende Kind irgendwo in meiner Nähe rückte in die Ferne, als ich in einen unruhigen Dämmerschlaf fiel.

Ich spürte den Druck von Fingerspitzen an meinem inneren Handgelenk und öffnete die Augen. Eine Schwester stand neben mir und fühlte mir den Puls. Kyle saß auf einem Stuhl neben der Bahre.

»Schön, dich wiederzuhaben«, sagte er.

»Ich muß Ihre Temperatur messen.« Die Schwester holte etwas aus der Tasche, was einem kleinen Transistorradio glich. »Dazu muß ich Ihnen das hier ins Ohr geben.«

»Den Teu…«

»Du hast mir was versprochen. Das gehörte zu unserer Abmachung.« Kyle hob lächelnd die Hand. »Es gibt weit unangenehmere Methoden als übers Ohr, Phoebe. Ich würd's mir überlegen.«

Die Schwester lächelte. Ich ließ sie ihre Sonde in mein Ohr stecken. Als sie sich vergewissert hatte, daß ich noch lebte, ließ sie uns allein.

»Die Ärztin sagt, draußen lungern welche vom FBI herum.«

»Mit denen wirst du wohl reden müssen. Müller war eine Weile bei ihnen. Möchte wirklich wissen, was der für Beziehungen hat.«

»Ja, ich auch. Was ist mit Monday? Holt den jemand ab?«

»Sind schon unterwegs. Ich wollte noch mit dir reden, bevor ich rausfahre.«

»Worüber denn?«

»Die haben eine Menge Fragen für dich. Du kannst dich nicht mehr weigern, sie zu beantworten.«

»Wirst du ihnen das mit Matthew sagen?«

»Nicht, solange sie nicht danach fragen. Du hast mir jedenfalls nichts gesagt, denk daran. Zu diesem Zeitpunkt gehe ich nur von Annahmen aus, und dabei belassen wir es.«

Dr. Donich schob den Vorhang beiseite und kam herein. »Ihre Bilder sehen gut aus. Eine Zeitlang wird Ihnen noch schwindlig sein, aber wahrscheinlich nur über Nacht. Wie fühlen Sie sich denn?«

»Als hätte mir einer über den Schädel gehauen.«

»Tut mir leid, daß ich Ihnen nichts geben kann. Meine zweite Sorge war die Hypothermie. Sie könnten mittlerweile tot sein, hätte Wyatt Earp hier Sie nicht gefunden.«

»Das ist mir klar. Ich habe ihm schon klarzumachen versucht, daß ich jetzt ihm gehöre, aber er wollte mich nicht.«

»Dumm«, sagte sie und grinste Kyle dabei an. »Ich habe das Gefühl, daß sie ein Angebot wie dieses bestimmt nicht jedem macht.«

»Wer sagt denn, daß ich es abgelehnt habe?«

Es mußte wohl von dem Schlag auf den Kopf kommen, aber ich spürte, daß ich rot anlief.

»Bringen Sie sie nach Hause, Wyatt?«

»Ich könnte, wenn es hier nicht mehr allzulang dauert.«

»Wird es nicht. Warum gehen Sie nicht raus, während ich der Dame was Schickes zum Anziehen suche? Ach, übrigens, meiner ärztlichen Meinung nach sollte sie heute nacht nicht allein bleiben.« Zwinkernd drehte sie sich noch mal nach mir um.

»Dafür habe ich schon gesorgt, Phoebe. Genevieve wird dich zu Hause erwarten. Ich dachte, es hätte wohl wenig Sinn, deine Mutter um ihren gesunden Schlaf zu bringen und zu Tode zu erschrecken.«

»Ich brauche keinen, der –«

»Dann bleiben Sie hier. Lausiges Essen, harte Betten und keine Garantie auf Toilettenbenutzung. Haben Sie sich schon mal mitten in der Nacht mit einer kalten Bettpfanne anzufreunden versucht?«

»Genevieve hört sich toll an.«

»Gute Wahl. Ach, übrigens, ich habe die Cowboys im Wartezimmer informiert, daß sie vor morgen vormittag weder Besucher empfangen noch Fragen beantworten darf. Auf Anweisung des Arztes. Das gilt auch für Ihren Verein. Ist das klar?«

»Alles klar. Dann warte ich draußen, Phoebe.«

»Also, dann zum geschäftlichen Teil. Das war wirklich knapp. Das war kein Scherz, als ich sagte, daß Ihr Freund Sie im letzten Augenblick gerettet hat.«

»Das ist mir klar.«

»Ich frage Sie erst gar nicht, was zum Teufel Sie an einem kalten, verregneten Abend mitten im Wald zu suchen hatten, aber ich würde Ihnen dringend raten, derlei Situationen künftig zu meiden.«

»Das war nicht vorauszusehen.«

»Das ist es nie. Also, wenn Sie nach Hause kommen, möchte ich, daß Sie ins Bett gehen, sich warm halten und sich verwöhnen. Schlafen Sie sich aus. Ich würde Ihnen gern zwei Wochen Strandaufenthalt in Mexiko verschreiben, aber dann wird die Krankenhausleitung sauer. Ich hab 's schon mal versucht.«

Sie gab mir ein frisches Baumwollhemd und empfahl mir, es

wie eine Weste anzuziehen, damit mir der Arsch nicht wegfriert. Ich hätte sie gern näher kennengelernt.

»Wenn ich je einen guten Doktor brauchen sollte, machen Sie auch Hausbesuche?«

»Ich? Nee. Keine Zeit. Die haben mich in der Psychiatrie fertiggemacht.«

»Na toll.«

Sie interpretierte den erschrockenen Ausdruck auf meinem Gesicht und lachte. »Da habe ich mich wohl falsch ausgedrückt. Ich habe fünf Jahre in der Psychiatrie gearbeitet, bevor ich hierherkam. Ich habe mit kriminellen Geistesgestörten gelebt, und das hat abgefärbt.«

»Wo denn?«

»San Luis Obispo in Kalifornien. Eine Rieseninstitution, wo der Burnout in dem Augenblick beginnt, in dem Sie zur Tür reingehen. Hier gefällt 's mir viel besser. Sehen Sie das hier?« Sie neigte den Kopf, um eine große, sichelförmige Narbe vom Ohr bis zum Hals bloßzulegen. »Irgend so ein Typ kam auf die Idee, ich würde seiner Exfrau ähnlich sehen, und er versuchte, mir mit einem Plastikmesser die Gurgel durchzuschneiden. Um ein Haar hätte er es geschafft. Ich habe den Wink kapiert und sah zu, daß ich von dort wegkam.«

»Und jetzt sind Sie hier in Billings, Montana, wo nie auch nur das geringste passiert.« Ich lachte nervös, erstaunt darüber, daß *ihr* Humor noch intakt war.

»Das Schlimmste, was mir hier passiert ist, war, daß mich ein Dreijähriger gebissen hat, als ich die Jojo-Schnur zu entfernen versuchte, die er verschluckt hatte. Das verdammte Ding baumelte ihm vom Kinn, während die andere Hälfte in seinem Hals steckte. Verdammt, das hat weh getan.«

»Danke, daß Sie mir diese Typen vom Hals geschafft haben, Dr. Donich.«

»Sagen Sie Kitty. Das hält mich bescheiden. Meine Mutter

hat mir gesagt, ich würde mal entweder Stripperin oder Ärztin werden. Verdammte Hedonistin, die ich bin, hätte ich eine gute Stripperin abgegeben.«

»Okay, dann eben Kitty.« Sie verstand sich aufs Vorsprechen. Ich konnte mir gut vorstellen, sie mal in Ed McMahons »Star Search« zu sehen.

»Hier haben Sie meine Karte. Ich schreibe Ihnen meine Privatnummer hinten drauf, nur für den Fall. Normalerweise mache ich das nicht, aber bei Ihnen kann ich wohl gefahrlos eine Ausnahme machen. Ich habe auf Ihrem Krankenblatt gesehen, daß Sie Privatdetektivin sind. Ich sage Ihnen gleich, daß ich mit Nancy Drew aufgewachsen bin. Herrgott, was fand ich die toll – trug Hosen und schlich die ganze Nacht in der Gegend herum.«

»Nancy Drew, tja, seither hat sich so manches geändert.«

»Allerdings. Heute schlägt man Ihnen den Schädel ein. Rufen Sie an, wenn Sie ein Problem haben. Ich muß los. Wir haben einen Herzanfall aus Hardin, der in« – sie warf einen Blick auf ihr Uhr – »fünf Minuten ankommen soll. Machen Sie 's gut.«

»Danke.«

Kyle stand an der Tür der Notaufnahme. Ich ging in meinen zwei Baumwollkitteln und Plastikpuschen hinaus. Er legte mir seine Jacke um die Schultern. Die automatische Tür glitt auf. Wir gingen hinaus in die Nacht. Es regnete noch, und es war ein angenehmes Gefühl im Gesicht. Kyle stellte mich am Straßenrand ab, während er den Blazer holen ging. Ich sah, wie die Scheinwerfer die Kurve der Tiefgarage heraufkamen.

Aus dem Augenwinkel sah ich einen Wagen vom oberen Parkdeck kommen und vor mir auf die Straße einbiegen. Er fuhr langsam und hielt an, um ein junges Paar, die Frau hochschwanger, über die Straße zu lassen. Ich mußte lächeln, als die grimassierende junge Frau sich den Bauch hielt und noch langsamer wurde.

Ich warf einen Blick auf den Wagen. Die beiden Männer darin waren schwer zu übersehen. Es handelte sich offensichtlich um die beiden FBI-Leute, die wie die Geier auf meine Entlassung gewartet hatten. Die beiden sahen mich kurz und ausdruckslos an. Ich lächelte.

Das Fahrzeug schob sich vorwärts, und in diesem Augenblick bemerkte ich auf dem Rücksitz eine dritte Person. Ein Feuerzeug flackerte auf. Der goldene Schein der Flamme beleuchtete das Gesicht unter den schweren Brauen. Langsam und ohne mich auch nur einen Augenblick aus den Augen zu lassen, hob er die Zigarette an die Lippen. Die Spitze der Zigarette begann zu glühen, als die Flamme sie berührte. Ein Lächeln formte sich auf seinen Lippen. Sein Nicken war so unmerklich, daß ich nicht sicher war, ob es anzeigen sollte, daß er mich zur Kenntnis genommen hatte.

Jürgen Müller tat einen langen Zug an seiner Zigarette und stieß den Rauch aus dem Mund, den Blick auf mich geheftet. Die Flamme des Feuerzeugs war erloschen. Müller lehnte sich in die Dunkelheit des Fonds zurück. Der Wagen fuhr los, bog links ab und verschwand in die Dreißigste. Mein Lächeln erstarb.

23

Kyles Stimme war kaum mehr als ein Flüstern, als ich das Gesicht in das weiche Daunenkissen sinken ließ. Der Schlaf rief nach mir. Er kam als dunkler Verführer, während ich ohne Erfolg zu verstehen versuchte, was Kyle am Telefon in der Diele sagte. Vage spürte ich seine Hand, als er mir den Kopf streichelte, den warmen Druck seiner Lippen an meiner Schläfe. Die Couch fühlte sich weich an und doch fest genug, um mir Halt zu geben. Die Decke war mein Schild gegen alles, was mich vom Schlaf abhalten wollte. Ich war erschöpft wie nie zuvor in meinem Leben.

Als ich im Halbschlaf des vorfahrenden Wagens gewahr wurde, des Öffnens der Haustür, der geflüsterten Worte, des Schließens der Tür, versuchte ich das Riesengewicht von meinen Lidern zu schieben. Ein Schatten ragte über mir auf, schweigend und wachsam. Meine Augen schlossen sich wieder. Es war mir egal.

Anna Wolf stocherte mit dem Stock in ihrer knorrigen Hand auf mich ein. Ich zog meine Decke fester unters Kinn und versuchte ihn wegzustoßen, aber er spornte mich an, forderte, daß ich aufstand. Es verursachte keine Schmerzen, ich spürte nur einen beständigen Druck, als sie mit dem Stock von Mal zu Mal fester auf mich einstach.

Ich öffnete die Augen. Sie stand neben der Couch, das Gesicht ein Siegel uralter Weisheit, und starrte mich an. Ihr Kopf befand sich im Schein der Flurbeleuchtung. Ihre Hand drängte mich aufzustehen, die Decke abzuwerfen. Der Schlaf machte ihr Konkurrenz und rief mich zurück. Sie bückte sich und riß mir die Decke vom Leib. Meine Beine waren schwer, aber ich versuchte sie über die Couchkante zu heben und mich aufzusetzen.

Sie machte eine Geste, und ich stand auf und blickte hinab auf ihr zierliches, wettergegerbtes Gesicht. Sie lächelte mich an. Ich mochte mich zuerst geärgert haben, aber das hatte sich rasch gelegt.

»Wo kommen Sie her? Wo ist Genevieve?« fragte ich.

Sie sagte etwas, was ich nicht verstand, und war frustriert, als ich mich nicht vom Fleck rühren wollte. Sie griff nach meiner Hand, die sich instinktiv um die knöchernen Wachsfinger schloß. Ich folgte ihr zur Tür. Mit jedem Schritt, den sie tat, stieß der Stock mit einem dumpfen Schlag auf den Boden. Das Echo hallte durchs ganze Haus.

Sie roch nach Holzfeuer und bewegte sich mit der lautlosen Verstohlenheit eines Schattens. Ich griff nach dem Türknauf und drehte daran. Die Tür flog aus den Angeln, ich sauste Purzelbäume schlagend durch die Luft. Die Nacht war kalt; ich fiel in einer Spirale von den Sternen auf die Erde hinab und landete sacht und auf den Beinen auf einer von knorrigem Wacholder gesäumten Straße. Anna Wolf war hinter mir.

Anna öffnete den Mund, als wollte sie etwas sagen. Aber es kamen keine Worte. Ein starker Wind, den ich in der Dunkelheit sehen konnte, fuhr ihr brausend aus dem Mund und schob mich die Straße entlang. Ich wandte mich ab, um mein Gesicht vor der Heftigkeit dieses Windes zu schützen. Zu meiner Linken bäumte sich ein gigantischer Widder mit gewundenen, gratigen Hörnern auf und ließ die Vorderhufe dann auf einen Quarzmegalithen sausen. Im Mondlicht gitzernde Splitter flogen auf mich zu. Wieder hoben sich die Hufe und fuhren in die Erde, wieder flogen die Splitter. Ich eilte die Straße entlang, die einen Berg hinaufging.

Ich blickte kurz nach hinten, um zu sehen, ob Anna Wolf noch da war. Ihr Mund öffnete sich grotesk. Wind brauste heraus und schob mich weiter die Straße hinauf. Ich trat zur Seite, um der treibenden Kraft des Windes zu entgehen. Ein großer Bär erhob sich auf die Hinterbeine und fuhr mit den Tatzen durch die Luft. Seine stilettartigen Klauen zerschnitten die Luft vor meinem Gesicht, sein heißer, feuchter Atem schmolz mir dumpfig und sauer den leichenkalten Reif von der Wange.

Ich schritt flink aus, wich noch einmal von der Straße ab und sah mich wieder vor den beschlagenen Hufen des Widders; und wieder schossen glasartige Quarzsplitter auf mich zu. Der Bär gab das Tempo vor, sein zotteliger Kopf schwang von Seite zu Seite, seine Augen sahen mich nicht. Nur seine Sinne sagten ihm, daß ich da war, und wiesen den Weg, den ich einschlagen sollte.

Als ich meine Schritte verlangsamte, wurde der Wind in meinem Rücken stärker; er schob mich vorwärts, bis sich vor meinem Blick ein weites, offenes Hochplateau auftat. Rund um mich herum glitzerte Quarz, der in tausend winzigen Prismen das Mondlicht einfing. Die ganze Landschaft war erleuchtet. Einen Augenblick lang war ich allein. Ich drehte mich um, sah in alle Richtungen, konnte aber nichts und niemanden sehen. Zu meinen Füßen lag reglos die hartgefrorene Leiche von Monday Brown. Ich ging auf die Knie, umarmte ihn, legte meine Wange gegen die seine und spürte die vertraute, beruhigende Kälte des Reifs, der seinen Körper bedeckte.

Wieder war es der Stock, der mich auf die Beine trieb. Widerstrebend riß ich mich von dem leblosen Körper los. Rechts und links von mir tauchten die Tiere auf, und es begann eine Art Spießrutenlauf zum Rand des Plateaus. Ich ging, ohne auf meine Schritte zu achten, bis ich den Rand erreichte, hinter dem es in die Unendlichkeit ging. Ich drehte mich nach Anna um. Sie hielt zwei angespitzte Stöcke über den Kopf, einen in jeder Hand, und stieß sie mir in die Brust.

Sie drangen durchs Fleisch. Ich spürte nichts. Blut spritzte aus den Wunden, als sie sie wieder herauszog, um sie gleich noch einmal in die weichen Stellen direkt unterhalb meiner Achseln zu stoßen. Mit gesenktem Kopf ging ich in die Knie und berührte die Erde in genau dem Augenblick, in dem die Stöcke mir in den Rücken fuhren. Das Holz prallte am Knochen ab, glitt aus und schlitzte mir die Lunge auf. Ich wappnete mich gegen den Schmerz, der nun kommen mußte. Er kam nicht. Mein Körper sackte zusammen, und ich lag da, spürte, wie mir der Lebenssaft auslief, um von der Erde verschluckt zu werden.

Von hoch über mir hörte ich ein ohrenzermarterndes Kreischen, und ich drehte das Gesicht in der weichen Erde, um in den Himmel zu sehen. Dort kreiste der Adler, hoch am Nachthimmel, seine Augen stechend durch die Intensität, mit der er auf mich herabblickte. Mit unglaublicher Geschwindigkeit setzte er zum Sturzflug an. Meine Hand fuhr hoch, um ihn abzuwehren, als er, die schimmernden Krallen gestreckt, die Schwingen ausbreitete, um auf mir zu landen. Ein Schrei stieg mir in die Kehle, als ich die Krallen auf mich zukommen sah.

Meine Hände schlugen nach ihm und fühlten das weiche Gefieder des Tieres, als es sich auf mein Gesicht setzte. Der Schrei und das Geräusch von reißendem Fleisch hallten durch meinen Kopf.

»Phoebe«, rief die Stimme. »Phoebe…«

Ich kroch rückwärts davon, mit tastenden Fingern suchte ich Halt.

»Ich bin es. Hey… ich bin es, um Gottes willen.«

Meine Augen öffneten sich. Genevieves Gesicht nahm vor

mir Gestalt an. Mir schmerzte der Kiefer, und mir wurde klar, daß ich den Mund so weit zu einem tonlosen Schrei aufgerissen hatte, daß er zu brechen drohte. Mein Atem ging in tiefen, mühevollen Zügen.

»Großer Gott, Sie haben mich fast zu Tode erschreckt.«

»Was ist passiert?« fragte ich.

»Das frage ich Sie.«

»Ich... ich habe geträumt. Vielleicht habe ich geträumt. Ich weiß es nicht. Wie spät ist es?«

»Fast halb sechs. Wo, zum Teufel, waren Sie denn?«

»Ich hatte eine Halluzination. Eine Reise weiß Gott wohin. Soviel zum Thema friedlicher Schlaf. Ich glaube, der Schlag auf den Kopf hat mich um den Verstand gebracht. Scheiße.«

»Wie wär's mit einer Tasse Kaffee, oder wollen Sie lieber wieder einschlafen?«

»Kaffee. Definitiv. Wenn ich es mir aussuchen könnte, würde ich nie wieder schlafen.«

Genevieve brachte eine Tasse Kaffee. Ich zog die Füße unter mich und saß dann im Schneidersitz auf der Couch. Die Wärme der Tasse drang in meine Hände, die sich aus irgendeinem Grund ungewöhnlich kalt anfühlten.

»Sie waren total weggetreten, als ich hier ankam. Kyle wollte, daß ich Ihnen nochmals versichere, daß er Ihren Laster vom Berg holen würde.«

»Wann ist er denn weg?«

»So gegen halb eins. Er meinte, es würde wohl eine Weile dauern da oben, er konnte sich nicht festlegen, wann genau er zurück sein wird. Sie können jederzeit meinen Wagen haben, falls Sie ihn brauchen, Phoebe, und mein Ohr, falls Sie sich aussprechen wollen.«

»Danke.« Ich musterte sie, als sie einen Schluck aus ihrer Tasse nahm. »Wissen Sie, ich bin da ein paarmal ziemlich grob gewesen, Genevieve, und ich entschuldige mich dafür. Sie scheinen wirklich immer im rechten Augenblick da oder wenigstens erreichbar zu sein.«

»Die Entschuldigung ist nicht nötig. Das Leben kommt einem ab und an in die Quere. Dieser ganze Schlamassel war doch ziemlich hart für Sie, so wie ich die Wolfs kenne.«

Diese Bemerkung kam mir merkwürdig vor. »Sie mögen sie nicht?«

»Es hat wenig mit mögen oder nicht mögen zu tun. Ich wußte einfach, daß es Ärger geben würde, als die Sie engagierten.«

»Wieso denn?«

»Vergessen Sie, daß ich was gesagt habe. Sie haben auch so schon genug um die Ohren.«

»Nein, reden Sie. Würde mich doch interessieren, wie Sie diese Geschichte sehen.«

»Phoebe, haben Sie Matthew Wolf gestern gesehen?«

»Hören Sie…«

»Ich frage nur, weil ich gern wüßte, ob Louis bei ihm ist.« Ihre Augen wurden wässerig. »Keiner ist sich der Schweigepflicht gegenüber seinen Klienten mehr bewußt als ich. Ich möchte nicht, daß Sie dagegen verstoßen, aber wenn Sie mir etwas sagen können, irgendwas…«

»Über Louis habe ich gar nichts gehört, Genevieve. Ich wünschte, ich könnte Ihnen sagen, was Sie gern hören würden, aber ich kann nicht.«

An Louis hatte ich überhaupt nicht gedacht, als ich mich mit Matthew und seinem Bruder traf. Jetzt dachte ich darüber nach. Kein Wort über Louis, die beiden Wolfs hatten ihn noch nicht mal erwähnt. Ich fragte mich, ob sie überhaupt wußten, daß er mitten in der Nacht abgehauen war, und falls doch, wieso sein Name dann nicht gefallen war. Im Camper jedenfalls war kein Platz gewesen, ihn zu verstecken.

»Ich schließe daraus, daß Sie nichts von ihm gehört haben.«

»Nein, nichts. Kein Wort. Ich habe fast alle seine Freunde gefragt, die, mit denen er so in der Schule verkehrt, und die sind genauso ratlos wie ich.«

»Vielleicht wird es Zeit, ihn als vermißt zu melden.«

»Warum? Wieso sagen Sie das? Sie wissen etwas, nicht wahr?«

Ihre Stimme stieg fast hysterisch an, als sie sich ein Stück vom Stuhl hob und sich zu mir herüberbeugte.

»Augenblick mal.« Ich sah, daß ich ihr die Handfläche entgegenhielt. »Ich sage nur, wenn Sie sich Sorgen machen, schalten Sie die Behörden ein.«

Sie setzte sich wieder. »Wo kam denn das wieder her? Da habe ich mich in eine ganz schön peinliche Lage gebracht.«

»Nicht schlimmer als ich, als ich vorhin aufgewacht bin. Machen Sie sich deswegen keine Gedanken.«

»Das hat uns alle ziemlich mitgenommen. Louis ist ein so guter Junge, und er hat solche Fortschritte gemacht, seit er hier unten wohnt. Ich möchte nur nicht, daß er mir da hineingerät.«

»Wie sollte er denn?«

»Wer weiß schon, wie die in was hineingeraten? Zwei von den Jungs sind tot, und ich will nicht, daß Louis der dritte ist. Ich dachte nur, sie hätten vielleicht gesagt –«

»Sie?«

»Phoebe, ich bin nicht blöd. Ich bezweifle doch stark, daß Sie nur einen Ausflug nach Pryors gemacht haben. Ich war gestern abend hier, als Sie einen Anruf erhielten, nach dem Sie sichtlich aufgeregt waren. Und nachdem Sie aufgelegt hatten, konnten Sie mich gar nicht schnell genug loswerden. Wir sind beide Profis, und ich bin nun wirklich nicht Ihr Feind.«

»Hören Sie, ich laufe bei dieser Geschichte gegen eine Mauer nach der anderen. Man engagiert mich, um mich wegen Matthew Wolfs Verhaftung umzuhören, und ich kriege kein Aas dazu, mit mir zu reden. Und dann muß ich Ihnen noch eines sagen: Als ich Sie zum ersten Mal, in Ihrem Büro, sah, da haben Sie mich ganz schön eingeschüchtert.«

Sie lachte. »Und ich hatte Angst vor Ihnen!«

»Das ist doch ein Witz?«

»Nein. Wissen Sie noch, wie ich Ihnen gesagt habe, ich hätte den Prozeß gegen Mary Kuntz nahezu mit Besessenheit verfolgt? An dem Tag, an dem Sie ausgesagt haben, war ich sogar im Gerichtssaal.«

»Jetzt nehmen Sie mich aber wirklich auf den Arm.«

»Überhaupt nicht. Immer wenn ich etwas über Sie wissen wollte, hat Kyle natürlich mein überlebensgroßes Bild von Ihnen noch verstärkt. Als Sie an dem Tag reinkamen –«

»Haben Sie mir auf der Stelle eine Scheißangst eingejagt. Dazu kommt noch, daß ich dachte, Sie würden wahrscheinlich mit Kyle schlafen.«

Genevieve brach in Gelächter aus. Es war ansteckend. Als wir fertig waren, stand sie auf, nahm meine Tasse und ging in die Küche.

»Soll ich nachschenken?« rief sie.

»Klar. Die Sonne kommt eben hoch. Da sollte ich wohl auch hochkommen.«

Sie kam wieder zurück, reichte mir meine Tasse und setzte sich. »Zu blöd, daß ich mich nicht schon vor dieser Geschichte bemüht habe, dich kennenzulernen. Ich hätte eine Freundin brauchen können.«

»Das ist wirklich nett von dir, Genevieve. Ich bin auf diesem Gebiet auch eher knapp. Freunde sind nicht gerade der Glanzpunkt in meinem Leben.«

»Willst du dich auf die Couch legen und darüber reden?«

»Kleiner Scherz, was?«

»Ich probiere nur meinen wiedergefundenen Humor aus. Aber zurück zu Kyle. Wie kamst du darauf, daß ich mit ihm schlafe?«

»Tust du's denn?«

»Ach was. Nicht daß ich nicht schon daran gedacht hätte. Aber ich habe nun mal meine Probleme mit Männern, und er ist nun mal ein Mannsbild. Ich habe ihn gefragt, ob er während dieser Geschichte um die Kuntz was mit dir gehabt hätte, und er hat mir gesagt, du würdest mit jemandem zusammenleben.«

»Tja, das ist Schnee von gestern. Es ging sogar während dieser Geschichte zu Ende. Roger ist einer der anständigsten Kerle, die ich je gekannt habe, aber er wollte mehr, als ich geben konnte.«

»Eine feste Bindung.«

»Genau. Ich war völlig zufrieden, so wie es lief. Ich hatte seinerzeit zu viele ungelöste Probleme in meinem Leben. Letztendlich haben wir uns ausgesprochen, und nachdem der Prozeß vorbei war, wußte ich, daß ich ihn nicht stark genug liebe, um es noch mal zu versuchen. Was ist mit dir? Gibt's in deinem Leben jemanden?«

»Nein. Schon lange nicht mehr. Ich habe noch Archäologie studiert, als ich einen Mann kennenlernte, der viel älter war als ich. Ich war der klassische Fall von einer, die einen Vater sucht.«

»Hattest du denn nie einen?«

»Och, ich hatte schon einen. Er war liebenswürdig, großzügig und reserviert. Ich wurde mit acht adoptiert. Sie waren wunderbare Leute, die Cramers, und sie gaben mir jede nur mögliche Chance. Aber er war im Staatsdienst, und wir sind oft umgezogen. Da hat man nicht gerade viele Gelegenheiten, Wurzeln zu schlagen oder Freundschaften zu schließen.«

»Mit acht adoptiert zu werden, muß eine ziemliche Umstellung gewesen sein.«

»War es auch. Aber ich habe kaum Erinnerungen an die Zeit davor.«

»Waren die Cramers Crows?«

»Nein. Die waren so weiß, wie's nur geht, und ich meine das jetzt nicht abfällig.«

»Was ist denn mit deinen richtigen Eltern?«

»Das habe ich nie erfahren. Darüber wollten meine Adoptiveltern einfach nicht reden. Nicht daß sie Vorurteile gehabt oder sich geschämt hätten, sie sahen einfach nicht, was es mir nützen sollte, etwas über meine frühe Kindheit zu wissen. Wir haben eine Weile in Los Angeles gewohnt, wo man mich als Spanierin angesehen hat. An der Ostküste, wo es viele Griechen gibt, habe ich mich als Griechin ausgegeben. Als Kind paßt man sich an.«

»Na ja, aber was bist du denn nun?«

»Was –«

»Ich meine die Nationalität? Bist du Indianerin?«

»Soviel weiß ich immerhin. Es gab eine Zeit, als Indianerkinder einfach eingesammelt wurden, völlig grund- und gedankenlos. Angehörige hatten noch nicht mal eine Chance dazwischenzugehen. Ich fürchte, daß ich das Opfer einer solchen Situation war. Alles, was ich weiß, ist, daß man mich auf dem Rücksitz eines Wagens vor einer Bar in Salt Lake City gefunden hat. Soweit ich erfahren habe, hat jemand die Polizei gerufen und die hat das Jugendamt eingeschaltet. Ich habe einige Zeit in einem Heim verbracht, dann kamen die Cramers, und ich hatte ein neues Zuhause.«

»Großer Gott. Ich dachte, die Akten wären inzwischen offen, und jeder hätte ein Auskunftsrecht.«

»Von wegen. Dieses Land hat den Indianern Sachen angetan, die es nicht jedem auf die Nase binden will. Wie etwa die zwangsweise Sterilisation von Indianerfrauen in den Reservationen. Aber das ist dokumentiert.«

»Aber du wurdest nicht mißhandelt?«

»Gott, nein. Sie waren freundliche, liebevolle Leute, die mir alles gegeben hätten. Ich hatte nur oft den Eindruck, ich stünde ihrer Liebe zueinander im Weg. Die beiden waren sich absolut ergeben. Meine Mutter starb an Krebs, als ich vierundzwanzig war, und Paps folgte dann zwei Jahre darauf. Er starb an gebrochenem Herzen.«

»Hatten sie denn keine Angehörigen?«

»Nicht einen. Mein Vater hatte noch eine Schwester gehabt, aber die war schon Jahre vor ihm gestorben – geheiratet hatte sie nie –, und meine Mutter war ein Einzelkind. Ich mußte abwarten, bis beide nicht mehr waren; dann beschloß ich sozusagen, meine Wurzeln zu suchen.«

»Und, hast du sie gefunden?«

Ihr Blick verlor sich in der Ferne. »Na ja, wenigstens den Stamm. Aber ich bin hier zu Hause. Ich spüre es. Es ist der einzige Ort, dem ich mich je verbunden gefühlt habe. Weißt du, daß ich mich noch nie mit jemandem so unterhalten habe? Ich bin es gewohnt, immer nur zuzuhören. Sprechen wir über was anderes, sonst höre ich nicht mehr auf.«

Es klingelte an der Tür.

»Wer, zum Teufel, kommt denn um diese unchristliche Zeit?« fragte ich und machte Anstalten aufzustehen.

»Setz dich. Ich habe strikte Anweisungen aus dem Büro des Sheriffs, dich von allem fernzuhalten. Wer immer es ist, ich schicke ihn wieder weg.«

Genevieve ging an die Tür. Ich hörte Stimmen, verstand aber nichts und sah auch nicht, mit wem sie sprach. Einen Augenblick später kam sie ins Wohnzimmer zurück, mit einem ernst aussehenden Mann in einem Anzug im Westernstil.

»Phoebe, ich habe ihm zu sagen versucht, daß du nicht in der Verfassung bist, jemanden zu empfangen, aber er bestand darauf.«

Er trat vor. »Sind Sie Phoebe Siegel?«

»Ja.«

»Ich bin Bundesmarschall und habe hier eine Vorladung für

Sie, morgen vormittag um zehn vor der Anklagejury im Bundeshaus zu erscheinen. Sie wissen, wo das ist?«

Ich griff nach den Papieren, die er mir hinhielt. »Ja.«

»Falls Sie nicht erscheinen, wird Haftbefehl gegen Sie erlassen.«

»Ich denke, ich hab's kapiert. Und jetzt scheren Sie sich raus.« Ich hatte die Worte meines Vaters im Ohr: Liebe deine Arbeit, hasse Autoritäten und bleib auf Abstand zum Staat. Kein Wunder, daß man die Juden als Gelehrte respektiert.

24

Maggie Mason war für Billings, was Perry Mason fürs Fernsehen war. Sie war die Gründerin von Mason, Oberbeck und Herr und Montanas stolze Rekordhalterin, was richterliche Rügen anging. Ihr Ruf als ebenso furchtlose wie unnachgiebige Strafverteidigerin war eher ein Understatement. Manche meinten, das T-Shirt mit der HORRORAMAZONE über der Brust, in dem sie durch die Stadt joggte, charakterisiere sie bei weitem am besten.

Sie stammte aus Dublin Gulch in Butte, Montana, Tochter und Enkelin einer Grubenarbeiterdynastie. Mit sechzehn heiratete sie einen Bergwerkarbeiter, besorgte die Wäsche für eines der Bordelle in der Silver Street und schaffte dabei irgendwie auch noch den High-School-Abschluß. Als die Anaconda Company in Butte dichtmachte, sprang ihr arbeitsloser Ehemann nicht eben sanft mit ihr um. Mit zwei Kindern und dem High-School-Zeugnis zog sie nach Missoula, studierte Jura und schloß mit summa cum laude ab.

Maggie war eine Freundin, oder wenigstens kam sie unter allen meinen Bekannten einer solchen am nächsten. Honorarmäßig langte sie kräftig zu, aber bei der Verteidigung von Mary Kuntz war sie meine erste und einzige Wahl gewesen. Frauen verehrten sie, Männer fürchteten sie. Sie arbeitete mit Kanzleien im ganzen Land, und wenn sie etwas mochte, dann war das die Herausforderung eines Falles, der im Rampenlicht stand. Als ich sie also um Rat anging, fragte sie als erstes: »Hast du jemanden umgebracht?«

Meine Antwort lautete: »Nein.«

Ihre Antwort war: »Mist. Komm trotzdem vorbei. Ich sterbe vor Langeweile.«

In ihrem berüchtigten T-Shirt und grauen Trainingshosen kam sie durch die Tür ihres Empfangsbereichs geschossen.

»Phoebe, schön dich zu sehen. Komm rein.« Sie winkte mich in ihr Büro. »Irgendwelche Nachrichten?« fragte sie ihre Sekretärin. »Nein? Gut. Stellen Sie keine Anrufe durch.«

Ich setzte mich vor ihren Schreibtisch. Maggie ging um ihn herum und setzte sich in ihren Sessel.

»Umgebracht hast du also keinen. Herrgott, das wär' genau das, was ich jetzt brauchen könnte, um wieder so richtig in Schwung zu kommen. Was gibt's denn?«

»Das hier.« Ich reichte ihr die Vorladung.

Sie las die Papiere und warf sie auf den Schreibtisch. »Das hat nicht zufällig was mit dieser Geschichte um Monday Brown zu tun, oder?«

»Alles. Sie haben jetzt eine Leiche.«

»Ich hab's gehört. Ich habe auch gehört, daß du sie gefunden hast.«

»Wo, zum Teufel, treibst du dich denn rum? Es ist noch nicht mal Mittag, und schon weiß die ganze verdammte Stadt Bescheid.«

»Das ist eine Riesensache. Jimmy O'Donnell wird damit eine weitere Sprosse die Leiter zum größten Drecksack aller Zeiten emporsteigen. Außerdem habe ich gehört, daß da irgendwelcher Diplomatenkram mit im Spiel ist. Hat der Typ, den sie da beklaut haben, nicht irgendwelche Connections zur Obrigkeit?«

»Darüber bin ich mir noch nicht ganz im klaren, aber sein Bruder ist angeblich irgendwas bei der Deutschen Botschaft.«

»Glaubst du, er hat was mit Mondays Tod zu tun?«

»Allerdings. Wie tief er drinsteckt, weiß ich freilich nicht. Mein Problem vor der Anklagejury ist meine Schweigepflicht gegenüber meinem Klienten. Ich arbeite für den Jungen, den man wegen Mordverdacht in Gewahrsam hatte.«

»War er's denn?«

»Nein. Darauf würde ich mein Leben wetten. Aber in dem Augenblick, als sie ihn rausgelassen haben –«

»Wieso haben sie ihn rausgelassen?«

»Weil sie nichts gegen ihn hatten. Er hatte sich mit Monday in der Arcade gerauft und ihm dabei auch noch vor einer ganzen Horde gedroht, ihn umzubringen. Und dann ging Monday plötzlich ab.«

»Wo bist du denn Monday, ah... begegnet?«

»Mitten im Custer National Forest.«

»Deswegen ist die Sache bei Jimmy gelandet. Bundesterritorium.«

»Kann ich mein Erscheinen verweigern?«

»Du kannst machen, was du willst. Obwohl ich es dir nicht raten würde. Dir ist doch klar, daß ich mit dir nicht vor die Anklagejury kann.«

»Ja, ich weiß. Da stehen wir uns allein gegenüber, ich und dieser kleine Scheißer.«

Sie lachte. »Das ›klein‹ ist bei unserem Freund Jimmy zwar geschmeichelt, aber ansonsten hast du recht, außer dir, ihm und der Jury ist keiner da. Nach allem, was ich gehört habe, tagt die Jury schon seit zwei Monaten. Die gehen vermutlich bereits auf dem Zahnfleisch.«

»Wie geh' ich das denn am besten an?«

»Willst du mich engagieren oder bloß einen Rat?«

»Fürs erste? Nur einen Rat. Ich kann den Jungen nicht verkaufen. Wenn sich den erst mal das System krallt, hat er bei allem, was an dieser Geschichte dranhängt, nicht die geringste Chance.«

»Bist du sicher, daß er unschuldig ist?«

»Da bin ich mir sicher.«

»Auf welcher Grundlage?«

»Meinem Gefühl.«

»Das genügt mir. Braucht er einen Anwalt?«

»Das wollen wir nicht hoffen. Aber gesetzt den Fall, wäre es gut zu wissen, daß ich auf dich zählen kann.«

»Ich bin teuer. Kann er sich das leisten?«

»Nein. Aber ich.«

»Herrgott, Phoebe, nach der Geschichte letztes Jahr mußt du doch pleite sein. Ich kann in diesem Punkt einfach keine Kompromisse eingehen. Ich bin gut, ich bin die Beste –«

»Und Bescheidenheit ist eine Zier. Ich kann's mir leisten. Also, wie soll ich O'Donnell nehmen?«

»Indem du dir klarmachst, daß er ein arroganter kleiner Pappkamerad ist, der sich außerhalb des Gerichtssaals sein Lebtag für nichts stramm gemacht hat – außer vielleicht zum Pissen, und selbst das möchte ich bezweifeln. Reiz ihn. Bring ihn auf die Palme. Das kann zwar in die Hose gehen, womöglich handelst du dir sogar eine Rüge ein, aber wenn du ein bißchen Zeit schinden kannst, kann ich mich inzwischen für dich etwas umhören.«

»Das würdest du?«

»Ja, verdammt. Ich hab' dir doch gesagt, ich sterbe vor Langeweile. Außerdem würde ich dem kleinen Scheißer zu gern die Schau stehlen. Wer weiß? Vielleicht wollen wir ja beide den Fuß in dieselbe Tür kriegen.«

»Höre ich da so was wie politischen Ehrgeiz?«

»Man kann nie wissen. Ich sag' dir, was ich tun kann. Ich treff' dich um halb zehn am Bundeshaus.« Sie nahm die Papiere vom Schreibtisch und ging sie noch mal kurz durch. »Ja. Halb zehn. Wenn er mich sieht, kriegt er jedesmal einen Koller. Vielleicht bringt's ihn aus der Fassung, wenn er dich mit mir sieht. Er hat eine Scheißangst vor mir, und das weiß er.«

»Gott, was bist du doch für ein Miststück, Maggie.« Ich lachte und stand auf, um zu gehen.

Sie strich das T-Shirt über ihrer Brust glatt. »HORROR-AMAZONE. Ich werde doch nicht an einem Ruf kratzen, den aufzubauen mich Jahre gekostet hat. Ich seh' dich dann morgen früh. Solltest du mich vorher brauchen, meine private Nummer hast du ja. Hab' ich die dir nicht gegeben?«

»Nein. Ich habe sie aus einer Telefonzelle. Da hieß es: ›Amüsement gefällig? Rufen Sie Maggie. 5550019.‹«

»Falls du dir mal mein T-Shirt ausborgen willst, Siegel... Du füllst es vielleicht nicht ganz so aus wie ich, aber in anderer Hinsicht würd's dir großartig passen.«

Ich hörte die Nachricht auf meinem Anrufbeantworter von einer Telefonzelle in der Halle aus ab. Drei stammten von Kyle, vier von meiner Mutter und eine von Ardena Brown, die sagte, sie würde sich wieder melden. Als ich aus der Zelle trat, sah ich Kyle aus dem Aufzug kommen.

»He. Warte mal.«

»Wo, zum Teufel, bist du gewesen?«

»Ich hatte einen Termin. Was gibt's denn? Ich habe eben meinen Anrufbeantworter abgefragt. Hörtest dich an, als würde dir irgend etwas zu schaffen machen.«

»Doc Joss hat was über Mondays Leiche. Ich dachte, du würdest vielleicht gern hören, was die Voruntersuchung ergab.«

Ich folgte ihm aus dem Gerichtsgebäude zu seinem Blazer. »Wo ist denn mein Truck?«

»Das wird dir nicht schmecken. Man hat ihn beschlagnahmt.«

»Was?« kreischte ich. »Wessen verfluchte Idee war das denn?«

»O'Donnells.«

»Das zu begründen wird er sich aber verdammt schwertun, der kleine Mistkerl.«

»Nicht unbedingt, Phoebe.« Kyle stieg in den Blazer. »Hast du einen Wagen?«

»Genevieves. Ich habe sie bei sich zu Hause abgesetzt. Ich soll sie mittags abholen und ins Büro fahren. Scheiße. Das ist doch zum Wändehochgehen!«

»Du kannst damit sowieso nicht fahren, Herrgott noch mal. Das verdammte Ding hat keine Fenster, und irgendwer hat jedes Kabel geklaut, das unter der Haube zu greifen war.«

»Sonst noch was?«

»Du hast keine Batterie.«

»Großer Gott. Noch was?«

»Die Sitze sind aufgeschlitzt.«

»Aufgeschlitzt? Die haben mir die Sitze aufgeschlitzt?«

»Sieh's doch mal so. Wer immer das war, er hatte was, um die Sitze aufzuschlitzen, er hätte also genausogut dich damit aufschlitzen können. Du hast verdammtes Glück gehabt. Sitze kann man reparieren.«

Dagegen war nichts zu sagen. »Ich treff' dich dann bei Joss.«

»Da ist noch was.«

»Noch was?«

»Jemand hat mich zu erreichen versucht. Männlich. Jung. Er hat letzte Nacht wenigstens zehnmal angerufen. Es sei dringend, und außer mit mir will er mit niemandem reden.«

»Matthew?«

»Unmöglich. Ich denke, der war, ah… woanders?«

»Ach ja. Wer denn dann?«

»Ich weiß nicht.«

»Louis?«

»Möglich. Hoffen wir's. Hat Genevieve gesagt, daß sie von ihm gehört hat?«

»Nein. Kein Wort.«

Kyle schloß die Tür und fuhr los. Ich ging um die Ecke zum Parkplatz und stieg in Genevieves Wagen. Wenige Minuten später trat ich in Doc Joss' Obduktionsraum.

»Phoebe, nicht wahr?«

»Richtig. Wie geht's?«

»Eigentlich sollte ich das fragen. Ich denke, ich tu's einfach mal: Wie ging's denn so, junge Frau, seit ich den Knaben von Ihrem Baum gepflückt habe? Wollen Sie ihn fällen lassen?«

»Nein. Der Baum kann schließlich nichts dafür.«

»Nein. Bestimmt nicht. Tja, Kyle. Ich nehme an, du willst ein paar Antworten.«

»Deshalb bin ich hier, Doc. Was hast du rausgefunden?«

»Eine Menge unbeantworteter Fragen, aber eine ganz gute Vorstellung davon, was passiert ist.«

»Dann lassen Sie mal hören.«

Ohne Umstände zog Doc Joss das Laken von Mondays Leiche. Ich erschrak, so grau sah er aus. Mund und Augen standen halb offen. Und daran hatte ich mich, laut Kyle, gedrückt, als er mich auf dem Boden der Toilette gefunden hatte. Ich fühlte mich wie mit Schleim übergossen.«

»Okay, sehen wir ihn uns mal an«, sagte Kyle und trat näher.

Doc Joss zog ein paar dünne Plastikhandschuhe über und schob einen Finger in eine der vier Zehn-Cent-Stück-großen Löcher in Mondays Brust.

»Ich habe ihn noch nicht aufgemacht. Ich dachte, ich laß ihn erst ein bißchen warm werden. Aber die hier sind merkwürdig.« Sein Finger stak vollständig im Loch. »Da geht's ziemlich tief rein. Tiefer als ich mit dem Finger komme. Ich habe bereits eine Sonde probiert, und ich schätze sie auf mindestens sechzehn, siebzehn Zentimeter.«

Doc nahm den Finger aus dem Loch. »Ich habe je zwei auf beiden Brusthälften und noch zwei weitere direkt unter dem Schlüsselbein, links und rechts. Dem Winkel nach zu urteilen kniete der Knabe entweder hier oder jemand, der fast so groß war wie er, machte es in etwa so.« Er drehte sich um, hob beide Hände über den Kopf und stieß sie nach unten. Sachte schlugen seine Fäuste auf. Das Blut wich mir aus dem Kopf und sammelte sich in meinem Magen. Die Hände hoben sich wieder, und ich hatte mit einemmal nicht Doc Joss vor mir, sondern Anna Wolf. Ich sah, nein, ich spürte die Dunkelheit aus meinem Traum, als er die Hände ein drittes Mal sinken ließ. Meine Knie gaben nach. Ich sank zu Boden.

»So in etwa. So in etwa«, dröhnte mir Doc Joss' Stimme von irgendwoher ins Ohr. »Dann hat man ihn in den Nacken gestochen, traf auf einen Knochen, glitt ab, und der Stich ging in die Lunge.« Danach hörte ich nichts mehr.

Als ich wieder zu mir kam, kniete Kyle neben mir auf dem Boden und hielt mir ein zerbrochenes Fläschchen Ammoniak unter die Nase. Der Schock des starken Geruchs riß mir den Kopf nach hinten.

»Was, zum Teufel, ist passiert?« fragte Kyle.

»Ich hab's gesehen. Ich war dabei... Ich habe gesehen, wie...«

»Was reden Sie denn?« fragte Doc Joss. »Tut mir wirklich leid, Kyle, ich dachte, sie wollte mir bei der Demonstration zur Hand gehen. Genauso hatte ich es mir auch vorgestellt. Man erwischte ihn zweimal von vorn, und als er zusammenbrach, in den Rücken. Genaueres kann ich natürlich erst sagen, wenn ich ihn aufmache, aber im Augenblick tippe ich schwer darauf.«

Kyle half mir auf die Beine und zu einem Stuhl. Doc Joss brachte mir ein Glas Wasser. Ich trank, und auf der Stelle wurde mir übel.

»Vielleicht sehen wir besser zu, daß wir hier rauskommen«, sagte Kyle.

»Nein. Ich bin in Ordnung«, sagte ich. Aber das war ich nicht. Ich habe den Mord gesehen. Ich war Monday gewesen. Für den Bruchteil einer Sekunde in einem Traum, der keinen Sinn ergab, war ich Zeuge des Mordes an Monday Brown gewesen. Aber Anna Wolf? Unmöglich.

Das Telefon klingelte.

Doc Joss sah herüber zu Kyle. »Für dich.«

Kyle ging hinüber und nahm ihm den Hörer ab.

»Ja.«

Er hörte zu, bedankte sich bei wem auch immer und legte dann wieder auf. Er wählte sofort eine Nummer. »Kyle«, sagte er. Einen Augenblick später legte er auf.

»Das war John Wolf. Seine Mutter starb letzte Nacht.«

»Unmöglich.«

»Sie fühlte sich nach dem Essen nicht gut, ging rein, um sich hinzulegen, und zirka eine Stunde darauf fanden sie sie.«

»Nein, Kyle... das ist unmöglich.«

»Was soll das heißen?« Er kam auf mich zu. »Herrgott noch mal, sie ist gestorben, Phoebe. Gestern abend.«

»Vergiß es. Nichts. Nur der Schock.«

Anna Wolf mochte gestern abend gestorben sein, aber aus irgendeinem Grund war sie mich holen gekommen. Sie hatte in meinem Wohnzimmer gestanden. Tot oder lebendig. Sie war auf dieser finsteren Bergkuppel gewesen – mit mir, einem Bären, einem Widder, einem Adler und der Leiche von Monday Brown.

25

St. Pius ist eigentlich eine umgebaute Turnhalle. Es gibt Leute, die sich daran stoßen; ich finde es passend, weil ich nicht den geringsten Zweifel daran habe, daß sich Gott unseren Punktestand fleißig notiert. Mein Bruder Michael machte dort Urlaubsvertretung. Das Pfarrhaus stand abseits der Kirche. Ich versuchte es zuerst im Pfarrhaus, wo mich einer der Klone empfing, die die katholische Kirche als Haushälterinnen für Priester ausgibt. Sie war wahrscheinlich Ende Fünfzig, Anfang Sechzig und trug den frommen Ausdruck aller von Gott Favorisierten oder Gesalbten zur Schau.

»Ich suche meinen Bruder, Pater Siegel.«

Das unverwüstliche Lächeln des guten Menschen verschwand. »Pater Siegel?«

»Er ist doch da, oder?«

»Ja.« Scharf kam ihr das Wort über die eher verkniffenen, dünnen Lippen. »Er ist da. Drüben in der Kirche.«

»Die ist ziemlich groß. Wo finde ich ihn denn?« Fast umspielte ein Lächeln den Mund, aber nur fast. »Das kann ich nicht so genau sagen. Versuchen Sie es mal oben oder im Keller. Der Gemeinschaftssaal dürfte offen sein.«

»Danke.«

Durch die Pforte trat ich in die Stille der Kirche, die Schuldfabrik, wie wir sie als Kinder genannt hatten. Ich ging auf das kleine Büro zu, das ich hinter den Bankreihen wußte. Die Tür stand offen. Das Büro war leer. Ich lauschte auf Stimmen oder Schritte, hörte aber nichts.

Hinter der letzten Bank ging ich auf die andere Seite zu einer Tür, die in den Keller führte. Das letzte Mal, als ich im Keller von St. Pius gewesen war, hatte mich meine Mutter gegen meinen Willen auf ein Charismatikertreffen mitgenommen. Keiner von uns war auf das gefaßt, was uns da erwartete: eine Gruppe Hysteriker, die »in Zungen« sprachen. Meine Mutter, stets Dame, hatte darauf bestanden, bis zum bitteren Ende zu bleiben – bis die letzte Zunge gesprochen hatte, oder was immer die Leute da trieben. Mir sträubten sich die ganze Zeit über die Haare; meine Erinnerungen an diesen Keller waren also nicht eben angenehm.

Ich folgte der Treppe und versuchte dabei so leise zu sein, wie ich nur konnte. Als ich um die Ecke kam, hörte ich gedämpfte Stimmen. Ich blieb stehen und lauschte. Die leise Stimme einer schluchzenden Frau kam vom Flur hinter der Ecke. Typisch für mich, ausgerechnet mitten in eine schwere Seelsorgerszene zu platzen. Zu beiden Seiten des Korridors zum Festsaal befanden sich leere Räume. Ich steuerte auf einen zu, um mich zu verstecken, bis Michael sein Geschäft erledigt hatte.

Ich wollte eben in einen Raum in der Mitte des Korridors, als ich wie angewurzelt stehenblieb. Man mag Seelsorge oder Trost definieren, wie man will, er praktizierte vermutlich weder das eine noch das andere. Um genau zu sein befand er sich mitten in einem leidenschaftlichen Kuß. Ich erkannte das lange, mahagonifarbene Haar der Frau, die sich definitiv nicht zur Wehr setzte.

Michael sah mich, als ich mich bereits rückwärts aus dem Raum schleichen wollte. »Phoebe«, rief er. »Warte.«

Ich drehte mich um und spurtete den Korridor lang. Da er

schon immer der schnellere von uns beiden war, hatte er mich nach wenigen Schritten eingeholt.

»Warte doch, bitte.«

Ich wandte mich ihm zu. »Mal sehen, Michael. Versuch's mal mit: ›Es ist nicht das, wonach es aussieht.‹ Das ist doch Standard in solchen Fällen. Oder: ›Sie hatte irgendein physisches Problem, das nach einer Mund-zu-Mund-Beatmung verlangte.‹ Für welche, meinst du, bin ich dußlig genug?«

Er starrte nur einfach auf mich herab. Schmerz füllte seine Augen. Was, zum Teufel, machte ich da? Ich hatte ihn doch nie gern als Priester gesehen. Oder doch?

»Phoebe?« Die Stimme war genauso sanft, wie ich sie in Erinnerung hatte.

Ich blickte in Richtung der Tür, durch die ich gekommen war. Cara Menendez lehnte an der Wand. Tränen liefen ihr übers Gesicht. Kopfschüttelnd sah ich zu Boden.

»Komm zurück, Phoebe. Bitte.« Michael führte mich am Ellenbogen zurück in den Raum.

Ich setzte mich auf eine lange, türkisfarbene Skaicouch an der Wand und legte das Gesicht in die Hände.

»Scheiße«, sagte ich. »Scheiße, Scheiße, Scheiße.«

»Kannst du mir nicht mal guten Tag sagen? Nach all den Jahren.« Cara setzte sich neben mich und nahm eine meiner Hände in die ihre.

»Hallo, Cara. Willkommen daheim. Ich habe schon gehört, daß du in der Stadt bist. Ich wußte nur nicht, daß du mit meinem Bruder, dem Priester, bu…, rummachst. Lange nicht gesehen.«

»Bitte. Urteile nicht zu hart.«

»Oh, ich glaube nicht, daß das hart ist im Vergleich zu dem von Du-weiß-schon-Wem.« Ich wies mit dem Zeigefinger gegen die Decke. »Was zum Teufel ist los mit euch beiden?«

Michael zog einen Stuhl vor mich hin und setzte sich.

»Erinnerst du dich noch an den Abend bei Mama, als du mich gefragt hast, was los sei?«

»Natürlich erinnere ich mich. Ich hatte nur keine Ahnung, daß es so was sein könnte. Ich dachte, es wäre was wirklich Wichtiges: Daß man dir zuviel Stärke an den Kragen gegeben oder ein Kind den Opferstock geplündert hätte. Aber das hier? Jetzt hör aber auf, Michael. Das hier?«

»Wir korrespondieren seit Jahren, Phoebe«, sagte Cara. »Wir haben wirklich alles versucht, unsere Gefühle zu vergessen. Ich bin sogar in eine andere Stadt gezogen. Aber er hat mich gefunden.«

»Großer Gott. Du hast sie gefunden?«

»Ja.«

»Weiß Mama davon?«

»Nein. Und ich will auch nicht, daß sie's erfährt. Noch nicht.«

»Wir sind noch zu keiner Entscheidung gekommen, Phoebe. Wir brauchen etwas Zeit. Wir wollen deiner Mutter nicht weh tun, aber wir möchten uns auch nicht länger verleugnen.«

»Nach Selbstverleugnung sah das nicht gerade aus, als ich reinkam. Gott, ich pack' das nicht. Lieber Gott, o Gott!«

»Trügen mich meine Ohren, Schwesterchen, oder war das eben ein Stoßgebet?«

Ich konnte nicht anders, ich mußte lachen. »Ich glaub' das einfach nicht. Was, zum Teufel, wollt ihr denn machen? Oder vielleicht sollte ich besser fragen, was ihr schon gemacht habt?«

»Ich muß gehen, Michael. Ich habe in zirka einer Viertelstunde ein Vorstellungsgespräch bei Entwicklung und Kunst.« Cara wandte sich an mich. »Ich habe gewartet, bis Michael es für richtig hielt, dann wollte ich dich anrufen, damit wir uns unterhalten können. Michael wollte dir von unserem... von unserem Dilemma erzählen.«

»Ich wollte wirklich nicht, daß du es auf diese Art herausfindest, Phoebe. Und du kannst unmöglich mit Mama sprechen. Es muß von mir kommen.«

»Das bringt sie um. Das weißt du.«

»Das bringt sie nicht um. Sie bringt vielleicht mich um, aber was soll's.« Er setzte sein strahlendstes Lächeln auf.

Cara stand auf, um zu gehen. Michael berührte ihre Hand.

»Ich sehe dich dann später. Bist du zu Hause?«

»Ja.« Sie wandte sich mir zu. »Phoebe. Wir unterhalten uns noch. Okay?«

»Warum nicht? Aber möglichst bald, weil wir wegen dieser Geschichte hier bald alle in der Hölle schmoren.«

Sie grinste und lachte dann. »Du hast dich nicht ein bißchen verändert. Und ich bin froh darüber.« Damit ging sie.

»Phoebe...«

»Spar's dir, Michael. Ich muß das erst mal verdauen. Ich sollte dir vielleicht sagen, daß die Stepford-Frau, die dir den Haushalt führt, nicht eben begeistert war, dich in der Kirche zu wissen.«

»Hat sie was gesagt?«

»Nein, es war nur so ein Gefühl. Ihre Rückenflosse schaute aus dem Wasser.«

Einen Augenblick lang hielt er die Hände über den Kopf, dann blickte er zu mir auf. »Schöne Bescherung, was?«

»Du bist der große spirituelle Führer der Familie. Ich frage dich.«

»Es ist eine schöne Bescherung. Was wolltest du denn eigentlich hier?«

»Der Bischof hat mich engagiert, dir auf die Finger zu gukken.«

»O Gott.«

»Ach was«, sagte ich lächelnd.

»Laß das bitte, Phoebe. Warum bist du wirklich hier?«

»Glaub's oder glaub's nicht, aber ich brauche deinen seelsorgerischen Rat. Es ist wichtig.«

»Dann gehen wir doch rüber ins Pfarrhaus und reden dort.«

Er streckte die Hand nach mir aus und zog mich von der Couch. Der Schmerz und die Verlegenheit in seinem Blick waren für mich nur schwer zu ertragen. Er ließ meine Hand erst wieder los, als wir in seinem Büro waren.

»Nettere Bleibe als deine üblichen.«

»Und neuer. Pater Jacoby hat einen Krankheitsfall in der Familie und mußte verreisen. Ich bin nur noch diese Nacht für ihn hier. Aber zurück zu dir. Warum bist du hier? Was gibt's denn?«

»Nicht viel. Nachdem ich dich mit Cara gesehen habe, scheinen meine Probleme mit einemmal zu verblassen.«

»Komm schon, Phoebe. Was ist los?«

»Gott. Wo soll ich anfangen. Ich bin morgen vor die Anklagejury geladen. Gestern abend, auf dem Parkplatz oben an der Big Ice Cave, wäre ich fast gestorben. Irgendein Idiot mit schwarzbemaltem Gesicht hat mich durch den Wald gehetzt und beinahe umgebracht. Ich hatte fast eine Gehirnerschütterung und träumte dann mitten in der Nacht, daß mich eine tote Frau besuchte, die mir, mit mir als Leiche, die gruseligen Einzelheiten eines Mordes gezeigt hat. Genügt dir das?«

»Großer Gott. Du nimmst mich doch wieder mal auf den Arm, stimmt's?«

»Nein. Weswegen ich wirklich hier bin, ist der Traum. Er war echt, Michael. So echt, daß ich ihn noch immer vor mir sehe. Er bedeutet was. Ich weiß nur nicht, was.«

»Erzähl ihn mir.«

Er lehnte sich in seinen Sessel zurück, und ich begann ihm die Geschichte von Anna Wolfs Besuch zu erzählen.

»Uff. Das ist stark. Wann hast du denn erfahren, daß sie tot ist?«

»Ich war mit Kyle oben in der Gerichtsmedizin, als er einen Anruf von seiner Dienststelle bekam, sofort bei John Wolf anzurufen. Was meinst du, Michael? Bin ich verrückt?«

»Verrückt? Das glaube ich nicht, Fee. Ich würde eher sagen, du bist Teil einer altehrwürdigen Tradition geworden. Ja, um ehrlich zu sein, wenn man's recht überlegt, ist es noch nicht einmal sonderlich originell.«

»Was meinst du?«

»Na ja, sieh dir doch nur mal die Bibel –«

»Nein, danke, Michael. Von der hab' ich genug.«

»Phoebe, du bist hier, um mich was zu fragen, oder nicht? Also laß mich ausreden. Du wirst sowieso das glauben, was du glauben willst.«

Ich nickte in der Hoffnung, er würde mir nicht auch noch eine Kopfnuß geben. Mama wäre stolz gewesen. »Okay, Michael. Schauen wir in die Bibel.«

»Das denke ich auch.« Er lächelte. »Der Widder, von dem du geträumt hast? Es war ein Widder, der auch Abraham erschienen ist, damit er seinen Sohn nicht zu opfern brauchte. Und Ezekiel, der hatte eine Vision von einer geflügelten Kreatur mit vier Gesichtern, eines davon war der Adler. Und er sah, wie man die Götzendiener erschlug – wie Monday.«

»Das ist ja alles gut und schön, Michael, aber das sind doch nur Geschichten.«

»Für dich, Fee. Aber für Millionen von Menschen sind sie Lebensgrundlage. Und nicht nur in unserer Kultur, vergiß das nicht. Die Indianer hier haben eine lange Tradition von Träumern. Ich meine, bei denen zogen die jungen Männer doch aus, um Visionen zu suchen, zu fasten, ja, sie marterten sich sogar, um etwas zu sehen, etwas, was sie führen würde.«

»Ja, aber –«

»Nein, Phoebe, kein Aber. Wenn man an etwas glaubt, funktioniert es auch. Wenn dir die Bibel als Quelle nicht paßt und wenn du alle anderen spirituellen Erfahrungen, die Menschen so geleitet haben, ignorieren willst, bitte. Lies Jung. Oder Joseph Cambell.«

Ich blickte zur Tür und dachte an Cara, wie sie ging. »Und was, wenn etwas nicht mehr funktioniert, Michael?«

Er verstand. Er wußte genau, was ich dachte. »Wenn etwas nicht mehr funktioniert, dann sucht man sich einen anderen Glauben. Man paßt sich an. Solange man offen bleibt, kann man auch lernen. In dem Augenblick, in dem man alles zu wissen glaubt, kann man genausogut aufgeben. Selbst das Absolute hat seine Art, sich zu ändern, Phoebe.«

»Okay, okay. Aber Anna war tot. TOT. Wie konnte so was passieren?«

»Es war ein Traum, eine Vision. Es spielt keine Rolle, ob sie tot ist.«

»Willst du mir etwa sagen, du glaubst, daß Leute nach dem Tod zurückkommen und sich in jemandes Traum schleichen können?«

»Jetzt hör aber auf, Phoebe. Du weißt, daß es das nicht gibt. Wir bringen sie selbst in unseren Träumen unter, sie zwingen sich uns nicht auf, wenigstens nicht so, wie sich jemand in unser Leben drängen kann. Wenn auch auf einer anderen Ebene, wer weiß das schon wirklich?«

Er blickte einen Augenblick nachdenklich drein, dann zuckte er die Achseln. »Laß dir den Traum erzählen, den ich nach Papas Tod hatte. Er kam zu mir so echt, als säße er jetzt hier, wo du sitzt.«

»Du brauchst nichts zu erfinden, nur damit ich mich besser fühle.«

»Ich bin Priester. Ich erfinde nichts.« Er lächelte.

Ich hob die Brauen.

»Nach Papas Tod war ich, wie der Rest der Familie auch, am Boden zerstört. Kehly war noch so verdammt jung, und du warst so was von verletzt. Ich habe nie erlebt, daß jemand den Tod so persönlich genommen hätte wie du. Als wäre er eine persönliche Kränkung. Mich hat er gespalten. So viel Kummer in der Familie. Ich kam einfach nicht dahinter, warum es gerade uns so traf. Es stellte alles in Frage, woran ich glaubte.

»Aber du hattest doch spirituell jede nur mögliche Stütze. Du hast doch diesen Mist von der Hand Gottes geschluckt.«

»Tue ich immer noch, Phoebe. Es wird nur etwas schwierig, wenn es einen selbst erwischt. Ich bin auch nur ein Mann.«

»Das haben wir ja wohl eben festgestellt.«

»Keine billigen Seitenhiebe, ja?«

»Tut mir leid. Mach weiter.«

»Die Nacht, in der Papa gestorben ist, bin ich in meine Kirche zurückgekommen, das war unten in Guadalupe, und habe mich in eine der ersten Reihen gesetzt. Abgesehen von den Andachtskerzen war es völlig dunkel. Und es war still. Totenstill. Ganz plötzlich spürte ich, daß ich nicht allein war. Ich drehte mich um, und da saß Papa. Acht, neun Reihen hinter mir. Er trug das Sakko aus Harris-Tweed, bei dem die Ellenbogen durch waren, und er saß einfach da und lächelte mich an.«

Ich spürte, daß mir die Augen tränten. »Was hast du gemacht?«

»Ich hatte eine Heidenangst. Trotzdem stand ich auf und ging auf ihn zu. Er hob die Hand, und ich wußte, er wollte nicht, daß ich näher kam. Also setzte ich mich wieder. Dann führten wir eine Art wortlose Unterhaltung, und als wir uns ausgesprochen hatten, wenn man das so nennen kann, wußte ich, es würde gehen. Wir würden es überstehen.«

»Was war dann?«

»Er kam auf mich zu. Ich saß einfach da. Als er vor mir stand, berührte er mit seiner Hand meine Wange. Ich griff nach seinem Handgelenk und hielt es fest. Er war aus Fleisch und Blut wie du jetzt neben mir. Ich spürte seinen Pulsschlag.«

»Michael…« Ich versuchte etwas zu sagen, konnte aber nicht. »Wieso hast du mit mir nie darüber gesprochen?«

»Du bist nicht immer so zugänglich. Ich denke, worauf ich hinauswill, ist, daß das Erlebnis echt war und wichtig für mich. Niemand wird mich je davon überzeugen, daß es nicht passiert ist. Ich weiß, es ist passiert.«

»Du meinst also, Anna Wolf hatte eine Nachricht für mich, daß sie mir etwas zeigen wollte. Wie kriege ich heraus, was das war?«

»Teilweise weißt du es ja schon. Sie hat dir gezeigt, wie der Mann umgebracht wurde.«

»Ja, aber ist sie es denn gewesen? Und wann ist sie gestorben? Und –«

»Ich habe mal ein Seminar über Träume und ihre Deutung mitgemacht. Ich würde nach dem Symbolwert der Tiere suchen. Hast du dich bedroht gefühlt?«

»Wenn ich es recht überlege, nein. Vor den Tieren hatte ich keine Angst. Sie haben mich getrieben, aber nicht wirklich bedroht. Aber andererseits, so ganz stimmt das auch wieder nicht. Da war ja auch noch der Adler. Ich weiß nicht, ob ich vor dem Angst hatte, ich wußte nur, er würde und könnte mir was tun, wenn er wollte.«

»Ich würde vorschlagen, du läßt dir das noch mal durch den Kopf gehen. Oder du suchst dir jemanden, der sich mit Jung auskennt, und hörst dir an, was der zu sagen hat.«

»Ich muß jetzt los, Michael.«

»Was ist mit der Anklagejury? Willst du darüber reden?«

»Damit, glaub' ich, komme ich schon zurecht. Danke. Ehrlich, Michael, ich bin dir wirklich dankbar dafür, daß du dir die Zeit genommen hast.«

Er stand auf, kam um den Schreibtisch herum und breitete die Arme aus. Ich ging auf ihn zu, und er hielt mich fester denn je zuvor.

»Jederzeit. Vielleicht stehe ich ja einer dieser Tage vor deiner Tür.«

»Dann werd' ich mich revanchieren. Jederzeit, Tag oder Nacht. Ich hoffe, du weißt, was du tust.«

»Das hoffe ich auch. Sag aber nichts –«

»Das brauchst du nicht eigens zu sagen, Michael. Das weißt du doch.« Ich verließ das Pfarrhaus, stieg in Genevieves Wagen und fuhr hinaus auf die Straße.

26

Ich saß auf der Veranda vor meinem Haus und sah zu, wie der Tag im Zwielicht verschwand. Stud hatte sich in einem seltenen Anfall von Liebesbedürftigkeit auf meinem Schoß eingerollt. Meine Hand strich über seinen Rücken, und ich spürte sein Schnurren an den Beinen. Ich hatte einen Mordsbammel davor, gegen Jimmy O'Donnell anzutreten, und sei es auch nur aus dem einen Grund, daß ich mich des Gefühls nicht erwehren konnte, im Gefängnis zu landen. Auf keinen Fall würde ich das Vertrauen mißbrauchen, das Matthew trotz der Proteste seines Bruders in mich gesetzt hatte.

Der Junge war unschuldig. Aber alles stand gegen ihn. Vor allem hatte ich Angst, man könnte seinen Wagen beschlagnahmen und mikroskopische Spuren von Browns Blut darin finden. Diese Befürchtung sollte sich bald bewahrheiten. Ich setzte den Kater ab und lief ins Haus, um ans Telefon zu gehen.

»Du hörst dich so außer Puste an.«

»Bin ich auch, Kyle. Was gibt's denn?«

»Man hat heute mittag Matthews Wagen von Pryor heruntergeschleppt und jemanden vom Staatlichen Kriminallabor in Missoula eingeflogen. Überall Spuren von Monday. Man hat Haftbefehl gegen Matthew und Steven erlassen.«

»Scheiße.«

»Hört sich an, als wärst du gar nicht überrascht.«

»Bin ich auch nicht.«

»Phoebe?«

»Ja?«

»Vielleicht sollte ich rauskommen, und wir sollten miteinander reden. Das letzte, was du brauchen kannst, ist, morgen Ärger mit O'Donnell zu kriegen.«

»Ich glaube nicht, daß wir miteinander zu reden haben, Kyle. Was du nicht weißt, kann mir nicht schaden.«

»Genau das meine ich ja.«

»Vertrau mir. Es ist besser, wenn du nichts weißt. Hast du mit John gesprochen?«

»Ich bin mal raufgefahren. Sie haben eine Menge um die Ohren. Anna ist ein großer Verlust für den ganzen Stamm. Von den Stammesältesten ist kaum noch einer übrig. Sie war eine wunderbare Frau. Und sie hing sehr an Matthew.«

»Soll ich was raufschicken? Zu Essen? Blumen?« Blitzartig ging mir mein Traum durch den Kopf. Sie hatte Matthew zu schützen versucht. Nur hatte sie dabei meine logischen Fähigkeiten überschätzt. »Ich bin in solchen Dingen nicht sonderlich gut.«

»Ist alles erledigt. Essen begann schon einzutrudeln, als ich dort ankam.«

»Was ist mit Monday?«

»Man hat ihn Ardena überlassen. Wird eine rasche Beerdigung. Morgen nachmittag um drei.«

»Ist das nicht ein bißchen schnell? Ist Joss mit ihm durch?«

»Ja. Ardena war zur Vernehmung in der Stadt. Sie hat gesagt, sie hätte dich zu erreichen versucht und würde es heute abend noch mal probieren.«

»Danke, Kyle. Ich habe sie anzurufen versucht, als ich nach Hause kam, aber es ging keiner ran.«

»Phoebe, sie haben Thomas festgenommen.«

»Weswegen?«

»Jemand hat ihn gestern nacht in seinem Indianeraufzug in der Reservation gesehen. Es besteht eine gewisse Wahrscheinlichkeit, daß er derjenige war, der –«

»– der mich fast umgebracht hat?«

»Sieht fast so aus. Den Priester hätte fast der Schlag getroffen. Er hat den ganzen Nachmittag auf der Wache getobt.«

»Wo hat man ihn denn hingebracht?«

»Ins Bezirksgefängnis.«

»Kannst du mich da irgendwie reinbringen?«

»Mal sehen, was ich tun kann. Was willst du denn von ihm, Phoebe?«

»Er weiß, wer Monday umgebracht hat.«

»Ich war heute nachmittag zwei Stunden bei ihm. Er ist nicht ganz bei sich. Redet nur wirres Zeug.«

»Ist mir egal. Ich muß ihn sehen.«

»Versprechen kann ich nichts. Aber ich tue, was ich kann. Ach, übrigens, Joss sagt, Monday hätte eine ganze Weile auf Eis gelegen, bevor er in diesem Abort gelandet sei. Unserer Ansicht nach hatte man ihn in der Eishöhle verschwinden lassen, und du kamst dazwischen, als man ihn woanders hinbringen wollte.«

»Timing war noch nie meine Stärke. Kyle, hat man dich auch vorgeladen?«

»Nein.«

»Gut. Ich brauche dich nämlich womöglich.«

»Verdammt, zieh mir bloß keine Schau ab, Phoebe.«

»Ich muß auflegen. Gib mir Bescheid, wann du mich reinbringen kannst.«

»Augenblick mal. Ich muß dich noch was fragen.«

»Was denn?«

»Was war heute im Obduktionsraum?«

»Darüber kann ich nicht reden.«

»Phoebe…«

»Ich muß wirklich auflegen, Kyle.«

Ich legte auf, nahm aber gleich wieder ab, suchte mir Ardena Browns Nummer heraus und wählte. Nach dreimal Klingeln ging sie ran.

»Phoebe Siegel. Sie haben mich zu erreichen versucht.«

»Ja, allerdings. Wir müssen miteinander reden. Ich habe etwas, was Sie wissen sollten.«

»Und das wäre?«

»Matthew Wolf hat Monday nicht umgebracht.«

»Darauf bin ich mittlerweile selbst gekommen. Wissen Sie denn, wer's war?«

»Nein, aber Anna Wolf hat es gewußt. Anna wußte eine Menge. Sie wußte auch, daß meine Ehe mit Monday kein Zuckerschlecken war.«

»Das habe ich auch schon gehört.«

Sie schwieg, und ich dachte, sie hätte aufgelegt.

»Ardena?«

»Ich bin noch dran. Ich brauche nur einen Augenblick.«

Wieder ein Augenblick Stille.

»Es ist hart für mich, darüber zu reden.«

»Dann will ich mal offen sein. Ich habe gehört, Sie wollten sich von Monday trennen?«

»Was? Wo haben Sie denn das her? Daran hätte ich noch nicht mal gedacht. Er hätte mich umgebracht.«

»Ich sage Ihnen nur, was ich gehört habe.«

»Ist Ihnen schon mal der Gedanke gekommen, daß Monday gute Gründe hatte, das selbst zu verbreiten?«

»Welche Gründe denn, Ardena?«

»Um mich in Verruf zu bringen. Ich wußte so einiges über ihn. Genauso wie Anna.«

Diesmal war ich es, die schwieg.

»Ich weiß, wo er einige der Kultgegenstände her hat, und ich habe ihm gedroht, ihn beim Stammesrat anzuzeigen.«

»Er hat Gräber geplündert.«

»Woher wissen Sie das?«

»Matthew Wolf hat sich mit ihm deswegen in der Arcade gestritten. Ich bin sicher, Sie haben davon gehört.« Ich fragte mich, ob sich die Frau vielleicht nur den Rücken freizuhalten versuchte.

»Monday hat mir erzählt, er hätte sich mit den Jungs geprügelt. Er wollte wissen, ob ich den Wolfs irgendwas gesagt hätte. Ich habe gesagt, nein, hab' ich nicht. Aber das genügte ihm nicht. Er mußte immer weiter gehen als andere.«

»Weiter?«

»Ja. Weiter. Ich bin froh, daß er tot ist. Ich habe gehofft, daß man ihn tot finden würde. Ich weiß, Sie können das nicht verstehen, aber so war's.«

»Warum erzählen Sie mir das, Ardena?«

»Ich weiß, daß Matthew Wolf meinen Mann nicht umgebracht hat. Ich möchte nicht, daß man ihm die Schuld für etwas gibt, was er nicht getan hat.«

»Haben Sie das heute auch der Polizei gesagt?«

»Ja. Aber die sind sich so verdammt sicher, daß Matthew es war, ich konnte sie einfach nicht vom Gegenteil überzeugen.«

»Hat man Sie gefragt, ob Sie Ihren Mann umgebracht haben?«

»Ja.«

»Und Sie sagten nein.«

»Glauben Sie nicht, ich hätte nicht dran gedacht. Tausendmal und mehr! Einmal war ich so nah dran, daß ich abends mit einem Gewehr auf ihn gewartet habe. Aber ich wußte, ich könnte es nicht. Es ging nicht, allein schon wegen meinem Sohn. Nein, ich habe Monday nicht umgebracht.«

»Weiß Ihr Sohn schon, daß man Monday gefunden hat?«

»Ja. Er tut sich schwer damit. Er ist elf. Monday hat sehr an Shawn gehangen.«

»Warum haben Sie nie Hilfe gesucht? Oder mit jemandem gesprochen?«

»Ich bin nicht dumm. Ich war beim Anwalt.«

»Wegen der Prügel?«

»Ja. Der Anwalt riet mir, ihn zu verlassen, aber das hier ist mein Land, das Haus gehörte meiner Mutter. Ich konnte nicht einfach so gehen.«

»Wie soll's nun weitergehen?«

»Matthew Wolf war mal bei mir, als Monday gerade auswärts war. Wir haben uns darüber unterhalten, was Monday machte und daß es nicht richtig war. Er sagte, er würde Monday anzeigen. Ich habe ihn angefleht, es nicht zu tun. Monday hätte sofort gedacht, daß ich dahintersteckte, und dann wäre die Hölle losgewesen.«

»Und was ist dann passiert?«

»Kaum war Matthew Wolf gegangen, kam Jürgen Müller daher. Er war mit dem Flugzeug aus San Francisco gekommen. Monday hatte ihn nicht erwartet, oder wenigstens hatte er mir nicht gesagt, daß er kommt. Jürgen machte mich nervös. Ich hatte immer so ein ungutes Gefühl bei ihm. Ich habe ihm zu erklären versucht, daß Monday nicht daheim ist, aber er stand einfach nur da und starrte mich an.«

»Ist er wieder gegangen?«

»Nicht gleich. Er... er hat versucht...« Ihre Stimme verlor sich. »Er sagte, daß er grade einen Mann hätte weggehen sehen, und beschuldigte mich, ihn *bedient* zu haben. Er sagte, er hätte schon immer mal mit einer Indianerin schlafen wollen.«

»Was haben Sie getan?«

»Gleich nach diesem Termin habe ich mich entschlossen, Monday zur Rede zu stellen und ins Frauenhaus zu gehen. Das war die Nacht, in der er nicht nach Hause kam.«

»Warum haben Sie denn nicht nach dem Schwitzbad mit mir gesprochen, Ardena?«

»Ich kannte Sie doch nicht. Ich kenne Sie ja immer noch nicht. Aber Anna hat gesagt, ich könnte Ihnen vertrauen, Sie hätten ein gutes Herz. Wer auch immer meinen Mann umgebracht hat, er hat jetzt auch noch Thomas mit reingezogen.«

»Sie wissen, daß man Thomas verhaftet hat?«

»Ja. Ich wollte ihn besuchen, aber sie ließen mich nicht. Er ist völlig harmlos, wenn man ihn zufrieden läßt. Aber er ist leicht zu beeinflussen. Er hängt sich an Leute und macht, was immer die von ihm erwarten.«

»Wissen Sie, was mir gestern nacht passiert ist? Oben auf dem Berg?«

»Ja. Kyle hat es mir gesagt. Falls das Thomas war, dann hat er nur gemacht, was man ihm angeschafft hat. Ich arbeite seit einigen Jahren in der Kirche und habe nie gesehen, daß er gewalttätig geworden wäre.«

Ich betastete meinen Hinterkopf und spürte die Beule, die mittlerweile kleiner geworden war. »Da wäre ich mir nicht so sicher. Ardena, wer wußte denn noch von Mondays Geschäft mit Müller?«

»Jeder.«

»Wer wußte das mit den Gräbern?«

»Man spekuliert schon seit Jahren. Aber Matthew und Steven sind ihm mal nach und haben es mit eigenen Augen gesehen. Ich habe es gewußt, weil er das Zeug ja irgendwo saubermachen mußte. Es lag ja nicht einfach so rum. Er ist im ganzen Staat rumgefahren. Ich bin sicher, daß er überall, wo er gewesen ist, Gräber geplündert hat. Wer das ganz sicher gewußt hat? Ich und die Jungs.«

»Sind Sie sicher?«

»Ich denke, Anna hat es gewußt. Sie hat nie was gesagt, aber sie war sich sicher, daß wir schlechte Medizin in der Reservation hatten. Eine Hexe.«

»Und Sie haben das geglaubt?«

»Ich bin Christin. Ich habe die alten Bräuche zwar nicht verworfen, aber ich baue auch nicht darauf.«

»Ardena, wenn Ihnen noch jemand einfällt, der gewußt haben könnte, daß Monday Gräber plündert, jemand, den das gestört hätte, würde Sie mich anrufen?«

»Natürlich. Danke, daß Sie mir zugehört haben.«

Ich wünschte mir nichts sehnlicher als jemanden, mit dem ich darüber hätte reden können, was mir durch den Kopf ging. Ich war der Lösung des Falles Brown nicht näher als an dem Tag, an dem die Wolfs sich auf meiner Veranda die Ehre gegeben hatten. Anna Wolf war tot, und ich hatte das merkwürdige Gefühl, jemanden verloren zu haben.

Und zu allem Überfluß war da auch noch Michael. Ich versuchte mich zu erinnern, wer der Schutzheilige der Hoffnungslosen war. Ich brauchte jede nur erdenkliche Hilfe.

27

Maggie erwartete mich vor dem Bundeshaus.

»Unser kleiner Freund ist vor zirka einer Viertelstunde rein. Gott, das wird ein Fest, den Blick auf seinem Gesicht zu sehen, wenn der merkt, daß ich mit dir hier bin. Ich bringe ihn für mein Leben gern in Verwirrung.«

»Was hat es denn mit dieser offenen Vendetta gegen ihn auf sich?« Ich konnte mir ein Lächeln nicht verkneifen.

»Ich habe ihn unzählige Male in die Pfanne gehauen, noch bevor er hierherkam, als er noch am Amtsgericht tätig war«, sagte sie, als wir zusammen nach oben fuhren. »Diese Kerle verlieren gegeneinander und gehen zwanzig Minuten später zusammen auf den Golfplatz und sind die besten Kumpels. Aber laß sie mal gegen eine Frau verlieren. Dann versuchen sie dir das Leben zur Hölle zu machen. Wir stehen da kurz vor einem Prozeß, bei dem er von mir eine Packung kassiert, und das weiß er genau. Deshalb hat er's wahrscheinlich auch so furchtbar nötig, die beiden Jungs zu verdonnern. Eine Kerbe mehr. Laut Gerüchteküche ist er dabei, bei seinen Vorgesetzten in Ungnade zu fallen. Er wird also Blut sehen wollen.«

»Wer erscheint denn sonst noch vor der Anklagejury?«

»Jeder, der mit dem Fall zu tun hat.«

»Kyle ist nicht vorgeladen.«

»Kyle Wolf? Gott, hat der einen knackigen Arsch.«

»Herrgott noch mal, Maggie. Ich kotz' gleich!«

»Ach nee. Bist wohl scharf auf ihn?«

»Was, zum Teufel, redest du denn da –?«

Sie winkte ab. »Ich kann's dir nicht verübeln. Nach allem, was man so hört, ist er ein netter Kerl. Ein Mann. Aber nett. Die sind doch alle nur für eines gut, du verstehst?«

Der Mann, der mit uns im Aufzug fuhr, warf ihr einen bösen Blick zu. Sie verrenkte sich den Hals nach ihm und grinste.

»Um den Müll rauszutragen. Tragen Sie Ihren Müll raus?«

Er lief rot an und sah erleichtert aus, als auf seiner Etage die Tür aufging. Wir fuhren in einen anderen Stock.

»Du bist unverbesserlich. Das weißt du doch, oder?«

»Ich geb' mir Mühe. So schafft man sich einen Ruf.«

Die Tür ging auf. Wir traten hinaus.

»Jetzt weiß ich, wie die Christen sich fühlten, als sie den Löwen gegenüberstanden«, sagte ich.

Jimmy O'Donnell stand am Ende des Korridors und sprach mit zwei Bundesmarschalls. Als er uns kommen hörte, hob er den Kopf.

»Siegel. Schön, Sie zu sehen, Maggie«, sagte er mit übertriebenem Eifer. »Sie wissen, daß vor der Anklagejury kein Anwalt sie vertreten kann. Oder *haben* Sie das gewußt?«

»Na so was… nein, Jimmy, das habe ich nicht gewußt. Ich bin als Freundin hier. Wie ich sehe, haben Sie keine Freunde hier. Aber andererseits, Sie haben ja auch keine Freunde, stimmt's, Jimmy?«

»Kennen Sie beide sich denn?« fragte ich in aller Unschuld.

»Intim«, antwortete Maggie, während sie ihn in Grund und Boden starrte. »Ich habe Fotokopien von Jimmys Arsch und warte nur auf eine gute Gelegenheit, sie zu verteilen.«

Er sperrte den Mund auf. »Was?«

»Erinnern Sie sich noch an die Weihnachtsfeier vor einigen Jahren, bei der Sie sich so zugesoffen haben, daß Sie sich auf den Kopierer setzten und ein paar Aufnahmen schossen? Ich glaube, Sie haben LECKT MICH AM daruntergeschrieben und wollten sie verschicken… lassen Sie mich überlegen, an wen.« Maggie legte den Zeigefinger an die Lippen und blickte gegen die Decke.

»Davon hat's nur zwei gegeben, und die habe ich beide vernichtet.«

»Sie hätten eben richtig zählen lernen sollen, Jimmy. Es waren drei. Also nehmen Sie meine Freundin hier nicht zu hart ran.«

»Soll das eine Nötigung sein?«

»Natürlich nicht. Das wäre doch gegen das Gesetz. Phoebe hat ein zartes Wesen, ich bitte Sie lediglich um etwas Freundlichkeit.«

Er drehte sich um und schritt den Korridor hinauf. Einige Minuten später kam eine Frau aus dem Gerichtssaal und rief mich hinein.

»Mach ihn fertig, Phoebe. Hinterläßt zwar einen unangenehmen Nachgeschmack, aber was soll's.«

»Vergiß nicht, daß ich ein zartes Wesen habe.«

»Richtig. In etwa so zart wie ich.«

Auf zwei Reihen verteilt saßen zwanzig Leute im Saal. O'Donnell saß an einem Tisch neben einem Gerichtssekretär.

»Würden Sie bitte die Zeugin vereidigen?« sagte er, während er sich an einem Stapel Papier zu schaffen machte.

Der Gerichtssekretär trat auf mich zu. »Würden Sie die rechte Hand heben?«

Ich hob sie.

»Schwören Sie, die Wahrheit zu sagen, die ganze Wahrheit und nichts als die Wahrheit, so wahr Ihnen Gott helfe.«

»Ich würde es lieber an Eides statt versichern.«

»Was, zum Teufel, soll das denn?« O'Donnell fuhr aus seinem Sessel, fing sich aber schnell wieder und warf einen Blick auf die Geschworenen, deren Blick sich auf ihn geheftet hatten. »Ist schließlich Ihre Sache. Nehmen Sie der Zeugin die eidesstattliche Versicherung ab.«

»Erklären Sie hiermit, die Wahrheit zu sagen, die ganze Wahrheit und nichts als die Wahrheit?«

»Ich erkläre es.«

»Würden Sie sich bitte setzen und den Geschworenen Ihren Namen nennen.«

»Phoebe Siegel.«

»Ist das Ihr vollständiger Geburtsname?«

»Nein.«

»Bitte geben Sie Ihren vollständigen Geburtsnamen an.«

»Phoebe Zelda Siegel«, murmelte ich.

»Könnten Sie bitte etwas lauter sprechen?«

»Phoebe Zelda Siegel.«

Ich sah mir die Geschworenen an. Wie Maggie vorausgesagt hatte, sahen sie erschöpft aus. Nicht bei der Sache. O'Donnell klärte sie auf, daß ich in der Sache Monday Brown vor ihnen erschiene, um festzustellen, ob das Beweismaterial ausreiche, Matthew Wolf des vorsätzlichen Mordes anzuklagen.

»Welchen Beruf üben Sie aus, Miss Siegel?«

»Ich bin lizensierte Privatdetektivin.«

»Ist Ihre Lizenz im Augenblick gültig?«

Ich hatte keine Ahnung und überlegte, ob er wohl etwas wußte, was ich nicht wußte. »Ja.«

»Wie lange üben Sie diesen Beruf bereits aus?«

»Vier Jahre.«

»Und was haben Sie gemacht, bevor Sie Privatdetektivin wurden?« Er hatte sichtlich Mühe mit meiner Berufsbezeichnung und versuchte die Abneigung in seiner Stimme zu kaschieren. Ein Zuckerschlecken würde das nicht.

»Ich war an der FBI-Schule in Quantico, Virginia.«

»Und haben Sie dort einen Abschluß gemacht?«

»Nein, das habe ich nicht.«

»Wie nahe kamen Sie diesem Abschluß denn?«

»Ich sehe nicht, was das hiermit zu tun hat.«

»Beantworten Sie bitte einfach die Frage. Je kooperativer Sie sind, desto schneller können wir alle hier raus. Die guten Bürger hier sind müde. Sie sind bereits seit mehreren Wochen hier.« Lächelnd wandte er sich ihnen zu.

Scheiße. Die fraßen ihm aus der Hand. »Würden Sie die Frage wiederholen?«

»Wie nahe kamen Sie dem Abschluß an der FBI-Schule in Quantico?«

»Einen Monat.«

Er setzte ein Lächeln auf, das besagen sollte, daß es dieser Person an Verantwortungsbewußtsein fehlt. Ich sah einen der Männer in der Jury sein Lächeln erwidern.

»Miss Siegel, ich bin sicher, Sie sind sich des Todes von Monday Brown bewußt.«

»Das bin ich.«

»Waren Sie am dreißigsten August des Jahres neunzehnhundertdreiundneunzig im Custer National Forest?«

»Ja.«

»Und an diesem Tag kamen Sie in Kontakt mit dem jetzt verschiedenen Monday Brown?«

Herrgott, der redete daher, als hätte ich ihn umgebracht. »Da war er bereits tot.«

»Wann da?«

»Als ich in Kontakt mit ihm kam.«

»Würden Sie uns diese Begegnung beschreiben?«

»Ich würde, wenn ich könnte. Ich erfuhr erst später, daß es Monday Brown war.«

»Kannten Sie Monday Brown?«

»Nicht persönlich.«

»Würden Sie ihn erkennen, wenn er, sagen wir mal… die Straße langkäme?«

»Ja.«

»Und Sie sagen uns jetzt trotzdem, Sie hätten ihn nicht erkannt?«

»Ich wußte nicht, daß ich Kontakt mit *ihm* hatte.«

»Sie haben uns doch eben gesagt, Sie seien mit Mr. Brown in Kontakt gekommen. Jetzt sagen Sie uns, Sie hätten nicht gewußt, daß es Mr. Brown war. Habe ich das richtig verstanden?«

»Ja.«

»Könnten Sie das erklären?«

»Ich war in einer Toilette –«

»Handelt es sich dabei um die Einrichtung der staatlichen Parkverwaltung, in die Sie eingebrochen sind?« Er hob die Brauen und schnitt eine Grimasse für die Geschworenen.

So wie deren Köpfe zwischen mir und O'Donnell hin- und hergingen, hätten sie auch bei einem Tennismatch sitzen können.

»Es war eine Toilette. Ich habe mir ehrlich gesagt keine großen Gedanken gemacht, wem sie gehört.«

»War es ein Ruf der Natur, als Sie das Schloß dieser staatlichen Einrichtung zertrümmerten, um hineinzukommen?«

»Nein, Mr. O'Donnell. Das Leben rief. Ich glaubte mein Leben in Gefahr, und ich stand kurz vor einer Hypothermie. Es schien mir in diesem Augenblick meine einzige Chance.«

»Was oder wer hat denn Ihr Leben bedroht?«

»Das weiß ich nicht.«

»Haben Sie die Person gesehen?«

»Ja.«

»Würden Sie sie uns beschreiben?«

»Er war groß, halbnackt und hatte sich das Gesicht schwarz bemalt.« Das ließ sie die Ohren spitzen.

»Hat er Sie in irgendeiner Weise bedroht?«

»Seine Gegenwart hat mich bedroht, Mr. O'Donnell.«

»Sind Sie sich der Tatsache bewußt, daß Hypothermie zu Wahnvorstellungen führen kann?«

»Mittlerweile, ja.«

»Litten Sie unter Wahnvorstellungen, als Sie ihn das erste Mal sahen?«

»Nein.«

»Sie sagen uns hier also, daß Sie bei dieser rauhen Witterung, die streng genug war, um bei Ihnen zu einer Hypothermie zu führen, ein halbnackter Mann mit schwarz bemaltem Gesicht durch den Wald gejagt hat, Ihnen dann aber Gelegenheit ließ, in ein staatliches Gebäude einzubrechen, wo Sie Monday Browns Leiche gefunden haben.«

»Im wesentlichen. Er hat mich bewußtlos geschlagen. Als ich wieder aufwachte, lag ich nackt auf dem Rücksitz eines Blazers.«

»Waren Sie allein nackt, oder war noch jemand bei Ihnen?«

Kaum hatte er es gesagt, merkte er, wie blöd es sich anhörte. Ich sah die Geschworenen an und beobachtete, wie sie sich entweder auf die Lippen bissen oder die Hand vor den Mund hielten, um nicht zu lachen.

»Ich hatte einen Deputy des County Sheriffs bei mir.«

Er starrte mich ungläubig an, während er unmutig seine Papiere durchging. Er räusperte sich und versuchte sich wieder in den Griff zu bekommen.

»Dabei handelte es sich um Deputy Kyle Wolf, nicht wahr?« Er überflog etwas und sah mich dann wieder an. »Er hat Erste Hilfe geleistet. Ist das korrekt?«

»Ja.«

»Miss Siegel, um welche Tageszeit waren Sie auf dem Picknickplatz der Big Ice Cave?«

»Es war spät. Nach sechs Uhr abends.«

»Haben Sie zu irgendeinem Zeitpunkt während der Geschichte, die Sie uns da eben erzählt haben, jemand anderen gesehen als diesen halbnackten Mann?«

»Nein, habe ich nicht.«

»Sie erreichten den Parkplatz also gegen sechs Uhr abends. Es heißt hier«, sagte er mit einem Blick auf ein anderes Papier, »daß Deputy Wolf Sie gegen neun Uhr an Monday Browns Leiche gedrückt fand. Das sind drei Stunden, Miss Siegel. Haben Sie irgendwann während dieser drei Stunden jemanden in dieser Gegend gesehen?«

Ich sagte nichts.

»Miss Siegel, Sie stehen unter Eid.«

»Ich bin mir dessen bewußt, Mr. O'Donnell.«

»Würden Sie meine Frage beantworten?«

»Das kann ich nicht.«

»Was?«

»Ich kann das nicht beantworten.«

»Heißt das, Sie können nicht oder Sie wollen nicht?«

»Ich will nicht.«

Er trat näher an mich heran. Man konnte hören, wie die Geschworenen auf ihren Sesseln eine andere Position einnahmen. O'Donnell beugte sich über mich, sein Mund neben meinem Ohr, und flüsterte. »Verarschen Sie mich hier nicht, Siegel, sonst ziehe ich Sie vor den Richter, und ich kann Ihnen garantieren, der belangt Sie wegen Mißachtung.«

Ich hatte nicht die geringste Absicht zu flüstern. Ich hatte die Nase gestrichen voll. »Ich denke nicht, daß Sie einer Zeugin gegenüber vulgär werden sollten, Mr. O'Donnell.«

»Das reicht.« Er ging zurück an seinen Tisch und ließ die Hand darauf sausen. »Die Anhörung ist vertagt.« Er warf einen Blick auf den verwirrten Sekretär. »Bitte sehen Sie doch nach, ob Richter Eaton in seinem Zimmer ist, und falls ja, sagen Sie ihm, ich komme sofort mit Miss Siegel vorbei.«

»Ich muß auf die Toilette.«

»Schön. Es wird Sie jemand begleiten.«

Wir gingen zur Tür hinaus, und er winkte tatsächlich einem der Gerichtsbeamten. Er flüsterte ihm etwas zu. Der Gerichtsbeamte führte mich den Korridor hinauf zur Toilette. Maggie war sofort hinter uns her, als ihr klar wurde, daß ich eine Eskorte hatte.

Ich ging in die Toilette und direkt auf das Waschbecken zu, ließ das Wasser laufen und spritzte es mir ins Gesicht.

»Was zum Teufel ist los?«

»Du bist engagiert. Ab sofort.«

»Man hat dich wegen Mißachtung belangt, stimmt's?«

»Ich denke, ich stehe kurz davor.«

»Ich kann dir da nicht helfen, Phoebe. Das mußt du mit dem Richter ausmachen. Weißt du, wer das ist?«

»Ich glaube, er hat gesagt Eaton.«

»Großartig«, sagte sie und nickte dabei. »Der gibt dir jede nur mögliche Chance. Aber wenn du ihm nicht gibst, was er will...«

Wir drehten uns beide um, als wir es an der Toilettentür klopfen hörten.

»Miss Siegel? Richter Eaton wartet im Gerichtssaal. Würden Sie bitte herauskommen?«

»Bleib cool. Er ist ein alter Cowboy, der noch die Kuhscheiße an den Stiefeln hat. Vorlaute Weibsbilder kann der nicht haben.«

»Das gilt auch für dich?«

»Das gilt auch für mich.«

»Miss Siegel?« Richter Eaton blickte von seinem Thron über mir auf mich herab. Er hatte weißes Haar, ein Gesicht wie der Weihnachtsmann und trug eine Brille auf der Nasenspitze.

»Ja, Sir?«

»Wo liegt denn das Problem? Verweigern Sie die Antwort, weil Sie sich damit selbst belasten könnten? Sie brauchen sich nicht selbst zu belasten.«

»Das weiß ich, Sir.«

»Falls Sie sich eines Verbrechens schuldig gemacht haben, so brauchen Sie nicht gegen sich selbst auszusagen.«

»Ich habe kein Verbrechen begangen.«

»Sie wurden vorgeladen, Miss Siegel. Sie müssen antworten. So will es das Gesetz.«

»Auch das verstehe ich.«

»Werden Sie dann antworten?«

»Nein, Sir, werde ich nicht.«

Langsam nahm er die Brille ab und starrte auf mich herab. »Ich kann Sie in Haft nehmen, bis Sie es sich anders überlegen. Sie sehen mir wirklich nicht nach einem Gefängnistyp aus, Miss Siegel. Ich denke, Sie würden die Unterbringung im Bezirksgefängnis etwas unbequem finden.«

»Da bin ich mir sicher. Aber ich kann nicht antworten.«

»Ich sage Ihnen, was ich machen werde. Ich gebe Ihnen bis morgen früh Zeit, es sich zu überlegen.«

»Augenblick mal«, rief O'Donnell.

»Sie wissen genau, daß ich es nicht gern habe, wenn man mich unterbricht, Sohnemann.« Eaton sprach, ohne dabei O'Donnell auch nur einmal anzusehen. Er hielt den Blick auf mich geheftet.

»Ich will Sie morgen früh um neun wieder hier sehen. Sollten Sie dann immer noch nicht vorhaben, die Fragen zu beantworten, die man Ihnen stellt, würde ich Ihnen raten, gleich die Zahnbürste mitzubringen. Haben Sie verstanden?«

»Ja.«

»Ich möchte, daß Ihnen bewußt ist, daß Ihre Inhaftierung keine Strafe darstellt, sondern eine gerichtliche Zwangsmaßnahme. Haben Sie das auch kapiert?«

»Ja, Sir.«

»Sie sehen mir nach einer sehr verständigen jungen Frau aus. Ich sehe Sie dann um neun.«

Damit stand er auf und ging aus dem Saal.

28

Ich hatte Maggie bei ihrem Wagen stehenlassen und überquerte eben die Third Avenue auf dem Weg zum Sheriff, als ich Roger hörte.

»Phoebe. Wart mal.« Er kam in der Mitte des Blocks über die Straße und ging auf mich zu. »Wo steckst du denn?«

»Bist wohl mal frische Luft schnappen, Roger?«

»Hör auf damit.«

»Ich habe ein Telefon. Du hast ein Telefon. Ich habe einen Anrufbeantworter.«

»Ich war beschäftigt. Auswärts. Ich wollte später vorbeikommen und ein paar von meinen Sachen abholen.«

»Wie wär's mit *allen?*«

»Scheiße. Sei doch nicht so. Ich habe mir solche Sorgen um dich gemacht. Wie geht's denn?«

»Großartig. Einfach großartig.«

»Ich habe dich mit Maggie Mason gesehen. Was soll das?«

»Geschäft, Roger. Was macht denn Miss Januar?«

»Phoebe, Herrgott noch mal!«

»Nein, im Ernst. Wie geht's ihr denn?«

»Gut.«

»Seid ihr schon im Banne der Leidenschaft?«

»Nein. Sind wir nicht. Wir gehen es langsam an. Ich glaube, das könnte was werden. Sie ist ein prima Kerl, Phoebe.«

»Darauf möchte ich wetten.«

»Wie läuft es denn mit deinen indianischen Freunden? Ich habe gehört, man hat die Leiche von dem Typ gefunden.«

»Mehr hast du nicht gehört?«

»Wir waren für ein paar Tage drüben in Chico.«

»Da warst du ja wirklich beschäftigt.«

»Wir sind erst gestern abend wiedergekommen. Wieso? Gibt es noch mehr?«

»Hast du Zeit für einen Kaffee?«

»Sicher. Wie wär's mit der Gerichtscafeteria?«

»Gehen wir.«

Ich versuchte mir vorzustellen, es sei wie in alten Tagen, als ich Roger bei einer Tasse Kaffee gegenübersaß. Aber das war es nicht. Und es würde niemals wieder so werden. Trotzdem vertraute ich ihm, und ich brauchte ihn in meiner Ecke, wo immer die letztendlich sein mochte. Er hörte geduldig zu, als ich ihm erzählte, was passiert war, und ehe ich's gewahr wurde, war eine Stunde vergangen.

»Wir haben verdammten Massel, beide einen so harten Schädel zu haben«, sagte er und griff über den Tisch nach meiner Hand. »Das mit dem Truck muß dich ja krank machen.«

»Ich bin völlig aufgeschmissen. Kein fahrbarer Untersatz. Ich bin auf die Großzügigkeit meiner Freunde angewiesen.«

»Was hältst du von etwas Großzügigkeit von deinem besten Freund?«

»Was meinst du?«

»Er griff in die Tasche und holte seine Wagenschlüssel heraus. »Hier. Kannst ihn haben, solange du ihn brauchst.«

»Ich habe in letzter Zeit nicht grade ein glückliches Händchen. Ich kann unmöglich –«

»Du kannst.«

»Wird Januar das nicht –«

»Es macht ihr nichts aus. Ich bestehe darauf. Nur fahr damit nicht in die Berge. Was Schlimmeres als die kleineren unserer Schlaglöcher hier ist er nicht gewohnt.«

»Danke, Roger. Vielleicht kann ich dich irgendwann mal ansehen und sagen, daß ich mich von ganzem Herzen für dich freue.«

»Das hoffe ich doch, Phoebe.« Er sah über meine Schulter. »Kyle. Meinst du, du kannst dafür sorgen, daß sie mal ein Weilchen keine Dummheiten macht?«

»Wahrscheinlich nicht.« Ich spürte seine Hand auf meiner Schulter. »Wie geht's denn, Roger?«

»Prima. Ich wollte, ich hätte Zeit, mich hinzusetzen und zu überlegen, was wir mit ihr machen könnten, aber ich habe noch einen Schriftsatz aufzusetzen, den ich längst fertig haben sollte.«

»Roger ist nämlich beschäftigt, Kyle. Und zwar schwer.«

Kyle lächelte und klopfte ihm auf die Schulter. Roger stand auf, um zu gehen.

»Mach's gut, Phoebe.«

»Mach ich doch immer.«

Kyle setzte sich mir gegenüber, und seinem Gesicht nach zu urteilen wußte er, was vor Gericht passiert war.

»Du bewegst dich da auf sehr dünnem Eis, Phoebe.«

»Was ich heute an Mist gehört habe, langt mir für den Rest meines Lebens. Fang du nicht auch noch an. Wie zum Teufel spricht sich so was nur so schnell rum? Ich bin doch erst vor 'ner Stunde da rausgekommen.«

»Ist eben eine inzüchtige Welt. Was willst du machen?«

»Auf die Zeit setzen.«

»Was zum Teufel soll denn das wieder heißen?«

»Ich habe nicht die geringste Ahnung. Sagt man das nicht in solchen Fällen?«

»Die werden mich vorladen, daran führt kein Weg vorbei.«

»Kyle, ich brauche ein bißchen Zeit.«

»Nach dem, was ich so gehört habe, wirst du davon ab morgen früh mehr als genug haben.«

»Ich habe keine andere Wahl, Kyle. Das weißt du. Wenn ich –«

»Ich will nichts hören.« Er hob die Hand, um mich zum Schweigen zu bringen. »Ich habe heute morgen bei Doc Joss reingeschaut. Er ist sich sicher, daß der junge Cheyenne, der an deinem Baum gehangen hat, und Monday mit denselben Werkzeugen umgebracht wurden.«

»Werkzeugen?«

»Stricknadeln. Hölzerne Stricknadeln.«

»Sehr plausibel ist das nicht.«

»Er ist der Beste. Er hält es für plausibel. Er hat einige Gewebeproben ans Labor des Landeskriminalamts geschickt. Seiner Ansicht nach läßt sich womöglich feststellen, aus welchem Holz sie sind.«

»Stricknadeln? Das glaube ich einfach nicht.«

»Er hat mir eine Zeichnung von den Dingern gemacht, die die beiden durchlöchert haben, und sie sehen genau wie Stricknadeln aus. Um die tiefste Wunde herum ist ein Eindruck. Doc meint, daß am Ende irgendeine Verzierung angebracht war, die, als sie auf die Haut traf, ein weiteres Eindringen verhindert hat. Das Ergebnis kommt morgen.«

»Das war auch schon mal einfacher. Schußwaffen, Messer. Ich meine, Stricknadeln? Scheiße. Kyle, ich muß unbedingt mit Thomas reden.«

»Ich werde mal fragen.«

»Das genügt nicht. Ich habe Zeit bis morgen früh, um was ins Rollen zu bringen.«

»Du hast die Wahl. Sag O'Donnell, was er hören will.«

»Das kann ich nicht. Noch nicht. Ruf an und bring mich da rein. Hast auch was gut bei mir.«

»Verdammt. Moment, ja?« Er stand auf und ging hinaus.

Viel länger dauerte es denn auch nicht. Er setzte sich wieder.

»Du hast Glück. Ein Bekannter von mir muß noch ein Stück in die nächste Schicht hinein bleiben. Wenn du in zehn Minuten drüben sein kannst, verschafft er dir so viel Zeit, wie's eben geht.«

»Danke, Kyle.«

»Ich komme schon noch kassieren«, sagte er mit einem Lächeln. »Ich fahre heute nachmittag rauf zu Mondays Beerdigung. Willst du mit?«

»Ich hasse Beerdigungen. Sie sind heidnisch bis zum Gehtnichtmehr. Und dann dieser ekelhafte Brauch; jeder sagt, wie gut die Leiche aussieht. Ich meine, wie gut kann man tot schon aussehen?«

»Es ist ein kleiner Gottesdienst am Grab. Hinter dem Haus. Kurz und schmerzlos. Ardena hat gesagt, er wollte nicht einbalsamiert werden, und sie hält sich daran.«

»Das ist mehr, als ich für den Mistkerl tun würde. Wieso gehst du hin?«

»Ich würde gern sehen, wer so aufkreuzt.«

»Gute Idee. Sag mir, wann.«

Das Bezirksgefängnis des Yellowstone County liegt neben der I-90 an der King Avenue. Es ist neu, groß und trotzdem überbelegt. Ich folgte dem rundlichen Wärter, der mich in den Besucherraum führte. Ich setzte mich auf einen Stuhl vor eine Glasscheibe, die so dick war, um selbst dem Anprall eines Wagens standzuhalten.

»Man bringt ihn gleich raus. Machen Sie's kurz. Er ist nicht in bester Verfassung. Nicht ganz richtig im Kopf. Und wenn Sie Wolf sehen, dann sagen Sie ihm, er schuldet mir einen Kasten Bier.«

»Mach' ich. Danke.«

Auf meiner Seite der Scheibe war ich die einzige in dem

Raum. Nur ein Typ in einer blauen Latzhose wischte mit monotonen Vor- und Rückwärtsbewegungen den Boden. Er warf einen kurzen Blick auf mich und machte sich dann wieder an seine Arbeit. Schon morgen konnte ich diejenige sein, die hier den Boden aufwischte.

Der Wärter, der mich in den Raum gebracht hatte, führte nun Thomas durch eine andere Tür in den gesicherten Bereich hinter dem Glas. Thomas sah mich an, drehte sich um und wollte gehen. Der Wärter sagte etwas zu ihm, wies auf mich und brachte ihn dazu herüberzukommen. Zögernd setzte er sich. Der Wärter nahm dann den Telefonhörer und drückte ihn Thomas in die Hand. Ich nahm auf meiner Seite ab.

»Thomas, erinnern Sie sich an mich?«

Er nickte.

»Ich war bei Ihnen in der Kirche, und wir haben uns unterhalten.«

»Und dann auf dem Berg. Da habe ich Sie auch gesehen.«

»Erinnern Sie sich?«

Er nickte wieder.

»Darüber möchte ich mit Ihnen sprechen.«

»Ich warte auf meinen Freund.«

»Wie bitte?«

Sein Gesicht nahm den heiteren Ausdruck kindlicher Unschuld an. Was mich völlig aus dem Konzept brachte. Selbst seine Stimme wurde zu der eines kleinen Jungen.«

»Mein Freund kommt mich abholen.«

»Meinst du den Priester, bei dem du in Pryor wohnst?«

»Nein, nein. Mein Freund.«

»Wie heißt denn dein Freund, Thomas?«

»Das kann ich Ihnen nicht sagen. Es ist ein Geheimnis, und ich kann ein Geheimnis für mich behalten.«

»Da bin ich mir ganz sicher. Ich selbst habe meine Geheimnisse. War dein Freund mit dir auf dem Berg, Thomas?«

Er spitzte den Mund. »Das kann ich Ihnen nicht sagen.«

»Dein Freund würde wohl böse werden, wenn du's mir sagst?«

»Ja. Sehr böse.«

»Was passiert denn, wenn dein Freund böse mit dir wird?«

Fast ließ ich den Hörer fallen, als er sich klatschend mit der Rechten auf die Wange schlug. Sofort bildete sich ein feuerroter Abdruck und bedeckte das Gesicht von der Schläfe bis zum Kinn.

»Großer Gott. Wieso, zum Teufel, haben Sie das denn gemacht?«

Er sah mich verwirrt an. »Das macht mein Freund mit mir, wenn ich böse bin.«

Ich legte den Hörer aus der Hand und drehte mich etwas seitwärts auf meinem Stuhl. Thomas wollte schon aufstehen und den Hörer auflegen.

»Nein. Warten Sie, Thomas. Machen Sie das bitte noch mal. Großer Gott. Wann hat Ihr Freund das denn mit Ihnen gemacht?«

»Als ich auf dem Berg war. Es hat geregnet, und ich habe geheult.« Es mußte sich um die Szene handeln, die Matthew und seine Freunde mitbekommen hatten, als sie ihm an jenem Abend gefolgt waren. Ihm oder jemandem, den sie für Thomas hielten.

»Was haben Sie denn da oben gemacht?«

»Meinem Freund geholfen.«

»Und was hat Ihr Freund gemacht?«

»Er hat Monday geholfen. Das ist mein zweiter Freund.« Sein Gesicht hellte sich auf. »Ich helfe Monday manchmal, wenn er mich braucht. Monday sagt, ich bin stark.«

»Thomas. Als Sie mich auf dem Berg gesehen haben, ah… wollten Sie mir da Angst einjagen?«

»Das gehört zu unsrem Spiel. Hatten Sie Angst?«

»Und wie. Ich bin vor Ihnen weggelaufen, und Sie kamen mir nach. Erinnern Sie sich, daß Sie mir nachgelaufen sind?«

»Sie waren richtig gut bei dem Spiel.«

»Warum haben Sie mich geschlagen, Thomas?«

Er ließ den Kopf hängen und blickte durch seine Wimpern zu mir auf.

»Ich bin nicht böse. Ich möchte nur wissen, warum.«

»Sie haben meinen Freund Monday aufzuwecken versucht. Und der braucht seinen Schlaf.«

»Ich wußte nicht, daß er schlief. Ich wußte noch nicht mal, daß er da war.«

»Mein anderer Freund hat gesagt, wenn Sie Monday aufwekken, dann würden Sie ihm all seine Sachen wegnehmen, aber Monday wollte nicht, daß sie ein anderer kriegt.«

»Welche Sachen denn?«

»Die Kriegersachen. Wichtige Sachen.«

»Haben Sie die denn, Thomas?«

Er schüttelte den Kopf.

»Wissen Sie, wo sie sind?«

»Auf dem Berg. Mein Freund sagt, sie müßten auf dem Berg bleiben, wo sie hingehören. Monday wurde richtig wütend auf meinen Freund.«

»Wann?«

»Nein. Ich möchte nicht mehr darüber sprechen.«

»Thomas, wenn Sie mir sagen, wer Ihr Freund ist, könnte ich ihn anrufen und ihm sagen, daß Sie auf ihn warten.«

»Nein.«

Er verzog das Gesicht. Er stand auf, als der Wärter an die Scheibe kam, mit einem Finger auf seine Uhr tippte, mich ansah und mir mit den Lippen sagte, daß die Zeit um war. Er beugte sich vor, um Thomas zu sagen, daß er zurückmüsse.

Es ging blitzschnell. Thomas warf sich mit solcher Kraft auf den Wärter, daß der Mann der Länge nach auf dem Boden landete. Er rutschte gegen den Wassereimer; das Wasser ergoß sich über den Boden. Der Wärter rappelte sich hoch und rutschte aus, als Thomas ihn erreichte und sich bedrohlich vor ihm auftürmte.

Der Häftling mit dem Wischlappen drückte einen roten Knopf an der Wand neben der Tür. Innerhalb weniger Sekunden fielen drei Uniformierte über Thomas her und rangen ihn nieder. Ich konnte nichts hören und sah lediglich Thomas' offenen Mund, als er schrie. Sein Gesicht war puterrot, seine Kraft erschreckend.

Ich merkte, daß ich an die Wand gedrückt stand, vor der ich gesessen hatte. Thomas warf die Beamten ab und war mit einem Satz vor der Scheibe. Seine Handballen knallten mit einer solchen Wucht gegen das Glas, daß ich zusammenzuckte. Ich erwartete schon, die Scherben fliegen zu sehen. Er schrie, tonlos, seine Lippen formten immer und immer wieder ein und dasselbe Wort.

Die Beamten fielen ein zweites Mal über ihn her. Ich sah, wie Hände und Arme Thomas' Arme auf den Rücken rissen. Sie zerrten ihn von der Scheibe weg und aus dem Raum; seine Absätze hinterließen eine Spur in der Lache. Ich war völlig außer Atem; ich sank in die Knie und kauerte reglos am Boden.

Der Wärter trat durch die Tür, durch die ich gekommen war.

»Großer Gott. Das tut mir leid. Falls ich ihn aufgeregt habe…«

»Ganz schön kräftig, der Scheißkerl, was? Über was zum Teufel haben Sie denn gesprochen?«

»Wir haben uns nur unterhalten. Er war nicht richtig da. Genau wie Sie gesagt haben. Verdammt.«

»Sie verschwinden besser mal. Meine Ablösung kommt gleich, und ich muß erklären, was zum Teufel passiert ist.«

»Was hat er denn geschrien? Es sah aus, als würde er einen Namen sagen.«

»Wer, zum Teufel, weiß das schon? Hörte sich an wie… ›Jimmy‹ oder so ähnlich. Ich weiß nicht. Ich habe wirklich nicht sonderlich drauf geachtet.«

»Aber es hörte sich an wie ›Jimmy‹?«

»Hören Sie, ich weiß nicht, was, zum Teufel, er gesagt hat. Im einen Augenblick ist er ein kleines Kind, im nächsten ist er ein verdammter Priester und kniet betend in seiner Zelle. Richtig irre ist der. Für Geisteskranke sind wir einfach nicht ausgerüstet.«

»Hat er nach jemandem verlangt?«

»Woher soll ich das wissen?«

»Danke, daß Sie mich reingelassen haben. Gott, das tut mir echt leid.«

»Vergessen Sie's. Das bringt der Beruf so mit sich. Die Leute drehen leicht durch, wenn sie das erste Mal hier sind. Das macht die Platzangst.«

»In der Tat.« Ich spürte schon die Wände auf mich zukommen.

29

Ich las die getippten Seiten, die man mir auf die hintere Veranda gelegt hatte, und kam zu dem Schluß, daß ich die Meinung eines Fachmannes brauchte. Ich rief auf der Unfallstation an und hinterließ eine Nachricht für Dr. Donich, daß ich spät nachmittags wieder zu Hause und ihr dankbar wäre, wenn sie mich anrufen könnte. Ich wies ausdrücklich darauf hin, daß es nichts Medizinisches, sondern persönlich sei.

Ich schlüpfte in etwas, was wohl eher zu Mondays Beerdigung paßte: rote Seidenbluse, schwarze Hose. Ich kam mir vor wie eine Schwarze Witwe. Aber was sollte es.

Der Ort war wie ausgestorben, und ich ging schon mal davon aus, daß man vollzählig im Haus der Browns zum Gottesdienst erscheinen würde. Ich erkundigte mich im Laden nach dem Weg und erfuhr, daß es anderthalb Meilen außerhalb, an der zweispurigen Straße zur Crow Agency lag. Ich stieß noch immer auf keinen Verkehr. Ich hielt nach einer unasphaltierten Straße rechterhand und einem hellblauen Eisentor Ausschau und verließ den Highway, sobald ich es erblickte.

In der Ferne sah ich ein Haus, moderner und teurer als die meisten anderen in der Reservation, vor dem zirka fünfzehn Autos standen. Ich fuhr hinter Kyles Blazer und hielt. Ich sah mich im Garten um und klopfte an die Tür. Keine Reaktion.

Ums Haus herum führte ein mit Steinen ausgelegter Weg in ein Pappelwäldchen. Gleich hinter den Bäumen hörten die Steine auf, und ein Feldweg begann. Auf einem Hügel etwa eine Viertelmeile weiter sah ich eine Ansammlung von Leuten. Ich hatte den Wind, der über die Ebene blies, im Rücken, und fast trug er mich den Weg entlang.

Als ich die Ansammlung erreicht hatte, sprach bereits jemand ein paar Worte über Monday Brown. Ich erschrak, als ich sah, daß der Sarg offen war. Der Satin fing das helle Sonnenlicht ein und offenbarte sich in strahlendstem Weiß. Als ich näher kam, trat Ardena an den Sarg und schloß ihn. Gott sei Dank! Tot *und* obduziert war für mich doch etwas zuviel.

Kyle sah mich, kam herüber und stellte sich neben mich.

»Unser Freund Müller ist hier. Er hat dich mit etwas mehr Interesse den Weg heraufkommen sehen, als mir lieb ist.«

»Wer ist es denn?«

»Gleich der da drüben im dunklen Anzug. Sieht aus wie ein Bestatter.«

Kyle hatte recht. Der Kerl stach einem sofort ins Auge. Dasselbe galt für die beiden Männer mit den verspiegelten Brillen neben ihm. Alle anderen waren in Hemdsärmeln und Jeans.

»Das müssen Frick und Frack, seine beiden Leibwächter, sein.«

»Einen davon kenne ich. Mark Sutter. An sich kein schlechter Kerl. Ich hatte gehofft, ihn mal kurz allein zu erwischen.«

»Ist vielleicht gar kein Problem. Hier kommt Müller.«

Auf eine robuste Art sah er gut aus, das sandfarbene Haar länger, als ich erwartet hätte. Seine Augen waren stahlblau und eiskalt. Und er war ein Schrank. An die hundert Kilo auf zirka eins fünfundachtzig. Ohne etwas zu sagen, trat er neben mich und starrte auf den Sarg. Als über Monday nichts mehr zu sagen war, entspannten sich die Leute und begannen sich zu unterhalten.

Ardena Brown kam durch die Menschenmenge auf mich zu, bis sie Müller neben mir sah. Angst huschte ihr übers Gesicht. Sie warf ihm einen flüchtigen Blick zu und lächelte mich dann an. »Ich bin froh, daß Sie gekommen sind, Phoebe. Ich hoffe, Sie und Kyle bleiben noch zum Essen. Es ist so viel da, daß ich nicht weiß, wohin damit.«

»Das wäre nett. Mal sehen, wieviel Zeit noch bleibt.«

»Schön, dich zu sehen, Kyle.« Sie tätschelte ihm herzlich den Arm. Dann wandte sie sich wieder an mich. »Kyle und ich, wir sind zusammen zur Schule gegangen.«

Sie sah mir gestreßt aus, aber vielleicht sah sie auch nur erleichtert aus. Mit dem Sargdeckel hatte sich auch ein Lebensabschnitt voller Mißhandlungen geschlossen. Wenn das Ganze etwas Gutes an sich hatte, so dachte ich, dann war das ihre und die Freiheit ihres Sohns. Sie entfernte sich wieder von uns und machte ihre Runde. Bei jedem einzelnen blieb sie stehen, bedankte sich und berührte ihn. Sie war eine gute Frau, und wie sie war auch ich froh über Monday Browns Tod.

Wie beiläufig warf ich einen Blick zur Seite; ich wollte nicht, daß Müller merkte, daß ich ihn mir etwas genauer ansehen wollte. Erschreckt stellte ich fest, daß er mich bereits anstarrte. Er sagte nichts. Lächelte nur. Dasselbe diabolische Lächeln, das ich ihn vor der Unfallstation auf dem Rücksitz des Wagens hatte lächeln sehen.

»Kennen wir uns?« fragte ich schließlich.

»Wir hatten noch nicht das Vergnügen, aber ich weiß, wer Sie sind. Ich habe mich schon darauf gefreut. Ich bin Jürgen Müller, ein ehemaliger Kunde von Mr. Brown.«

Er hielt mir eine Hand hin. Ich griff nicht danach und sagte auch nichts.

»Ihr Ruf scheint seine gute Berechtigung zu haben.«

Das schrie nach einer Antwort. »Mein Ruf ist für gewöhnlich untertrieben, Mr. Müller.«

Er lachte, legte die Hände aneinander wie zum Gebet und drückte sie gegen die Lippen. »Wunderbar. Das ist wirklich wunderbar. Könnten wir uns einen Augenblick unterhalten?«

Ich dachte schon daran, ihm zu sagen, er sollte sich zum Teufel scheren, aber ich wußte, wenn ich mit ihm sprach, hätte Kyle Gelegenheit, mit Mark Sutter zu reden. »Warum nicht?«

Ich entfernte mich einige Schritt von der Menge. Müller folgte. Ich drehte mich nach ihm um. Ich wollte ihn in einer Position, in der er das Reden besorgen mußte.

»Miss Siegel – oder sind Sie eine dieser emanzipierten amerikanischen Damen, die Ms bevorzugen?«

»Was haben Sie auf dem Herzen?«

»Ich weiß, daß Sie von der Familie des jungen Mannes engagiert worden sind, den die Polizei in Gewahrsam hatte.«

Er griff in die Tasche, holte ein silbernes Zigarettenetui heraus und bot mir eine Zigarette an. Ich schüttelte den Kopf.

»Kommen Sie zur Sache, Müller.«

»Zur Sache? Ich fürchte, ich verstehe nicht ganz.«

»Sie verstehen mich ganz genau.«

»Ich mag Ihre direkte Art, aber ich würde doch vorschlagen, sich etwas im Zaum zu halten. Würden Sie gern spazierengehen, während wir uns unterhalten?«

»Hier paßt es mir ganz gut. Machen Sie schon.«

Er steckte sich die Zigarette an, inhalierte einige Male tief, was mich wohl beeindrucken sollte. Er musterte mich nach meiner Reaktion.

»Ich denke, wir können ins Geschäft kommen, Miss Siegel. Ich glaube, Sie haben Informationen, die mich zu einigen Gegenständen führen können, für die ich bezahlt habe. Es wäre natürlich lächerlich, diese... ah, Informationen ohne irgendeine Art von Vergütung zu erwarten, ein Zeichen meiner Wertschätzung. Also, sind Sie interessiert?«

»In etwa genauso wie vor fünf Minuten. Was bringt Sie zu

der Annahme, daß ich etwas weiß? Vielleicht tappe ich ja auch nur im dunkeln wie alle anderen.«

»Nach allem, was man so hört, tappen Sie nie sehr lange im dunkeln.«

»Vielleicht kann ich Ihr Gequatsche hier auf den Punkt bringen, Mr. Müller. Wenn ich etwas wüßte, wären Sie der letzte, dem ich es sagen würde. In meinen Augen sind Sie ein Drecksack vom selben Kaliber wie der Kerl, den sie eben in die Erde gelassen haben. Ardena hat mir von ihrer kleinen Meinungsverschiedenheit mit Ihnen erzählt. Bei uns hier nennt man so etwas versuchte Vergewaltigung, man kann Sie dafür einbuchten und anklagen. Falls mir zu Ohren kommen sollte, daß Sie sich ihr noch einmal genähert haben, werde ich alles in meiner Macht Stehende tun, Sie vor Gericht zu bringen.«

Seine Wangen liefen rot an. Er nahm einen weiteren Zug von seiner Zigarette und blies mir den Rauch ins Gesicht. »Wie sagt man so schön, Miss Siegel? Kommen Sie mir bloß nicht in die Quere, Miss Siegel. Sie beißen da womöglich ein größeres Stück ab, als Sie kauen können, und ersticken daran. Langsam. Ihre leeren Drohungen fechten mich nicht an.« Sein Akzent wurde schwerer, als er jedes einzelne Wort deutlich aussprach. »Ich könnte Sie zertreten wie ein Stück Hundescheiße und dann vom Schuh in den Rinnstein kratzen. Ist das klar?«

Er griff nach mir, packte mein Handgelenk und quetschte es.

»Da drüben stehen zwei Leute vom FBI und ein Sheriffsdeputy. Bis ich zu Ende gesprochen habe, nehmen Sie besser die Hand weg von mir. Sie sind doch nichts weiter als ein krankes Arschloch, das darauf steht, Nutten zusammenzuschlagen.«

Ein ungläubiger Ausdruck huschte über sein Gesicht. Er ließ mein Handgelenk los.

»Sehen Sie?« fuhr ich fort. »Ich kenne Sie auch, Sie erbärmlicher Kotzbrocken. Ihnen mag ja einer abgehen, wenn Sie sich Frauen packen, die Sie allein erwischen, aber falls Sie sich mir oder Ardena Brown nähern, reiß' ich Ihnen persönlich die Eier aus und stopf' Sie Ihnen ins Maul!«

Ich drehte mich um und ging hinüber zu Kyle, der sich mit Mark Sutter unterhielt. Er sah mir ins Gesicht und griff sich meinen Arm.

»Was ist denn?« Er sah über meine Schulter nach Müller.

»Ich gehe. Ich verabschiede mich nur noch von Ardena.«

Ich wandte mich ab und ging auf Mondays letzte Ruhestatt zu. Ich blieb stehen. Ein alter Indianer, der kaum noch gehen konnte, humpelte mit seinem Stock an den Rand des Grabs und spuckte hinab auf den Sarg. Eine Frau, die sich an seinem Arm festhielt, tat es ihm nach. Keiner der Anwesenden zeigte eine Reaktion.

Ardena stand einige Schritte entfernt von mir, den Arm um ihren Sohn gelegt. Ich ging hinüber und legte ihr den Arm um die Schultern.

»Ich muß los, Ardena. Falls Sie etwas brauchen, irgendwas, rufen Sie mich dann an?«

»Ich komme zurecht, aber trotzdem vielen Dank. Anna wird uns allen furchtbar fehlen. Wie oft schon hatte sie in meinem zweisprachigen Schriftstellerkurs an der Schule einen Vortrag gehalten. Man hörte sie gern. Sie hat uns allen gesagt, Sie seien was Besonderes. Das ist wirklich ein Kompliment von jemandem wie ihr.«

»Sie haben meine Nummer?«

»Ja. Vielleicht rufe ich Sie einer dieser Tage an, damit Sie wieder mit uns schwitzen gehen.«

»Das eine Mal hat mir gereicht, danke. Ich melde mich.«

Auf dem Weg den Hügel hinab erzählte ich Kyle von meiner Auseinandersetzung mit Müller.

»Ich sollte ihn mir eigentlich gleich hier vorknöpfen.« Er blieb stehen und sah den Hügel hinauf Richtung Müller.

»Die Gegend hier fällt nicht in deine Zuständigkeit, hast du das vergessen?«

»Ich rede davon, ihn mir buchstäblich vorzuknöpfen. Ihn ein paarmal den Hügel rauf- und runterzuprügeln.«

»Zum Teufel mit ihm. Laß uns hier verschwinden.« Ich nahm ihn beim Arm und ging los. »Kyle, ich muß dich was fragen. Hast du je was läuten hören, daß James Eagle und Thomas befreundet gewesen wären?«

»Eigentlich nicht. Thomas war eher ein Einzelgänger. Wieso?«

»Hätte er James Eagle ›Jimmy‹ genannt?«

»Indianer verstümmeln ihre Namen gewöhnlich nicht in dieser Art. Ich habe nie gehört, daß ihn jemand anders genannt hätte als James. Wie oft muß ich dich noch fragen, bis du mir endlich sagst, wieso du das wissen möchtest.«

»Einfach so. Ich habe mir da nur was überlegt. Hast du herausgefunden, wer dich angerufen hat?«

»Nein. Aber ich vermute, daß es Louis war. Er wollte keinen Namen hinterlassen, aber man hat den Anruf zurückverfolgt und festgestellt, daß er aus Browning kam. Ich glaube, er hat eine Schwester da oben. Das behältst du aber für dich.«

»Hast du's Genevieve gesagt?«

»Nein. Warum sollte ich, solang ich mir nicht sicher bin?«

»Liegt ganz an dir.«

Als ich nach Hause kam, hatte ich bereits zwei Nachrichten von Dr. Donich. Auf der letzten sagte sie, sie hätte eine Stunde zwischen halb fünf und halb sechs. Blieben mir fünfzehn Minuten, um hinzukommen. Ich griff mir den braunen Aktendekkel und verließ das Haus und eine Katze, die mich kaum noch kannte.

Sie wartete in der Cafeteria. Als ich durch die Tür kam, winkte sie mir.

»Ich bin froh, daß Sie angerufen haben. Ich habe mich schon gefragt, wie es wohl Ihrem Kopf geht. Irgendwelche Probleme damit?«

»Nicht eines. Ich müßte mal ein bißchen ausholen.«

»Wird nicht viel rauskommen dabei, aber machen Sie ruhig.«

»Sie haben doch gesagt, Sie hätten in einer psychiatrischen Klinik gearbeitet.«

»Bißchen heftiger als das. In Kaliforniens Institut für psychisch kranke Kriminelle. Das sind nicht gerade die durchschnittlichen Valiumschlucker.«

»Ich möchte, daß Sie was lesen und mir Ihre Meinung dazu sagen.« Ich gab ihr den Aktendeckel.

»Warum gehen Sie nicht rüber und holen sich eine Cola oder was?«

»Hört sich großartig an.«

Als ich zurückkam, saß sie über die Seiten gebeugt, die Hände zu beiden Seiten an den Kopf gelegt. Als sie fertig war, sah sie an mir vorbei aus den Fenstern, die sich die eine Wand der Cafeteria entlangzogen.

»Was hat es damit auf sich?«

Ich erzählte ihr die ganze Geschichte – bis hin zu Jürgen Müller.

»Mein lieber Schwan. Und ich dachte, die Arbeit in der Notaufnahme bedeutet Druck.«

»Ist da was dran, oder könnte es sich um einen bloßen Jux handeln? Daß jemand ein Spiel mit mir spielt.«

»Ohne eine Vorgeschichte über den, der das hier geschrieben hat, kann ich bestenfalls raten.«

»Das reicht mir schon. Ist es Ihrer Ansicht nach ein Mann oder eine Frau?«

»Könnte beides sein. Hätte man Sie wirklich zum Narren halten wollen, hätte man es allgemeiner gehalten. Andererseits könnte es natürlich auch eine Masche sein, von einem kleinen Mädchen zu schreiben; das könnte Sie nämlich von der richtigen Spur abbringen.«

»Irgendwelche versteckte Botschaften?«

»Hören Sie, Phoebe, ich sehe heute noch Tiere in Wolken. Versteckte Botschaften? Das kann ich Ihnen nicht sagen. Aber es gibt ein Leitmotiv. Es hat mich sofort an einen alten Fall von mir erinnert. In San Luis wurde ein fünfunddreißigjähriger Mann eingewiesen. Er hatte seine Vermieterin umgebracht, und das war nicht die erste. Er hatte auch einen alten Mann aus seiner Straße umgebracht. Nicht die Spur von Reue. Er glaubte einfach, das Recht dazu zu haben. Ein Soziopath. Traurige Kindheit. Man hatte ihn jahrelang von den einen Pflegeeltern zu den nächsten gereicht. Als er elf war, lief er von Verwandten weg, die ihn bei sich aufgenommen hatten. Er versteckte sich die ganze Nacht in einem alten Haus in der Innenstadt von Bakersfield, und ich glaube, so lange allein im Dunkeln zu sein, hat ihm mehr Angst gemacht als die Leute, bei denen er wohnte.«

»Gott.«

»Es kommt noch besser. Am Morgen darauf ging er nach Hause, und die Leute waren ausgezogen. Mit Sack und Pack. Das arme Kind. Damit hatte ihn die Fürsorge wieder, wo er bis achtzehn blieb. Keiner hat wieder von ihm gehört, bis man ihn wegen der Vermieterin festgenommen hat. Als er zu uns kam, hielt er ein Album an die Brust gedrückt. Ich konnte ihn schließlich überreden, mich mal hineinsehen zu lassen. Es war voller Kinder, die mit ihren Eltern Ball spielten, schwammen, zelten waren. Die meisten der Bilder zeigten völlig verschiedene Kinder. Er hatte sogar Fotos von älteren Leuten. Ich fragte ihn, ob das Verwandte seien, und er sagte, er denke schon, er hätte die Fotos bei Garagenverkäufen und Goodwill-Läden zusammengetragen. Er sagte, es müßten Verwandte sein, sonst hätte er sie nicht so dringend haben wollen.«

»Traurig. Sehr, sehr traurig. Aber inwiefern erinnert sie das an das Material hier?«

»Wir hatten es mit einem Kind zu tun, das nie Beziehungen hatte. Nie das Gefühl, Wurzeln zu haben. Zerrissen und besessen zugleich. Er fixierte sich auf Leute. Der hier« – sie tippte mit dem Finger auf die Blätter – »diese Person hier ist auf eine Erinnerung fixiert. Womöglich die einzige, die sie mit ihrer Vergangenheit verbindet. Fällt Ihnen jemand ein, auf den das paßt?«

»Eigentlich nicht... Warten Sie. Man hat da jemanden verhaftet. Er heißt Thomas. Er ist, ah... ich kenne den klinischen Ausdruck dafür nicht, aber er gibt vor, alle möglichen Leute zu sein. Im einen Augenblick ist er sanft, fast fröhlich, im nächsten klinkt er aus und dreht durch. Ich habe ihn heute wie ein Kind gesehen, und plötzlich fing er zu toben an.«

»Womöglich bipolar mit einer Prise Schizophrenie.«

»Würde er darauf passen?«

»Vielleicht. Sie suchen da eine Stecknadel im Heuhaufen, aber ich würde mich verdammt noch mal ab und zu umdrehen.«

»Gefährlich?«

»Das dürfen Sie laut sagen. Leute fixieren sich auf die irrsten Dinge. Wie der Junge, von dem ich eben erzählt habe. Er hat diese kleine alte Frau umgebracht, weil er sie für seine Großmutter hielt. Und die haßte er, weil sie zuließ, daß er ohne Familie durchs Leben mußte. Natürlich war sie keine Verwandte. Die Leute können auf eine gute Sache, auf Knöpfe, Suspensorien fixiert sein. Was Sie nur wollen. Bundy mochte Brünette. Schicksal.«

»Sie sagten eine gute Sache. Würden sie dafür auch töten?«

»Im Handumdrehen, und jeder, der ihnen je im Weg war, sollte einen weiten Bogen um sie machen. Haben Sie schon eine Idee?«

»Einige. Was ist mit Geld? Könnte das ein Motiv sein?«

»Gier und Habsucht? Sind immer gut. Ich für meinen Teil würde für eine Zitronenbaisertorte morden. Ich bin natürlich auf Diät, aber Gott steh dem bei, der mir eine unter die Nase hält.«

Ich lachte und stand auf, um zu gehen.

»Kann ich das behalten und es mir heute abend noch mal ansehen?«

»Ich wäre Ihnen dankbar dafür. Wenn Sie mich später anrufen könnten. Oder wenigstens vor neun Uhr morgens.«

»Fahren Sie weg?«

»Nicht direkt.«

Ich hätte sie um Rat fragen sollen, wie man mit Platzangst umgeht.

30

Die Zahnbürste schmeckte Richter Eaton ganz und gar nicht. Meiner Ansicht nach reagierte er etwas übertrieben, als ich aus dem Gerichtssaal humpelte; Maggie dagegen hielt die Beineisen für einen netten Touch. Falls man Sie nie eingebuchtet und durchsucht hat, sehen Sie zu, daß es dabei bleibt. Es rangiert gleich neben eingewachsenen Zehennägeln und Abstrichen. Man händigte mir den letzten Schrei in Sachen Jail wear aus, eine blaue Kombination, die einem modisch, aber bestimmt sagte: Hey, ich gehöre zu euch!

Die Frauenabteilung der Bezirkshaftanstalt war voll. Die Polizei hatte bei einer Razzia im Zentrum elf, zwölf Schöne der Nacht auffliegen lassen. Sie waren schwer in Ordnung und machten keinen Hehl daraus, wer sie waren oder was sie machten. Ich verbrachte die erste Stunde im Aufenthaltsraum und hörte mir an, wie übel ihnen das Leben so mitgespielt hatte, dann ihr Lamento, daß sich noch keiner ihrer Zuhälter hatte blicken lassen, um ihre Kaution zu bezahlen. Es waren auch einige Freischaffende, Frauen ohne Zuhälter, dabei. Selbst in der Prostitution gibt es ein strenges Kastensystem.

Unter meinen Mitbewohnerinnen befand sich auch eine Auswahl an Damen, die man betrunken am Steuer erwischt hatte, und eine, sie war bereits Ende Sechzig, die auf ihre Verlegung in ein Bundesgefängnis wartete, wo sie den Rest ihres

»natürlichen« Lebens absitzen sollte; ich fragte mich, ob sie sie wohl rauslassen würden, sollte sie eines Tages »widernatürlich« werden. Es spielte keine Rolle, ob man weiß, schwarz, spanischer Abstammung oder Indianerin war; man war hier, und damit gehörte man zusammen.

Etwa gegen halb elf kam der Wärter, der mich zu Thomas gelassen hatte, in den Aufenthaltsraum und rief meinen Namen. »Hey, Siegel.«

»Hier.«

»Kommen Sie raus. Da will jemand mit Ihnen reden.«

Ich folgte ihm durch zwei gesicherte Türen an einem Schild mit der Aufschrift BESUCHSZIMMER vorbei.

»Muß ich denn nicht durch die Scheibe telefonieren?«

»Ach wo. Sie sehen mir nicht gefährlich aus. Als ich hörte, Sie wären hier, dachte ich erst, Wolf hätte sie eingebuchtet wegen des Ärgers von gestern.«

»Wie geht es denn Thomas?«

»Den haben sie in die Psychiatrie verlegt, wo er von Anfang an hingehört hätte.«

»Hat er sich wieder beruhigt?«

»Kommt ganz drauf an, was Sie darunter verstehen. Wir haben ihn für ein paar Stunden in eine Zwangsjacke gesteckt, und als wir die wieder abnahmen, fing er an durch seine Zelle zu tanzen und sang und schrie dabei wie ein Indianer. Heute morgen habe ich gehört, daß der ganze Flügel die Nacht über kein Auge zugetan hat.«

»Wer kommt mich denn besuchen?«

»Gleich hier durch die Tür.«

Er öffnete die Tür zu einem Vernehmungsraum. Kyle saß auf der Kante eines an den Boden gebolzten Tisches.

»Danke, Benny. Hast was gut bei mir.«

»Wo hab' ich das bloß schon mal gehört? Was du mir nicht schon alles schuldest, Wolf. So lange lebst du gar nicht.«

»Konntest es wohl nicht mal eine Stunde ohne mich aushalten, was?«

»Ich hab' einfach gesagt, ich hätte einen Gattenbesuch nötig. Als er mich fragte, was es sein soll, habe ich ihm gesagt, eine kleine Rothaarige.«

»Du willst mich hier drin rannehmen? Auf einem Eisentisch?«

»Hör zu, Spaß beiseite...«

»Wer macht denn Spaß?«

»Phoebe. Bis spätestens heute nachmittag hat man Matthew wieder in Gewahrsam. Man weiß inzwischen, wo er in letzter Zeit mit dem Camper geparkt hatte. Mark Sutter und sein Kumpan sind schon auf dem Weg.«

»Gott, Kyle, das kannst du nicht zulassen.«

»Ich kann nicht das geringste dagegen tun. Die Jury wird vermutlich irgendwann morgen Anklage erheben.«

»Scheiße.«

»Wieso läßt du mich nicht O'Donnell anrufen? Ich sage ihm, daß du bereit bist, mit ihm zu reden?«

»Kommt nicht in Frage. Das kann ich nicht, verdammt noch mal, und das weißt du.«

»Das ist doch längst vergessen. Was, zum Teufel, willst du hier drin ausrichten?«

»Die haben einen ganzen Schwung Nutten hier. Sammy Vargas hat mir erzählt, er hätte auf der Straße so einiges gehört. Vielleicht hat von denen auch wer was gehört.«

»Und du meinst, die schütten dir ihr Herz aus?«

»Vielleicht. Es sind zwei Schwarze darunter, bei denen es sich um die handeln könnte, die Sammy erwähnt hat. Es sind Freischaffende –«

»Na, den Jargon hier hast du mittlerweile ja drauf. Wenn du hier rauskommst, bist du soweit, daß du dich nur noch in Nahtstrümpfen und offenherzigen Blusen zeigst.«

»Mach' ich doch schon lange. Du hast es nur noch nie gemerkt.«

»Ach, übrigens, Roger ist bei deiner Mutter. Ich hatte einen ziemlich hysterischen Anruf von ihr. Das hier kommt wirklich nicht gut an, Phoebe. Sie wollte gleich herkommen und die Kaution hinlegen. Und ich habe ihr gesagt, daß es keine gibt.«

»Scheiße. Daran habe ich gar nicht gedacht.«

»Ich bezweifle, daß du dir überhaupt große Gedanken gemacht hast. Laß mich O'Donnell anrufen.«

»Nein. Gott, was hat dem das gefallen, Kyle! Vor allem als der Richter gesagt hat, man sollte mir die ganze Palette verabreichen.«

»Der ist noch nicht fertig mit dir.«

»Was gibt's denn noch?«

»Das Essen hier drin. Warte bis Mittag, dann siehst du, was ich meine.«

»Dein Freund da, Benny? Der hat mir gesagt, man hätte Thomas hinauf in die Psychiatrische gebracht.«

»Ich hab's gehört.«

»Kyle, ich glaube, nein... ich weiß, daß er mit dem Mord an Monday zu tun hat. Er hat da einen geheimnisvollen Freund...«

»Das spinnt er sich doch wahrscheinlich nur zusammen.«

»Nein, tut er nicht. Er hat mir etwas gesagt, was er nur wissen kann, wenn er in der Nacht, in der Monday verschwand, auf dem Berg war. Ich kann dir nicht sagen, was, aber verdammt noch mal, ich weiß, dieser geheimnisvolle Freund hat Monday kaltgemacht. Deswegen habe ich dich auch gefragt, wer Jimmy ist, ob es James Eagle sein könnte.«

»James Eagle ist tot. Das weißt du.«

»Wie hieß dieser junge Cheyenne gleich wieder?«

»Jedenfalls nicht Jimmy.«

»Kyle. Geh mal rauf und rede mit Thomas. Mal sehen, was er dir sagt.«

»Phoebe…«

»Bitte.«

»Du weißt, was gestern hier unten passiert ist. Verdammt, meinst du, der ist mir gegenüber offener als dir?«

»Das wissen wir doch erst, wenn du mit ihm geredet hast, oder?«

»Soll ich O'Donnell jetzt anrufen oder nicht?«

»Ich hab' gesagt, nein.«

»Dann geh' ich. Ich versuche später noch mal runterzukommen.«

»Was wird aus unserem Gattenbesuch?«

Er verließ den Raum, ohne sich auch nur noch mal umzudrehen.

Als man zu Mittag Froschlaichsuppe und Panzerbrot auftrug, kapierte ich, was Kyle gemeint hatte. Die beiden Nutten, in denen ich Gin und Tonic vermutete, aßen für sich allein. Einmal versuchte ich, mich ihnen zu nähern, und selbst wenn Blicke nicht töteten, die Message kam durch. Ich tippte auf etwas wie »Verzieh dich, Frau«. Ich ließ es gut sein.

Um vier Uhr nachmittags war Besuchszeit. Hektische Aktivität kam auf, als der Wärter einen Namen nach dem anderen aufrief und die Frauen zur Tür hinausliefen, als kämen sie zu spät auf den Schulball. Als ich meinen Namen hörte, war ich ziemlich sicher, daß Kyle runtergekommen wäre, um mir auf den Wecker zu gehen. Ich folgte Benny am Besucherzimmer vorbei in Richtung des Raums, wo ich mich schon vorher mit ihm getroffen hatte.

»Nein. Hier rein.«

Benny öffnete die Tür in den Raum mit der Scheibe und den Telefonen. Ich sah mich um und versuchte ein vertrautes oder wenigstens freundliches Gesicht zu finden. Statt dessen fand ich Jürgen Müller. Ich wandte mich ab, um gleich wieder zu gehen, entschloß mich dann aber doch, mir anzuhören, was das Arschloch von mir wollte. Ich ging hinüber zu einem Stuhl ihm gegenüber und nahm den Hörer ab.

Lächelnd nahm er den seinen ab. »Wir können uns so nicht mehr treffen, Siegel. Die Leute fangen schon an zu reden.«

»Was wollen Sie, Müller?«

»Oh, vielleicht wollte ich mir nur die Frau ansehen, die mir gedroht hat, sie würde mir die Eier ausreißen und sie mir in den Rachen stopfen. Sie sehen aus wie ein Vogel mit gestutzten Flügeln.«

»Na schön, Sie haben mich gesehen. Wir sehen uns.« Ich machte Anstalten aufzulegen, als er die Handfläche gegen die Scheibe legte und etwas sagte. Sein Gesicht hatte dabei einen dringlichen Ausdruck, der meine Neugier erweckte.

»Was ist?«

»Ich muß Ihnen meine Lage klarmachen. Dann werden Sie mich vielleicht verstehen. Das Geld, mit dem ich diese Kultgegenstände gekauft habe, gehört nicht mir. Eine Gruppe deutscher Industrieller mit großem Respekt vor Ihrem indianischen Erbe haben ihr Geld investiert. Ich habe viele Jahre gebraucht, um mir ihr Vertrauen –«

»Wenn die Ihnen vertraut haben, Müller, dann sind das Trottel und verdienen mehr als eine kostspielige Lektion.«

»Oh, Trottel sind das nicht. Sie haben mir hundertfünfundzwanzigtausend Dollar Finderlohn geboten. Für die Beschaffung selbst eines so unbezahlbaren Bündels wie diesem bezahlt zu werden ist selten auf diesem Markt und in dieser Zeit.«

»Was wollen Sie von mir?«

»Ich gebe Ihnen diesen Finderlohn, Miss Siegel, wenn Sie mir sagen, wo die Gegenstände sind.«

»Ich weiß nicht, wo sie sind.«

»Sie lügen. Ich habe im Lauf der Jahre meine Mitmenschen zu lesen gelernt, und ich weiß, daß Sie lügen. Wenn ich meinen

Investoren diese Gegenstände nicht liefere, kann mich das durchaus das Leben kosten. Aber ich gehe nicht allein. Ich brauche diesen Leuten nur zu sagen, daß Mrs. Brown und Sie die ganze Zeit über gewußt haben, wo die Sachen versteckt sind. Die werden Sie bis an Ihr Lebensende verfolgen.«

»Ich kann Ihnen nicht helfen. Hey, wenn Sie nach Hause kommen, wie wär's, wenn Sie mir ein Paar Birkenstocks schickten? Ich habe gehört, Sie hätten da mehr Modelle als wir?«

Ich stand auf und ging hinaus. Ich hörte ihn hinter mir gegen die Scheibe klopfen.

Als ich in den Aufenthaltsraum zurückkam, kamen die beiden schwarzen Nutten herüber, die mir zuvor die kalte Schulter gezeigt hatten.

»Hey, Mädel. Kennst du den Typ, der dich da eben besucht hat?«

»Wen?« fragte ich, als sie sich mir gegenüber an den Tisch setzten.

»Na den Typ mit dem Akzent.«

Ich hatte sie. »Ihr meint Jürgen Müller? Klar kenn' ich den.«

»Tja, wir kennen ihn auch, Schätzchen. Ein totaler kranker Drecksack ist das.«

»Tatsache? Kenn' ich euch beide?«

»Glaub' ich nicht, Schätzchen. Ich bin Tonic, und das hier ist meine Schwester Gin. Du verstehst, ja?«

»Raffiniert. Wirklich. Die Namen habe ich schon mal gehört. Laßt mich mal überlegen. Ja. Von einem Freund von mir. Sammy Vargas?«

»Der putzige kleine Scheißer mit der Pfandleihe?«

»Genau der. Sammy und ich, wir kennen uns schon eine Ewigkeit.«

»Ich werd' nicht mehr. Dann kannst du ja wohl so übel nicht sein, oder?«

»Was ist mit Müller? Woher kennt ihr den?« Dumme Frage.

»Meinst du das ernst, Mädel, oder bist du blind?«

»Dann kennt ihr ihn also geschäftlich?«

»Das find' ich gut, du nicht auch, Gin? Geschäftlich. Stör dich nicht an Gin. Die läßt meist mich reden. Der Typ ist krank, das sag' ich dir. Zeig ihr, was er mit dir gemacht hat, Gin.«

Ohne die geringste Ahnung, was da kommen sollte, sah ich Gin an. Sie hob ihre blaue Baumwollbluse und enthüllte ihre bloßen Brüste. Instinktiv wollte ich auflachen, als ich die Reaktionen der anderen im Raum sah. Die Aufseherin kam gelaufen und brüllte aus voller Kehle.

»Nehmen Sie die verdammte Bluse runter. So was geht bei uns nicht. Ihre sexuellen Vorlieben interessieren uns nicht. Und für Sie sieht das auch nicht gerade gut aus, Siegel.«

»Ich –«

»Runter damit, hab' ich gesagt. Auf der Stelle.« Sie bewegte sich auf Gin zu.

»Komm mir bloß nicht zu nahe, Frau, sonst kriegst du was auf den Kopf, und mit einmal ist's bei mir nicht getan!« Gin kniff die Augen zusammen und spuckte der Aufseherin die Worte geradezu entgegen. »Ich wollte ihr nur eine Verletzung zeigen. Siehst du? Da.«

Gin hob der Aufseherin eine ihrer Hängebrüste entgegen. Die sah sie sich an und errötete.

»Ziehen Sie sich wieder an, oder ich hole zwei Beamte, und Sie landen in einer Zelle. Haben Sie gehört?« Sie wandte sich ab und ging eilig weg.

Erst jetzt bemerkte ich die häßlich eitrige Stichwunde hoch an der linken Seite ihrer linken Brust.

»Scheiße. Wie, zum Teufel, ist das passiert?«

»Das hat er mir angetan.« Ihre Stimme war schrill und aufgebracht. »Das kannst du mir glauben.«

»Ich würde die Bluse lieber wieder runternehmen. Ich möchte wirklich nicht, daß Sie Ärger kriegen.«

»Schätzchen, wir haben Ärger seit dem Tag, an dem wir zur Welt gekommen sind.«

»Müller hat Ihnen das angetan?«

»Das kann man wohl sagen.«

»Wie denn? Warum?«

»Wir waren so richtig drauf und haben, ah...« Sie beugte sich an mein Ohr und flüsterte: »Wir haben was geraucht und« – sie schnüffelte mit der Nase – »so richtig guten Stoff reingezogen, den Tonic besorgt hatte. Echt guten Stoff! Auf einmal fängt der Kerl zu spinnen an und meint, er will mich *testen.* Mal sehen, ob ich wirklich so 'n beinhartes Stück wär'.«

»Warum zum Teufel seid ihr nicht auf und davon?«

»Mensch, ich hatte doch keine Ahnung, was der Typ vorhatte. Tonic lag schon flach. Ich meine, die war völlig weggetreten. Also hab' ich mich hingelegt, auf das Bett, und er zieht so'n Riesennagel raus...«

»Er hat dir einen Nagel in die Brust gestochen?« Ich bekam eine Gänsehaut bei dem Gedanken.

»Das war kein gewöhnlicher Nagel. Das Ding war so lang.« Gin hielt die Hände im Abstand von gut dreißig Zentimetern. »Dann klopft er mir zwei Riegel hin, ganz so als wär' nichts, und ich zieh' mir die hoch. Und dann legt er mich zurück aufs Bett und fängt an, mit meinen Titten zu spielen. Und ich denk' zuerst, der drückt eine Zigarette auf mir aus.«

»Großer Gott.«

»Er hatte eines dieser Holzdinger in der Hand und stach mir damit in die Titte!«

Alle Köpfe im Aufenthaltsraum fuhren herum, so laut war sie geworden.

»Was gibt's da zu glotzen, verfluchte Scheiße?« schrie sie.

»Augenblick mal. Was für ein Holzding?«

»Na, diese Scheißnägel eben.«

»Aus Holz? Bist du sicher?«

»Sieht das so aus, als wär' ich mir nicht sicher?«

Sie entblößte noch mal ihre Brust. Es war weniger eine Stichwunde als ein fransiger Riß. Eine mißglückte Stichwunde.

»Gin, haben die wie hölzerne Stricknadeln ausgesehen?«

Sie überlegte einen Augenblick, bevor sie antwortete. »Ja. Stimmt. Wie die Stricknadeln von meiner Oma. Nur daß die rot waren.«

»Sind Sie sich da absolut sicher?«

»Seh' ich dir wie 'n blödes Luder aus?« Ihre Augen wurden schmal. Ihre sympathische Ader, falls überhaupt eine vorhanden war, schwand rasch dahin.

»Das habe ich nicht gedacht, wirklich, Gin. Glaub mir. Wo hatte er die denn her?«

»Woher soll ich das wissen? Er hat sie in dem kleinen Koffer gehabt, mit dem er immer rumläuft. So 'n flaches Ding.«

»Einen Aktenkoffer, ja?«

»Ja. Da hat er sie drin gehabt.«

»Was war denn, nachdem er versucht hat –«

»Ich hab' geschrien wie am Spieß, und Tonic ist ihm ins Kreuz gesprungen und hat ihn durchs Zimmer geritten, den Mistkerl.«

»Was ist aus den Nadeln geworden, Gin?«

»Woher soll ich das wissen? Wir haben ihm gesagt, die könnt' er sich in den Arsch stecken.«

»Ihr seid gegangen?«

»Worauf du dich verlassen kannst. Wir haben gemacht, daß wir da rauskommen. Seither haben wir ihn nicht mehr gesehen, den Trottel. Wir haben ja gewußt, daß er's gern grob hat, aber ich laß mir doch von so einem keine Narbe an die Titten machen. Ist nicht grade gut fürs Geschäft.«

Ich war außer mir, ich konnte kaum einen klaren Gedanken fassen. Ich mußte hier raus. Brauchte ein Telefon; oder Kyle.

»Nicht weglaufen, Gin.«

Ich stand auf und ging hinüber zu dem Sprechloch in der Scheibe, die uns von der Aufseherin trennte.

»Was haben Sie auf dem Herzen, Siegel?«

»Ich muß unbedingt mit Deputy Kyle Wolf reden. Wann kann ich telefonieren?«

»Haben Sie eine Münze?«

»Haben Sie ein Telefon, verfluchte Scheiße?«

»Achten Sie auf Ihren Ton.« Sie deutete mit dem Finger auf mich. »Achten Sie mir bloß auf Ihren Ton.«

»Ich hole eine.«

»Wenn Sie eine haben, dann melden Sie ein R-Gespräch vom Münzfernsprecher aus an.«

»Ich glaube nicht, daß man im Büro des Sheriffs ein R-Gespräch annimmt. Sie müssen die Nummer für mich wählen.«

»Tut mir leid. Das kann ich nicht.«

»Sie können nicht, oder Sie wollen nicht?«

»Beides. Sie sind nichts Besonderes, Siegel. Und Ihrem Umgang nach möchte ich drauf wetten, ein Nichts.«

Mein erster Gedanke war, durch das Loch zu greifen, sie durchzuziehen und sie dann Gin vor die Füße zu werfen. Aber damit hätte ich mir nur ins eigene Fleisch geschnitten. Ich ging hinüber zu Gin.«

»Hast du einen Vierteldollar?«

»Soll das 'n Witz sein? Meinst du, Huren tragen 'n Sack Kleingeld mit sich rum?«

»Nein. Das ist kein Witz. Ich glaube, ich kann uns alle hier rausbringen. Wenn du einen Vierteldollar hast.«

»Die werden unsre Kaution nicht auf 'nen Vierteldollar setzen, Schätzchen.«

»Fürs Telefon.«

Tonic hob den Kopf, griff in die Tasche und warf eine Münze über den Tisch.

»Danke, Tonic.«

Ich meldete ein R-Gespräch für Genevieves Büro an und hoffte inständig, die Sekretärin würde meine Stimme erkennen. Genevieve ging selbst ran. Die Worte flogen mir nur so aus dem Mund. Sie erklärte sich bereit, Kyle aufzutreiben und zum Gefängnis zu bringen.

Eine halbe Stunde verging. Eine Stunde verging. Noch immer kein Kyle. Als anderthalb Stunden vergangen waren, hatte ich fast eine Furche in den Boden gelaufen. Dann kam der Wärter in den Aufenthaltsraum und rief meinen Namen.

Als ich ihm den Flur hinauf folgte, wollte ich schon in den Besucherraum. Er bugsierte mich geradeaus weiter.

»Wär' wirklich nett, wenn Sie und Wolf sich ein andres Plätzchen für Ihre lauschigen kleinen Treffs suchen würden.« Er grinste mich an und öffnete dann die Tür. »Augenblick, er ist gleich da.«

Als Kyle zur Tür hereinkam, sah ich mich bereits nach einer braunen Papiertüte um, in die ich atmen könnte, um nicht zu hyperventilieren. Mit seinem breiten Grinsen konnte ich gar nichts anfangen.

»Na, steht uns die Menstruation ins Haus?«

»Menstruation, Scheiße. Wo bist du gewesen?«

»Beruhige dich.«

»Wir haben ihn, Kyle. Wir haben ihn tatsächlich. Ich habe hier die beiden Nutten bei mir, die –«

»Wir haben ihn bereits aufgegriffen.«

»Ihr habt was?«

»Genevieve hat angerufen. Ich war mit dem Wagen unterwegs, als mich die Zentrale rief. Sie hat mir alles erzählt, was du gesagt hast, und ich dachte, ich besorge mir besser gleich einen Durchsuchungsbefehl, bevor Müller spitzkriegt, daß da was läuft.«

»Und? Was ist passiert?«

»Er war nicht in seinem Hotelzimmer. Der Manager hatte keine andere Wahl, als uns in sein Zimmer zu lassen, und wir fanden sie genau da, wo deine Freundin gesagt hat. In seinem Aktenkoffer.«

»Und wo war Müller?«

»Bist du bereit?«

»Verdammt noch mal, Kyle! Wo war er?«

»Wir waren eben dabei, die Nadeln einzutüten, bei denen es sich übrigens um Hautnadeln handelt –«

»Was für Dinger?«

»Hast du je *Ein Mann, den sie Pferd nannten* gesehen?«

»Nein. Was hat das denn damit zu tun?«

»Diese Nadeln werden bei der Sonnentanz-Zeremonie verwendet. Dieses spezielle Paar ist sehr alt. Sie sind aus Würgkirschenholz und wahrscheinlich mit irgendeinem pflanzlichen Mittel gefärbt, so daß sie noch roter aussehen. Na jedenfalls, Müller kommt rein, als wir mitten drin sind. Vier von unsren Leuten gehen seine Schubladen durch, den Schrank, das ganze verdammte Zimmer.«

»Ist er geflitzt?«

»Nein, verdammt. Er stand einfach da und lächelte. Das ist der Eismann, Phoebe. Dem hättest du den Frost vom Gesicht kratzen können.«

»Wo waren denn seine Kameraden? Sein Hofstaat vom FBI?«

»Die hatten sich unten am Aufzug von ihm getrennt, aber ich habe Sutter angerufen, um ihn wissen zu lassen, was da abgeht. Müller steht unter irgend so einem diplomatischen Schutz, und die Botschaft nimmt das Ganze sehr persönlich. Sieht so aus, als wäre sein Bruder einer von den großen Investoren.«

»Wahnsinn. Wo ist er denn jetzt?«

»Sutter nimmt ihn sich gerade auf der Wache zur Brust. Er will dich sehen.«

»Mich?«

»Dich. Bist du bereit, hier zu verduften?«

»Du meinst, ich kann?«

»O'Donnell ist unterwegs. Nicht gerade bester Laune, wie ich hinzufügen darf.«

»Kyle, ich muß Gin und Tonic hier rausholen.«

»Für die bist du nicht verantwortlich, Phoebe.«

»Von wegen. Es war Gottes Wille, Kyle. Deshalb sind wir auch zur selben Zeit hier drin gewesen. Das ist eine Schuld, die ich wirklich begleichen möchte. Bitte. Mir zuliebe.«

»Laß mich mit Sutter reden. Vielleicht kann er das deichseln.«

O'Donnell kam zur Tür herein. »Tja, Siegel. Diesen einen Stich haben Sie ja vielleicht gemacht, aber das Spiel ist noch nicht vorbei.«

»Ich glaube nicht, daß ich mit Ihnen noch länger spielen will, O'Donnell. Sie sind nicht gerade eine Herausforderung.«

Sein Gesicht lief puterrot an. »Ihr loses Maul wird Ihnen eines Tages noch zum Verhängnis. Und ich hoffe, ich muß mir das nicht mit ansehen.«

»Geistiger Schlagabtausch mit unbewaffneten Gegnern ist bei mir nicht drin, O'Donnell, ich würde also nicht drauf warten.«

31

Müller saß in einem Raum des Bezirksgefängnisses, wie ich ihn bereits kannte: ein Tisch, an den Boden gebolzt, und zwei Stühle. Ich trat ein und sah sein blasiertes Lächeln, das er bisher jedesmal aufgesetzt hatte, wenn ich dem Arschloch begegnet war. Es genügte, um ihm auf der Stelle an die Gurgel zu wollen.

»Dieser Augenblick muß ein ziemlicher Triumph für Sie sein, Miss Siegel.«

»Ziemlich großzügig für einen Verlierer.«

»Sie dürfen sich ruhig an meiner vorübergehenden Situation weiden, aber ich hielt es für fair, einige Informationen mit Ihnen zu teilen.«

»Es ist vorbei, Müller. Sie haben verloren.«

»Setzen Sie sich doch, bitte. Es wird Sie interessieren, was ich zu sagen habe.«

»Es interessiert mich nicht.«

»Da draußen läuft noch ein Mörder herum. Ich habe Mr. Brown nicht umgebracht.«

»Man hat mir schon gesagt, daß Sie leugnen. Aber bei mir zieht das nicht.«

»Ob es bei Ihnen zieht oder nicht, spielt keine Rolle. Ich habe Mr. Brown nicht umgebracht.«

»Aber Sie haben die beiden Jungs umgebracht. Und wo wir

schon dabei sind, was ist mit Louis? Sagt Ihnen der Name was?«

Er sah mich neugierig an. »Sollte er?«

Ich musterte seinen Gesichtsausdruck. Er war eiskalt, aber andererseits auch verwirrt.

»Sollte ich diese Person kennen?« fragte er noch einmal.

»Er war ein Freund von James Eagle. Er wird vermißt.«

»Ich fürchte, in diesem Fall kann ich Ihnen nicht helfen.«

»Sie sagen also nur, Sie haben die beiden Jungs umgebracht.«

»Sie sind einfach zu beschränkt. Ich habe ganz gewiß nichts davon gesagt, auch nur einen der beiden jungen Männer umgebracht zu haben. Aber das spielt ja keine Rolle, oder?«

»Nein, in Ihrem Fall wahrscheinlich nicht. Ich habe gehört, Ihr Bruder hält die Hand über Sie. Mit irgendeiner aus den Fingern gesaugten diplomatischen Immunität. Vielleicht will er aber auch nur, was ihm zusteht. Ich habe gehört, er sei einer Ihrer größeren Investoren.«

»Statt sich auf mich zu konzentrieren, würde ich mich auf Mr. Brown konzentrieren. Wer immer ihn umgebracht hat, der hat auch die Ware, für die ich bezahlt habe. Ich möchte wirklich gern wissen, was daraus geworden ist.«

Mit offenem Mund saß ich da. »Sie erstaunen mich, Müller. Sie sitzen hier und tun, als kämen Sie eben aus einem schlechten Stück. Beleidigt, daß Sie die Zeit verschwendet haben, überhaupt hinzugehen. Was, zum Teufel, spielen Sie für ein Spiel?«

»Ich kann Ihnen versichern, daß dieses Spiel, wie Sie es nennen, noch nicht vorbei ist. Die Spieler müssen erst noch die Karten aufdecken.«

»Noch mal. Sie übernehmen also nur die Verantwortung –«

»Ich übernehme die Verantwortung für gar nichts. Das Problem, das ich hier sehe, ist, daß Sie nicht zuhören. Ich habe

Monday Brown nicht ermordet. Damit sollten Sie sich beschäftigen, Miss Siegel. Nur weil ich hier in Gewahrsam dieser Behörden bin, ändert das nichts an der Tatsache, daß, wer immer da die Hand im Spiel hat, sowohl meine Ware als auch mein Geld hat. Das ist –«

»Mich interessiert nicht, was Sie sich da für eine Verteidigung zur –«

Er hob einen Finger an die Lippen und zischte leise.

»Sie sind eine würdige Gegnerin. Ich habe Ihnen gesagt, daß ich das respektiere. Nennen Sie es mein Abschiedsgeschenk für Sie.«

»Ich nenne es Krampf, Müller. Sie hätten schon vor langem aus dem Genpool ausgemustert gehört. Sparen Sie es sich also.«

Ich stand auf und ging zur Tür. Der Deputy, der daneben an der Wand gelehnt hatte, öffnete sie mir. Ich trat hinaus und beugte mich dann noch mal hinein. Laut genug, daß Müller es hörte, sagte ich: »Ach, übrigens. Ich würde jedem, der mit diesem Kerl in Berührung kommt, sagen, daß er AIDS-Maßnahmen ergreifen soll. Eine seiner, ah… Kontaktpersonen hier im Gefängnis hat aus ihrer Krankheitsgeschichte geplaudert. Sie wurde vor einem Monat HIV-positiv getestet.« Ich warf einen kurzen Blick auf Müller und lächelte, als er blaß wurde.

»Was hatte unser Junge denn zu seiner Verteidigung vorzubringen?« fragte Kyle.

»Nicht viel. Er versucht nur etwas Zeit zu gewinnen. Was wird denn mit dem?«

»Man wird ihn ausweisen. Ist bereits im Gange.«

»Mir kommt gleich der Kaffee hoch.«

»Braucht er nicht. Sutter hat mit seinem Bruder geredet und ihm gesagt, was hier los ist. Müller ist noch nicht aus dem Schneider. Sie mögen ihn wieder nach Hause schicken, aber die Leute werden schon Schlange stehen, um ihn sich vorzuknöpfen, wenn er aus der Maschine steigt.«

»Kyle, hat er irgendwas zugegeben?«

»Nein. Alles nur Bluff. O'Donnell sagt, es reicht für eine Anklage. Ich meine, verdammt, wir haben in seinem Gepäck vierzehn Gegenstände gefunden, die nur aus Mondays Schatz stammen können, und diese Hautnadeln werden laut Joss genau in die Wunden von Monday und dem jungen Cheyenne passen.«

»Was ist mit James Eagle? Der wurde erschossen.«

»Wir haben in Müllers Zimmer einen Revolver gefunden. Ich tippe darauf, daß er ihn hier in Billings auf der Straße gekauft hat. Der Schußwaffenerkennungsdienst beschäftigt sich damit.«

»Das Zeug, das ihr in seinen Koffern gefunden habt?«

»Ja?«

»War das auf der Liste?«

»Das meiste.«

»Läßt man die Vorwürfe gegen Matthew fallen?«

»Du kennst doch O'Donnell. Er muß immer eine Schau abziehen. Er hat so eine Vorstellung, daß Matthew mit Müller gemeinsame Sache hätte. Ich glaube nicht, daß er damit weit kommt.«

»Was, wenn alles auftaucht?«

»Hängt ganz davon ab, wo sie gewesen sind. Warum?«

»Nichts. Bin nur neugierig. Was ist mit dem Geheimnisvollen, der dich angerufen hat?«

»Von dem habe ich noch nichts gehört.«

»Meinst du, es ist Louis?«

»Hoffen wir's, Phoebe. Ich glaube nicht, daß Genevieve damit fertig werden würde, wenn man ihn tot findet.«

»He, Wolf. Anruf für dich. Wo willst du ihn hin haben?«

»Wer ist es denn?«

»Monday Browns Frau. Witwe. Was immer.«

»Legen Sie ihn mir hier runter.«

»Scheiße. Ich hätte mich bei ihr melden sollen. Bleib hier, während ich rangehe.« Kyle trat an einen Schreibtisch und nahm den Hörer ab. Normalerweise läßt er sich nie etwas anmerken, aber diesmal schon. Auf seinem Gesicht spiegelte sich ungläubiges Entsetzen.

»Haben Sie die Indianerpolizei verständigt?« war alles, was ich hörte, bevor er sich wieder mir zuwandte.

Als er auflegte, stand er einen Augenblick schweigend da.

»Was ist denn, Kyle?« fragte ich.

»Jemand hat Monday ausgegraben.«

»Was, zum Teufel, soll das heißen, ausgegraben?«

»Na, was ich sage. Er ist weg. Ardenas Junge war gestern abend oben am Grab. Alles war in Ordnung. Als er so vor einer Stunde wieder raufging, war nur noch ein gähnendes Loch da, der Sarg offen und leer.«

»Das glaube ich nicht.«

»Es wimmelt nur so von Stammespolizei da draußen. Es führen Reifen- und Fußspuren den Hügel hinauf und hinab. Ardena ist gestern abend, nachdem Shawn oben am Grab gewesen war, noch in Crow gewesen. Sie meint, daß es passiert sein muß, während sie weg waren.«

»Wer, zum Teufel, sollte Mondays Leiche wollen?«

»Da bin ich überfragt. Ich kenne da einen Kollegen, einen Crow. Ich versuche ihn mal aufzutreiben und zu hören, was passiert ist.«

»Das kann doch wohl nur ein schlechter Scherz sein, meinst du nicht?«

»Das ist sogar mir zuviel. Großer Gott! Da meint man, man hat alles gesehen…«

»Passendes Ende für einen Grabräuber. Findest du nicht?«

»Ja. Ein passendes Ende.«

»Ich muß noch was erledigen. Ist Genevieve noch da?«

»Sie hat gesagt, sie würde im Empfangsbereich auf dich warten. Was hast du denn zu erledigen?«

»Das sag' ich dir später. Ich denke, es könnte Matthew völlig entlasten.«

»Na, dann sag's mir doch, um Himmels willen.«

»Kann ich nicht. Noch nicht. Könnte sein, daß ich auch völlig daneben liege, aber anderseits...«

»Also wenn ich was nicht ausstehen kann. Das bedeutet doch wieder nichts als Ärger.«

»Ach, bevor ich gehe, sag doch dem Deputy, der bei Müller war, daß das mit dem AIDS bloß geschwindelt war.«

»Das mit dem AIDS?«

»Er weiß schon, wovon ich rede, aber bitte ihn doch, Müller noch etwas schmoren zu lassen. Bis später.«

»Augenblick mal...«

»Vergiß mir nicht Gin und Tonic«, rief ich, als ich in den Aufzug stieg.

»Feiert ihr zwei beiden was Privates, oder kann jeder kommen?« rief jemand hinter Kyle.

32

»Du bist früh dran für jemanden, der mich für halb verrückt hält. Komm rein. Ich wollte eben duschen.«

»Das ist doch verrückt, Phoebe. Ist doch völlig sinnlos, noch mal auf den Berg raufzugehen.« Genevieve ging an mir vorbei in die Diele.

»Ich dachte, wir wären uns gestern einig gewesen.«

»Klar. Und wär's nach dir gegangen, dann hätten wir mitten in der Nacht da oben gestanden.«

»Das war ein Kompromiß. Wir sind gestern abend nicht gegangen. In der Küche ist Kaffee. Bedien dich.«

»Hast du heute morgen schon mit jemandem gesprochen?«

»Nein. Aber Kyle hat gestern abend angerufen. Ich schätze, der Papierkram um Müller wächst ihm über den Kopf. Dieses Arschloch. Kyle hat mit John Wolf gesprochen, um zu sehen, ob die was von Matthew oder Steven gehört hätten.«

»Und?«

»Sie sind zu Hause. Beide. Matthew ist ziemlich fertig wegen seiner Großmutter.«

»Wie stehen sie denn rechtlich da?«

»Wie meinst du das?«

»Na, wegen der Anklage.«

»Kyle glaubt nicht, daß da groß was rauskommt bei, selbst wenn O'Donnell sich dahinterklemmt. Aber er will es nicht drauf ankommen lassen. Die Familie hat schon viel zuviel durchgemacht.«

»Ich muß es dir sagen, Phoebe, soviel bin ich dir einfach schuldig, aber das ist keine sehr gescheite Idee. Laß Kyle sich drum kümmern.«

»Das kann ich nicht. Der hat doch alle Hände voll zu tun.«

»Dafür wird er schließlich bezahlt. Sieh's doch mal so. Ist allemal besser, als den ganzen Tag in einem Büro rumzusitzen, und wenn wir nichts finden, was soll's? War's eben ein schöner Ausflug. Findest du nicht? Ich spring nur mal rasch unter die Dusche. Bin gleich wieder unten.«

Das einzig wirkliche Zugeständnis an die moderne Sanitärtechnik in meinem Haus ist die Dusche. Donnernd brauste mir das Wasser gegen den Rücken und massierte mir die Muskeln. Ich hatte beschissen geschlafen. Genevieve hatte sich geweigert, mich in die Pryor Mountains zu begleiten, und hatte natürlich recht gehabt, als sie meinte, bis wir dort wären, hätten wir kaum noch Licht. Nach einiger Überredung hatte sie sich für diesen Morgen breitschlagen lassen.

Ich war wie aufgezogen. Völlig überdreht. Ich wußte, die Kultgegenstände waren genau dort, wo Thomas gesagt hatte. Mein Instinkt sagte mir, daß er recht hatte, daß selbst im hintersten Winkel seines verdrehten Verstands irgendwo ein Realitätsfunke flackerte.

Ich hatte mir das Haar eingeschäumt und spülte es eben aus, als ich spürte, daß ich nicht allein war. Ich wischte mir die Seife aus den Augen und spähte um mich. Der verzerrte Schatten kam an die Glastür und wuchs, je näher er kam. Mir stockte der Atem. Wasser lief mir übers Gesicht und trug mir die beißende Seife in Augen und Mund.

»Phoebe«, sagte die körperlose Stimme. »Anruf für dich von Dr. Donich. Sie sagt, es sei wichtig.«

»Genevieve?«

»Wer sonst?«

»Scheiße. Du hast mich zu Tode erschreckt.«

»Tut mir leid. Ich habe ihr gesagt, sie soll's später noch mal versuchen, aber sie meinte, es könne nicht warten.«

»Ich gehe im Schlafzimmer ran. Sag ihr, ich bin gleich soweit.« Ich spülte mir die Haare und wickelte mich in das Garfield-Strandtuch. Tropfend lief ich ins Schlafzimmer und nahm ab.

»Hallo?«

»Kitty Donich. Ich hätte Sie nicht aus der Dusche geholt, wenn ich nicht gleich nach dem Aufwachen die Schlagzeilen über den Deutschen gelesen hätte. Man hat ihn also verhaftet?«

»Und ob. Was gibt's denn?«

»Ich habe die Papiere mit nach Hause genommen und sie mir noch mal angesehen. Sind die sicher, daß sie den Richtigen haben?«

»Oh, das sind sie, keine Bange.«

»Dann ist das ja vielleicht nur noch von rein akademischem Interesse, was ich Ihnen sage, aber urteilen Sie selbst.«

»Schießen Sie los.«

»Ist natürlich jetzt schwer zu sagen, nachdem man jemanden verhaftet hat, aber womöglich ist das Ganze reiner Zufall und hat nichts mit all dem hier zu tun. Als Profi würde ich schwer darauf tippen, daß diese Seiten von einer Frau geschrieben worden sind.«

»Einer Frau? Wieso?«

»Die Intensität. Der Schmerz. Das Gefühl. Unter der Oberfläche steckt weit mehr. Eine gespaltene Persönlichkeit, die nie ganz integriert wurde. Sie erinnern sich an den Kerl mit dem Fotoalbum?«

»Ja.«

»Nun, diese Erinnerung, sei sie nun real oder eingebildet, ist das gleiche wie mit dem Album. Es ist die einzige und damit kostbare Verbindung zur Vergangenheit. Die einzige Kindheit. Das Ganze ist hochemotionell, und ich kam immer wieder auf einige der Zeilen zurück.«

»Welche denn?«

»Lassen Sie mich Ihnen erst noch mal einen Überblick geben. Wie Sie sich erinnern, ist das Ganze vom Gesichtspunkt des Kindes aus geschrieben. Eines sehr jungen, leicht zu beeindruckenden kleinen Mädchens. Wir alle haben Erinnerungen, die im Lauf der Jahre Bedeutung gewinnen oder deren Bedeutung sich ändert, richtig?«

»Richtig.«

»Nun, hier haben wir ein kleines Mädchen mit jemandem, den es offensichtlich sehr lieb hat. Und der stirbt. In ihrem kindlichen Verstand ist sie sich dessen bewußt. Es ist nicht nur der Tod dieser Person, sondern der Tod einer Lebensweise, die man es zu verlassen zwingt. Ihr Großvater prägt ihr ein, nicht absichtlich, aber er tut es, ihren *Stamm* mitzunehmen. Was in der Theorie ganz nett klingt, aber was passiert mit dem Verstand der Kleinen, wenn man sie plötzlich aus ihrer Umgebung reißt? Wenn sie plötzlich in der *Welt der Weißen* lebt? Jeder mit nur etwas Grips wüßte, daß das einem kulturellen Supergau gleichkäme. Sie ist alt genug, um sich zu erinnern, aber auch noch so jung, daß sich derjenige, der sich letztlich um sie kümmert, keine Gedanken darüber macht, zu welchem Trauma das führen kann. Es gibt da Studien von asiatischen Kindern, die aus dem Vietnamkrieg heraus von Amerikanern adoptiert wurden und danach nie wieder mit dem in Berührung kamen, was sie in ihren Entwicklungsjahren geplagt hat.«

»Langsam, langsam. Ich komme da nicht mehr mit.«

»Lassen Sie mich ausreden. Das Gute kommt erst noch. Es gibt da eine Zeile, irgendwo in der Mitte, lassen Sie mal sehen« – ich hörte sie mit den Blättern rascheln – »hier. *Der Adler wird dich lehren. Der Adler wird aus dir einen furchtlosen Jäger machen.* Definieren wir doch mal ›Jäger‹. Ist er nicht ein Raubtier?«

»Jemand, der tötet.«

»Sie haben's erfaßt. Dieses Kind wächst auf, klammert sich an diese eine Erinnerung, ich denke ja, daß es noch andere gibt, aber die hier ist vorherrschend. Dann ist dieses Kind erwachsen. Eine gute Sache tut sich auf.«

»Zum Beispiel?«

»Wer weiß? Die schmähliche Niederlage der Atlanta Braves gegen die Phillies neulich. Hatte eine große Presse. Es könnte alles mögliche sein. Aber jetzt hat diese Erwachsene eine gute Sache, die sie unbarmherzig verfolgt. Gott steh dem bei, der ihr dabei im Weg steht.«

»Ihr? Sie glauben also wirklich, es ist eine Frau?«

»Allerdings. Die Schlagzeilen haben mich irritiert. Ich muß los. Ich habe einen plärrenden Zehnjährigen mit einem Angelhaken in der Kopfhaut. Noch Fragen?«

Ich hörte ein leises Klicken in der Leitung.

»Hallo?«

»Ich bin noch dran.«

»Ich dachte, ich hätte Sie auflegen hören.«

»Wir haben an dieser Leitung eine Menge Anschlüsse. Hat wahrscheinlich jemand den falschen Knopf gedrückt.«

»Danke, Kitty. Ich melde mich womöglich noch mal.«

Sie legte auf. Ich behielt den Hörer noch einen Augenblick am Ohr und lauschte. Nichts. Diese Experten in Sachen Geisteskrankheit könnten auch dem Stabilsten eine gesunde Dosis Verfolgungswahn einimpfen. Ich verdrängte den Gedanken, zog mich an und machte mich auf den Weg nach unten. Ich blieb stehen, als mir plötzlich die Kultgegenstände im Kasten über der Toilette einfielen. Wenn ich recht hatte und Mondays

Schatz auf dem Berg fand, dann hätte ich eine gute Gelegenheit, sie unter der ursprünglichen Beute verschwinden zu lassen.

Ich kletterte hinauf, griff in die Tiefen des Spülkastens und holte die Plastiktüte heraus. Der Specksteinfisch, der Skalplockenbeutel und die Fingerknöchelkette, alles trocken. Nachdem ich die Tüte mit einem Handtuch abgewischt hatte, steckte ich sie in die Tasche meiner Jeansjacke und ging hinunter. Genevieve wartete auf der Veranda.

»Bereit?« fragte ich.

»Nicht weniger als du«, sagte sie und ging auf ihren Wagen zu. »Gehen wir.«

»Genevieve, wenn du dich dem nicht gewachsen fühlst...«

Sie drehte sich um und sah mich an. »Ist schon okay.«

Irgendwas hatte sich geändert.

Ich war nie ein sonderlich guter Autofahrer. Ich habe immer das Gefühl, sollte es mir bestimmt sein, in einem Haufen verbogenen Blechs zu enden, dann würde ich selbst am Steuer sitzen. Genevieves Fahrweise auf dem Highway gab dieser Marotte neue Nahrung.

»Soll ich dich ablösen?« fragte ich.

»Mache ich dich nervös?«

»Nein. Ich gehöre nur zu den Kontrollfreaks, die lieber austeilen als einstecken.«

»Dann fahr' ich mal langsamer.«

»Warst du schon mal oben?« fragte ich, als wir auf die Cave Creek Road abbogen.

»Wieso fragst du?«

»Ich hatte Schwierigkeiten raufzufinden. Ich dachte, der Canyon hört überhaupt nicht mehr auf.«

Sie sagte nichts. Als sich die Straße nach oben wand, verschwanden die Bäume auf meiner Seite des Wagens, und ich hatte einen Blick auf einen Abgrund, der gut tausend Meter in die Tiefe führen mußte. Mein Magen krampfte sich zusammen, als ich den Splitt hinter dem Wagen davonschießen hörte.

Es gibt ein Gefühl, das wohl jeder irgendwann mal gehabt hat. Es beginnt als namen- und gestaltloser Schrecken, der durch die Poren eindringt und eine Klarheit des Denkens mit sich bringt, wie man es sonst nicht so leicht hervorbringt. Genau dieses Gefühl hatte ich. Müllers Worte krochen in den Vordergrund meines Denkens: *Noch haben nicht alle Spieler ihre Karten aufgedeckt.*

Genevieve fuhr so nahe an den Straßenrand wie möglich und hielt an. Ich hörte Erdbrocken und Steine vom Seitenstreifen den Abgrund hinunterfallen.

»Ich muß mich mal strecken und frische Luft schnappen. Komm, steigen wir aus.«

Genevieve öffnete die Tür, stieg aus und stellte sich an den Rand der Böschung. Sie entfernte den Clip, der ihr Haar fest am Hinterkopf hielt; der Wind ergriff ihr Haar und legte es ihr übers Gesicht. Ich saß da und sah wie gebannt zu, als sie mir Zeichen machte, zu ihr zu kommen. Ich öffnete die Tür und schwang ein Bein hinaus. Ich hatte keinen Boden unter den Füßen.

Sie lächelte und blickte dann in die Ferne. Ich schloß die Tür und legte meinen Kopf gegen die Kopfstütze. Ich hatte meinen Mörder. Das heißt, sie hatte mich. Mit einemmal paßte alles zusammen: das Strichmännchen neben dem Bach, Kitty Donichs Analyse und vor allem der arme, einfältige Thomas. Er hatte nicht *Jimmy* gerufen.

Ich sah Genevieve an.

Und sie wußte, daß ich es wußte.

Ich hatte zwei Möglichkeiten. Ich konnte ins Nichts hinaustreten, oder ich konnte mich über die Konsole und den Schalthebel in den Fahrersitz manövrieren und abzuhauen versuchen. Nichts von beidem würde mir einen Vorteil in die Hand geben. Und genau der war es, den ich brauchte.

Ich öffnete das Handschuhfach, kramte darin herum und nahm ein Buch heraus. Ich versuchte mich zu erinnern, ob ich mal gehört hatte, daß sich einer mit einem Handbuch zur Wehr gesetzt hätte. Mir kam auch nicht ein verdammter Fall in den Sinn. Genevieve kam zum Wagen zurück und stieg ein.

»Wieso bist du nicht ausgestiegen? Die Aussicht ist herrlich.«

»Ich weiß nicht, ob ich auf dem Weg hinab viel gesehen hätte.«

Genevieve lächelte und ließ den Wagen an. Wieder flog der Splitt, als sie aufs Gaspedal trat und den Rest des Berges anging.

»Genevieve?«

»Was?«

»Wir müssen uns unterhalten.«

»Wahrscheinlich. Aber erst mußt du dir was ansehen.«

»Ich bin nicht grade in Stimmung für eine Sightseeing-Tour. Hören wir doch mit diesem Katz-und-Maus-Spielen auf.«

»Bin ich die Katze?« fragte sie und blickte herüber. »Oder bin ich die Maus?«

»Das könnte ich dich fragen.«

Sie schwieg, während wir immer schneller wurden. Der Wagen legte sich in die Kurven und brach immer wieder hinten in Richtung Straßenrand, meinem Rand, dem mit der Steilwand, aus, als sie achtlos durch die Serpentinen schoß. Wir kamen über einen Hügel. Der Parkplatz mit den Toiletten war direkt vor uns. Hier, so hatte ich angenommen, würde sie anhalten. Ich wollte schon die Tür öffnen, als sie den Wagen ohne Warnung herumriß und weiterfuhr. Die Straße wurde schmaler. Die Böschung stieg zu beiden Seiten an, als sie mit einem Affenzahn der Kuppe entgegenschoß.

»Genevieve. Das ist doch albern. Wir müssen darüber reden.«

»Wir werden reden, Phoebe. Wenn ich oben bin, halte ich an, und wir reden.«

Mein einziger Gedanke war, wenn wir nach oben kommen.

Die Straße wurde eben, und wir befanden uns auf einem Hochplateau, das sich in drei Richtungen streckte. Die Gegend kam mir irgendwie bekannt vor, obwohl ich wußte, ich war noch nie hiergewesen. Die Erkenntnis dieser Vertrautheit traf mich wie ein Schlag gegen die Brust, und das mit einer solchen Wucht, daß ich mich zu Genevieve drehte, um zu sehen, ob sie mich geschlagen hatte. Sie hatte beide Hände fest um das Steuer gelegt.

Es fehlte noch einiges: Anna Wolf, der Bär und der Widder. Ich war diese Straße in meinem Traum hochgekommen. Hatte die Spitze ihres Stocks in meinem Rücken gespürt und mich vor den Quarzsplittern zu schützen versucht, die jedesmal geflogen kamen, wenn die Hufe des Widders auf dem Boden aufschlugen. Dunkelheit hatte das Licht ersetzt und die Sterne aufgenommen, die zum Greifen nahe gewesen waren.

Die Quarzsteinchen, die durch die Landschaft schossen, fingen das Sonnenlicht ein und warfen uns und dem Himmel funkelnde Lichtprismen zu. Zu meiner Linken kam eine Herde Pferde in Sicht und galoppierte dann mit wehenden Schweifen in eine Schlucht.

»Das sind noch Reste der Pferde, die bei den Spaniern einst frei herumlaufen durften.«

»Halt an, Genevieve. Wir sind da.«

»Ihnen fehlt ein Wirbel, der letzte am unteren Ende der Wirbelsäule.«

»Halt an, verfluchte Scheiße!«

»Wir sind fast da, Phoebe. Wir sind fast da.«

Ich konnte keinen klaren Gedanken mehr fassen. Der Wind

erfaßte den Staub, den der Wagen aufwirbelte, und drückte ihn zu den Fenstern herein. Meine Augen tränten, und mein Hals war wie zugeschnürt. Ehe ich mich's versah, knallte ich gegen die Scheibe, als sie auf die Bremse sprang. Das letzte, woran ich mich erinnere, war der ekelhafte dumpfe Schlag, mit dem mein Kopf gegen die Scheibe brummte.

Als ich wieder zu mir kam, fiel ich nach hinten, und mein Kopf knallte gegen den Sitz. Ich hob die Hand und spürte das warme, klebrige Blut, das mir über die Stirn lief. Ich versuchte, meinen Blick scharf zu kriegen, kam aber nicht an dem stechenden Schmerz vorbei, der sich hinter meinen Augen auszubreiten begann. Ein Spinnennetz überzog das gebrochene Glas von dem Punkt aus, an dem mein Kopf fast durch die Scheibe geflogen war. Ich blickte zur Seite; Genevieve saß nicht mehr im Wagen.

Ich griff nach dem Türgriff, zog ihn nach oben und öffnete die Tür. Brechreiz stellte sich ein. Eine Windbö knallte mir ins Gesicht, und ich atmete tief ein in dem Versuch, einen klaren Kopf zu bekommen. Ich schwang die Beine hinaus, griff mit der rechten Hand nach dem Wagendach und zog mich aus dem Auto. Meine Beinmuskeln waren wie Wachs, gerade daß sie mich trugen. Zentimeter für Zentimeter arbeitete ich mich um die Tür herum auf die Haube des Wagens zu und beugte mich darüber. Sie war heiß, zu heiß, um mich darauf abzustützen. Ich stelle mich wieder auf, taumelte zurück und hielt mich am oberen Türrahmen fest.

Genevieve stand in einiger Entfernung und sah in die entgegengesetzte Richtung. Völlig unmöglich, daß sie zum Wagen zurückkam, bevor ich ihn angelassen hatte und sie auf dem Plateau stehen ließ. Ich sah hinein und sah, daß die Zündschlüssel fehlten. Ich saß tief in der Scheiße. Ich wußte nicht, was sie hatte, vielleicht eine Schußwaffe. Meine Gedanken überschlugen sich.

Eine Adrenalinwelle spülte über mich hinweg. Ich ging auf die Knie und blickte unter den Vordersitz. Ein langes Lederbündel lag darunter. Ich zog es heraus in der Gewißheit zu wissen, was darin war. Das weiche Leder klebte an den Hautnadeln, als ich das Bündel öffnete. Das Blut, Mondays Blut, war braun und glanzlos auf dem Rehleder.

»Im Wagen ist nichts, was dir helfen wird, Phoebe.« Ihre Stimme jagte mir eine Heidenangst ein. Ich erhob mich so rasch, daß ich mit dem Kopf an den Wagenhimmel knallte. Ich drehte mich nach ihr um.

»Komm ein Stückchen mit«, sagte sie leise.

»Laß uns reden. Hier.«

»Nein. Ich habe dir gesagt, ich muß dir erst was zeigen. Dann reden wir.«

Sie griff nach mir und packte mich am Arm. Nach wie vor unsicher auf den Beinen, stolperte ich hinter ihr her. Ihre Nägel gruben sich in mein Fleisch, als sich ihr Griff verstärkte.

»Hast du gewußt, daß die Pryors auch Land des Adlers heißen?«

»Wovon, zum Teufel, redest du, Genevieve?«

»Das hier. Das alles hier. Das Land des Adlers.«

Ich riß mich los, richtete mich auf wandte mich ihr zu. »Hör auf mit dem Scheiß. Ich habe keine Lust, mir deinen Schwachsinn anzuhören. Was, zum Teufel, machen wir hier oben?«

»Hier ist es passiert. Hier habe ich ihn umgebracht.«

»Monday?«

»Du weißt genau, wovon ich rede, Phoebe. Hier oben. Auf dem Overlook.«

»Wieso? Scheiße. Er war ein Wurm. Er war es nicht wert –«

»Wegen ihm mein Leben zu zerstören?« Sie lachte. »Dasselbe habe ich mir auch gedacht. Aber ich habe erreicht, was ich wollte.«

»Und das war?«

»Die Kultgegenstände.« Sie sah mich an. »Deswegen sind wir doch hier, oder?«

»Wo sind sie?«

»Hier oben. Komm, ich zeig' sie dir.«

Genevieve schob mich grob vor sich her. Schwindel und Brechreiz überkam mich, als ich vorwärtsstolperte. Mit dem Jackenärmel wischte ich mir das Blut von der Stirn. Als ich wieder richtig sehen konnte, blieb ich wie angewurzelt stehen. Vor mir erstreckte sich, so weit das Auge reichte, der Himmel; aber direkt vor mir ging es unvorstellbar tief in den Abgrund.

»Du blickst hier aus einer Höhe von dreizehnhundert Metern auf den Dry Head hinab. Die Crow nannten ihn den Ort der vielen Schädel. Vor Jahrhunderten jagte man hier Büffel hinab. Unten schlachtete man sie und stapelte die Schädel. Und wie alles andere wurde auch dieser Name verfälscht, und zwar zu Dry Head. Die Kultgegenstände sind da unten.«

Ich trat einen Schritt zurück und stieß gegen sie. Mein Puls schlug nicht mehr in meinem Körper, sondern außerhalb von mir in der Luft. Es war mir scheißegal, wie man den Ort nannte, und das letzte, worauf ich Lust hatte, war, mich hier abzuseilen, um nach diesem Zeug zu sehen.

»Okay. Jetzt hast du's mir gezeigt. Verschwinden wir.«

»Noch nicht.«

Ich drehte mich um und stand ihr gegenüber. Sie trat einige Schritte zurück und beobachtete mich intensiv.

»Willst du nicht wissen, warum?«

»Nicht unbedingt. Ich würde lieber gehen. Mit oder ohne dich.« Ich tat einen weiteren Schritt nach vorn und zur Seite.

»Nein!« rief sie und trat einen Schritt auf mich zu.

Kam überhaupt nicht in Frage, daß ich zurückwich, um einen Abgrund von über tausend Meter hinunterzustürzen.

»Genevieve. Ich kann helfen. Das hier ist noch nicht verloren. Verdammt, es war wahrscheinlich Notwehr.«

»Nein. Ich habe es genossen. Ich fand es herrlich. Ich hatte endlich ein Zuhause gefunden. Meinen Stamm.

Oh, ich weiß, wer ich bin. Ich habe im Lauf der Jahre das ein oder andere erfahren. Meine Adoptiveltern wußten, daß mein Vater aus Montana kam und daß ich einige Zeit bei meinen Großeltern in der Nähe von Billings gewesen war. Als ich hier ankam, hat es mich doch sehr berührt, wie stark die Existenz der Crow in der Familie gründet.«

»Genevieve.«

»Die meisten von ihnen leben weit unter der Armutsgrenze. Paradox, nicht wahr, daß sie sich trotzdem reich schätzen. Wegen ihrer Familie. Ich habe es nie beweisen können, aber ich wußte, die Crows sind mein Stamm. Ich wußte, ich war zu Hause. Weißt du, Phoebe, ich bin das kleine Mädchen, von dem deine Freundin, die Ärztin, gesprochen hat.«

»Du warst das also am Telefon. Warum, zum Teufel, hast du nichts gesagt? Genevieve, vertrau mir.«

Sie lachte und fuhr sich mit den Händen durchs Haar. »Du kannst mir also helfen, ja?«

»Kyle. Er wird für dich da sein.«

»Nein, Phoebe.« Ihr Gesichtsausdruck wurde weicher. »Keiner wird für mich dasein. Für mich ist noch nie jemand dagewesen. Was auch immer dagewesen sein mag, hat man mir vor vielen Jahren weggenommen.«

»Es ist nie zu spät.«

Sie schaute über mich hinweg und lauschte. Ich strengte mich an in der Hoffnung, tatsächlich zu hören, was ich zu hören glaubte. Motorengebrumm, das sich in der Ferne den Berg heraufwand.

»Ich möchte, daß du mich verstehst.«

»Dann rede mit mir, Genevieve. Rede mit mir.« Ich horchte und hörte das Geräusch näher kommen. »Ich möchte es verstehen. Erkläre es mir.«

Ich sprach langsam.

»Er hatte all diese Sachen. Diese wunderbaren Sachen, denen man nie einen Preis hätte aufkleben dürfen. Ich habe es dir schon damals in meinem Büro zu erklären versucht…«

»Ich erinnere mich.«

»Er wollte nicht bloß ein bißchen perlenbestickten Schmuck verkaufen, Phoebe. Er verkaufte mein Erbe. Das man mir schon einmal genommen und verweigert hatte. Die Stimmen, die mich nach Hause gerufen haben, riefen mich wegen ihm und Leuten wie ihn. Und als ich ihnen gefolgt bin, war nichts mehr da. Es war alles fort.«

»Aber jetzt bist du da. Du hast Freunde…«

»Ich habe dich vom ersten Augenblick an gemocht. Vielleicht…«

»Vielleicht was?«

Das Geräusch kam näher. Ich sah das bronzefarbene Dach eines Fahrzeugs über die Kuppe des Hügels hinter Genevieve kommen. Es blieb stehen. Das Motorengeräusch erstarb.

»Zu einem andern Zeitpunkt? Wir hätten Freundinnen sein können. Vielleicht wäre dann alles anders gekommen. Ich wollte nur, daß du verstehst. Deshalb habe ich dir die Geschichte ins Haus gelegt. Für den Fall, daß etwas passiert. Ich wußte, du würdest sie aufbewahren und nicht vergessen.«

»Genevieve, das ist doch unvernünftig.«

»Genevieve!« schrie eine Stimme hinter ihr.

Sie drehte sich um, sah Kyle kurz an, der sich mit gezogenem Revolver näherte, dann wieder mich. Sie legte mir die Hände auf die Schultern. Was ich noch an Blut im Körper hatte, lief mir in die Füße.

»Um Himmels willen, tu's nicht.« Meine geflüsterten Worte bebten. »Bitte. Er kann dir helfen. Uns.«

»Vergiß nicht, Phoebe.«

»Was denn?«

Sie legte die Arme um mich und zog mich an sich. Ich fühlte die Wärme ihres Atems, als sie mich auf die Wange küßte.

»Die Sachen sind da unten. Auf den Felsvorsprüngen. Das ist unser Geheimnis, und wenn ich nicht –«

Ich griff nach ihr und hielt sie fest. Ich wußte jetzt, was sie vorhatte.

»Gott, nicht! Bitte.«

Ohne ein weiteres Wort trat sie neben mich, streckte die Arme, beugte sich schweigend vor und über den Rand des Abgrunds. Ich sank auf die Knie, hielt mir die Ohren zu und wartete auf den Schrei, der jetzt kommen mußte. Er kam nicht. Schluchzend brach ich zusammen und lag auf der Erde. Irgendwo außerhalb von mir hörte ich Kyle meinen Namen rufen. Ein ohrenbetäubendes Kreischen zerriß die Luft. Ich sah auf und sah einen Adler auf mich zutauchen. Ich schützte meinen Kopf vor den Krallen, als er gegen den Wind ankreischte. Die Luft um mein Gesicht herum bebte, als er seine Schwingen auf- und abbewegte; dann war er fort. Sie war fort.

33

Bei jedem Stein, jeder Furche, auf die der Blazer traf, schoß mir der Schmerz durch den Kopf. Wie betäubt saß ich da, während Kyle den Berg hinabfuhr. Als wir am Fuß des Berges ankamen, fuhr er in eine Lichtung zwischen einigen Weiden und stellte den Motor ab.

»Bleib hier. Da drüben ist eine Quelle. Dein Gesicht ist ganz blutig. Das muß weg.« Er griff ins Handschuhfach, holte einen Lappen heraus und stieg aus dem Blazer.

Ich öffnete die Tür, stieg aus, ging hinüber zu einem flachen Felsen und setzte mich. Mein Kopf war schwer. Mir war schwindlig. Kyle kam mit dem nassen Lappen und setzte sich neben mich. Der Lappen war eiskalt, als er mir damit die Stirn abtupfte. Ich zuckte zusammen.

»Das ist eine schlimme Platzwunde. Die muß genäht werden.«

»Sie ist einfach über den Rand des Abgrunds verschwunden. Sie hat sich vorgebeugt, und dann war sie weg.«

»Phoebe –«

»Scheiße. Sie hat sich einfach vorgebeugt... Und ich dachte, sie wollte mich runterstoßen.«

»Der Gedanke kam mir auch.«

»Du hattest den Revolver in der Hand. Hättest du auf sie geschossen?«

»Ich weiß nicht. Ich konnte an nichts anderes denken als an dich am Seitenrand. Es ging alles wie in Zeitlupe. Ich ging auf euch zu, aber meine Füße waren wie aus Zement.«

»Wieso bist du hier? Woher wußtest du?« Ich griff nach seinem Unterarm, damit er aufhörte, die Wunde zu betupfen.

»Es ging alles so schnell. Wir bekamen einen Anruf. Zwei Anrufe. Ich hatte Louis' Schwager am Apparat. Er war es, der angerufen hat. So wie's aussieht, hat Louis ein Gespräch zwischen Genevieve und Thomas belauscht. Ausgerechnet Thomas. Er bekam es mit der Angst zu tun. Er dachte, Genevieve hätte James und den jungen Cheyenne umgebracht und daß er der nächste wäre. Also ist er nach Browning abgehauen.«

»Großer Gott. Hast du mit ihm gesprochen?«

»Ja. Er hatte die ganze Geschichte seiner Schwester und ihrem Mann erzählt, und die haben alles versucht, um ihn zum Anrufen zu kriegen, aber er wollte nicht. Er war aber einverstanden, daß sein Schwager anruft. Verdammt, er hatte eine solche Angst, daß Genevieve ihn suchen würde. Dann stünde sein Wort gegen das ihre.«

»Die Jungs haben gesehen, was passiert ist. Es waren Genevieve und Thomas in jener Nacht auf dem Berg.«

»Ich weiß. Wir haben Thomas in Gewahrsam. Was mich auf den zweiten Anruf bringt. Einige Jungs haben heute morgen beim Angeln jemanden heulen gehört. Sie dachten, da würde einer umgebracht. Als sie dem Geschrei folgten, fanden sie Thomas. Er war dabei, sich mit dem Messer zuzurichten.«

»Er hat versucht, sich umzubringen?«

»Nein. Es ist eine Tradition. Wenn man trauert, bringt man sich Schnittwunden bei. Noch heute. Einigen unserer Alten fehlen Glieder ihrer Finger. Thomas hatte Monday bei sich.«

»Ihr habt Monday gefunden? Dann hat Thomas ihn also –«

»Ja. Hat er. Er hat wohl gedacht, Monday hätte ein anständiges Begräbnis verdient.«

»Armer Idiot. Beide haben ihn nur benutzt, oder?«

»Alle drei haben ihn benutzt.«

»Drei?«

»Sieht ganz so aus. Nach allem, was wir sagen können – er ist etwas wirr im Kopf –, haben Genevieve und Thomas sich in jener Nacht, als Sharon Mills auf dem Heimweg war, mit Monday an der Montana Avenue getroffen. Er hat ihnen ein paar Sachen gezeigt, die er in Matchbeuteln hatte. Um sie zu reizen.«

»Wie, zum Teufel, konnte sie glauben, sie könnte die Sachen kaufen?«

»Sie wußte, das konnte sie nicht. Sie hat an sein Gewissen appelliert.«

»Aber er hatte keines.«

»Ganz genau. Was macht dein Kopf?«

»Äußerlich? Da ist er taub. Drinnen startet eine Rakete. Wie sieht's denn aus?«

»Ich denke, die werden dich wohl etwas scheren müssen, um dich zu nähen.«

»Den Teufel werden die. Wie kam sie denn mit Monday auf den Berg?«

»Thomas sagt, sie hätte ihn gestochen. Ich nehme an, er meint die Nadeln. Darauf kam er dann aus dem Finstern getaumelt und fiel auf Sharon Mills Wagen. Nur daß er noch nicht tot war. Fast tot, aber noch nicht ganz. Sie haben ihn auf den Berg verschleppt. Thomas meinte, Monday wäre *richtig böse* gewesen.«

»Er muß wohl zu sich gekommen sein.«

»Richtig. Und da hat sie ihn dann erledigt. Sie haben ihn in der Big Ice Cave versteckt. Ich tippe darauf, daß Thomas ihm an jenem Abend, als du dich mit Matthew und Steven getroffen hast, ein anständiges Begräbnis geben wollte. Als die Jungs weg waren, warst du da. In seinem Wahn warst du eine Bedrohung. Er hatte Mondays Leiche bereits in dem Abort untergebracht.«

»Wo ist er jetzt?«

»Im Krankenhaus. Er hat es mit der Tradition etwas zu weit getrieben. Er hat eine Menge Blut verloren.«

»Was wird denn aus ihm, Kyle?«

»Wahrscheinlich stecken die ihn irgendwo hin.«

»Hat er Müller geholfen, den Typ an meinen Baum zu hängen?«

»Müller macht den Mund nicht auf, aber ich glaube, das ging folgendermaßen: Müller wendet sich an Thomas und manipuliert ihn gerade mal so weit, um ihn auf seine Seite zu bringen. Dann beschließen diese beiden dummen Jungs, Müller zu erpressen. Genausogut hätten sie versuchen können, einer Klapperschlange den Zahn zu füllen, aber so weit sahen sie nicht. Alles, was die sahen, war leichtes und schnelles Geld. Sie haben draufgezahlt.«

Ich legte den Kopf an seine Brust. Sein Arm fühlte sich gut an um meine Schultern.«

»Ich mochte sie, Kyle. Ich mochte Genevieve wirklich.«

»Ich weiß. Ich auch.«

»Sie war krank. Scheiße. Warum hat das keiner gesehen?«

»Sie war klug. Klug genug, um es zu kaschieren.«

»Irgendwie scheint es mir einfach nicht fair.«

»Nichts ist fair, Phoebe.«

Wir saßen schweigend da. Alles wirkte überdimensional: das Blau des Himmels, die Landschaft mit den blanken Erdfarben, der Duft der Hochebene, der die Vögel zum Singen zu veranlassen schien. Irgendwie schien es verboten schön. Genevieve war tot, und die Welt, von der sie nur flüsternd gesprochen hatte, damals auf der Picknickbank in Pryor, würde sich ohne sie weiterdrehen.

»Komm. Für das Funkgerät muß ich noch weiter runter. Um

Monday dürfte sich mittlerweile ein Auflauf gebildet haben. Phoebe, wo sind die Kultgegenstände? Hat sie was gesagt?«

Ich blickte in den Himmel hinauf und sah einen Falken und ein Etwas, das hoch oben seine Kreise zog. Ich konnte beinahe ihren Atem auf meiner Wange spüren, ihr Flüstern im Ohr hören.

»Nein, Kyle. Ich weiß es nicht. Sie hat nichts gesagt.« Ich griff in meine Jackentasche und holte den Plastikbeutel heraus. »Ich weiß nicht, was ich damit machen soll.« Ich gab sie Kyle. Er sah sie kurz an und gab sie mir zurück.

»Behalt sie noch«, sagte er. »Wir lassen uns was einfallen. Wenn die Zeit reif ist, wirst du wissen, was damit zu tun ist.«

»Bring mich an die Stelle, wo man Monday gefunden hat.«

»Schon unterwegs.«

Der Wind schneidet sich durch die Sonne des Spätvormittags auf seinem Weg durch das Tal. Er folgt den Konturen der ausgebleichten Vorberge, sammelt die Düfte des Tages auf seinem Weg auf die Gipfel der Pryor Mountains und darüber hinaus. Der kräftige Geruch des Salbeis und der Erde der Hochebene reitet diesen Wind zusammen mit dem Gestank verrottenden Fleisches. Er umschließt mich und greift mir tief in den Bauch. Mein Mund füllt sich mit Speichel. Ich beiße die Zähne zusammen und versuche den galligen Klumpen hinunterzuwürgen, der mir in den Rachen steigt.

Ich wende mich ab und hole tief Luft. Mit dem Gestank auf der Zunge trete ich an das Gerüst. Ich strecke die Hand nach der steifen Tierhaut, das grobe braune Haar gibt unter den Fingern nach. Leicht läßt sich die Haut verschieben und fällt über den Rand. Die imitierte Hudson-Bay-Decke ist fest unter den liegenden Körper gestopft. In Kinnhöhe greife ich zu, zerre die Decke weg und starre in das schwarz bemalte Gesicht Monday Browns. Sein langes silbriges Haar ist glattgekämmt und hängt lose herab, hebt sich im Wind, tanzt ihm übers Gesicht. Seine Brust ist nackt. Von seinem rechten Arm starren mir tiefe, blutlose Wunden, drei insgesamt, in grausigem, lippenlosem Grinsen entgegen.

An Lederschnüren baumeln Hufe von den Ecken des Gerüsts, wahrscheinlich von Antilopen oder Dammwild; sie singen ihr eigenes Lied, eine melodielose Klage, wann immer sie gegeneinanderklappern. Irgendwo hinter mir weint eine Frau. Ich drehe mich um und sehe Mondays Witwe auf der Erde knien. Neben ihr steht ihr onyxäugiger Junge, dessen Hand leicht auf ihrer Schulter liegt.

Ich blicke auf die Berge und denke an die alte Frau. Herrgott, ist das wirklich passiert? Können die Toten aus dem Jenseits greifen, um die Lebenden in der Verteidigung jener zu führen, die sie lieben? Der Wind hebt eine Feder aus Mondays Haar und trägt sie auf mich zu. Sie landet zu meinen Füßen im Staub, und als ich mich bücke, um sie aufzuheben, spüre ich eine knorrige Hand auf der Schulter. Altersdicke Nägel graben sich in meine Haut. Adrenalin schießt mir durch die Adern, als ich ruckartig hochschnelle. Im Umkreis von einigen Metern ist niemand zu sehen. Ich werfe wieder einen Blick auf Monday Brown.

Vor zwei Tagen hat man ihn in einem silbrigen Sarg mit weißem Satintuch begraben, den Kopf auf einem wolkenweichen gesmokten Kissen. Man hat den Deckel geschlossen, ihn zwei Meter in die Erde gesenkt und zugeschippt. Niemand hatte die Leute daran gehindert, auf sein Grab zu spucken.

Jetzt finde ich ihn hier in der Hitze, zum zweiten Mal zur letzten Ruhe gebettet. Seine Leiche auf die *alte Art* geschändet. Sein Gesicht bemalt, sein Haar geschmückt, seine Frau und sein Kind in Trauer, auf die *alte Art.* Mistkerl, der er gewesen ist, hätte er sich wohl noch darüber gefreut.

Die verborgene
Geschichte
Roman
320 Seiten
btb 72003

Aus Freude am Lesen

Caroline Llewellyn

Nach dem tragischen Tod ihres Mannes hofft die Kinderbuchautorin Jo, im malerischen Dorf Shipcote zur Ruhe zu kommen. Doch im Cottage ihrer Großmutter stößt sie schon bald auf tödliche Geheimnisse aus der Vergangenheit. Ein atmosphärisch dichter Kriminalroman in bester englischer Tradition.

Trügerischer Blick
Roman
377 Seiten
btb 72010

Aus Freude am Lesen

Jane Stanton Hitchcock

Die Trompe-l'œil-Künstlerin Faith Cromwell ahnt nicht, in welch dunkles Spiel sie bei ihrem neuesten Auftrag hineingezogen wird. Für eine legendäre Kunstsammlerin soll sie einen Ballsaal ausmalen, der sich jedoch als Mausoleum entpuppt.

»Psychologisch ausgefeilter Vollblut-Thriller.«
freundin